〔南朝宋〕鮑　照　著

錢仲聯　增補集説校

鮑參軍集注

上海古籍出版社

圖書在版編目(CIP)數據

鮑參軍集注 / (南朝宋) 鮑照著;錢仲聯增補集説校. —上海: 上海古籍出版社, 2021.5
(中國古典文學叢書)
ISBN 978-7-5325-9940-0

Ⅰ.①鮑… Ⅱ.①鮑… ②錢… Ⅲ.①古典詩歌-注釋-中國-南朝時代 Ⅳ. ①I222.739.1

中國版本圖書館 CIP 數據核字(2021)第 066189 號

中國古典文學叢書
鮑參軍集注
〔南朝宋〕鮑 照 著
錢仲聯 增補集説校
上海古籍出版社出版發行
(上海瑞金二路 272 號 郵政編碼 200020)
(1) 網址: www.guji.com.cn
(2) E-mail: guji1@guji.com.cn
(3) 易文網網址: www.ewen.co
上海展强印刷有限公司印刷
開本 850×1168 1/32 印張 15.75 插頁 6 字數 265,000
2021 年 5 月第 2 版 2021 年 5 月第 1 次印刷
印數: 1—2,050
ISBN 978-7-5325-9940-0
I·3551 精裝定價: 85.00 元
如有質量問題,請與承印公司聯繫
電話: 021-66366565

鮑參軍集卷之一

宋東海鮑　照著

明太倉張　溥閱

賦

遊思賦

雲徑兮海衢、上潮兮送風、秋水兮駕浦、涼煙兮冒虹、暮氣起兮遠岸、黑陽精滅兮天際、紅波茫茫兮無底、山森森兮萬重、平隰兮亙岸、通川兮瀉壑、仰盡兮天經、俯窮兮地絡、茫波際兮曇曇

《漢魏六朝百三家集》本《鮑參軍集》書影

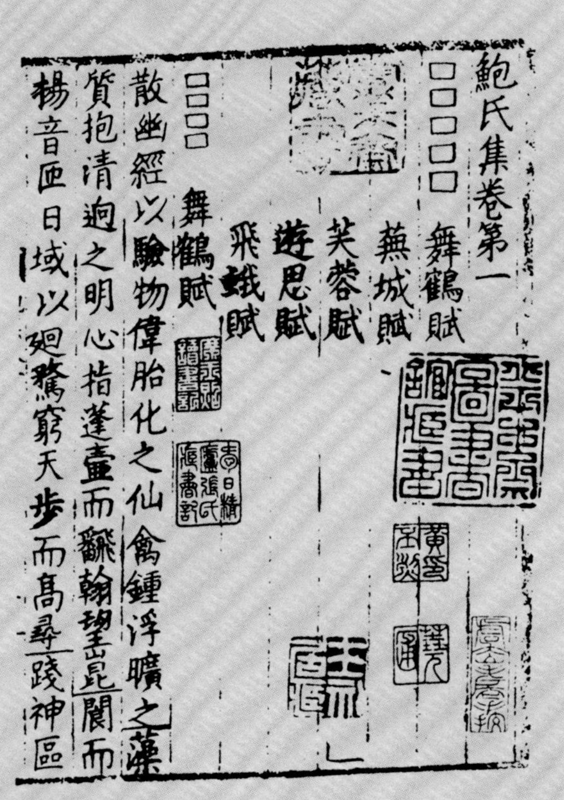

鮑氏集卷第一

□□□□□　舞鶴賦

蕪城賦

芙蓉賦

遊思賦

飛蛾賦

□□□□　舞鶴賦

散幽經以驗物偉胎化之仙禽鍾浮曠之藻質抱清迥之明心指蓬壺而翻翰望崑閬而揚音匝日域以迴騖窮天步而高尋踐神區

《四部叢刊》影毛扆校本《鮑氏集》書影

前言

曾被大詩人杜甫冠以「俊逸」〔一〕稱號的鮑照，是我國南朝宋著名文學家。他在南朝文壇的頹靡風尚中，「頗自振拔」〔二〕，繼承和發揚了現實主義文學的傳統。他的創作，在文學園地中，特別是在古代詩歌的園地中，開放了驚人的奇葩。

鮑照，字明遠，本是上黨〔三〕人，後來遷於東海〔四〕。生活的年代（約公元四一四—四六六年）稍後於著名詩人陶淵明（公元三六五—四二七年）。他出身於寒族家庭，自稱是「負鍤下農」〔五〕，「廢耕學文」〔六〕。他是有抱負的才士，不甘心屈從於當時的門閥制度而要争取政治上的地位。但是，在世族豪門的壓抑下，他在政治上一直是不得志的。二十多歲時，獻詩於臨川王劉義慶，被提拔爲王國的侍郎，那是一個起碼的事務官。繼而在衡陽王劉義季、始興王劉濬的王國裏當個侍郎，經常過着貧病交迫的生活，後來在劉宋王朝直屬的官府裏，擔任過太學博士、中書舍人、海虞令、秣陵令、永嘉令等官職。爲了避免忌才的宋世祖的猜忌，曾故意寫些「鄙言累句」〔七〕的文章以苟全性命。最後任臨海王劉子頊參軍，在統治階級的内部鬥争中被亂兵所殺。封建統治者的壓抑和迫害，造成了鮑照悲劇性的一生。

鮑照是詩人，又是駢文家，主要的成就在詩歌創作方面。他生活的時代，民族矛盾和階級矛盾十分尖鋭，而他的「家世貧賤」〔八〕，則又使他同下層人民比較接近，所接觸的生活面比較廣闊，因此，他的作品首先是反映了那個時代的現實。在代苦熱行、代東武吟、擬行路難第十四、擬古第三等篇中，描寫了佛貍窺江〔九〕威脅下戰争給人民帶來的痛苦，統治階級對士兵的殘酷壓迫，抒發了自己抵禦外敵的壯志；在擬古第六中，揭發了貴族大地主加在農民頭上繁重的租税徭役；在擬行路難第三中，控訴了統治者的内訌給民間家庭帶來的離愁别恨。這些作品是鮑照全部作品中最光輝的部分，它在一定程度上反映了當時的民族矛盾和階級矛盾，表達了人民的思想感情。其次，較多的是對不合理的門閥制度的揭露。在擬行路難第六、代結客少年場行、代放歌行等篇裏，抒發了寒族士人懷才不遇的憤懣和對於黑暗現實的不滿。除此以外，有一部分寫自然景物的作品，其中如「松色隨野深，月露依草白」〔一〇〕，「青冥摇煙樹，穹跨負天石」〔一一〕，「木落江渡寒，雁還風送秋」〔一二〕，「風起洲渚寒，雲上日無輝」〔一三〕，「晨光被水族，曉氣歇林阿」〔一四〕，「複澗隱松聲，重崖伏雲色」〔一五〕，「涼埃晦平皋，飛湖隱脩樾。孤光獨徘徊，空煙視昇滅」〔一六〕，「差池玉繩高，掩藹瑶井没。廣岸屯宿陰，懸厓棲歸月」〔一七〕等，形象都很鮮明而新異。一些寫遊子之情的詩篇，如代東門行、日落望江贈荀丞、吴興黄浦亭庾中郎別、贈傅都曹別、上潯陽還都道中、發後渚、岐陽守風，也都生動地鈎畫出哀愁慘切的情景，具有感人的魅力。

鮑照的詩不僅在内容上能反映社會現實，抒寫個人的真情實感，不同於同時代一般貴族詩人的故弄玄言和沉溺於山水之間；就是在形式方面，也和謝靈運、顔延之的過於雕琢華辭、堆砌故實，走着不同的道路。鮑照善於學習民歌，「欲汰去浮靡，返於渾樸」〔一八〕。他的詩作，多得益於漢魏樂府和同時代的江南吴歌、荆楚西聲。就學習吴歌西聲來説，他還是六朝第一人。他從民歌吸取營養，豐富了詩歌的語言，發展了詩歌的表現形式，創作了大量的樂府詩。他不僅寫了不少五言樂府，而且還寫了二十多篇七言樂府，把七言詩推進到成熟的階段。從此，七言的新形式，逐漸被詩人們廣泛地採用。到了唐代，七言就成爲我國古代詩歌的主要形式。可以説，在我國詩歌發展史上，他是一個「上挽曹、劉之逸步，下開李、杜之先鞭」〔一九〕的重要詩人。鮑照的創作，不同於陶淵明；陶淵明不寫樂府詩，全力發展五言詩，鮑照則樂府與五言古詩雙軌並進，突出的成就在樂府方面。鮑照作樂府又不同於陸機；陸機擬樂府，完全是模仿，鮑照則能創造性地自製新題，或是借舊題以寄託新意。他運用現實主義的創作手法，融入民歌的風格，創造了大量生動活潑而又精煉新穎的詩歌語言，因此，他的作品就和顔、謝一派「典正可採，酷不入情」〔二〇〕的形式主義傾向異趣。在當時，他對形式主義逆流，是進行過鬥争的。他曾當面批評當時處於詩壇領袖地位的顔延之的詩作「如鋪錦列繡,雕繢滿眼」〔二一〕,而使顏延之「終身病之」〔二二〕,這也使他更加受到延之的貶抑與排擠。延之素來瞧不起和尚湯惠休的作品,稱之爲「委巷中歌謠耳」〔二三〕,却又故意將鮑、湯兩人並提,「立休、鮑之論」〔二四〕,列鮑於湯後以示貶抑。這樣,就使「才秀人微,取湮當代」〔二五〕的鮑照,在南朝詩壇上招來了更多的歧視。作南齊書文學傳論的大貴族蕭子顯,儘管客觀上不得不承認鮑照的詩歌風格,已經成爲當時的三體之一,可是仍然説他「雕藻淫艷,傾炫心魂,亦猶五色之有紅紫,八音之有鄭衛」。作詩品的鍾嶸,也把鮑詩列在中品,説他「貴尚巧似,不避危仄,頗傷清雅之調,故言險俗者,多以附照」。這種指摘,顯然是指鮑照學習民歌,抒寫愛情的作品。事實上,鮑照樂府中描寫愛情的作品,多來源於民間歌謠,富有真摯的情感,内容是健康的。而堪稱「淫艷」、「紅紫」的不健康的作品,倒是那些南朝貴族所寫的宫體詩。從鮑照對顏延之的批評和顏延之等人對鮑照的貶斥,可以看出當時文學領域内兩條創作道路的鬥争。

必須指出,鮑照詩的内容,也存在着某些封建性糟粕。鮑照一生不得志,地位低微,這固然使他比較接近社會下層,同情人民的疾苦,寫出了不少表現人民思想感情的現實主義詩篇,但同時也造成了他思想上的矛盾。他一方面對自己的身居卑位、懷才不遇感到憤憤不平,另一方面却又在詩中表現了對「出入重宫裏,結友曹與何。車馬相馳逐,賓朋好容華」〔二六〕那樣一種生活的嚮往。由於自己的「十載學無就」,面對着「善官一朝通」的人,同樣流露出企羡的情緒。因此，他又對貴族藩王表示了忠誠，在詩中有「命逢福世丁溢恩，簪金藉綺升曲筵，思君厚德委如山，潔誠洗志期暮年，烏白馬角何足言」〔二七〕和「犬馬戀主情」〔二八〕之類的諛詞。集中還有一定數量的侍宴從遊的作品，如從過舊宮、從臨海王上荆初發新渚、侍宴覆舟山、從拜陵登京峴、蒜山被始興王命作等。同時，不得志的環境給予他的刺激，使他產生了宿命論的思想，發出了「對酒叙長篇，窮途運命委皇天」〔二九〕的哀嘆。在這種思想影響下，他在黑暗的社會現實面前採取了明哲保身、消極退隱的態度，以「鹿鳴在深草，蟬鳴在高枝」〔三〇〕自況；還有像「寄語後生子，作樂當及春」〔三一〕、「浮生會當幾，歡酌勿盈衷」〔三二〕、「窮塗悔短計，晚志重長生」〔三三〕等，表現出一種頹廢的情緒。這些是他作品中的糟粕。在表現形式方面，元嘉時代雕琢的詩風，不能不吹到他的身上。在部分五言詩中，也有一些近於謝靈運的那種過於矯揉造作的語句，有時愛用一些替代字以標新立異。這對於後世，起着某些不良的影響，爲韓、孟一派刻意致力於生僻奇奥者所祖述。但這些形式上的缺點，并不足以造成對鮑照「俊逸」風格的嚴重損害。

鮑照的駢文，向來被談藝家所推崇，被許以「鑱彫雲風，琢削支鄂」、「坌乎其氣，煊乎其華」〔三四〕、「藻耀高翔」的美譽〔三五〕。在今天，應該給以恰當的評價。駢文，這一與貴族地主階級豪侈綺靡生活相適應的文學形式，隨着兩晉以來世族豪門勢力的發展而發展。茅盾先生説：「這一股風，吹遍了一切的文字領域。不論是記事、哲學或文學理論、應用文，都用駢體；這就使得先秦諸子和司馬遷所發展的散文優良傳統，突然中斷，而同時也形成了文言與口語的越來越大的距離。」〔三六〕遺憾的是，「六朝的杰出的詩人們，雖然曾經有意識地反對當時綺靡的詩體，並且從民歌得到了啓示，不同流俗，然而他們對駢文還沒有大張旗鼓來反對」。〔三七〕出身寒族的進步詩人鮑照，也承襲了這種駢儷形式，并没有超越時代風尚的限制。如頌揚劉宋王朝「功德」的河清頌，對貴族統治者感恩圖報的野鵝賦、拜侍郎上疏、轉常侍上疏，宣傳佛教思想的佛影頌，這些作品，無疑是夾雜了許多封建糟粕的。不過，鮑照駢文的内容，畢竟不完全等同於南朝幫閑文人的作品。在他的集子裏，我們看到更多的，有敢於揭露門閥制度的不合理的瓜步山楬文，有反映統治集團内戰給人民帶來沉重災難的蕪城賦等，這類作品，都具有一定的現實意義。在尺蠖賦中，拂去明哲保身消極思想的灰塵，依然顯現了「見義而守勇」的正義感。在飛蛾賦中，表現了敢於面對現實的昂揚的精神狀態。另外，有幾篇在藝術上具有較高的成就：登大雷岸與妹書描繪廬山的景色，設色妍麗，像金碧樓臺一樣；石帆銘又善於刻劃奇突的山川形象。這種美術化了的寫景文，在南朝影響了陶弘景、吴均寫景書札的寫作；在北方，則對酈道元撰寫水經注產生了一定的影響。又如飛白書勢銘則能形象地繪摹我國古代書法的藝術境界。鮑照的駢文，是他文學創作的一個重要的組成部分，被稱爲是「遠追揚馬」〔三八〕，「氣體恢宏」〔三九〕的佳構。

關於鮑集版本問題和先祖父創始作注，一直到本人校補的過程，已詳於先祖父原序、黄節先生序文和本人的附識中，這裏不再贅述了。

一九五八年九月錢仲聯寫於江蘇師範學院

〔一〕杜甫春日憶李白：「清新庾開府，俊逸鮑參軍。」

〔二〕胡應麟詩藪。

〔三〕上黨，南朝僑置縣名，屬徐州淮陽郡，今江蘇宿遷。

〔四〕東海郡，屬徐州。

〔五〕見解褐謝侍郎表。

〔六〕見侍郎報滿辭閤疏。

〔七〕宋書臨川王傳附照傳。

〔八〕虞炎鮑照集序。

〔九〕佛貍，北魏太武帝拓跋燾的小字。宋文帝元嘉二十七年（公元四五〇年），拓跋燾南侵宋，直抵長江北岸的瓜步。

〔一〇〕見過銅山掘黃精。

〔一一〕見從登香爐峯。

〔一二〕見登黄鶴磯。
〔一三〕見吴興黄浦亭庾中郎别。
〔一四〕見還都至三山望石頭城。
〔一五〕見行京口至竹里。
〔一六〕見發後渚。
〔一七〕見岐陽守風。
〔一八〕〔一九〕胡應麟詩藪。
〔二〇〕南齊書文學傳論。
〔二一〕〔二二〕〔二三〕南史顔延之傳。
〔二四〕〔二五〕鍾嶸詩品。
〔二六〕見代堂上歌行。
〔二七〕見代白紵歌辭。
〔二八〕見從臨海王上荆初發新渚。
〔二九〕見擬行路難。
〔三〇〕見代别鶴操。
〔三一〕見代邊居行。

〔三二〕見望孤石。

〔三三〕見代昇天行。

〔三四〕張惠言七十家賦鈔序。

〔三五〕李詳與孫隘堪書。

〔三六〕〔三七〕茅盾夜讀偶記，載文藝報一九五八年第一期。

〔三八〕吴汝綸評河清頌語。

〔三九〕孫德謙六朝麗指。

錢序

振倫注樊南文集補編，既付刊，乃從張溥漢魏百三家摘鈔江、鮑二家，自序欲爲箋注，而未果。緣精力衰頽，又吴制府既去，并借書不可得也。内鮑明遠集，尤所服膺。老不能閒，遇所記憶，輒標識於簡端。積久漸多，塗乙幾無隙，乃手録一過成帙。明遠詩文有見於文選者，即録李善注；其詩有見玉臺新詠者，近人吴兆宜有注，有入漁洋古詩選者，聞人倓有注，皆依録而不没其名。李善注文選，採用薛綜、劉逵諸注，此例固可援引也。考隋書經籍志、唐書藝文志，鮑照集皆作十卷。何義門手批蕪城賦：「重江複關之隩，宋刻鮑集作重關複江。」則是義門固曾見宋本。今四庫全書所收鮑參軍集十卷通行本，則已爲明人都穆所輯，是紀文達所見已非宋本，特卷數與隋唐書偶同，不知視宋本所缺幾何？此外有正德庚午朱應登刊本，與都本同。張溥亦明人，而所收明遠詩文止二卷，又不知視諸本所缺幾何？漢魏百三家多録原序，溥知有虞散騎序而不採，亦所未解也。憶昔主講杭州，每求珍笈，輒從文瀾閣借觀。維時宋本不可得，而通行本尚可得也。今鄉關繇邈，兵燹摧殘，既無能問津。間有計偕入都者，屬爲訪諸廠肆，亦杳不可得。徒抱此斷簡殘編，矻矻箋注，夫亦不可以已耶！雖然，樊南文集其初亦從類書掇拾而成耳，自徐、馮注出，蒐羅漸富。而振倫從欽定全唐文録補作注，數乃埒之。蓋成書之不易如此。自今以往，或訪得鮑集完本足成之，則以此爲大輅之椎輪也可，否則爲貧家之敝帚也可。是爲序。

同治七年十月歸安錢振倫書於袁浦講舍

先大父鮑參軍集注六卷，晚年手自寫定。一九二三年，順德黄晦聞先生從余家借去鈔本，就詩集部分四卷增加補注集説，由北京大學排印問世，流布未廣。而文集部分二卷，黄先生未有補注，亦未刊行。余講授有暇，輒就原注加補注集説，體例一如黄先生。其詩注部分，黄補亦尚存罅漏，併爲補苴，且增集説之被遺者。更取涵芬樓影印毛斧季校宋本、文選六臣注影宋本、樂府詩集影宋本、嚴可均全宋文及藝文類聚、初學記、太平御覽等所引，校勘全集一過，增加校語於注文之後。先大父原本注中有「一作某」者，一仍其舊。凡卷一、卷二兩卷，聯所增注部分，加「補注」二字，以區别於原注。文後附集説，亦聯所增輯。卷三至卷六四卷，黄先生補注，原别載於每詩之後，今散入各句之下，加「補注」二字，以區别於原注；聯增注者，加「增補」二字區别於黄注，詩後集説，黄先生所輯；補集説則聯所增也。卷末附聯所撰年表，爲讀者知人論世之助。集説之外，别選輯前人總論鮑氏詩文者附卷末，亦原注及黄本所無也。

一九五七年七月仲聯識

黄序

辛酉十二月，余注謝康樂詩既畢，念鮑參軍詩難讀，視康樂過之，繼將作注。與江山劉丈子庚語。丈爲道歸安錢楞仙先生有注稿未刊，藏錢念劬許。竊幸參軍詩先我作注有人，因丐劉丈轉假諸念劬先生，鈔録全編。錢注鮑參軍集，文二卷，詩四卷，附鮑令暉詩六首。余方在大學説詩，乃獨取詩注理之。既與諸生講習，時有所增注，又間採前人論鮑詩諸説附焉。於今二年矣。

鮑詩之注，蓋有二難。錢注所據，爲張天如本，而宋本已嘆未見。今據余昔日鈔存王伊所校宋本及涵芬樓景印毛斧季所校宋本，則知文字訛異，雖宋本亦所難免。代東武吟「倚杖牧雞豚」，見之荆公詩及朱子之言者，宋本則「杖牧」作「仗族」；吴歌「曹公卻月樓」，宋本則「曹」作「魯」，「公」作「都」，「月」作「丹」；幽蘭「抱梁輒乖忤」，宋本則「梁」作「渠」；三日遊南苑「騰蒨茂林疏」，宋本則「騰蒨」作「勝舊」；發後渚「華志分馳年」，宋本則「分」作「公」；發長松遇雪「土牛既送寒」，宋本則「土」作「出」，「冥陸方浹馳」，宋本則「冥陸」作「奠陵」；臨川王服竟還田里「送舊禮有終」，宋本則「舊」作「佳」；喜雨「何用知柏皇」，宋本則「皇」作「篁」：如是者不可勝數。此猶其易知者也。至若園中秋散「復切夏蟲酸」，宋本「夏」作「夜」；代白馬篇「要途問邊急」，宋本「問」作「間」；採菱歌「含傷捨泉花」，宋本「捨」作「拾」；則非深理全詩，莫知其誤。蓋自唐以來，讀鮑詩者鮮，篇什多佚，文字之訛異，完本既不可得，諸本校奪，何所適從？況有諸本悉誤者，如吳歌「觀見水流還」，則亦無從校奪。注者之難，此其一也。參軍生不逢辰，憂危辭多，功名志薄，又遇猜主，故隸事過隱。而善自造辭，章法奇變，有類楚騷。採桑「綿歎」者誰？「揚歌」何指？代車馬客行故悲新喜，於事曷徵？代櫂歌行何以歎進退之不由？代白馬篇何以痛君臣之忘虞？代昇天行何以堅遯世不回之志？代朗月行何以見士夫無恥之風？代堂上歌、扶風歌何以慨想中原？中興歌何以諷刺朝野？又若從拜陵之爲葬后，遊園山之爲華林，春羈之傷彭城，講易之隆素士：事隱義晦，如是者亦不可悉終。注者第求典實，無與詩心，隱志不彰，概爲藻語。此其二也。楞仙先生於千餘年來舉世不言之鮑詩，毅然爲之作注，淹博翔實，後學所尊。余以講習之餘，輒求其義以示諸生，則獲益於錢注者不尠。昔王龜齡注東坡詩，施禮初因其詳略而損益之，或穿穴傍出，佐以別載。余於錢注不敢有所損益，惟別載則不能無異焉。稿甫脱版，已復有增删，慨其未逮，以俟他日。

癸亥十二月二十三日順德黄節

虞炎序

散騎侍郎虞炎奉教撰

鮑照字明遠，本上黨人，家世貧賤。少有文思。宋臨川王愛其才，以爲國侍郎。王薨，始興王濬又引爲侍郎。孝武初，除海虞令，遷太學博士，兼中書舍人〔一〕，出爲秣陵令，又轉永嘉令。大明五年，除前軍行參軍，侍臨海王鎮荆州，掌知內命，尋遷前軍刑獄參軍事。宋明帝初，江外拒命。及義嘉敗，荆土震擾，江陵人宋景因亂掠城，爲景所殺，時年五十餘。身既遇難，篇章無遺。流遷人間者，往往見在。儲皇博採羣言，遊好文藝，片辭隻韻，罔不收集。照所賦述，雖乏精典，而有超麗，爰命陪趨，備加研訪。年代稍遠，零落者多，今所存者，儻能半焉。

〔一〕一本云：「時主多忌，以文自高。趨侍左右，深達風旨，以此賦述不復盡其才思。」

張溥題辭

鮑明遠才秀人微，史不立傳。服官年月，考論鮮據。差可憑者，虞散騎奉敕一序耳。明遠松柏篇，自叙危病中讀傅休奕集，見長逝辭，惻然酸懷。草豐人滅，憂生良深。後掌臨海書記，竟死亂兵。謝康樂云「夭枉兼常」，其斯人乎？臨川好文，明遠自恥燕雀，貢詩言志。文帝矜才，又自貶下就之。相時投主，善用其長，非禰正平、楊德祖流也。集中文章，實無鄙言累句，不知當時何以相加？江文通遭逢梁武，年華望暮，不敢以文陵主，意同明遠，而蒙譏才盡，史臣無表而出之者，沈休文竊笑後人矣。鮑文最有名者，蕪城賦、河清頌及登大雷書。南齊文學傳所謂「發唱驚挺，操調險急，雕藻淫艷，傾炫心魂」，殆指是耶？詩篇創絶，樂府五言，李、杜之高曾也。顔延年與康樂齊名，私問優劣於明遠，誠心折之。士顧才何如耳，寧論官閥哉！

婁東張溥題

四庫全書總目提要

鮑參軍集十卷，宋鮑照撰。照字明遠，東海人。晁公武讀書志作上黨人，蓋誤讀虞炎序中「本上黨人」之語。「照」或作「昭」，蓋唐人避武后諱所改。韋莊詩有「欲將張翰松江雨，畫作屏風寄鮑昭」句，押入平聲，殊失其實〔一〕。沈約宋書、李延壽南北史作於武后稱制前者，實皆作「照」，不作「昭」也。照爲臨川王子頊參軍，没於亂兵。遺文零落，齊散騎侍郎虞炎始編次成集。隋書經籍志著録十卷，而注曰「梁六卷」，然則後人又續增矣。此本爲明正德庚午朱應登所刊，云得自都穆家。卷數與隋志合，而冠以炎序，未審即隋志舊本否？考其編次，既以樂府别爲一卷，而採桑、梅花落、行路難亦皆樂府，乃列入詩中。唐以前人皆解聲律，不應舛互若此。又行路難第七首「蹲蹲」字下注曰：「集作樽樽。」「啄」字下注曰：「集作逐。」使果原集，何得又稱「集作」？此爲後人重輯之明驗矣。然文章皆有首尾，詩賦亦往往有自序自注，與六朝他集從類書採出者不同。殆因相傳舊本，而稍爲竄亂歟？鍾嶸詩品云：「學鮑照纔能『日中市朝滿』，學謝朓劣得『黄鳥度青枝』。」今集中無此一句，蓋知非梁時本也。

〔一〕案宋禮部貢舉條式，齊桓避諱作齊威，可用於句中，不可押入微韻。

鮑參軍集注目録

鮑參軍集卷二

啓

書

頌

銘

文

鮑參軍集卷三

樂府

鮑參軍集卷四

樂府

鮑參軍集卷五

詩

鮑參軍集卷六

詩

附録

附宋本鮑氏集目録〔一〕

卷第一

卷第二

卷第三

卷第七

卷第八

春羈
三日
苦雨
三日游南苑
歲暮悲
園中秋散〔一〕
詠秋
秋夕
望水
詠白雪

卷第九

爲柳令謝驃騎表
解褐謝侍郎表
謝秣陵令表〔二〕
謝賜藥啓
謝永安令解禁止啓
論國制啓
謝上除啓
通世子自解
重與世子啓
謝假啓二首
侍郎上疏
謝解禁止
侍郎滿辭閣
轉常侍上疏
征北世子誕育上疏
謝隨恩被原表
皇孫誕育上疏
登大雷岸與妹書

卷第十

河清頌　并序
佛影頌
凌煙樓銘　并序
藥奩銘
飛白書勢銘
石帆銘
瓜步山楬文

〔一〕按宋本集名分卷及篇第，俱與張本不同，奉始興王白紵舞曲啓，載在代白紵舞歌詞四首之前，不別出。張本扶風歌一首，吴歌第一首，詠老一首，春詠一首，贈顧墨曹一首，宋本所無。今附宋本目録於此，以資互參。

〔二〕一本以下并無「代」字。

〔三〕荆，一作「京」。

〔四〕一本作「去邪行」。

〔五〕奉始興王命作并啓。

〔六〕奉和王義興。

〔七〕一作「北風雪」。

〔八〕奉敕作。

〔九〕敕爲柳元景作。

〔一〇〕釋惠休。

〔一一〕一作「園中戴散」。

〔一二〕時爲中書舍人。

鮑參軍集卷一

歸安錢振倫楞仙注
錢仲聯補注集說

賦

遊思賦〔一〕

雲徑兮海衝，上潮兮送風〔二〕。秋水兮駕浦，涼煙兮冒虹〔三〕。暮氣起兮遠岸黑，陽精滅兮天際紅〔四〕。波茫茫兮無底，山森森兮萬重〔五〕。平隰兮互岸，通川兮瀉壑〔六〕。仰盡兮天經，俯窮兮地絡〔七〕。望波際兮曇曇，眺雲間兮灼灼〔八〕。乃江南之斷山，信海上之飛鶴。指煙霞而問鄉，窺林嶼而訪泊〔九〕。撫身事而識苦，念親愛而知樂〔一〇〕。苦與樂其何言，悼人生之長役〔一一〕。捨堂宇之密親，坐江潭而爲客〔一二〕。對蒹葭之遂黄，視零露之方白〔一三〕。鴻晨驚以響湍，泉夜下而鳴石〔一四〕。結中洲之雲蘿，託綿思於遥夕〔一五〕。瞻荆吴之遠山，望邯鄲之長陌〔一六〕。塞風馳兮邊草飛，胡沙起兮雁揚翮〔一七〕。雖燕越之異心，在禽鳥而同戚〔一八〕。悵收情而抆淚，遣繁悲而自抑〔一九〕。此日中其幾時，彼月滿而將蝕〔二〇〕。生無患於不老，奚引憂而自逼？物因節以卷舒，道與運而升息〔二一〕。賤賣卜以當壚，隱我耕而子織〔二二〕。誠愛秦王之奇勇，不願絶筋而稱力〔二三〕。已矣哉！使豫章生而可知，夫何異乎叢棘〔二四〕。

〔一〕〔補注〕按宋書，臨川王義慶於文帝元嘉十六年爲江州刺史，引照爲佐吏。此賦當是照赴江州時作。南史臨川烈武王傳附照傳：照始嘗謁義慶，貢詩言志。此賦末數語，特反言之耳。

〔二〕説文：「衝，通道也。」枚乘七發：「江水逆流，海水上潮。」〔補注〕藝文類聚二十七「徑」作「遥」。

〔三〕説文：「浦，瀕也。」〔補注〕宋本及初學記三「虹」作「江」。詩毛傳：「冒，猶覆也。」

〔四〕張衡靈憲：「日者陽精之宗。」

〔五〕〔補注〕宋本「茫茫」作「沄沄」。藝文類聚「森森」作「嵾嵾」。

〔六〕公羊傳：「下平曰隰。」司馬相如上林賦：「通川過於中庭。」

〔七〕漢書天文志：「凡天文在圖籍昭昭可知者，經星常宿中外官凡百一十八名，積數七百八十三，星皆有州國官宫物類之像。」後漢書隗囂傳：「故新都侯王莽，分裂郡國，斷絶地絡。」

〔八〕玉篇：「曇曇，黑雲貌。」詩：「灼灼其華。」傳：「灼灼，華之盛也。」

〔九〕左思吴都賦注：「嶼，海中州，上有山石。」廣韻：「舟附岸曰泊。」〔補注〕毛扆曰：「『窺』字宋本模糊，疑『覽』字。」

〔一〇〕〔補注〕曹植贈白馬王彪詩：「親愛在離居。」

〔一一〕〔補注〕楚辭遠遊：「哀人生之長勤。」

〔一二〕陸機赴洛道中作：「嗚咽辭密親。」楚辭漁父：「屈原既放，遊於江潭。」

〔一三〕詩：「蒹葭蒼蒼，白露爲霜。」〔補注〕詩：「零露漙兮。」

〔一四〕説文：「湍，疾瀨也。」

〔一五〕楚辭九歌：「蹇誰留兮中洲。」説文：「蘿，莪也。」古詩：「綿綿思遠道。」

〔一六〕漢書諸侯王表：「東帶江湖薄會稽爲荆吴。」史記張釋之傳：「從行至灞陵，居北臨廁。是時慎夫人從，上指視慎夫人新豐道曰：『此走邯鄲道也。』」

〔一七〕爾雅：「羽本謂之翮。」

〔一八〕晉書慕容廆載記：「廆遣使與太尉陶侃箋曰：『王塗嶮隔以燕越，每瞻江湄，延首遐外。』」

〔一九〕廣雅：「抆，拭也。」〔補注〕楚辭九章：「孤子唫而抆淚兮。」又：「撫情効志兮，冤屈而自抑。」

〔二〇〕易：「日中則昃，月盈則食。」

〔一一〕淮南子：「至道無爲，盈縮卷舒，與時變化。」

〔一二〕漢書王貢兩龔鮑傳序：「君平卜筮於成都市，裁日閱數人，得百錢，足自養，則閉肆下簾而授老子。」又司馬相如傳：「相如之臨邛，盡賣車騎，買酒舍，迺令文君當盧，相如身自著犢鼻褌，與庸保雜作，滌器於市中。」列女傳：「楚接輿妻曰：『妾事先生，躬耕以爲食，親績以爲衣。』」

〔一三〕史記秦紀：「武王有力好戲，力士任鄙、烏獲、孟説皆至大官，與孟説舉鼎絶臏。」

〔一四〕淮南子：「楩枬豫章之生也，七年而後知。」易：「寘於叢棘。」

觀漏賦 并序〔一〕

客有觀於漏者，退而歎曰：「夫及遠者箭也，而定遠非箭之功；爲生者我也，而制生非我之情。故自箭而爲心，不可憑者絃；因生以觀我，不可恃者年。憑其不可恃，故以悲哉！況乎沈華密遠，輕波潛耗，而感神嬰慮者，又自外而傷壽，以是思生，生亦勤矣！」〔二〕乃爲賦云：

佩流歎於馳年，纓華思於奔月〔三〕。結蘭茗以望楚，弄參差以歌越〔四〕。撫凝肌於遷滯，鑑雕容於髣髴〔五〕。景有墜而易昏，憂無方而難歇〔六〕。歷玫階而升隩，訪金壺之盈闕〔七〕。觀騰波之吞寫，視驚箭之登没〔八〕。箭既没而復登，波長瀉而弗歸。注沈穴而海漏，射懸塗而電飛〔九〕。墐户牖而知天，掩雲霧而測暉〔一〇〕。創百齡於纖隱，積千里於空微。彼崢崢而行溢，此冉冉而愈衰〔一一〕。撫寸心而未改，指分光而永違〔一二〕。昔傷矢之奔禽，聞虚弦之顛仆〔一三〕。徒嬰刃而知懼，豈潛機之能覺。惟生經之靃靡，亦悲長而懽促〔一四〕。恒證古而秉心，抱空意其如玉〔一五〕。波沈沈而東注，日滔滔而西屬〔一六〕。落繁馨於纖草，殞豐華於喬木。對昃離而後歌，據窮蹊而方哭〔一七〕。雖接薪之更傳，寧絶明之還續〔一八〕。貫古今而并念，信寡易而多難。時不留乎激矢，生乃急於走丸〔一九〕。既河源之莫壅，又吹波而助瀾〔二〇〕。神怵迴而多慮，心⿰車甚⿰車稟而尠歡〔二一〕。望天涯而佇念，擢雄劍而長歎〔二二〕。嗟生民之永迷，躬與後而皆恤〔二三〕。死零落而無二，生差池之非一〔二四〕。理幽分於化前，算冥定於天秩〔二五〕。與艾骨而招病，猶刳腸而興疾〔二六〕。情殊用而俱盡，事離方而同失。聊弭志以高歌，順煙雨而沈逸〔二七〕。於是隨秋鴻而汎渚，逐春鷰而登梁〔二八〕。進賦詩而展念，退陳酒以排傷。物不可以兩大，時無得而雙昌〔二九〕。薰晚華而後落，槿早秀而前亡〔三〇〕。姑屏憂以愉思，樂兹情於寸光〔三一〕。從江河之紆直，委天地之圓方〔三二〕。漏盈兮漏虚，長無絶兮芬芳〔三〕。

〔一〕續漢書律曆志：「孔壺爲漏，浮箭爲刻，下漏數刻，以考中星，昏明生焉。」南史何承天傳：「改定元嘉曆，改刻漏用二十五箭。從之。」

〔二〕〔補注〕嚴可均全宋文「亦」作「昌」。

〔三〕奔月，似即日月如馳之意。

〔四〕郭璞遊仙詩：「翡翠戲蘭苕。」注：「蘭苕，蘭秀也。」詩：「升彼虚矣，以望楚矣。」楚辭九歌：「吹参差兮誰思？」注：「参差，洞簫也。」史記陳軫傳：「越人莊舄仕楚執珪，有頃而病。楚王曰：『舄，故越之鄙細人也，今仕楚執珪，貴富矣，亦思越不？』中謝對曰：『凡人之思，故在其病也，彼思越則越聲，不思越則楚聲。』使人往聽之，猶尚越聲也。」

〔五〕詩：「膚如凝脂。」説文：「髣髴，若似也。」〔補注〕全宋文「雕」作「彫」，初學記二十五「髣髴」作「髣髪」。

〔六〕魏文帝善哉行：「憂來無方，人莫之知。」

〔七〕説文：「玫，火齊玫瑰也，一曰石之美者。」書「厥民隩」傳：「隩，室也。」陸機漏刻賦：「挈金壺以南羅，藏幽水而北戢。」禮記：「故三五而盈，三五而闕。」〔補注〕藝文類聚六十八及初學記「玫」皆作「玉」。

〔八〕木華海賦：「騰波赴勢。」〔補注〕寫，同瀉。殷阮碑：「承寫其流。」

〔九〕郭璞江賦：「淙大壑與沃焦。」注：「列子：『渤海之東，不知幾萬億里，有大壑，無底之谷，其下無底，名歸墟。』玄中記：『天下之大者，東海之沃焦焉，水灌之而不已。』沃焦，山名也，在東海南，方三萬里。」集韻：「堋，射埒也。」

〔一〇〕詩：「塞向墐户。」傳：「墐，塗也。」老子：「不窺牖，知天道。」世説：「衛伯玉爲中書令，見樂廣與中朝名士談論，奇之，命子弟造之曰：此人中之水鏡也，見之若披雲霧、覩青天。」

〔一一〕説文：「崝，嶸也。」臣鍇曰：「今俗作崢。」楚辭離騷：「老冉冉其將至兮。」〔補注〕廣雅釋訓：「崢嵤，深冥也。」楚辭七諫：「壽冉冉而逾衰。」離騷吕向注：「冉冉，漸漸也。」

〔一二〕列子：「文摯謂叔龍曰：吾見子之心矣，方寸之地虚矣。」晉書陶侃傳：「嘗語人曰：大禹聖者，乃惜寸陰，至於衆人，當惜分陰。」

〔一三〕戰國策：「日者更嬴謂魏王曰：『臣能虚發而下鳥。』有鴻雁從東方來，更嬴以虚弓下之。王曰：『射爾至此乎？』更嬴曰：『此孽也，其飛徐者，創痛也，悲鳴者，久失羣也，故創未息而驚心未去，聞弦音而高飛，故創隕。』」釋名：「顛，倒也。」爾雅：「疐，仆也。」注：「頓躓倒仆。」

〔一四〕楚辭招隱士：「傾草靃靡。」注：「隨風披敷。」

〔一五〕詩：「秉心塞淵。」又：「其人如玉。」〔補注〕宋本「恒」作「横」。

〔一六〕詩：「豐水東注。」〔補注〕楚辭七諫：「年滔滔而自遠兮。」王逸注：「滔滔，行貌。」

〔一七〕易：「日昃之離，不鼓缶而歌。」魏志阮籍傳：「籍率意獨駕，不由徑路，車迹所窮，輒痛哭而返。」

〔一八〕莊子：「指窮于爲薪，火傳也，不知其盡也。」郭象注：「窮，盡也。爲薪，猶前薪也。前薪以指，指盡前薪之理，故火傳而不滅；心得納養之中，故命續而不絶，明盡生也。」

〔一九〕賈誼鵩鳥賦：「水激則旱兮，矢激則遠。」漢書蒯通傳：「范陽令先下而身富貴，必相率而降，猶如阪上走丸也。」

〔二〇〕山海經：「敦薨之山，敦薨之水出焉，而西流注於泑澤，出於崑崙之東北隅，實惟河源。」爾雅：「大波爲瀾。」

〔二一〕玉篇：「輡轃，車行不平也。」張衡西京賦：「慘則尠於驩。」〔補注〕吴辟疆曰：「『迥』，疑當作『迫』。」

〔二二〕王嘉拾遺記：「昆吾山有獸食銅鐵，吴王乃召劍工，令鑄其膽腎以爲劍，一雌一雄，號干將者雄，號莫邪者雌。」〔補注〕方言：「擢，拔也。」

〔二三〕詩：「我躬不閱，遑恤我後。」

〔二四〕説文：「凡艸曰零，木曰落。」左傳：「譬諸草木，吾臭味也，而何敢差池。」〔補注〕古董逃行：「年命冉冉我遒，零落下歸山丘。」

〔二五〕書：「天秩有禮。」〔補注〕淮南子：「化者，復歸於無形也。」

〔二六〕後漢書華佗傳：「心識分銖，不假稱量，鍼灸不過數處。若疾發結於内，鍼藥所不能及者，乃令先以酒服麻沸散，既醉無所覺，因刳破腹背，抽割積聚，若在腸胃，則斷截湔洗，除去疾穢，既而縫合，傅以神膏，四五日創愈，一月之間皆平復。」

〔二七〕廣韻：「弭，息也。」

〔二八〕詩：「鴻飛遵渚。」廣雅：「燕大如雀而長，籥口布翅歧尾，巢於梁間，春社來，秋社去，故謂之社燕。」

〔二九〕左傳：「物莫能兩大，陳衰，此其昌乎？」

〔三〇〕説文：「薰，香草也。」臣鍇按：「薰草，蘼蕪。又博物志云：『東方君子國薰草華，朝朝生華也。』」爾雅：「椴，木槿。櫬，木槿。」注：「别二名，似李樹，華朝生夕隕，可食，或呼日及，亦曰王蒸。」

〔三一〕「寸光」，見上。

〔三二〕世説：「有人譏周顗與親友言戲穢雜無檢節，顗曰：『吾若萬里長江，何能不千里一曲？』」爾雅：「河出崑崙虚，色白，所渠并千七百一川，色黄。百里一小曲，千里一曲一直。」大戴禮：「天道曰圓，地道曰方，方曰幽而圓曰明。」〔補注〕楚辭惜誓：「黄鵠之一舉兮，知山川之紆曲；再舉兮，覩天地之圓方。」

〔三三〕楚辭九歌：「春蘭兮秋菊，長無絶兮終古。」

傷逝賦〔一〕

晨登南山，望美中阿〔二〕。露團秋槿，風卷寒蘿〔三〕。悽愴傷心，悲如之何〔四〕！盡若窮煙，離若翦絃〔五〕。如影滅地，猶星殞天〔六〕。棄華宇於明世，閉金扃於下泉〔七〕。永山河以自畢，眇千齡而弗旋。思一言於向時，邈衆代於古年。逝稍遠而變體，浸幽明而改時〔八〕。覽篇迹之如旦，婉遺意而在兹〔九〕。忽若謂其不然，自惆悵而驚疑〔一〇〕。循堂廡而下降，歷幃户而升基〔一一〕。服委襟而褫帶，器蒙管而韜絲〔一二〕。志存業而遺績，身先物而長辭。豈重歡而可覯，追前感之無期。寒往暑來而不窮，哀極樂反而有終〔一三〕。燧已遷而禮革，月既逾而慶通〔一四〕。心微微而就遠，跡離離而絶容〔一五〕。白日藹而回陰，閨館寂而深重。冀憑靈於前物，佇美目乎房櫳〔一六〕。徒望思於永久，邈歸來其何從〔一七〕？結單心於暮條，掩行淚於晨風〔一八〕。念沈悼而誰劇？獨嬰哀於逝躬。草忌霜而逼秋，人惡老而逼衰。誠衰耄之可忌，或甘願而志違。彼一息之短景，乃累恨之長暉〔一九〕。尋生平之好醜，成黃塵之是非。將滅耶而尚在，何有去而無歸〔二〇〕？惟桃李之零落，生有促而非夭〔二一〕。觀龜鶴之千祀，年能富而情少〔二二〕。反靈質於二塗，亂感悦於雙抱。日月飄而不留，命倏忽而誰保〔二三〕？譬明隙之在梁，如風露之停草〔二四〕。髮迎憂而送華，貌先悴而收藻。共甘苦其幾人？曾無得而偕老〔二五〕。拂埃琴而抽思，啓陳書而遐討〔二六〕。自古來而有之，夫何怨乎天道〔二七〕。

〔一〕明遠之妻某氏，史傳無考。

〔二〕詩：「在彼中阿。」傳：「中阿，阿中也。」〔補注〕楚辭九歌：「望美人兮未來。」

〔三〕見前二賦。

〔四〕禮記：「必有悽愴之心。」

〔五〕窮煙，見前賦。易林：「來如飄風，去如絶絃。」〔補注〕宋本「翦絃」作「翦弦」。初學記十四作「斷絃」。全宋文作「箭弦」。

〔六〕陸雲歲暮賦：「日回天而滅影兮。」春秋：「星霣如雨。」易：「有殞自天。」

〔七〕應瑒征賦：「華宇爛而舒光。」説文：「扃，外閉之關。」〔補注〕詩：「洌彼下泉。」

〔八〕〔補注〕潘岳寡婦賦：「亡魂逝而永遠兮，時歲忽其遒盡。」易：「是故知幽明之故。」

〔九〕潘岳悼亡詩：「翰墨有餘迹。」

〔一〇〕楚辭九辯：「惆悵兮而私自憐。」〔補注〕楚辭九章：「忽若去不信兮。」

〔一一〕説文：「廡，堂下周屋。」詩：「自堂徂基。」傳：「基，門塾之基。」

〔一二〕易：「或錫之鞶帶，終朝三褫之。」

〔一三〕易：「寒往則暑來。」禮記：「喪不過三年，苴衰不補，墳墓不培。祥之日，鼓素琴，告民有終也。」

〔一四〕禮記：「魯人有朝祥而暮歌者，夫子曰：『又多乎哉！踰月則其善矣。』」

〔一五〕〔補注〕何晏景福殿賦張銑注：「離離，分别貌。」

〔一六〕説文：「櫳，房室之疏也。」張協雜詩：「房櫳無行迹。」〔補注〕陸機嘆逝賦：「覽前物而懷之。」詩：「美目盼兮。」

〔一七〕漢書戾太子傳：「上憐太子無辜，乃作思子宫，爲歸來望思之臺於湖，天下聞而悲之。」

〔補注〕宋本「於」作「以」。

〔一八〕李陵答蘇武詩：「欲因晨風發，送子以賤軀。」

〔一九〕郭璞客傲：「駿狼之長暉，元陸之短景。」〔補注〕陸雲歲暮賦：「千歲疾於一息。」

〔二〇〕潘岳藉田賦：「黄塵爲之四合兮。」漢書外戚傳：「上思念李夫人不已，方士齊人少翁言能致其神，廼夜張燈燭，設帷帳，陳酒肉，而令上居他帳，遥望見好女如李夫人之貌，還幄坐而步，又不得就視。上愈益相思悲感，爲作詩曰：『是邪非邪？立而望之，偏何姗姗其來遲？』」

〔二一〕阮籍詠懷詩：「嘉樹下成蹊，東園桃與李。秋風吹飛藿，零落從此始。」

〔二二〕郭璞遊仙詩注：「養生要論曰：『龜鶴壽有千百之數，性壽之物也。』」〔補注〕宋本「鶴」作「鵠」。

〔二三〕楚辭九章：「遂儵忽而捫天。」

〔二四〕禮記：「將由夫脩飭之君子，則三年之喪，二十五月而畢，若駟之過隙。」陸機歎逝賦：「草無朝而遺露。」〔補注〕莊子：「人生天地間，如白駒過隙。」

〔二五〕詩：「君子偕老。」

〔二六〕〔補注〕楚辭九章：「與美人抽思兮。」

〔二七〕〔補注〕論語：「子曰：自古皆有死。」又：「不怨天。」史記伯夷傳：「儻所謂天道，是邪非邪？」

蕪城賦〔一〕

瀰迆平原〔二〕，南馳蒼梧漲海，北走紫塞雁門〔三〕。柂以漕渠，軸以崑崗〔四〕。重江複關之隩，四會五達之莊〔五〕。當昔全盛之時，車掛轊，人駕肩〔六〕，廛閈撲地，歌吹沸天〔七〕。孳貨鹽田，鏟利銅山〔八〕。才力雄富，士馬精妍〔九〕。故能奓秦法，佚周令〔一〇〕，劃崇墉，刳濬洫，圖修世以休命〔一一〕。是以板築雉堞之殷，井幹烽櫓之勤〔一二〕，格高五嶽，袤廣三墳〔一三〕，崪若斷岸，矗似長雲〔一四〕，製磁石以禦衝，糊赬壤以飛文〔一五〕。觀基扃之固護，將萬祀而一君〔一六〕。出入三代，五百餘載，竟瓜剖而豆分〔一七〕。澤葵依井，荒葛罥塗〔一八〕。壇羅虺蜮，階鬥麏鼯〔一九〕。木魅山鬼，野鼠城狐〔二〇〕。風嗥雨嘯，昏見晨趨〔二一〕。飢鷹厲吻，寒鴟嚇雛〔二二〕。伏虣藏虎，乳血飡膚〔二三〕。崩榛塞路，崢嶸古馗〔二四〕。白楊早落，塞草前衰〔二五〕。稜稜霜氣，蔌蔌風威〔二六〕。孤蓬自振，驚沙坐飛〔二七〕。灌莽杳而無際，叢薄紛其相依〔二八〕。通池既已夷，峻隅又以頹〔二九〕。直視千里外，唯見起黄埃〔三〇〕。凝思寂聽，心傷已摧〔三一〕。若夫藻扃黼帳，歌堂舞閣之基，琁淵碧樹，弋林釣渚之館〔三二〕，吴蔡齊秦之聲，魚龍爵馬之玩〔三三〕，皆薰歇燼滅，光沈響絶〔三四〕。東都妙姬，南國麗人〔三五〕，蕙心紈質，玉貌絳脣〔三六〕，莫不埋魂幽石，委骨窮塵〔三七〕；豈憶同輿之愉樂，離宫之苦辛哉〔三八〕？天道如何，吞恨者多，抽琴命操，爲蕪城之歌〔三九〕。歌曰：「邊風急兮城上寒，井逕滅兮丘隴殘〔四〇〕。千齡兮萬代，共盡兮何言〔四一〕！」

〔一〕録文選李善注。集云：「登廣陵故城。」漢書曰：「廣陵國，高帝十一年屬吴，景帝更名江都，武帝更名廣陵，江都易王非，廣陵厲王胥，皆都焉。」李周翰注：「宋孝武帝時，臨海王子項鎮荆州，明遠爲其下參軍，隨至廣陵。子頊叛逆，昭見廣陵故城荒蕪，乃漢吴王濞所都，濞亦叛逆，爲漢所滅，昭以子頊事同于濞，遂感爲此賦以諷之。」何焯曰：「宋世祖孝建三年，竟陵王誕據廣陵反，沈慶之討平之，命悉誅城内男丁，以女口爲軍賞，照蓋感事而賦。」按：子頊於大明六年出鎮荆州，至明帝泰始二年賜死，年僅十一。似前此未必遽有逆謀，疑何説爲近。〔補注〕宋本題下注曰：「登廣陵城作。」梁章鉅文選旁證曰：「翰注不見於沈約宋書，考孝武十四王傳，子頊至被殺時年纔十一，前此不受命舉兵反以應晉安王子勛者，長史孔道存也，則翰注謂『昭以事同於濞，遂感爲此賦以諷之』，不過臆説附會而已，全無所出。」臨海王以大明六年鎮荆州，至泰始二年被殺，凡五年，照在荆州與同禍，其間無隨至廣陵事。至竟陵王誕反廣陵，事在大明三年，何云孝建三年，亦誤。考宋文帝元嘉二十七年冬十二月，北魏太武帝南犯，兵至瓜步，廣陵太守劉懷之逆燒城府船乘，盡帥其民渡江。大明三年四月，竟陵王誕據廣陵反；七月，沈慶之討平之。是十年間，廣陵兩遭兵禍，照蓋有感於此而賦。故既云「通池既已夷，峻隅又已頽。直視千里外，唯見起黄埃」，「邊風急兮城上寒，井徑滅兮丘隴殘」，極言大兵之後，千里荒涼之狀；又云「東都妙姬，南國麗人，蕙心紈質，玉貌絳脣，莫不埋魂幽石，委骨窮塵；豈憶同輿之愉樂，離宫之苦辛哉」，哀竟陵王眷屬之同盡也。大明三四年間，照有日落望江贈荀丞詩。荀丞者，荀萬秋，大明三四年爲尚書左丞，見宋書禮志。詩有「延頸望江陰」及「君居帝京内，高會日揮金。豈念慕羣客，咨嗟戀景沈」等句。水南曰陰。是照在江北望江南帝京遥寄荀丞者。此賦自注云：「登廣陵城作。」以詩證賦，可知是在大明三四年間客江北時也。

〔二〕瀰，相連漸平之貌也。廣雅曰：「迆，斜也。」平原，即廣陵也。

〔三〕南馳北走，言所通者遠也。漢書有蒼梧郡。謝承後漢書曰：「陳茂常渡漲海。」如淳漢書注曰：「走，音奏，趨也。」崔豹古今注曰：「秦所築長城，土色皆紫，漢塞亦然，故稱紫塞。」漢書有雁門郡。〔補注〕廣雅：「馳，犇也。」薛傳均文選古字通疏證曰：「傳均案張平子思玄賦：『將往走乎八荒。』注：『善曰：走，音奏。』枚叔上書諫吴王：『走上天之難。』顏師古曰：『走，趨也。走，音奏。』案毛詩：『予曰有奔奏。』釋文：『奏，如字，本又作走。』」

〔四〕廣雅曰：「拖，引也。」漕渠，邗溝也。左氏傳曰：「吴城邗溝，通江、淮。」杜預曰：「通糧道。」説文曰：「漕，水轉轂也。」又曰：「軸，持輪也。」崑崗，廣陵之鎮平也，類車軸之持輪。河圖括地象曰：「崑崗之山，横以地軸。」拖，或爲陁。軸，或爲袖。〔補注〕宋本「柂」作「拖」。呂延濟注曰：「柂，舟具也。」梁章鉅文選旁證曰：「六臣本校云：『柂，善作弛。』非也。此注引廣雅：『拖，引也。』是李本作『拖』之明證。濟注：『柂，舟具也。』蓋改之使配下句『軸』字，乃五臣作『柂』之明證。段校作『拕』。」朱珔文選集釋曰：「寰宇記云：『邗溝城在揚州西四里蜀岡上。左傳哀公九年：吴城邗溝，通江、淮。時將伐齊，北霸中國也。漢以後荒圮，謂之蕪城。』胡三省曰：『魏曹丕登廣陵故城，即蕪城矣。』余謂溝渠者，在吴時已爲通糧之道，即今之運河也。舊曰官河。注引廣雅：『拖，引也。』今廣雅作『拕』。説文：『拕，曳也。』五臣注以柂爲舟具，非是。」左傳哀公九年注：「吴于邗江築城穿溝，東北通射陽湖，西北至宋口入淮，今廣陵韓江是。」今自江都西北抵淮安三百七十里之運河，即古邗溝。文選旁證曰：「太平御覽一百六十九引郡國志：『廣陵城置在陵上，大阜曰陵，一名阜岡，一名崑崙岡，故鮑昭賦云：軸以崑崗。』」文選集釋曰：「方輿紀要云：『今揚州府城西北四里爲蜀岡，綿亘四十餘里，西接儀真、六合縣界，上有蜀井，相傳地脈通蜀也。』又『崑崙岡在府西北八里，一名阜岡，亦名廣陵岡，與蜀岡連接』。蓋即蜀岡之異名矣。明遠賦所稱是也。」

〔五〕南臨二江曰重，濱帶江南曰複。蒼頡篇曰：「隩，藏也。」洛陽記曰：「銅駞二枚在四會道頭。」爾雅曰：「五達謂之康，六達謂之莊。」〔補注〕宋本作「重關複江之奥」。梁章鉅文選旁證曰：「六臣本『臨』下有『二』字，『帶』上無『濱』字。毛本作『南臨三江』。」胡克家文選考異曰：「據此注，似集云『重關複江』者恐是誤倒。」按：複關，謂廣陵有内外二城也。據南史竟陵王誕傳：「慶之討誕，募賞先登，若剋外城，舉一烽，剋内城，舉二烽。」

〔六〕全盛，謂漢時也。史記：「蘇秦説齊王曰：臨菑之塗，車轂擊，人肩摩。」説文曰：「轊，車軸端。」杜預左氏傳注曰：「駕，陵也，謂相迫切也。」〔補注〕張銑注曰：「全盛之時，謂吴王濞時。」梁章鉅文選旁證曰：「今説文：『軎，車軸耑也，从車，象形。』重文『轊』，注云：『軎，或从彗。』」

〔七〕鄭玄周禮注曰：「廛，居民區域之稱。」説文曰：「閈，門也。」方言曰：「撲，盡也。」郭璞曰：「今種物皆生，云撲地出也。」

〔八〕聲類曰：「孶，蕃也。」孶、滋，古字通也。史記曰：「吴有豫章郡銅山，吴王濞盜鑄錢，煮海水爲鹽。」〔補注〕胡克家文選考異曰：「『孶』當作『滋』，注云：『孶，蕃也。孶、滋，古字通也。』善必作『滋』字，故有是語。五臣因改爲『孶』，各本所見，以之亂善。」

〔九〕班固傳贊曰：「材力有餘，士馬强盛。」

〔一〇〕聲類曰：「奓，侈字也。軼，過也。佚與軼通。」西都賦曰：「覽秦制，跨周法。」〔補注〕宋本「奓」作「侈」。李善注引西都賦，乃西京賦文。

〔一一〕字林曰：「錐刀曰劃。」刳，謂除消其土也。周易曰：「刳木爲舟。」薛綜西京賦注曰：「墉謂城。」洫，池也。左氏傳：「北宫文子曰：其有國家，令問長世。」尚書曰：「俟天休命。」〔補注〕劉良注：「言奢侈過於秦、周之法令，乃開崇城，鑿深溝，以謀長世之美命也。」

〔一二〕郭璞三蒼解詁曰：「板築，墻上下板築杵頭鐵沓也。」鄭玄周禮注曰：「雉長三丈，高一丈。」杜預左氏傳注曰：「堞，女墻也。」殷，盛也。淮南子曰：「大構架，興宮室，雞棲井幹。」許慎曰：「皆屋構飾也。」郭璞上林賦注曰：「櫓，望樓也。」〔補注〕井幹，井上木欄也，凡營造樓臺，必築累萬木，轉相交入，如井幹。烽櫓，舉烽火之望樓，露上而無覆者。此言成烽櫓者必賴井幹之力，上句則言成雉堞者必待版築之功也。

〔一三〕蒼頡篇：「格，量度也。」爾雅曰：「太山爲東嶽，華山爲西嶽，衡山爲南嶽，常山爲北嶽，嵩高爲中嶽。」南北曰袤。三墳未詳。或曰：毛詩曰「遵彼汝墳」，又曰「鋪敦淮墳」；爾雅曰「墳莫大於河墳」：此蓋三墳。〔補注〕朱珔文選集釋：「李注引毛詩曰『鋪敦淮墳』。此與周南『汝墳』、爾雅『河墳』並引。彼二處本皆作『墳』，而『淮墳』今詩作『濆』。毛傳於『淮濆』云『厓也』，於『汝墳』云『大防也』，兩者各分。鄭箋則『淮濆』之『濆』釋爲『大防』。又注周禮大司徒職云：『水涯曰墳。』蓋同聲通用。故爾雅釋水注引詩『汝墳』作『濆』，而此注引詩『淮濆』亦遂作『墳』也。」孫志祖文選李注補正：「田藝蘅云：『兗州土黑墳，青州土白墳，徐州土赤埴墳。此三州與揚州接。』」徐攀鳳選注規李：「李注尚未確，今有援禹貢釋之者，予數之曰：黑墳、白墳、墳壚、赤埴墳，四墳而非三墳。」洪亮吉曉讀書齋雜録：「李注非也。若總經傳言之，墳亦不止三。昭賦蓋用天問：『地方九則，何以墳之？』王逸章句云：『墳，分也。』謂九州之地，凡有九品，禹何以能分別之乎？『三墳』即主九州之土而言，與上『五嶽』正配。若泥爲河、淮、汝之墳，則河、汝距蕪城較遠，昭何以反舍江而言河、汝乎？以是知當用王逸説注此爲長矣。」

〔一四〕崒，高峻也。矗，齊平也。

〔一五〕三輔黄圖曰：「阿房宫以磁石爲門，懷刃者止之。」廣雅曰：「衝，突也。」字書曰：「糊，黏也，户徒切。」毛萇詩傳曰：「赬，赤也。」七啓曰：「耀飛文。」

〔一六〕説文曰：「扃，外閉之關也。」凡文士之言基扃，汎論城闕，猶車稱軫，舟謂之艫耳，非獨指扃也。固護，言牢固也。〔補注〕劉文典三餘札記：「禮曲禮：『毋固護。』鄭注：『欲專之曰固，争取曰護。』得其誼。馬季長長笛賦：『或乃聊慮固護，專美擅工。』注：『精心專一之貌。』亦通。此文之固護，與上文之殷勤，誼實相類。李注望文生訓，失之。」按：曲禮作「固獲」，同聲相通。

〔一七〕爾雅釋天：「載，歲也。夏曰歲，商曰祀，周曰年。」王逸廣陵郡圖經曰：「郡城吴王濞所築。」然自漢迄于晉末，故云「出入三代，五百餘載」也。漢書：「賈誼上疏曰：『高帝瓜分天下，王功臣也。』」〔補注〕宋本及宋文選六臣本「剖」作「割」。史記平原君虞卿傳：「天下將因秦之彊怒，乘趙之弊，瓜分之。」

〔一八〕王逸楚辭注曰：「風萍水葵，生於池中。」罥，猶結也。〔補注〕吕延濟注：「澤葵，莓苔也。」朱珔文選集釋：「水葵即今之蒓菜；或亦爲荇菜之名。然二者似皆非井畔所宜有。方氏通雅謂：『澤葵，莓苔也；總名莓苔。今附土如小松葉者，澤葵類也。其稍大者長松。』此與依井字爲合，但未明所據。而本草有『石韋生石旁陰處，其生古瓦屋上者名瓦韋』。石韋與澤葵音並相似，疑係此種，亦苔之屬也。」玉篇：「葛，蔓草也。」

〔一九〕王逸楚辭注曰：「壇，堂也。」毛詩曰：「爲鬼爲蜮。」毛萇曰：「蜮，短狐也。」公羊傳曰：「有麋而角。」劉兆曰：「麋，麢也。」麢與麋音義同。鼯，鼯鼠也。〔補注〕宋本及宋文選六臣本「麢」作「麕」。爾雅：「蝮，虺，博三寸，首大如擘。」疏：「舍人曰：蝮，一名虺。江、淮以南曰蝮，江、淮以北曰虺。」陳倬黔經筆記：「詩巧言篇：『爲鬼爲蜮。』鬼即螝之省，螝乃莊子所云螝二首，顔氏家訓引古今字詁云古之虺字。三家詩當作『爲虺爲蜮』。文選鮑照蕪城賦云『壇羅虺蜮』，蓋本三家。楚辭大招亦以虺與蜮並言。」説文：「麋，麢也，从鹿，囷省聲。麕，籀文不省。」

〔二〇〕説文曰：「魅，老物精也，莫愧切。」楚辭九歌有祭山鬼。漢書曰：「蘇武掘野鼠草實而食之。」魏明帝長歌行曰：「久城育狐兔，高墉多鳥聲。」〔補注〕許巽行文選筆記曰：「『掘野鼠』下脱『去』字。師古曰：『去謂藏之也。』」韓非子：「社鼠不燻，城狐不灌。」

〔二一〕左氏傳曰：「豺狼所嗥也。」

〔二二〕厲，摩也。鄭玄周禮注曰：「吻，口邊也。」亡粉切。鄭玄毛詩箋曰：「口拒人曰嚇。」火嫁切。郭璞爾雅注曰：「雛，生而能自食者，謂鳥子也。」振倫補注：莊子：「南方有鳥，其名鵷鶵，子知之乎？夫鵷鶵發于南海，而飛于北海；非梧桐不止，非練實不食，非醴泉不飲。于是鴟得腐鼠，鵷鶵過之，仰而視之曰：嚇！」〔補注〕宋本「雛」作「鶵」。梁章鉅文選旁證曰：「姜氏皋曰：『釋文及司馬注曰：嚇，怒其聲也。李引詩箋及爾雅注未明。』」余蕭客文選音義曰：「嚇，罅赫二音。」

〔二三〕字書曰：「虣，古文暴字，蒲到切。」虣，或爲甝。爾雅曰：「甝，白虎。」户甘切。〔補注〕宋本及宋文選六臣本「虣」作「暴」。宋本「殞」作「湌」。梁章鉅文選旁證：「甝，當依説文作䖘。」劉文典三餘札記：「虣，古暴字。『伏暴』義不可通。孫頤谷考異云『當從别本作䖘』，亦非。説文：『䖘，白虎也。』伏䖘、藏虎，誼正相對。梁説得之。䖘从冥省聲，故音覓；字一作虪，是其證也。汨字亦从冥省聲，故汨羅之汨音覓。玉篇以虪爲俗字，非是。」

〔二四〕服虔漢書注曰：「榛，木叢生也。」廣雅曰：「峥嵘，深冥也。」韓詩曰：「肅肅兔罝，施于中馗。」薛君曰：「中馗，馗中九交之道也。」仇悲切。〔補注〕劉文典三餘札記：「説文：『馗，九達道也。』或作逵。毛詩作逵。爾雅釋宫：『九達謂之逵。』音義云：『逵，本或作馗。』逵、馗本一字，古皆讀如求。」

〔二五〕崔豹古今注曰：「白楊葉圜。」李陵書曰：「涼秋九月，塞草前衰。」塞，或爲寒。

〔二六〕稜稜霜氣，嚴冬之貌。蔌蔌，風聲，勁疾之貌。蔌，素鹿切。〔補注〕宋本及宋文選六臣本「蔌蔌」作「莿莿」。許巽行文選筆記：「棱棱，从木不从禾；蔌蔌，从欶不从敕。許嘉德案：棱者，柧也。賦云『棱棱霜氣』，借爲嚴棱之貌，从禾者訛字。蔌音速。詩：『蔌蔌方有穀。』又訓風聲，與从敕之蔌不同。」按：作「莿莿」亦可通。説文：「莿，茦也，从艸，刺聲。」臣鍇曰：「此爲草木之莿，刺爲斫刺之刺。」莿莿風威，謂風利如芒莿也，正與借柧棱之棱以形容霜氣者一例。

〔二七〕無故而飛曰坐飛。張相詩詞曲語辭匯釋曰：「無故而飛，猶云自然飛也，坐亦自也，『坐』與『自』爲互文。」

〔二八〕廣雅曰：「灌，叢也。」王逸楚辭注曰：「草木交曰薄。」

〔二九〕通池，城壕也。峻隅，城隅也。〔補注〕説文：「夷，平也。」文選長笛賦李善注：「頽，落也。」

〔三〇〕王逸楚辭注曰：「埃，塵也。」

〔三一〕天台山賦曰：「凝思高巖。」〔補注〕廣雅釋詁：「凝，定也。」又：「宋，静也。」寂，同宋。

〔三二〕藻扃，扃施藻畫也。司馬相如美人賦曰：「芳香芬烈，黼帳高張。」琁淵，玉池也。碧樹，玉樹也。〔補注〕文選七啓李善注：「藻，文采也。」説文：「扃，外閉之關也。」考工記：「畫繢之事……白與黑謂之黼。」余蕭客文選音義：「琁，同璿。」淮南子：「崑崙有碧樹。」

〔三三〕楚辭曰：「吴歈蔡謳。」漢書藝文志有齊歌秦歌。西京賦曰：「海鱗變而成龍。」又曰：「大雀踆踆。」又曰：「爵馬同轡。」〔補注〕漢書西域傳：「作巴俞都盧，海中碭極，漫衍魚龍角觝之戲，以觀視之。」顔師古注：「魚龍者，爲舍利之獸，先戲於庭極畢，乃入殿前激水，化成比目魚，跳躍漱水，作霧障日畢，化成黄龍八丈，出水敖戲於庭，炫燿日光，西京賦云：『海鱗變而成龍。』即爲此色也。」胡克家文選考異注「爵馬同轡」：「『爵』當作『百』，此因正文云『爵馬』而誤。不知爵字上引『大雀踆踆』已注訖，此但注馬字也。各本皆誤。」

〔三四〕杜預左氏傳注曰：「薰，香草也。」又曰：「燼，火之餘木。」

〔三五〕〔補注〕宋本及宋文選六臣本「麗」作「佳」。

〔三六〕陸機擬東城一何高曰：「京洛多妖麗，玉顔侔瓊蕤。」然京洛即東都也。曹子建詩曰：「南國有佳人，華容若桃李。」左九嬪武帝納皇后頌曰：「如蘭之茂。」好色賦曰：「腰如束素。」蘭、蕙同類，紈、素兼名，文士愛奇，故變文耳。宋玉笛賦曰：「頳顔臻，玉貌起。」揚雄蜀都賦曰：「眺朱顔，離絳脣。」

〔三七〕委，猶積也。

〔三八〕魏志曰：「明悼毛皇后，有寵，出入與帝同輿輦。」長門賦曰：「期城南之離宫。」〔補注〕宋本及宋文選六臣本「輿」作「輦」。資治通鑑：「誕母妻皆自殺。」胡三省注：「誕母文帝殷脩華，妻徐妃。」

〔三九〕韓詩外傳曰：「孔子抽琴去軫，以授子貢。」廣雅曰：「命，名也。」琴道曰：「琴有伯夷之操。夫遭遇異時，窮則獨善其身，故謂之操。」〔補注〕梁章鉅文選旁證：「琴道爲新論篇名。」

〔四〇〕周禮曰：「九夫爲井。」又曰：「夫間有遂，遂上有徑。」〔補注〕宋本及宋文選六臣本「急」作「起」，「逕」作「徑」。許巽行文選筆記：「説文：『徑，步道也，从彳巠。』作『逕』非。」

〔四一〕莊子曰：「化窮數盡謂之死。」

【集説】

姚鼐曰：驅邁蒼涼之氣，驚心動魄之辭，皆賦家之絶境也。

張雲璈曰：廣陵城是吴王濞所築。賦中如「版築雉堞之殷，井幹烽櫓之勤」，又「崪若斷岸，矗似長雲，製磁石以禦衝，糊赬壤以飛文」等句，皆於城郭有深嘅焉。所賦者城，故後段宫館略而不詳。其一則曰「圖修世以休命」，再則曰「將萬祀而一君」，深惜吴王濞之不能長有其國。而「出入三代，五百餘載」云云，蓋直泝自吴王濞以至于今，見逆天者亡，終必歸于無也。

吴汝綸曰：氣駿而詞已失古澤。

林紓曰：文不敢斥言世祖之夷戮無辜，亦不言竟陵之肇亂，入手言廣陵形勝及其繁盛，後乃寫其凋敝衰颯之形，俯仰蒼茫，滿目悲涼之狀，溢于紙上，真足以驚心動魄矣。

芙蓉賦〔一〕

感衣裳於楚賦，詠憂思於陳詩〔二〕。訪羣英之艷絶，標高名於澤芝〔三〕。會春帔乎夕張，搴芙蓉而水嬉〔四〕。抽我衿之桂蘭，點子吻之瑜辭〔五〕。選羣芳之徽號，□□□□□□〔六〕。抱兹性之清芬，稟若華之驚絶〔七〕。單藠陽之妙手，測淲池之光潔〔八〕。爍形輝之明媚，粲雕霞之繁悦〔九〕。顧椒丘而非偶，豈園桃而能埒〔一〇〕？彪炳以蒨藻，翠景而紅波〔一一〕。青房兮規接，紫的兮圓羅。樹妖媱之弱幹，散菡萏之輕荷〔一二〕。上星光而倒景，下龍鱗而隱波〔一三〕。戲錦鱗而夕映，曜繡羽以晨過〔一四〕。結游童之湘吹，起榜妾之江歌〔一五〕。備日月之温麗，非盛明而謂何〔一六〕？若乃當融風之暄盪，承暑雨之平渥〔一七〕。被瑶塘之周流，繞金渠之屈曲〔一八〕。排積霧而揚芬，鏡洞泉而含緑。葉折水以爲珠，條集露而成玉〔一九〕。潤蓬山之瓊膏，輝葱河之銀燭〔二〇〕。冠五華於仙草，超四照於靈木〔二一〕。雜衆姿於開卷，閱羣貌於昏明。無長袖之容止，信不笑之空城〔二二〕。森紫葉以上擢，紛緗蘂而不傾〔二三〕。根雖割而琯徹，柯既解而絲縈〔二四〕。感盛衰之可懷，質始終而常清。故其爲芳也綢繆，其爲媚也奔發〔二五〕。對粉則色殊，比蘭則香越〔二六〕。汎明彩於宵波，飛澄華於曉月〔二七〕。陋荆姬之朱顔，笑夏女之光髮〔二八〕。恨狎世而貽賤，徒愛存而賞没〔二九〕。雖淩羣以擅奇，終從歲而零歇。

〔一〕楚辭離騷：「製芰荷以爲衣兮，集芙蓉以爲裳。」注：「芙蓉，蓮華也。」宋書符瑞志：「文帝元嘉中，二蓮一帶凡九見，二蓮同榦凡六見。」

〔二〕上句見題注。詩陳風序：「澤陂，刺時也。言靈公君臣淫於其國，男女相悦，憂思感傷焉。」詩：「彼澤之陂，有蒲與荷。」傳：「荷，芙蕖也。」〔補注〕漢書藝文志：「屈原賦二十五篇。」

〔三〕古今注：「芙蓉，一名荷花，一名水芝，一名澤芝，一名水花。」

〔四〕説文：「弘農謂帬，帔也。」楚辭九歌：「與佳期兮夕張。」又：「搴芙蓉兮木末。」張衡西京賦：「於是命舟牧，爲水嬉。」

〔五〕吻，見前賦。禮記：「瑕不掩瑜。」注：「瑜，其中間美者。」〔補注〕張衡七辨：「拂以桂蘭。」

〔六〕禮記：「殊徽號。」

〔七〕陸機文賦：「誦先人之清芬。」淮南子：「若木在建水西，木有十花，其光照下地。」〔補注〕楚辭天問：「若華何光？」注：「若木何能有明赤之光華乎？」

〔八〕太玄經：「陽蓲萬物。」説文：「滮，水流貌。詩：『滮池北流。』」按：今作滮。〔補注〕詩毛傳：「單，盡也。」

〔九〕説文：「灼，爍光也。」又：「彤，赤飾也。」詩：「粲粲衣服。」傳：「粲粲，鮮盛貌。」

〔一〇〕楚辭離騷：「馳椒丘且焉止息。」左傳：「齊大，非吾偶也。」詩：「園有桃。」國語：「叔向、子産、晏嬰之才相等埒。」

〔一一〕左思蜀都賦：「符采彪炳。」束皙補亡詩注：「蒨蒨，鮮明貌。」拾遺記：「崑崙山南有赤陂紅波，千劫一竭，千劫水乃更生。」

〔一二〕爾雅：「荷，芙蕖，其莖茄，其葉蕸，其本蔤，其華菡萏，其實蓮，其根藕，其中的，的中薏。」王延壽魯靈光殿賦：「圜淵方井，反植芙蕖。發秀吐榮，菡萏披敷。緑房紫菂，窋咤垂珠。」説文：「娱，女子笑貌。」又：「媱，曲肩行貌。」〔補注〕詩毛傳：「夭，少也。」

〔一三〕揚雄甘泉賦：「歷倒景而絶飛梁兮。」郭璞江賦：「漻淢濜涓，龍鱗結絡。」注：「潘岳金谷詩曰：『濫泉龍鱗瀾。』」按：波韻重用。

〔一四〕〔補注〕宋本「映」作「暎」。初學記二十七「曜」作「濯」。

〔一五〕水經注：「衡山東南二面臨映湘川，自長沙至此，江、湘七百里中有九向九背，故漁者歌曰：『帆隨湘轉，望衡九面。』」楚辭涉江：「齊吴榜以擊汰。」注：「吴榜，船櫂也。」張協七命：「榜人奏采菱之歌。」〔補注〕宋本「游」作「遊」。藝文類聚八十二「江歌」作「吴謳」。

〔一六〕〔補注〕班婕妤自悼賦：「當日月之盛明。」

〔一七〕左傳注：「東北曰融風。」書：「夏暑雨。」

〔一八〕劉楨公讌詩：「菡萏溢金塘。」説文：「渠，水所居也。」〔補注〕藝文類聚「瑶」作「碧」，「屈」作「空」。

〔一九〕夏侯湛芙蕖賦：「纓以金牙，點以素珠。」〔補注〕藝文類聚、初學記「以」作「而」。

〔二〇〕山海經：「蓬萊山在海中。」又：「峚山其上多丹木，其中多白玉，是有玉膏，其源沸沸湯湯，黄帝是食是饗。是生玄玉，玉膏所出，以灌丹木。」漢書西域傳：「河有兩原，一出葱嶺，一出于闐。于闐在南山下，其河北流，與葱嶺河合。」穆天子傳：「天子之瑶玉果璿珠銀燭。」注：「銀有精光如燭。」

〔二一〕馮衍顯志賦：「食五芝之茂英。」山海經：「南山之首山曰鵲山，有木焉，其狀如穀而黑，其華四照，其名迷穀，佩之不迷。」

〔二二〕韓非子：「長袖善舞。」宋玉登徒子好色賦：「嫣然一笑，惑陽城，迷下蔡。」

〔二三〕釋名：「緗，桑也，如桑葉初生之色也。」廣韻：「華外曰蕚，華内曰蘂。」〔補注〕宋本「不」作「下」。

〔二四〕説文：「琯，本作管。」曹植芙蕖賦：「絲條垂珠，丹榮吐緑。」

〔二五〕詩：「綢繆束薪。」傳：「綢繆，猶纏緜也。」

〔二六〕〔補注〕宋本「粉」作「粧」，「殊」作「姝」。

〔二七〕〔補注〕宋本「彩」作「綵」。

〔二八〕楚辭招魂：「美人既醉，朱顔酡些。」左傳：「有仍氏生女黰黑而甚美，光可以鑑。」

〔二九〕晉書陶潛傳：「我性不狎也。」

園葵賦

風暖凌開，土昌泉動〔一〕。游塵曝日，鳴雉依隴〔二〕。主人拂黄冠，拭藜杖〔三〕，布蔬種，平圻壤〔四〕。通畔修直，膏畝夷敞〔五〕。白莖紫蔕，豚耳鴨掌〔六〕。溝東陌西，行三畦兩〔七〕，既區既鉏，乃露乃映〔八〕。句萌欲伸，叢芽將放〔九〕。爾乃晨露夕陰，霏雲四委〔一〇〕，沈雷遠震，飛雨輕灑，徐未及晞，疾而不靡〔一一〕，柔莩爰秀，剛甲以解〔一二〕。稚葉萍布，弱陰競抽〔一三〕，萋萋翼翼，沃沃油油〔一四〕，下葳蕤而被徑，上參差而覆疇〔一五〕，承朝陽之麗景，得傾柯之所投〔一六〕。仕非魯相，有不拔之利〔一七〕；賓惟二仲，無逸馬之憂〔一八〕；顧堇荼而莫偶，豈蘋藻之薦羞〔一九〕。若乃鄰老談稼，女嫗歸桑〔二〇〕，拂此葦席，炊彼穄粱〔二一〕，甃壺援醢，曲瓢卷漿〔二二〕，乃羹乃瀹，堆鼎盈筐〔二三〕，甘旨蒨脃，柔滑芬芳〔二四〕，消淋逐水，潤胃調腸〔二五〕。於是既飫，徹盤投筯〔二六〕，回小人之腹，爲君子之慮〔二七〕。近觀物運，遠訪師聖，聲數後彰，律理前定〔二八〕。烏非黔黑，鶴豈浴浄〔二九〕？彼圓行而方止，固得之於天性〔三〇〕，伊冬箑而夏裘，無雙功而並盛〔三一〕。盪然任心，樂道安命。春風夕來，秋日晨映〔三二〕。獨酌南軒，擁琴孤聽。篇章間作，以歌以詠〔三三〕。魚深沈而鳥高飛，孰知美色之爲正〔三四〕？

〔一〕周禮凌人注：「凌，冰室也。」禮記：「仲春之月，天子乃鮮羔開冰。仲冬之月，水泉。」莊子：「今夫百昌皆生於土而反於土。」〔補注〕宋本「昌」作「冒」。

〔二〕莊子：「野馬也，塵埃也，生物之以息相吹也。」注：「野馬，日光也。」顏氏家訓：「暴曬字與暴疾字相似，惟下稍異，後人輒加旁日耳。」張協雜詩：「澤雉登隴雊。」

〔三〕禮記：「黃冠，草服也。」爾雅翼：「藜，莖葉似王芻，兗州蒸爲茹，又可爲杖。」

〔四〕楊泉物理論：「粱者，黍稷之總名，三穀各二十，種爲六十，蔬、果之實助穀，各二十，凡爲百穀。故詩曰『播厥百穀』者，穀種衆種之大名也。」說文：「垠，地垠也，或从土斤。」又：「壤，柔土也。」

〔五〕說文：「畔，田界也。」應璩與滿公衡書：「沙場夷敞。」

〔六〕說文：「莖，草木榦也。」韻會：「蔕，音帶，草木根也。」格物論：「葵有鴨脚之名。」餘未詳。

〔補注〕賈思勰齊民要術：「葵有紫莖、白莖二種，種別復有大小之殊，又有鴨脚葵。」

〔七〕風俗通：「南北曰阡，東西曰陌。」說文：「田五十畝曰畦。」

〔八〕增韻：「區，音丘，分也。」說文：「鉏，立薅所用也。」按：說文「映，明也，隱也」本有兩解。廣韻作「於敬切」。潘岳射雉賦：「畏映日之儻朗。」梁元帝纂要：「在午曰亭，在未曰映。」是下文「秋日晨映」當讀英去聲。廣韻又作「烏朗切」。玉篇：「映曭，不明也。」是此處映字當讀音坱。

〔九〕禮記：「句者畢出，萌者盡達。」〔補注〕宋本「放」作「散」。

〔一〇〕說文：「霏，雨雪貌。」管子：「雲平而雨不密，無委雲則速止。」注：「委如委佩之委。」

〔一一〕說文：「晞，乾也。」又：「靡，披靡也。」

〔一二〕釋名：「莩，孚也，孚甲在上稱也。」又：「甲，孚也，萬物解孚甲而生也。」

〔一三〕後漢書馬融傳：「葩葉荓布，不可勝計。」

〔一四〕詩：「維葉萋萋。」傳：「茂盛貌。」又：「我黍翼翼。」箋：「蕃廡貌。」又：「其葉沃若。」傳：「猶沃沃然。」史記宋微子世家：「麥秀漸漸兮，禾黍油油。」

〔一五〕東方朔七諫：「上葳蕤而防露兮。」注：「葳蕤，盛貌。」玉篇：「參差，不齊也。」國語注：「麻地曰疇。」〔補注〕宋本「徑」作「逕」。玉篇：「葳蕤，草木實垂貌。」

〔一六〕左傳：「葵猶能衛其足。」杜注：「葵傾葉向日，自蔽其根。」

〔一七〕史記董仲舒傳：「公儀子相魯，之其家，見織帛，怒而出，其妻食于舍而茹葵，慍而拔其葵曰：『吾已食禄，又奪園夫工女利乎？』」

〔一八〕三輔決録：「蔣詡，字元卿，舍中三徑，惟羊仲、求仲從之遊，二仲皆剉廉逃名之士。」列女傳：「魯漆室女曰：『昔晉客舍吾家，繫馬于園，馬佚踐吾園葵，使吾終歲不厭葵味。』」

〔一九〕詩：「堇荼如飴。」左傳：「蘋蘩薀藻之菜，可薦于鬼神，可羞于王公。」

〔二〇〕説文：「嫗，母也。」

〔二一〕禮記：「士輤葦席以爲屋。」説文：「炊，爨也。」又：「粱，稻穀名。」穆天子傳注：「穄似麥而不黏。」

〔二二〕説文：「甃，井甓也。」又：「醢，肉醬也。」又：「漿，酢漿也。一曰：水米汁相將也。」

〔二三〕玉篇：「瀹，煮也。」詩：「不盈傾筐。」傳：「傾筐，畚屬，易盈之器也。」

〔二四〕格物論：「葵有數種，此菜葵也，味甘美，性滑利。」

〔二五〕説文：「痳，疝病。」臣鍇曰：「小便不快，溼痹沾瀝也。」

〔二六〕廣韻：「飫，飽也，饜也。」説文：「盤，承槃也。」又：「箸，飯攲也。」臣鍇曰：「今俗訛作『筯』也。」

〔二七〕二語亦見潘岳西征賦，實則皆用左傳「願以小人之腹，爲君子之心屬饜」而已。

〔二八〕漢書律曆志：「一曰備數，二曰和聲。」

〔二九〕莊子：「鵠不日浴而白，烏不日黔而黑。」

〔三〇〕南史張充傳：「金剛木柔，性之別也；圓行方止，器之異也。」明遠在前，當別有出。

〔三一〕淮南子：「知冬日之箑夏日之裘無用于己，則萬物之變猶塵埃也。」

〔三二〕〔補注〕宋本「日」字下注曰：「一作『秋月』。」

〔三三〕班固兩都賦序：「時時間作。」

〔三四〕莊子：「毛嬙、驪姬，人之所美也；魚見之深潛，鳥見之高飛。」

舞鶴賦〔一〕

散幽經以驗物，偉胎化之仙禽〔二〕。鍾浮曠之藻質，抱清迥之明心〔三〕。指蓬壺而翻翰，望崑閬以揚音〔四〕。帀日域以迴騖，窮天步而高尋〔五〕。踐神區其既遠，積靈祀而方多〔六〕。精含丹而星曜，頂凝紫而煙華〔七〕。引員吭之纖婉，頓修趾之洪姱〔八〕。疊霜毛而弄影，振玉羽而臨霞〔九〕。朝戲於芝田，夕飲乎瑤池〔一〇〕。厭江海而遊澤，掩雲羅而見羈〔一一〕。去帝鄉之岑寂，歸人寰之喧卑〔一二〕。歲崢嶸而愁莫，心惆惕而哀離〔一三〕。於是窮陰殺節，急景凋年〔一四〕。涼沙振野，箕風動天〔一五〕。嚴嚴苦霧，皎皎悲泉〔一六〕。冰塞長河，雪滿羣山〔一七〕。既而氛昏夜歇，景物澄廓〔一八〕。星翻漢迴，曉月將落〔一九〕。感寒雞之早晨，憐霜雁之違漠〔二〇〕。臨驚風之蕭條，對流光之照灼〔二一〕。唳清響於丹墀，舞飛容於金閣〔二二〕。始連軒以鳳蹌，終宛轉而龍躍〔二三〕。躑躅徘徊，振迅騰摧〔二四〕。驚身蓬集，矯翅雪飛〔二五〕。離綱別赴，合緒相依〔二六〕。將興中止，若往而歸。颯沓矜顧，遷延遲莫〔二七〕。逸翮後塵，翱翥先路〔二八〕。指會規翔，臨歧矩步〔二九〕。態有遺妍，貌無停趣。奔機逗節，角睞分形〔三〇〕。長揚緩騖，並翼連聲〔三一〕。輕迹凌亂，浮影交横〔三二〕。衆變繁姿，參差洊密〔三三〕。煙交霧凝，若無毛質〔三四〕。風去雨還，不可談悉〔三五〕。既散魂而盪目，迷不知其所之〔三六〕。忽星離而雲罷，整神容而自持〔三七〕。仰天居之崇絶，更惆惕而驚思〔三八〕。當是時也，燕姬色沮，巴童心恥〔三九〕。巾拂兩停，丸劍雙止〔四〇〕。雖邯鄲其敢倫，豈陽阿之能擬〔四一〕。入衛國而乘軒，出吴都而傾市〔四二〕。守馴養於千齡，結長悲於萬里〔四三〕。

〔一〕録文選李善注。

〔二〕相鶴經者，出自浮丘公，公以經授王子晉。崔文子者，學仙於子晉，得其文，藏于嵩高山石室，及淮南八公採藥得之，遂傳於世。鶴經曰：「鵠，陽鳥也，因金氣，依火精，火數七，金數九，故十六年小變，六十年大變，千六百年形定而色白。」又云：「二年落子毛，易黑點，三年頭赤，七年飛薄雲漢，又七年學舞，復三年應節，晝夜十二鳴，六十年大毛落，茸毛生，色雪白，泥水不能污，百六十年，雄雌相見，目睛不轉，孕千六百年，飲而不食。食於水，故喙長；軒於前，故後短；棲於陸，故足高而尾凋；翔於雲，故毛豐而肉疎。行必依洲嶼，止必集林木，蓋羽族之宗長，仙人之騏驥也。隆鼻短口則少眠，露眼赤精則視遠，頭鋭身短則喜鳴，四翎亞膺則體輕，鳳翼雀毛則善飛，龜背鼈腹則能産，軒前垂後則善舞，洪髀纖趾則能行。」〔補注〕梁章鉅文選旁證：「注『鶴經曰』，『鶴』上當有『相』字。」又曰：「注未釋胎化。按今本相鶴經云：『千六百年形定，飲而不食，與鸞鳳同羣，胎化而産，爲仙人之騏驥矣。』又博物志云：『鴻鵠千歲，皆胎生。』鵠、鶴古今字。」余蕭客文選音義：「雲嶠類要：『鶴胎生者，形體堅小，惟食稻粱，久須飛去，鸖合而卵生，其體大，食魚蝦，噉蛇鼠，不能去耳。』採蘭雜志：『鶴一名仙子，一名沈尚書，一名蓬萊羽士。』」

〔三〕曹植九詠章句曰：「鍾，當也。」

〔四〕東方朔十洲記：「崑崙山有三角，一角正北，名閬風顛；一角正東，名崑崙宮。」〔補注〕宋本「以」作「而」。許巽行文選筆記：「李注云：『蓬壺崑閬已見上注。』今所引者，乃呂向注，誤入正。」按：照代陸平原君子有所思行云：「築山擬蓬、壺，穿池類溟、渤。」李善於彼注云：「蓬、壺，二山名。溟、渤，二海名。」此賦以蓬、壺與崑、閬爲偶，亦是以二山名對二山名。考蓬壺可作一山解，亦可作二山解。作一山之名者，王嘉拾遺記云：「海中有三山，其形如壺，方丈曰方壺，蓬萊曰蓬壺，瀛洲曰瀛壺。」作兩山之名者，列子云：「渤海之東，不知幾億萬里，有大壑焉。實惟無底之谷，其下無底，名曰歸墟。其中有五山焉：一曰岱輿，二曰員嶠，三曰方壺，四曰瀛洲，五曰蓬萊也。」照賦蓋指方壺、蓬萊二山。

〔五〕相鶴經曰：「一舉千里，崇朝而偏四海者也。」長楊賦曰：「東震日域。」毛詩曰：「天步艱難。」陸機擬古詩曰：「粲粲光天步。」然文雖出彼，而意並殊，不以文害意也。〔補注〕許巽行文選筆記：「六臣本云：『日』，善本作『目』，亦據訛本言之也。觀注引長楊賦，知善本作『日』。」劉良注曰：「日域天步，言至遠也，言能窮偏天下而爲遊焉。」

〔六〕一舉千里，故云「既遠」；壽踰千歲，故云「方多」。〔補注〕陸機列僊賦：「觀百化於神區。」呂延濟注：「神區，神明之區域。祀，年也。踐歷既遠，年壽又多。」余蕭客文選音義：「多，叶得雅切。」

〔七〕相鶴經曰：「露目赤精則視遠。」〔補注〕宋本「曜」作「耀」。相鶴經：「鶴之上相，瘦頭朱頂。」

〔八〕爾雅曰：「吭，鳥嚨。」相鶴經曰：「高脚疎節則多力。」王逸楚辭注曰：「姱，好也。」吭，胡絳切。〔補注〕宋本及宋文選六臣本「員」作「圓」。宋本「洪」作「鴻」。梁章鉅文選旁證：「説文繫傳云：『亢，喉孔也。』舞鶴賦引『員亢之纖婉』，本作此字。」

〔九〕閔鴻羽扇賦曰：「同皦素於凝霜。」江逌扇賦曰：「瓊澤冰鱗。」瓊亦玉也。

〔一〇〕十洲記曰：「鍾山在北海之中，地仙家數千萬，耕田種芝草，課計頃畝也。」穆天子傳曰：「天子觴王母于瑶池之上。」

〔一一〕新序曰：「晉文公出田，漁者曰：『鴻鵠保河海之中，厭而徙之小澤，必有矰弋之憂。』」鸚鵡賦曰：「冠雲霓而張羅。」

〔一二〕莊子曰：「乘彼白雲，至于帝鄉。」岑寂，猶高静也。春秋穀梁傳曰：「寰内諸侯，非天子之命不得出。」

〔一三〕廣雅曰：「峥嶸，高貌。」歲之將盡，猶物之高。楚辭曰：「惆悵而私自憐。」〔補注〕宋本「愁」作「催」。宋本及文選李善注本「惕」作「悵」。梁章鉅文選旁證：「六臣本『愁』作『催』。五臣『悵』作『惕』，下『更惆悵以驚思』句亦作『惆惕』，銑注可證。」朱珔文選集釋：「李注引廣雅曰：『峥嶸，高貌。』今廣雅無此語，彼釋詁云：『嶕峉，深也。』釋訓云：『峥峉，深冥也。』嶕峉即峥嶸。説文：『嶕嶸，山貌也。』不言高。本書吴都賦、上林賦兩注，亦謂深不謂高。方言：『崝，高也。』郭注：『崝嶸，高峻之貌。』又本書天台山賦注引字林云：『崢嶸，山高貌。』疑廣雅二字，爲字林之誤。高唐賦：『俯視崝嶸。』注亦引廣雅：『崝嶸，深直貌。』胡氏考異謂『直』爲『冥』之訛，是也。」劉文典三餘札記：「魯靈光殿賦：『鬱坱圠以嶒嵫。』注：『嶒嵫，深空貌。』與廣雅『崝嵤，深也』又『深冥也』之誼正合，音亦相同。朱説是也。」張銑注：「惆惕，悲傷貌。」

〔一四〕禮記曰：「季冬之月，日窮于次。」神農本草經曰：「秋冬爲陰。」禮記曰：「仲秋之月，殺氣浸盛。」〔補注〕陸機演連珠：「勁陰殺節。」

〔一五〕易卦通驗曰：「巽氣至則大風揚沙。」春秋緯曰：「月失其行，離於箕者風。」易緯曰：「箕風飄石折樹。」〔補注〕梁章鉅文選旁證：「『卦通』當作『通卦』。『至』字上當有『不』字。」

〔一六〕〔補注〕李周翰注：「嚴嚴，慘烈貌。寒霧殺物，故云苦也。」詩小雅：「皎皎白駒。」釋文：「皎皎，古了反，潔白也。」

〔一七〕海賦曰：「羣山既略。」

〔一八〕廣雅曰：「廓，空也。」〔補注〕宋本「氛」作「雰」。吕向注：「氛昏，陰氣也。歇，止也。」

〔一九〕魏文帝雜詩曰：「天漢迴西流。」〔補注〕張雲璈選學膠言：「鶴舞多在寒夜，故有『冰塞長河，雪滿羣山』及『星翻漢迴，曉月將落』等語。」

〔二〇〕説文曰：「漠，北方流沙。」漢書：「李陵歌曰：『徑萬里兮度沙漠。』」〔補注〕吕向注：「違漠，雁背沙漠以就温也。」

〔二一〕傅休奕雜詩曰：「一紀如流光。」〔補注〕宋文選六臣本「驚」作「清」。吕向注：「蕭條，風聲。」曹植七哀詩：「明月照高樓，流光正徘徊。」

〔二二〕唳，鶴聲也。八王故事：「陸機歎曰：欲聞華亭鶴唳，不可復得。」漢典職儀曰：「以丹漆地，故稱丹墀。」相鶴經云：舞飛。注見前。〔補注〕宋本「清」作「青」，「飛容」作「容飛」。

〔二三〕海賦曰：「翔霧連軒。」相鶴經曰：「鳳翼則善飛。」尚書曰：「鳥獸蹌蹌。」周易曰：「見龍在田，或躍在淵。」〔補注〕吕延濟注：「連軒二句，鶴舞之貌。」海賦李善注：「軒，舉也。」張銑注：「連軒，飛貌。」

〔二四〕或飛騰，或摧折。〔補注〕詩七月：「莎雞振羽。」毛傳：「莎雞羽成而振訊之。」釋文：「訊，音信，本又作迅，同。」廣雅：「振訊，動也。」

〔二五〕如蓬之集，如雪之飛。相鶴經曰：「大毛落，茸毛生，色雪白。」〔補注〕宋文選六臣本、全宋文「雪」作「雲」。劉良注：「跳躑騰舉，如飄蓬飛雲也。」

〔二六〕綱緒，謂舞之行列也。言或離而別赴，或合而相依。〔補注〕宋本「綱」作「網」，「緒」作「渚」。

〔二七〕颯沓，羣飛貌。矜顧，矜莊相顧也。還延，徐退也。高唐賦曰：「還延引身。」楚辭曰：「恐美人之遲莫。」王逸曰：「莫，晚也。」〔補注〕李周翰注：「將赴復止，如去復還。颯沓驚顧，謂自憐顧盼也。遷延遲莫謂徐緩。」

〔二八〕言飛之疾，塵起居鶴之後，鶴飛在路之先。楚辭曰：「來吾導夫先路。」

〔二九〕會，四會之道。歧，歧路也。四會已見蕪城賦。爾雅曰：「二達謂之歧。」郭璞曰：「歧道傍出。」〔補注〕劉良注：「指會臨歧，皆舞之節。臨指，其節翔步皆中規矩。」胡克家文選考異：「注『二達謂之岐』，案『岐』下當有『旁』字，各本皆脱。」

〔三〇〕機節，舞之機節。奔，獨赴也。説文曰：「逗，止也。」角，猶競也。廣雅曰：「睞，視也。」〔補注〕胡克家文選考異：「注『奔，獨赴也』，案『獨』當作『猶』，各本皆訛。」

〔三一〕〔補注〕宋本「揚」字下注：「一作揚翹。」吴汝綸曰：「『長揚』作『揚翹』是。」

〔三二〕相凌而交横。

〔三三〕傅玄乘輿馬賦曰：「繁姿屢發。」字書曰：「洊，仍也。」

〔三四〕毛羽與烟霧同色，故云若無。

〔三五〕風雨既除，而色愈浄，故難悉也。〔補注〕許巽行文選筆記：「上下句風雨烟霧，皆比況之詞，注非是。」孫志祖文選李注補正：「金云：『此謂舞勢如風雨去來，難以辭逐也。注未合。』」吕向注：「悉，盡也。如風雨之去來，非説可盡其美。」

〔三六〕韓詩曰：「聊樂我魂。」薛君注曰：「魂，神也。」

〔三七〕星離，分散也。雲罷，俱止也。韓子曰：「雲罷霧霽，而龍與螾蟻同矣。」自持，自整持也。神女賦曰：「頩薄怒而自持。」〔補注〕宋本及宋文選六臣本「罷」作「羅」。六臣本善注無「俱」字。張銑注：「星離雲羅，謂鶴散立貌。」

〔三八〕蔡邕述行賦曰：「皇家赫赫而天居，崇高而懸絶。」〔補注〕文選李善注本「愓」作「悵」。胡克家文選考異：「注『赫』字不當重，各本皆衍。」張銑注：「天居，鶴之舊居。崇絶高遠，言仰望舊居高遠，惆愓然驚其所思。」

〔三九〕左氏傳曰：「齊侯伐北燕，燕人歸燕姬。」巴童，巴渝之童也。毛萇詩傳曰：「沮，猶壞也。」〔補注〕宋本「童」作「僮」。梁章鉅文選旁證：「葉氏樹藩曰：『拾遺記云：燕昭王時，廣延國獻舞者二人，一曰旋娟，一曰提嫫，體輕氣馥，行無迹影。王登崇霞之臺，召二人舞，其舞名曰縈塵，曰集羽，曰旋懷。』又古樂録曰：『巴西閬中有渝水，獠居其上，剛勇好舞。高祖召募，以定三秦。後使樂府習其舞曰巴渝舞。』」

〔四〇〕沈約宋書曰：「晉初有公莫舞，今之巾舞也。相傳云項莊劍舞，項伯以袖隔之。今之用巾，蓋像項伯衣袖之遺式。」又：「江左初有拂舞，舊云：拂舞，吴舞。」西京賦曰：「跳丸劍之揮霍。」

〔四一〕漢書有邯鄲鼓員。古樂府曰：「黄金爲君門，白璧爲君堂。上有雙樽酒，使作邯鄲倡。」淮南子曰：「夫歌采菱，發陽和，鄙人聽之，不若延露以和也。」〔補注〕淮南子高誘注：「陽阿，古之名倡也。」

〔四二〕左氏傳曰：「衛懿公好鶴，鶴有乘軒者。」注曰：「軒，大夫車也。」吴越春秋曰：「吴王闔閭有小女，王與夫人女會食蒸魚，王嘗半，女怨曰：『王食魚辱我，不忍久生。』乃自殺。闔閭痛之，葬於都西閶門外，鑿池積土爲山，石爲槨，金鼎玉杯銀樽珠襦之寶以送女。乃舞白鶴於吴市中，萬人隨觀，遂使男女與鶴俱入墓門，因塞之以送死。」

〔四三〕養生要曰：「鶴壽有千百之數。」阮籍詠懷詩曰：「鴻鵠相隨飛，隨飛適荒裔。雙翮浸長風，須臾萬里逝。」

【集説】

章炳麟曰：孫卿五賦，寫物效情，蠶、箴諸篇，與屈原橘頌異狀，其後鸚鵡、焦鷯，時有方物；及宋世雪、月、舞鶴、赭白馬諸賦放焉。

野鵝賦　并序〔一〕

有獻野鵝於臨川王〔二〕，世子愍其樊縶，命爲之賦〔三〕。其辭曰：

集陳之隼，以自遠而稱神〔四〕；栖漢之雀，乃出幽而見珍〔五〕。此璅禽其何取？亦廁景而承仁〔六〕，捨水澤之驩逸，對鐘鼓之悲辛〔七〕。豈徇利而輕命？將感愛而投身〔八〕。入長羅之逼脅，悵高繳之樊縈〔九〕，邈辭朋而别偶，超煙霧而風行〔一〇〕，跨日月以遥逝，忽瞻國而望城〔一一〕，踐菲迹於瑶塗，昇弱羽於丹庭〔一二〕，瞰東西之繡户，眺左右之金扃〔一三〕，貌纖殺而含悴，心翻越而慙驚〔一四〕，若墜淵而墮谷，悦不知其所寧〔一五〕。惟君囿之珍麗，實妙物之所殷〔一六〕，翔海澤之輕鷗，巢天宿之鳴鶉〔一七〕，鶡程材於梟猛，翬薦體之雕文〔一八〕，既敷容以照景，亦避翮而排雲〔一九〕，雖居物以成偶，終在我以非羣。望征雲而延悼，顧委翼而自傷，無青雀之銜命，乏赤鴈之嘉祥〔二〇〕，空穢君之園池，徒慙君之稻粱〔二一〕，願引身而翦迹，抱末志而幽藏〔二二〕。於是流歲遂遠，慘節方崇，雲纏海岱，風拂嶠潼〔二三〕，飛雰馳霰，飄沙舞蓬〔二四〕，視清池之初涸，望緑林之始空，立菰蒲之寒渚，託隻影而爲雙〔二五〕，宛拔啄而掩眥，悲結悵而滿胸〔二六〕。處朝晝而雅念，假外見而遷排〔二七〕，涉修夜之長寂，信專思而知哀〔二八〕。風梢梢而過樹，月蒼蒼而照臺〔二九〕，冰依岸而早結，霜託草而先摧，斂雙翮於水裔，翹孤趾於林隈〔三〇〕，情無方而雨集，事有限而星乖〔三一〕，在俄頃而猶悼，矧窮生之所懷。聞宿世之高賢，澤無微而不均，育草木而明義，愛禽鳥而昭仁，全殞卵而來鳳，放乳麑而感麟〔三二〕。雖陋生於萬物，若沙漠之一塵〔三三〕，苟全軀而畢命，庶魂報以自申〔三四〕。

〔一〕爾雅：「鵱鷜，鵝。」注：「今之野鵝。」史記司馬相如傳：「子虛賦：『弋白鵠，連駕鵝。』」索隱：「駕鵝，爾雅云：『舒鴈，鵝也。』郭璞曰：『野鵝也。』」〔補注〕高似孫緯略：「宋鮑昭野鵝賦曰：『邈離羣而別偶，超煙霧以風行。』如張文昌詩，但曰『曲沼春流滿，新波映野鵝』耳，則鵝安得超烟霧而風行耶？按西京賦曰：『鳥則鷫鷞鴰鴇，駕鵝鴻鶤。』張揖上林賦注曰：『駕鵝，野鵝也。』鮑昭所賦，蓋是駕也。」

〔二〕宋書臨川烈武王道規傳：「字道則，高祖少弟也。高祖受命，追封臨川王。無子，以長沙景王第二子義慶爲嗣。永初元年，襲封臨川王。元嘉九年，出爲荆州刺史。十六年，改江州刺史。十七年，爲南兗州刺史。愛好文義，招聚文學之士，近遠必至。太尉袁淑，文冠當時，義慶在江州，請爲衛軍諮議參軍。其餘吴郡陸展、東海何長瑜、鮑照等，並爲辭章之美，引爲佐史國臣。子哀王燁，字景舒，官至通直郎，爲元凶所殺。」

〔三〕説文：「慇，痛也。」又：「樊，鷙不行也。」臣鍇曰：「鷙，猶縶也。鷹隼之屬見籠不得出，以左右攀引外也。」

〔四〕國語：「仲尼在陳，有隼集于陳侯之庭而死，楛矢貫之石砮，其長尺有咫。仲尼曰：『隼之來也遠矣，此肅慎氏之矢也。』」

〔五〕漢書宣帝紀：「神雀元年。」應劭曰：「前年神雀集長樂宫，故改年也。」

〔六〕張衡東京賦注：「瓅瓅，小也。」廣韻：「廁，間也，次也。」

〔七〕禮記：「水澤腹堅。」莊子：「昔者海鳥止於魯郊，魯侯御而觴之於廟，奏九韶以爲樂，具太牢以爲膳。鳥乃眩視悲憂，三日而死。」

〔八〕後漢書朱穆傳：「專諸、荆卿之感激，侯生、豫子之投身，情爲恩死，命緣義輕。」

〔九〕爾雅：「鳥罟謂之羅。」晉書庾亮傳：「宥逼脅之罪。」漢書張良傳注：「繳，弋射也。」廣韻：「縈，繞也。」〔補注〕宋本「悵」作「恨」，藝文類聚九十一作「負」。

〔一〇〕〔補注〕藝文類聚「朋」作「羣」。宋本「霧」作「鶩」。嚴可均曰：「疑當作『鶩』。」

〔一一〕〔補注〕宋本「以」作「而」。

〔一二〕班固西都賦：「玉階彤庭。」

〔一三〕博雅：「瞰，視也。」玉篇：「眺，望也。」張衡同聲歌：「重户結金扃。」

〔一四〕説文：「纖，細也。」詩：「予羽譙譙。」傳：「譙譙，殺也。」增韻：「翻，反覆也。」書「無越厥命」傳：「越，墜也。」〔補注〕宋本「含」字下注：「一作『衾』。」

〔一五〕禮記：「退人若將墜諸淵。」楚辭九歌：「臨風怳兮浩歌。」

〔一六〕後漢書馮衍傳：「忽道德之珍麗兮。」周禮太宰注：「殷，衆也。」

〔一七〕列子：「海上之人有好漚鳥者，每旦之海上，從漚鳥遊，鳥之至者，百住而不止。其父曰：『吾聞漚鳥皆從汝遊，汝取來吾玩之。』明日之海上，漚鳥舞而不下也。」埤雅：「南方朱鳥七宿，曰鶉首、鶉火、鶉尾。」

〔一八〕續漢書輿服志：「鶡者，勇雉也，其鬥對一死乃止，故趙武靈王以表武士。」陸機文賦：「辭程才以效伎。」漢書高帝紀注：「梟，健也。」爾雅：「伊洛而南，素質五采皆備成章曰翬。」漢書景帝紀：「雕文刻鏤。」

〔一九〕異苑：「山雞映水則舞，魏武時南方獻之。帝欲其鳴舞而無由，公子蒼舒令置大鏡其前，雞鑒形而舞。」翩，見遊思賦。〔補注〕宋本「避」作「選」，「而」作「以」。

〔二〇〕山海經：「三危之山，有青鳥居之。」注：「青鳥主爲西王母取食者。」漢書武帝紀：「行幸東海，獲赤鴈，作朱鴈之歌。」班固東都賦：「備致嘉祥。」〔補注〕山海經：「有三青鳥，赤首黑目，一名曰大鵹，一名曰少鵹，一名曰青鳥。」注：「皆西王母所使也。」

〔二一〕韓詩外傳：「田饒謂魯哀公曰：『夫雞有五德，君猶日瀹而食之者，以其所來近也。夫黄鵠一舉千里，出君園池，食君魚鼈，啄君稻粱，無此五者而貴之，以其所從來遠也。』」

〔二二〕引身，見前賦「遷延」注。左傳注：「翦，削也。」

〔二三〕書：「海岱惟青州。」左傳：「殽有二陵焉，其南陵，夏后臯之墓也，其北陵，文王之所避風雨也。」潘岳西征賦注：「雍州圖經曰：『潼水在華陰縣界。』」

〔二四〕玉篇：「雺，霧氣也。」説文：「霰，稷雪也。」博物志：「徐州人謂塵土爲蓬塊，吴人謂塵土爲埃坱。」〔補注〕宋本「雺」作「雲」，有注曰：「一作『雺』。」

〔二五〕博雅：「菰，蔣也。」説文：「蒲，水草也。」爾雅：「小洲曰渚。」

〔二六〕「啄」，疑當作「喙」。説文：「喙，口也。」又：「眥，目厓也。」

〔二七〕〔補注〕宋本「雅」作「雖」。

〔二八〕〔補注〕漢武帝悼李夫人賦：「奄修夜之不暘。」

〔二九〕爾雅：「梢梢，擢也。」注：「謂木無枝柯，梢櫂長而殺也。」

〔三〇〕楚辭九歌：「蛟何爲兮水裔？」爾雅：「趾，足也。」陶潛丙辰歲八月中於下潠田舍穫詩：「勠力東林隈。」

〔三一〕王褒四子講德論：「是以海内歡慕，莫不風馳雨集。」陸機爲顧彦先贈婦詩：「形影參商乖。」嬾真子録：「五角六張，此古語也，謂五日遇角宿，六日遇張宿，此兩日作事多不成。」

〔補注〕莊子：「動于無方。」

〔三二〕史記孔子世家：「刳胎殺夭則騏驎不至郊，竭澤涸魚則蛟龍不合陰陽，覆巢毁卵則鳳凰不翔。」韓非子：「孟孫獵得麑，使秦西巴載之持歸，其母隨之而啼，秦西巴弗忍而與之。孟孫歸至而求麑，答曰：『余弗忍而與其母。』孟孫怒逐之。居三月復召以爲其子傅，曰：『夫不忍麑，又且忍吾子乎？』」

〔三三〕沙漠，見前賦注。

〔三四〕司馬遷報任少卿書：「全軀保妻子之臣。」曹植求自試表：「量能而受爵者，畢命之臣也。」吴均續齊諧記：「楊寶年九歲，至華陰山，見一黄雀爲鴟梟所搏，後爲螻蟻所困，寶懷之以歸，置巾箱中，啖以黄花，逮十餘日，毛羽成，乃去。是夕三更，有黄衣童子曰：『我王母使者，蒙君仁愛見救。』以四白環與之，曰：『令君子孫潔白，從登三公事，如此環矣。』」

尺蠖賦〔一〕

智哉尺蠖！觀機而作，伸非向厚，屈非向薄〔二〕。當静泉渟，遇躁風驚〔三〕，起軒軀以曠跨，伏累氣而併形〔四〕。冰炭弗觸，鋒刃靡迕〔五〕，逢險蹙蹐，值夷舒步〔六〕，忌好退之見猜，哀必進而爲蠹〔七〕，每驤首以瞰途，常駐景而翻露〔八〕。故身不豫託，地無前期，動静必觀於物，消息各隨乎時，從方而應，何慮何思〔九〕？是以軍算慕其權，國容擬其變〔一〇〕。高賢圖之以隱淪，智士以之而藏見〔一一〕。笑靈蛇之久蟄，羞龍德之方戰〔一二〕，理害道而爲尤，事傷生而感賤，苟見義而守勇，豈專取於弦箭〔一三〕。

〔一〕埤雅：「尺蠖，屈伸蟲也。一名蝍蝛，又呼步屈，似蠶食葉，老亦吐絲作室，舊説尺蠖之繭化而爲蝶，此猶蛹之變蛾爾。」

〔二〕易：「君子見幾而作。」又：「尺蠖之屈，以求信也。」〔補注〕藝文類聚九十七「向薄」作「今薄」。

〔三〕埤蒼：「渟，水止也。」

〔四〕後漢書劉祐傳注：「累氣，屏息也。」

〔五〕陶潛雜詩：「孰若當世士，冰炭滿懷抱。」書：「礪乃鋒刃。」後漢書陳蕃傳注：「迕，猶遇也。」〔補注〕宋本「靡」作「歷」。淮南子：「貪禄者見利不顧身，而好名者非義不苟得，此相爲論，譬猶冰炭鉤繩也，何時而合？」楚辭七諫：「冰炭不可以相並兮。」

〔六〕説文：「嶮，阻難也。」又：「蹴，躡也。」「蹐，小步也。」類篇：「蹴，或作蹙。」詩：「有夷之行。」傳：「夷，易也。」

〔七〕説文：「蠹，食木蟲也。」

〔八〕應瑒慜驥賦：「思奮行而驤首兮。」瞰，見前賦。〔補注〕宋本「駐」作「佇」，「露」作「路」。

〔九〕易：「與時消息。」又：「天下何思何慮？」〔補注〕易：「動静不失其時。」禮記：「無節于内者，觀物弗之察矣。」又：「袷如矩以應方。」

〔一〇〕上句未詳。晏子：「弦章謂景公曰：尺蠖食黄即身黄，食蒼即身蒼。」亢桑子：「夫俗隨國政之方圓，猶尺蠖之於葉也。」

〔一一〕郭璞尺蠖贊：「貴有可賤，賤有可珍，嗟兹尺蠖，體此屈伸，論配龍蛇，見歎聖人。」桓譚新論：「天下神人五，一曰神仙，二曰隱淪。」傳奕潛通賦：「尺蠖屈體以求伸。」

〔一二〕易：「龍蛇之蟄，以存身也。」又：「龍戰于野。」〔補注〕易：「龍德而正中者也。」又：「龍德而隱者也。」

〔一三〕陳琳爲袁紹檄豫州注引魏志：「琳歸曹公，曹公曰：『卿昔爲本初移書，但可罪狀孤而已，惡止其身，何乃上及父祖邪？』琳謝罪曰：『矢在弦上，不可不發。』」〔補注〕論語：「見義不爲，無勇也。」

飛蛾賦〔一〕

仙鼠伺闇，飛蛾候明〔二〕，均靈舛化，詭欲齊生〔三〕。觀齊生而欲詭，各會住以憑方〔四〕。凌燋煙之浮景，赴熙焰之明光〔五〕。拔身幽草下，畢命在此堂〔六〕。本輕死以邀得，雖糜爛其何傷〔七〕。豈學山南之文豹，避雲霧而巖藏〔八〕。

〔一〕古今注：「飛蛾善拂燈，一名火花，一名慕光。」

〔二〕爾雅：「蝙蝠服翼。」注：「齊人呼爲蟙蠌，或謂之仙鼠。」易林：「蝙蝠夜藏，不敢晝行。」

〔三〕博雅：「舛，偝也。」後漢書班固傳注：「詭，異也。」左思吴都賦：「詭類舛錯。」〔補注〕太平御覽九百五十一「欲」作「態」。

〔四〕〔補注〕太平御覽「齊生」作「生齊」，「欲」作「態」。宋本「住」作「性」。

〔五〕説文：「燋，所以然持火也。」爾雅：「緝熙，光也。」

〔六〕晉書周虓傳：「未及拔身，奄隕厥命。」畢命，見野鵝賦。

〔七〕老子：「民之輕死，以其求生之厚，是以輕死也。」〔補注〕孟子：「糜爛其民而戰之。」

〔八〕列女傳：「南山有玄豹，霧雨七日而不下食者，欲以澤其毛而成文章也，故藏而遠害。」〔補注〕嚴可均曰：「封氏聞見記五云：舊説南山赤豹，愛其毛體，每有霧露，諸禽獸皆取食，惟赤豹深藏不出，故古以喻賢者隱居避世，引此賦：『豈若南山赤豹，避雨霧而深藏。』則唐本是『赤』字。」

表疏

爲柳令讓驃騎表〔一〕

臣言：伏承詔書，加臣驃騎將軍，餘如故。顧循空薄，屢墜成命〔二〕，仰當天寵，伏抱慙灼〔三〕。臣素陋人，本絶分望，適野謝山川之志，輟耕無鴻鵠之歎〔四〕，宦希鄉部，富期農牧〔五〕。夙當昌朝，早值恩洽〔六〕。天綱紛横，皇曆歸聖〔七〕，佐輪不殷，良馬未汗，功半下列，爵超上賞〔八〕，奮迹騰光，參駕龍服〔九〕，翰起雲飛，拂翼虹路〔一〇〕。雖曩之脱駕拖紫，弛擔丹轂〔一一〕，方之微臣，彼安足齒。齊此而歸，懼塵王度〔一二〕，況遂頻煩，重彰濫越〔一三〕。伏願天德曲成，資始令終〔一四〕，雨露之惠，自華及殞〔一五〕，特屈慈獎，降中愚固〔一六〕，則綢繆之施，復踰造物〔一七〕。不勝感躍惶駭之情。謹拜表以聞。

〔一〕後有侍宴覆舟山詩敕爲柳元景作，疑即其人也。宋書柳元景傳：「字孝仁，河東解人也。少便弓馬，以勇聞，太祖嘉之。上至新亭即位，以爲侍中，領左衛將軍，轉雍州刺史。孝建中，復爲領軍太子詹事，加侍中，尋轉驃騎將軍，本州大中正。大明三年，遷尚書令。六年，進司空，侍中、令、中正如故。固讓，乃授侍中、驃騎將軍、南兗州刺史。世祖晏駕，受遺詔輔幼主，遷尚書令，領丹陽尹，侍中、將軍如故。元景起自將帥，及當朝理務，雖非所長，而有宏雅之美。」又百官志：「驃騎將軍一人，第二品。尚書令，任總機衡，第三品。」〔補注〕宋本「讓」作「謝」。宋書孝武紀云：「孝建三年十月丁未，領軍將軍柳元景加驃騎將軍、尚書令。」此表爲是時作。

〔二〕吴志孫權傳注：「本性空薄。」〔補注〕書：「王厥有成命。」

〔三〕詩：「何天之寵。」方言：「灼，驚也。」

〔四〕左傳：「與裨諶乘以適野。」史記陳涉世家：「常與人傭耕，輟耕之壟上，悵恨久之，曰：『苟富貴，無相忘。』傭者笑而應曰：『若爲傭耕，何富貴也？』陳涉曰：『嗟乎！燕雀安知鴻鵠之志哉？』」

〔五〕後漢書馬援傳：「謂官屬曰：『吾從弟少游，常哀吾慷慨多大志，曰士生一世，但取衣食裁足，乘下澤車，御款段馬，爲郡掾史，守墳墓，鄉里稱善人，斯可矣。』」史記貨殖傳：「宣曲任氏之先爲督道倉吏，富人争奢侈，而任氏折節爲儉，力田畜，田畜人争取賤買，任氏獨取貴，善富者數世。」

〔六〕〔補注〕全宋文「朝」作「期」。

〔七〕宋書孝武帝紀：「元嘉三十年，元凶弑逆，上率衆入討。四月辛酉，上次溧洲。癸亥，冠軍將軍柳元景前鋒至新亭，修建營壘。甲子，賊劭親率衆攻元景，大敗退走。丙寅，上次江寧。丁卯，大將軍江夏王義恭來奔，奉表上尊號。戊辰，上至于新亭。己巳，即皇帝位，大赦天下。」漢書律曆志：「玉衡杓建，天之綱也。」

〔八〕左傳：「左輪朱殷。」史記晉世家：「夫導我以仁義，防我以德惠，此受上賞。輔我以行，卒以成立，此受次賞。矢石之難，汗馬之勞，此復受次賞。」張衡七辨：「立事有三，言爲下列。」〔補注〕宋本「佐」作「左」。

〔九〕陸機漢高祖功臣頌：「奮臂雲興，騰迹虎噬。」易林：「驂駕六龍。」詩：「兩服上襄。」箋：「兩服，中央夾轅者。」

〔一〇〕史記高祖紀：「大風起兮雲飛揚。」陸機吴貞獻處士陸君誄：「附翼雲霄，雙飛天路。」

〔一一〕史記李斯傳：「我未知所以税駕也。」注：「税駕，猶解駕，言休息也。」按左傳：「及堂阜而税之。」釋文：「税，本又作説，同上活反。」「鄭人所獻楚囚也，使税之。」釋文：「税，吐活反。」是税可通脱也。揚雄解嘲：「紆青拖紫，朱丹其轂。」左傳：「赦其不閑于教訓而免于罪戾，弛于負擔。」〔補注〕宋本「弛」作「捨」。

〔二〕左傳：「思我王度。」

〔三〕陸雲答兄平原詩：「錫命頻繁。」玉篇：「越，踰也。」

〔四〕易：「萬物資始。」詩：「高朗令終。」〔補注〕全宋文「德」作「聽」。易：「乃位乎天德。」又：「曲成萬物而不遺。」

〔五〕詩蓼蕭箋：「露者天所以潤萬物，喻王者恩澤不爲遠國則不及也。」

〔六〕書：「禹拜稽首固辭。」傳：「再辭曰固。」

〔七〕綢繆，見芙蓉賦。莊子：「偉哉夫造物者，將以予爲此拘拘也！」

謝秣陵令表〔一〕

臣照言：即日被尚書召，以臣爲秣陵令〔二〕。臣負鍤下農，執羈末皁〔三〕，情有局塗，志無遠立〔四〕，遘命逢天，得汙官牒〔五〕，不悟恩澤無窮，謬當獎試。用謝刀筆，猥承宰職〔六〕，豈是闇懦，所能克任〔七〕。今便抵召，違離省闥〔八〕，係戀罔極，不勝下情。謹拜表以聞。

〔一〕宋書州郡志：「揚州丹陽尹，領秣陵令。其地本名金陵，秦始皇改，本治去京邑六十里，今故治村是也。晉安帝義熙九年移治京邑，在門場。恭帝元熙元年，省揚州府禁防參軍，縣移治其處。」又百官志：「縣令、長，秦官也，大者爲令，小者爲長。諸縣署令千石者第六品，諸縣令六百石者第七品。」〔補注〕宋本有注曰：「時爲中書舍人。」按：南史照本傳：「於是奏詩，義慶奇之，尋爲國侍郎，甚見知賞，遷秣陵令。文帝以爲中書舍人。」是在文帝時。虞炎鮑照集序：「孝武初，除海虞令，遷太學博士，兼中書舍人，出爲秣陵令，又轉永嘉令。」是在世祖時。據自注云：「時爲中書舍人。」表文有「用謝刀筆，猥承宰職」，「今便抵召，違離省闥」等語，是先爲中書舍人出爲秣陵令之證，虞序自較南史爲可信。照自孝武初至大明四年間，爲令凡三遷其職，一爲海虞，一爲秣陵，一爲永嘉，依漢書段會宗傳如淳注「邊吏三歲一更」例之，照自孝建元年除海虞，越三年當孝建三年，遷太學博士，兼中書舍人，出爲秣陵令；又三年當大明三年，遷永嘉令；又三年當大明六年，除臨海王前軍行參，前後頗相符。

〔二〕宋書百官志：「尚書職無不總，凡重號將軍刺史，皆得命曹擢用，唯不得施除及加節。」

〔三〕爾雅：「鍬謂之臿。」禮記：「如皆守社稷，則孰執羈靮而從？」左傳：「士臣皁。」〔補注〕宋本「鍤」作「插」。參下拜侍郎上疏補注。

〔四〕魏文帝與朝歌令吳質書：「塗路雖局，官守有限。」注：「爾雅曰：『局，近也。』」〔補注〕全宋文：「遠，一作建。」

〔五〕説文：「遘，遇也。」漢書李固傳：「其列在官牒者，凡四十九人。」〔補注〕全宋文：「遘，一作此。」

〔六〕史記蕭相國世家贊：「於秦時爲刀筆吏。」通典：「縣邑之長，曰宰曰尹曰令曰大夫，其職一也。」

〔七〕後漢書劉焉傳：「張魯以璋闇懦，不復承順。」

〔八〕曹植王仲宣誄：「秉機省闥。」〔補注〕宋本「抵」作「祇」。按：省闥，指中書省。照先爲中書舍人。南齊書幸臣傳：「晉令舍人位居九品，江左置通事郎，管司詔誥。其後郎還爲侍郎，而舍人亦稱通事。……孝武以來，士庶雜選，如東海鮑照，以才學知名。」

解褐謝侍郎表〔一〕

臣照言：臣孤門賤生，操無炯迹〔二〕。鶉棲草澤，情不及官〔三〕。不悟天明廣矚，騰滯援沈〔四〕。觀光幽節，聞道朝年〔五〕。榮多身限，思非終報〔六〕。

〔一〕皇甫謐釋勸：「或叩角以干齊，或解褐以相秦。」宋書百官志：「王國，晉武帝初置師、友、文學各一人。改太守爲内史，省相及僕，有郎中令、中尉、大農爲三卿。大國置左右常侍各三人，省郎中，置侍郎二人。宋氏以來，一用晉制。」又：「王國公三卿、師、友、文學，第六品。」

〔補注〕元嘉十六年，照有解褐謝侍郎表。據虞炎鮑照集序，照曾兩爲侍郎，一在臨川王義慶幕，一在始興王濬幕，今觀解褐謝侍郎表云：「臣孤門賤生，操無炯迹。鶉棲草澤，情不及官。不悟天明廣矚，騰滯援沈。」是始仕語也。當作于是年。

〔二〕説文：「炯，光也。」集韻：「炯，炎蒸也。」據文義，似當作「炯」。〔補注〕王充論衡：「充細族孤門。」參下拜侍郎上疏補注。

〔三〕莊子：「聖人鶉居而鷇處。」注：「如鳥之無常處。」左思詠史詩：「何處無奇才，遺之在草澤。」

〔四〕廣韻：「矚，視也。」後漢書崔駰傳：「何爲嘿嘿而久沈滯也？」〔補注〕孝經：「則天之明。」

〔五〕易：「觀國之光。」〔補注〕論語：「朝聞道。」

〔六〕〔補注〕宋本此下有「臣云云」三字。

謝解禁止表〔一〕

臣言：被宣令解臣禁止。天光鄭重，不可勝逢〔二〕。飛走知感，矧臣人類〔三〕。臣聞獲過於神，或憑尸祝以請〔四〕；得罪於君，可因左右而謝。臣自惟孤賤，盜幸榮級。闇澀大義，狷狂世禮〔五〕。奇非阮籍，無保持之助〔六〕；才愧馮衍，有轗軻之因〔七〕。自非聖朝超然覽臣於視聽之外〔八〕，則今日渥澤，更成妄遭，來辰萎葉，終先朝草〔九〕。小人歲暮，知能何報，徒厚恩華，憂懼歎息，不任下情。謹詣拜表以聞〔一〇〕。

〔一〕〔補注〕宋本無「表」字。

〔二〕左傳：「有山之材，而照之以天光。」〔補注〕漢書王莽傳：「然非皇天所以鄭重降符命之意。」注：「鄭重，猶言頻煩也。」

〔三〕莊子：「生物哀之，人類怨之。」〔補注〕左思吴都賦：「窮飛走之棲宿。」

〔四〕〔補注〕論語：「獲罪于天，無所禱也。」莊子：「尸祝不越樽俎而代之矣。」

〔五〕説文：「澀，不滑也。」莊子：「猖狂妄行，乃蹈乎大方。」〔補注〕宋本「義」作「誼」。

〔六〕嵇康與山巨源絶交書：「阮嗣宗口不論人過，吾每師之，而未能及。至性過人，與物無傷，唯飲酒過差耳，至爲禮法之士所繩，疾之如讎，幸賴大將軍保持之耳。」

〔七〕後漢書馮衍傳：衍字敬通。更始二年，遣尚書僕射鮑永安集北方，以衍爲立漢將軍。更始已殁，降於河内。帝怨衍等不時至，永以立功得贖罪，而衍獨見黜。後衛尉陰興、新陽侯陰就以外戚貴顯，衍遂與之交結。帝懲西京外戚賓客，以法繩之。衍由此得罪。顯宗即位，又多短衍以文過其實，遂廢於家。衍娶北地女任氏爲妻，悍忌不得畜媵妾，兒女常自操井臼，老竟逐之，遂埳壈於時。〔補注〕宋本「因」作「困」。

〔八〕班彪王命論：「超然遠覽。」

〔九〕楚辭離騷注：「萎，病也。」

〔一〇〕「詣」下疑脱「閤」字。〔補注〕宋本「表」作「疏」。

皇孫誕育上表〔一〕

兼郎中令侍郎臣照言〔二〕：伏承東儲積慶，皇孫誕育〔三〕。國啓昌期，民迎福運〔四〕。臺禁稱祉，井廬相賀〔五〕。伏惟聖懷，載深鴻悆〔六〕。不任下情。謹詣閤上表以聞〔七〕。

〔一〕〔補注〕宋本「表」作「疏」。陸機答賈長淵詩：「誕育洪胄。」李善注：「毛萇曰：『誕，大也。』」

〔二〕見解褐表。〔補注〕宋本「照」作「等」。

〔三〕呂氏春秋高誘注：「東宮，太子所居。」袁宏後漢紀：「太子，國之儲貳，巨命所繫。」

〔四〕曹植冬至獻襪表：「千載昌期。」

〔五〕後漢書袁紹傳注：「漢官，尚書爲中臺，御史爲憲臺，謁者爲外臺，是爲三臺。」蔡邕獨斷：「漢制，天子所居，門閤有禁，非侍御之人，不得妄入，稱禁中。」左傳：「廬井有伍。」

〔六〕廣韻：「悆，喜也。」

〔七〕後漢書仲長統傳：「事歸臺閣。」注：「臺閣，謂尚書也。」〔補注〕宋本「閣」作「閤」，「表」作「疏」。

征北世子誕育上表〔一〕

臣等言：臣聞本枝無疆，布諸前典〔二〕；衆多彌貴，信之華封〔三〕。故德積則慶深，業昌則祚廣〔四〕。伏承王子以中氣正月，鍾靈納和〔五〕。誕躬紫閣，膺祚朱紱〔六〕。弧矢夙陳，珪璋攸覿〔七〕。雲光麗輝，巖澤昭采〔八〕。嘉祥爰孚，柔顔載睟〔九〕。凡在氓隸，莫不忭悦〔一〇〕。臣霑恩踰物，慶倍自中，不勝殊歡溢喜。謹奉表以聞。

〔一〕宋書百官志：「征北將軍一人，第三品。」按宋書，江夏文獻王義恭元嘉九年爲征北將軍；衡陽文王義季元嘉二十一年爲征北大將軍，子恭王嶷嗣；晉熙王昶，前廢帝即位，爲征北將軍；巴陵王休若泰始七年爲征北大將軍；桂陽王休範太宗定亂進征北大將軍。明遠在文帝時爲中書舍人，其上河清頌爲元嘉二十四年，諸王中似以義季爲近。〔補注〕宋本「表」作「疏」。宋書文帝紀：「元嘉二十六年冬十月甲辰，以揚州刺史始興王濬爲征北將軍、開府儀同三司、南徐兗二州刺史。」按：照曾爲始興侍郎，則此表征北亦可能爲始興。

〔二〕詩：「本支百世。」〔補注〕詩：「惠我無疆，子孫保之。」

〔三〕莊子：「堯觀乎華，華封人曰：嘻！聖人，請祝聖人：使聖人壽，使聖人富，使聖人多男子。」

〔四〕〔補注〕易：「德積載也。」

〔五〕續漢書律曆志注：「閏月無中氣，北斗邪指兩辰之間，所以異於他月也。」

〔六〕晉書左貴嬪傳：「比翼白屋，雙飛紫閣。」易：「朱紱方來。」

〔七〕禮記：「射人以桑弧蓬矢六，射天地四方。」詩：「載弄之璋。」

〔八〕西京雜記：「漢掖庭有月影臺、雲光殿，皆繁華窈窕之所棲宿焉。」

〔九〕嘉祥，見野鵝賦。詩：「輯柔爾顔。」〔補注〕孟子：「睟然見于面。」

〔一〇〕賈誼過秦論：「甿隸之人。」〔補注〕宋本「忭」作「抃」。

拜侍郎上疏〔一〕

臣言：臣北州衰淪，身地孤賤〔二〕。衆善必違，百行無一〔三〕。生丁昌運，自比人曹〔四〕。操乏端槩，業謝成迹。徂年空往，瑣心靡述。褫轡投簪，於斯終志〔五〕。束菜負薪，期與相畢〔六〕。安此定命，忝彼公朝。不悟乾羅廣收，圓明兼覽〔七〕，雕瓠飾筌，備雲和之品〔八〕；潢汙流藻，充金鼎之實〔九〕。鎩羽暴鱗，復見翻躍〔一〇〕；枯楊寒荄，遂起煙華〔一一〕。未識微躬，猥能及此〔一二〕；未知陋生，何以爲報？祗奉恩命，憂愧增灼，不勝感荷屏營之情〔一三〕。謹詣閤拜疏以聞。

〔一〕此下三篇題注并詳解褐表。〔補注〕宋本無「拜」字。按虞炎鮑照集序，臨川王薨，始興王濬又引爲侍郎，此爲始興王侍郎時作也。注賣玉器詩，考定照在臨川王義慶薨後，曾從衡陽王義季辟，則其爲始興王侍郎當又在元嘉二十四年義季薨後矣，此文殆二十四年作也。

〔二〕宋書州郡志：「東海太守屬徐州刺史。」〔補注〕虞炎鮑照集序：「照本上黨人，家世貧賤。」宋書州郡志：「徐州淮陽郡上黨令，本流寓郡，併省來配。」按：南朝僑置之東海郡，郡治今江蘇漣水縣北；僑置之上黨，今江蘇宿遷縣地也。本集謝秣陵令表：「臣負鍤下農，執羈末皁。」謝永安令解禁止啓：「臣田茅下第，質非謝品。」侍郎報滿辭閤疏：「臣嚚杌窮賤，情嗜踳昧，身弱涓甃，地幽井谷。本應守業，墾畛剿芿，牧雞圈豕，以給征賦。」皆可互參。

〔三〕世説：許允婦奇醜，交禮竟，許因謂曰：「婦有四德，卿有其幾？」婦曰：「士有百行，君有其幾？」

〔四〕爾雅：「丁，當也。」詩：「乃造其曹。」傳：「曹，羣也。」

〔五〕褫轡，似即懸車之義。摯虞徵士胡昭贊：「投簪卷帶，韜聲匿迹。」

〔六〕世説：「管寧、華歆共園中鋤菜，見地有片金，管揮鋤與瓦石不異，華捉而擲去之。」漢書朱買臣傳：「常艾薪，賣以給食，擔束薪行且誦書。」

〔七〕曹植與楊德祖書注：「崔寔本論曰：『舉彌天之網，以羅海内之雄。』」圓明，見觀漏賦。

〔八〕博雅：「笙以瓠爲之。」周禮：「雲和之瑟。」注：「雲和，山名也。出美木，用爲瑟，其聲清亮也。」

〔九〕左傳：「潢汙行潦之水。」潘岳金谷集作詩：「王生和鼎實。」

〔一〇〕淮南子：「飛高鎩羽。」許慎曰：「鎩，殘羽也。」三秦紀：「河津一名龍門，兩傍有山，水陸不通，龜魚莫能上。江海大魚，薄集龍門下，上則爲龍，不得上，曝鰓水次也。」

〔一一〕易：「枯楊生稊。」史記天官書：「冬至短極，懸土炭，炭動，鹿角解，蘭根出，泉水躍，略以知日至。」

〔一二〕〔補注〕宋本「未」作「末」。

〔一三〕國語：「昔楚靈王獨行屏營，仿偟于山林之中。」

侍郎報滿辭閤疏〔一〕

臣言：臣所居職限滿，今便收迹〔二〕。金閨雲路，從兹自遠〔三〕，鮪鯉沈藏，方絶光景〔四〕，祇戀遲迴，結涕濡泗〔五〕。臣嚚杌窮賤，情嗜踳昧〔六〕，身弱涓甃，地幽井谷〔七〕。本應守業，墾畛剿苭〔八〕，牧雞圈豕，以給征賦〔九〕。而幼性猖狂，因頑慕勇〔一〇〕；釋擔受書，廢耕學文〔一一〕。畫虎既敗，學步無成〔一二〕。反拙歸跂，還陋鷰雀〔一三〕。日晏途遠，塊然自喪〔一四〕。加以無良，根孤伎薄〔一五〕。既同馮衍負困之累，復抱相如消渴之疾〔一六〕。志逐運離，事與衰合〔一七〕，束馬埋輪，絶游息世〔一八〕。宿福餘慶，爰邁聖明〔一九〕，煦蒸霜霰，莩甲雲露〔二〇〕，得從下走，叨迹人行〔二一〕，操勤負羈，班榮扈隸〔二二〕，矜愚訓短，哀有弗及〔二三〕。奉此而歸，足以没齒〔二四〕。雖摩肌髮，無報天德〔二五〕。更冀營魂，還能結草〔二六〕。不勝感戀之情。謹詣闕拜疏奉辭以聞。

〔一〕閣、閤古多通用。〔補注〕宋本無「報」字「疏」字。始興王濬引照爲侍郎，當在元嘉二十四年，已見拜侍郎上疏補注。至元嘉二十八年三月，始興王解南兗州任，時照爲侍郎已三年餘矣，報滿辭閤，疑在此時。元嘉二十八年，始興王率衆城瓜步，照當以佐吏從行。及始興王解南兗州任，則王應回南徐州刺史任，而照在元嘉二十九年尚淹留於江北，余補注瓜步山楬文，考知楬文爲二十九年壬辰五月照歸揚時作，則二十八年始興王回京口時，照並未從往。至三十年春，始興王爲荆州刺史，元凶劭弒文帝，始興以從謀，於五月伏誅。如果照尚在始興幕，當被坐及，今不爾，故知二十八年始興王解南兗州任時，照即已因病去職矣。

〔二〕陸機辨亡論：「收迹遠遁。」

〔三〕江淹别賦注：「金閨，金馬門也。」晉書皇甫謐傳：「沖靈翼於雲路。」〔補注〕莊子：「而君自此遠矣。」

〔四〕説文：「鮪，鮥也。」「鮏，魚名。」〔補注〕全宋文「鮏」作「鯹」。

〔五〕詩：「涕泗滂沱。」傳：「自目曰涕，自鼻曰泗。」

〔六〕左傳：「顓頊氏有不才子，告之則頑，舍之則嚚，天下之民謂之檮杌。」左思魏都賦注：「司馬彪莊子注曰：『踳，讀曰舛，乖也。』」

〔七〕説文：「涓，小流也。」易：「井甃无咎。」又：「井谷射鮒。」〔補注〕宋本「甃」作「甃」。

〔八〕〔補注〕宋本「畛」作「畛」。

〔九〕説文：「畛，井田間陌也。」又：「圈，養畜之閑也。」廣韻：「葤，草不翦。」楊惲報孫會宗書：「故身率妻子，戮力耕桑，灌園治産，以給公上。」〔補注〕參上篇補注。

〔一〇〕猖狂，見禁止表。

〔一一〕後漢書丁鴻傳：「年十三，從桓榮受歐陽尚書，三年而明章句，善論難。爲都講，遂篤志精鋭。布衣荷擔，不遠千里。」又高鳳傳：「家以農畝爲業，而專精誦讀，晝夜不息。曝麥於庭，時天暴雨，持竿誦經，不覺潦水流麥。」

〔一二〕後漢書馬援傳：「效季良不得，陷爲天下輕薄子，所謂畫虎不成，反類狗者也。」莊子秋水：「壽陵餘子有學步于邯鄲者，未得髣髴，失其故步，匍匐而返。」

〔一三〕漢書禮樂志：「跂行畢逮。」注：「凡有足而行者，稱跂行也。」鸞雀，見驃騎表「輟耕」注。

〔一四〕史記伍子胥傳：「吾日暮途遠，吾故倒行而逆施之。」淮南子：「卓然獨立，塊然獨處。」〔補注〕宋本「遠」作「遶」。

〔一五〕書：「惟予小子無良。」晏子春秋：「魯昭公曰：『吾少之時，内無拂而外無輔，譬之猶秋蓬也，孤其根而美枝葉，秋風至，根且拔矣。』」司馬遷報任少卿書：「使得奏薄技，出入周衛之中。」

〔一六〕馮衍，見禁止表。史記司馬相如傳：「相如常有消渴疾。」〔補注〕宋本「消」作「痟」。

〔一七〕〔補注〕宋本「運」作「軍」。

〔一八〕國語：「桓公懸車束馬，踰太行與辟耳之谿拘夏。」後漢書張綱傳：「漢安元年，選遣八使徇行風俗。餘人受命之部，而綱獨埋其車輪洛陽都亭。」陶潛歸去來辭：「請息交兮絶游。」〔補注〕宋本「游」作「遊」。

〔一九〕易：「積善之家，必有餘慶。」

〔二〇〕莩甲，見園葵賦注。〔補注〕宋本「甲」作「申」，「露」作「落」。

〔二一〕漢書蕭望之傳注：「下走者，自謙，言趨走之役也。」

〔二二〕説文：「勒，馬頭絡銜也。」左傳：「臣負羈絏。」又：「輿臣隸」。司馬相如上林賦：「扈從横行。」〔補注〕吴汝綸曰：「勒，當作靮。禮記：『執羈靮而從。』注：『靮，韁也。』」

〔二三〕〔補注〕宋本「有」作「宥」。

〔二四〕〔補注〕論語：「没齒無怨言。」

〔二五〕天德，見爲柳令讓驃騎表補注。

〔二六〕楚辭遠遊：「載營魂而升霞。」左傳：「魏武子有嬖妾，武子疾，命顆曰：『必嫁是。』疾病，則曰：『必以爲殉。』及卒，顆嫁之。曰：『疾病則亂，吾從其治也。』及輔氏之役，顆見老人結草以亢杜回，杜回躓而顛，故獲之。夜夢之曰：余而所嫁婦人之父也。爾用先人之治命，余是以報。」〔補注〕宋本「還」作「遠」。

【集説】

譚獻曰：琢句。句奇情短，徒以琢琱爲長，敷奏之體，至此漸乖。

轉常侍上疏

臣言：即日被中曹板轉臣爲左常侍〔一〕。臣自惟常人，觸事無可〔二〕，謬被拔擢，實爲光榮〔三〕。臣既無髣髴，上報殊絶之恩，有分每豐其過。前後輕重，輒得原恕。獎以君子之方，赦以不閑教訓〔四〕。大愆不責，矜澤必加。是臣所以夙夜自念，知遭遇之至深且厚也。未冀未望，便荷今榮〔五〕，欣喜感悦，不敢僞讓。庶保終始，身命爲初。不勝下情。謹詣閤拜疏謝以聞。

〔一〕宋書百官志：「除拜則爲參軍事，府板則爲行參軍事。」

〔二〕王獻之磬石帖：「姊性纏綿，觸事殊當不可，獻之方當長愁耳。」

〔三〕〔補注〕漢書公孫弘傳：「卜式拔于芻牧，弘羊擢於賈豎。」

〔四〕見驃騎表。

〔五〕〔補注〕全宋文「未冀」作「末冀」。

謝隨恩被原疏〔一〕

臣言：即日被曹宣命，元統内外五刑以下，浩澤盪汰，臣亦預焉〔二〕。得從漢律故謬之辨，闇遭周典肆眚之科〔三〕，大喜卒至，非願所圖，魚愕雞睨，且悚且慙〔四〕。臣誠下愚，不達義方〔五〕，然君尊臣泰，豈同犬馬〔六〕。且常侍臣淵穆疏草，即臣所作〔七〕，助人爲恭，猶加敬憶，自己率禮，寧敢慢忘〔八〕。繇臣悴賤，可侮可誣，曾參殺人，臣豈無過〔九〕。寢病幽栖，無援朝列〔一〇〕，身孤節卑，易成論硋〔一一〕。幸大明臨下，仁道毓物〔一二〕，澤洎翾走，臣覃末慶〔一三〕。然古人有言：「楊者，易生之木也。一人植之，十人拔之，無生楊矣。」〔一四〕何則？植之者難，拔之者易。況臣一植之功不立，衆拔之過屢至，同彼風霜，異此貞脃〔一五〕。書稱天秩有禮，易載神福在謙〔一六〕。臣之謙禮，理謝福秩，仰銜俯愧，行歎坐戚。即欲顛沛，拜恩下庭，但臣病久柴羸，不堪冒涉〔一七〕，小得趨馳，星駕登路〔一八〕。不勝荷佩之誠。謹上疏以聞。

〔一〕〔補注〕宋本「疏」作「表」。

〔二〕宋書臨川烈武王道規傳：「義慶留心撫物，州統内官長親老，不隨在官舍者，年聽遣五吏餉家。」又營浦侯遵考傳：「坐統内旱，百姓饑，詔加賑給，而遵考不奉符旨免官。」統内，猶云部下也。又衡陽文王義季傳：「遷徐州刺史，太祖詔之曰：『彼爲元統，士馬桓桓。』此云『元統内外』，意即刺史所治内外耳。」淮南子：「所以洮汰滌盪至意。」〔補注〕書：「五刑有服。」

〔三〕漢書刑法志：「蕭何攈摭秦法，取其宜於時者，作律九章。」後漢書郭躬傳：「有兄弟共殺人者，帝以兄不訓弟，故報兄重而減弟死。中常侍孫章宣詔誤言兩報重，尚書奏章矯制，罪當腰斬。帝召躬問之，躬對：『章應罰金。』帝曰：『章矯詔殺人，何謂罰金？』躬曰：『法令有過誤，章傳命之謬，于事爲誤，誤者其文則輕。』」周禮：「凡諸侯之獄訟，以邦典定之。」春秋：「肆大眚。」

〔四〕王褒洞簫賦：「遷延徙迤，魚瞰雞睨。」注：「魚目不瞑，雞好邪視，故取喻焉。」

〔五〕左傳：「臣聞愛子，教之以義方。」〔補注〕論語：「惟上智與下愚不移。」
〔六〕〔補注〕史記三王世家：「臣竊不勝犬馬之心。」
〔七〕常侍，見解褐表。
〔八〕〔補注〕張衡南都賦：「率禮無違。」
〔九〕史記甘茂傳：「昔魯人有與曾參同姓名者殺人，人告其母曰：『曾參殺人。』其母織自若也。頃之，一人又告之，其母尚織自若也。頃之，又一人告之，其母投杼下機，踰牆而走。」
〔一〇〕潘岳閒居賦序：「猥廁朝列。」
〔一一〕玉篇：「硋，止石。」
〔一二〕詩序：「大明，文王有明德，故天復命武王也。」
〔一三〕說文：「翾，小飛也。」
〔一四〕戰國策：「夫楊，橫樹之則生，倒樹之亦生，折而樹之又生。然十人樹楊，一人拔之，則無生楊矣。」
〔一五〕殷仲文南州桓公九井作：「何以標貞脆？薄言寄松菌。」
〔一六〕〔補注〕書臯陶謨：「天秩有禮。」易：「鬼神害盈而福謙。」
〔一七〕廣韻：「瘵，瘦也。」說文：「羸，瘦也。」
〔一八〕詩：「星言夙駕。」

鮑參軍集卷二

歸安錢振倫楞仙注
錢仲聯補注集説

啓

論國制啓〔一〕

臣啓：臣聞尺之量錦，工者裁之〔二〕；袤丈之木，繩墨在焉〔三〕。事無巨細，非法不行〔四〕。當今世問政睦，藩國相望〔五〕，君舉必書，動成準式〔六〕。息躬聖壤，十有餘載，條制節文，宜其備矣〔七〕，諸王列封，動静兼該〔八〕。而竊見國之處事未盡善，臣之暗蔽，私心有惜。伏見彭城國舊制，猶有數卷〔九〕，雖多殊革，大綱可依，愚謂宜令掌固刊而撰之〔一〇〕，上著朝典藩邦之度，下揆國訓繁簡之宜，傍酌州府寬猛之中〔一一〕，章程久具，永爲恒制〔一二〕，豈伊今美，乃足貴之將來。臣忝充直員，脱以啓聞〔一三〕，煩而非要，伏追慙悚〔一四〕。謹啓。

〔一〕前有征北世子誕育表，既臆定爲義季矣，此啓云「伏見彭城國舊制，猶有數卷」，則必曾爲彭城僚屬者。宋書衡陽文王義季傳：「元嘉二十二年，進督豫州之梁都，遷徐州刺史。」意明遠隨至彭城，故詩中亦有從過舊宫之作也。惟啓中語意，不必定爲徐州所作，或事後追憶及之與？

〔二〕〔補注〕全宋文「之量」作「量之」。

〔三〕説文：「南北曰袤。」〔補注〕宋本「在」作「左」。禮記：「禮之于正國也，猶衡之于輕重也，繩墨之于曲直也。」

〔四〕〔補注〕蜀志諸葛亮傳：「事無巨細，亮皆專之。」

〔五〕〔補注〕吴汝綸曰：「『問』字誤。」

〔六〕君舉句見左傳。

〔七〕〔補注〕晉書食貨志：「泰始二年詔曰：『主者平議，具爲條制。』」禮記：「禮者因人之情而爲之節文，以爲民坊者也。」

〔八〕〔補注〕易：「動静有常。」左思魏都賦：「兼該泛博。」

〔九〕宋書彭城王義康傳：「永初元年，封彭城王。元嘉六年，徵侍中。性好吏職，鋭意文案，料剔是非，莫不精盡，愛惜官爵，未嘗以階級私人。凡朝士有才用者，皆引入己府，無施及忤旨，即度爲臺官。自下樂爲盡力，不敢欺負。二十二年，范曄等謀反，事逮義康，二十八年正月賜死。」

〔一〇〕漢書司馬相如傳：「宜命掌故悉奏其儀而覽焉。」注：「掌故，太史官屬，主政事者也。」文選兩都賦序注：「孔安國射策爲掌固。」西都賦注：「匡衡射策甲科，除太常掌故。」六臣本亦作「掌固」，是二字通用，非周禮夏官之掌固也。

〔一一〕晉書王澄傳：「擢郭舒於寒悴之中，以爲別駕，委以州府。」左傳：「寬以濟猛，猛以濟寬。」〔補注〕宋本「宜」作「誼」。全宋文「府」作「縣」。

〔一二〕漢書高帝紀：「天下既定，命張蒼定章程。」

〔一三〕直員，見解褐表題注。

〔一四〕〔補注〕史記自序：「儒者博而寡要。」

謝上除啓〔一〕

臣言：被宣賜臣上除。臣伏事日淺，蒙荷已豐〔二〕，天澤所及，且喜且懼〔三〕。但臣自丁常梪〔四〕，來塗階級，非所敢冀〔五〕，今日榮願，直爾不少，冒乞停止上除〔六〕。伏願重許〔七〕，千穢悚息。

〔一〕漢書田蚡傳注：「凡言除者，除去故官，就新官。」

〔二〕〔補注〕賈誼過秦論：「享國日淺。」

〔三〕〔補注〕易：「上天下澤履。」論語：「一則以喜，一則以懼。」

〔四〕丁，見拜侍郎疏。説文：「木豆謂之梪。」常梪未詳。按：前有轉常侍上疏，此梪字或是桓字，取出入周衛之義。

〔五〕鶡冠子：「臣不虚貴階級。」〔補注〕蔡邕薦邊文禮：「階級名位，亦宜超然。」禮記樂記注：「等，階級也。」

〔六〕〔補注〕宋本「止上」作「不止」。

〔七〕〔補注〕全宋文「願」作「望」。

謝賜藥啓

臣衛躬不謹，養命無術〔一〕。情淪五難，妙謝九法〔二〕。飈落先傷，衰疴早及〔三〕。遐澤近臨，猥委存恤〔四〕。瘺同山嶽，蒙靈藥之賜〔五〕；惠非河間，謬仙使之屈〔六〕。恩逾脯糗，惠重帷席〔七〕。荷對銜慙，伏抱衿渥〔八〕。

〔一〕嵇康養生論：「故神農曰『上藥養命，中藥養性』者，誠知性命之理，因輔養以通也。」

〔二〕江淹雜體詩注：「向秀難嵇康養生論曰：『養生有五難：名利不滅，此一難；喜怒不除，此二難；聲色不去，此三難；滋味不絶，此四難；神慮消散，此五難。』」列仙傳：「涓子隱於宕山，受伯陽九仙法。」

〔三〕說文：「颻，扶摇風也。」廣韻：「痾，亦作疴，病也。」

〔四〕史記楚世家：「歸鄭之侵地，存恤國中，修政教。」〔補注〕宋本「澤」字闕。

〔五〕癩，疑即疹字，蓋疹俗作疢，而又轉作癩耳。

〔六〕左思魏都賦注：「元俗者，自言河間人也，餌巴豆雲英，賣藥於市，七丸一錢，治百病。王病瘕，服藥用下蛇百餘頭。王家老舍人自言父甘見俗，俗形無影，王呼俗著日中，實無影。」

〔七〕韓詩外傳：「昔郭君出郭，謂其御者曰：『吾渴欲飲。』御者進清酒。曰：『吾飢欲食。』御者進乾脯粱糗。曰：『何備也？』御者曰：『臣儲之。』曰：『奚儲之？』御者曰：『爲君之亡而道飢渴也。』」禮記：「仲尼之畜狗死，使子貢埋之，曰：『敝帷不棄，爲埋馬也；敝蓋不棄，爲埋狗也。某也貧，無蓋，於其封也，亦與之席，無使其首陷焉。』」

〔八〕〔補注〕吴汝綸曰：「『衿』，校改『矜』。」按：各本皆作「衿」，未知吴據何本。

謝永安令解禁止啓〔一〕

臣田茅下第，質非謝品〔二〕。志終四民，希絶三仕〔三〕。邀世逢辰，謬及推擇〔四〕，恩成曲積，榮秩兼過〔五〕。雖誓投纖生，昊天罔極〔六〕，迄無犬馬，孤慙星歲。加以淪節雪飈，沈誠款晦〔七〕，值天光燭幽，神照廣察〔八〕，澡疊從宥，與物更稟〔九〕，遂晞曬陽春，湔泼秋水〔一〇〕，綴翼雲條，葺鮮決沼〔一一〕，洗膽明目，抃手太平〔一二〕，重甄再造，含氣孰比〔一三〕？不悟乾陶彌運，復垂埏飾〔一四〕，矯迹升等，改覿非服〔一五〕，振纓珥筆，聯承貴寵〔一六〕。豈臣浮朽，所可恭從，實非愚瞢，所宜循踐〔一七〕。瑣族易灰，脆漏已迫〔一八〕，空荷載幬，終責仰復〔一九〕，飲冰肅事，懷火畢命〔二〇〕。不勝屏營之情。謹啓事以聞〔二一〕。

〔一〕宋書州郡志：「荆州南河東太守，領永安令，前漢彘縣，順帝陽嘉二年更名，後屬平陽。」餘見秣陵表。〔補注〕虞炎鮑照集序謂照於孝武時爲永嘉令，而此文題爲永安令，未知虞序所云永嘉者，是永安之誤否，抑照又嘗爲永安令耶？

〔二〕晉書石勒載記：「下書令公卿百寮，歲薦賢良方正直言秀異至孝廉清各一人，答策上第者，拜議郎，中第中郎，下第郎中。」〔補注〕資治通鑑魏紀：「尚書陳羣以天朝選用，不盡人才，乃立九品官人之法，州郡皆置中正，以定其選，擇州郡之賢有識鑒者爲之，區別人物，第其高下。」新唐書柳沖傳：「魏氏立九品，置中正，尊世胄，卑寒士，權歸右姓。其州大中正主簿、郡中正功曹，皆取著姓士族爲之，以定門胄，品藻人物。晉、宋因之，始尚姓已。過江則爲僑姓，王、謝、袁、蕭爲大。」

〔三〕書：「居四民。」〔補注〕論語：「令尹子文三仕爲令尹。」

〔四〕史記淮陰侯傳：「始爲布衣時，貧無行，不得推擇爲吏。」

〔五〕後漢書陳龜傳：「過受國恩，榮秩兼優。」

〔六〕句見詩。

〔七〕颸見前啓。

〔八〕班固東都賦：「散皇明以燭幽。」

〔九〕左傳注：「釁，罪也。」

〔一〇〕説文：「晞，乾也。」又：「曬，暴也。」戰國策：「汗明見春申君曰：君獨無意湔祓。」〔補注〕宋本「汳」作「汰」。

〔一一〕下句疑當作「葺鱗天沼」。楚辭九章：「魚葺鱗以自別兮，蛟龍隱其文章。」木華海賦：「翔天沼，戲窮溟。」〔補注〕宋本「決」作「洪」。

〔一二〕楚辭天問注：「手拍曰抃。」〔補注〕公羊傳何休解詁：「至所見之世，著治大平。」

〔一三〕揚子法言：「甄陶天下，其在和乎？」漢書賈捐之傳：「含氣之物，各得其宜。」

〔一四〕淮南子：「夫造化之攫援物也，譬猶陶人之埏埴也，其取之地而已。」

〔一五〕陸機吴王郎中時從梁陳作：「矯迹入崇賢。」庾亮謝中書令表：「遂階親寵，累忝非服。」

〔一六〕夏侯湛東方朔畫贊：「希古振纓。」崔駰奏紀竇憲：「珥筆持牘，拜謁曹下。」

〔一七〕説文：「瞢，目不明也。」

〔一八〕吕氏春秋：「吴王闔閭欲殺王子慶忌，要離曰：『王誠助臣，請必能。』吴王曰：『諾。』明旦加罪焉，執其妻子，燔而揚其灰。」魏志田豫傳：「年過七十，而以居位，譬猶鐘鳴漏盡而夜行不休，是罪人也。」

〔一九〕〔補注〕宋本「幬」作「燾」，「責」作「貴」。禮記：「譬如天地之無不持載，無不覆幬。」

〔二〇〕莊子：「朝受命而夕飲冰，我其内熱與？」吴越春秋：「越王欲復吴仇，冬則抱冰，夏則握火，懸膽于户，出入嘗之。」

〔二一〕屏營，見拜侍郎疏。

通世子自解啓〔一〕

僕以常桓，無用於世，遭逢謬幸，被受恩榮。誠願論畢，久宜捐落。仁眷篤終，復獲淹停。感今惟昔，銜佩無已。但自無堪，尸素累載〔二〕。腹心之愧，痗寐爲憂。今請解所職，願蒙矜許。自奉清塵，於兹六祀〔三〕，墜辰永往，遺恩在心。執紙哽咽，言不自宜。

〔一〕此世子不知何人，以前野鵝賦推之，似景舒爲近。若臨海王子頊卒時年僅十一，固不當有世子也。〔補注〕宋本無「啓」字。自解，謂自解臨川王國侍郎也。按臨川王義慶於元嘉十六年爲江州刺史，以照爲國侍郎。至二十一年春正月，臨川王薨，照服三月之喪，服竟上書世子，自解侍郎還鄉。本集有臨川王服竟還田里詩可證。照爲臨川王國侍郎凡六年，此啓有「今請解所職，願蒙矜許。自奉清塵，於兹六祀，墜辰永往，遺恩在心」等句，明謂義慶已薨，六祀之數亦相合。

〔二〕潘岳關中詩：「尸素以甚。」

〔三〕盧諶贈劉琨詩序：「自奉清塵，于今五稔。」

重與世子啓

奉還誨，深承殷勤篤眷之重。披讀未終，悲愧交集。僕以常人，所蒙隆厚，久應知退，非適今日〔一〕。銜恩戀德，用缺進心。今日之請，必願鑒許〔二〕。且僕棲遲無事，咫尺館第〔三〕，餐禀夙微，非旦則夕〔四〕，居職還私，兩者無異〔五〕，而於僕無用，有以自處〔六〕，豈非仁念始終之惠。重致于日，彌深慙感〔七〕。

〔一〕易：「知進而不知退。」

〔二〕〔補注〕宋本「日」作「者」。

〔三〕詩：「可以棲遲。」説文：周制寸尺咫尋皆以人之體爲法，中婦人手長八寸謂之咫，周尺也。後漢書宦者傳論：「府署第館，棊列於都鄙。」

〔四〕〔補注〕宋本「夙」作「風」。

〔五〕〔補注〕按宋書臨川烈武王傳，義慶薨於京邑。據此處文意，照家亦在京，故本集還都至三山望石頭城詩有「遊子遲見家」之句，發後渚詩有「方冬與家别」之句也。

〔六〕〔補注〕莊子：「今子有大樹，患其無用，何不樹之於無何有之鄉，廣莫之野，彷徨乎無爲其側，逍遥乎寢卧其下，不夭斤斧，物無害者，無所可用，安所困苦哉？」史記李斯傳：「在所自處耳。」

〔七〕「于日」疑當作「干冒」。〔補注〕宋本「于」作「干」。

請假啓〔一〕

臣啓：臣居家之治，上漏下濕〔二〕。暑雨將降，有懼崩壓〔三〕。比欲完葺，私寡功力〔四〕，板鍤陶塗，必須躬役〔五〕。冒欲請假三十日，伏願天恩，賜垂矜許。干啓復追悚息〔六〕。謹啓。

〔一〕唐類函：「晉令：急假者一月五急，一年之中，以六十日爲限。千里内者，疾病申延二十日，及道路解故九十五日。此其事也。」

〔二〕莊子：「原憲居魯，環堵之室，茨以生草，蓬户不完，桑以爲樞，而甕牖二室，褐以爲塞，上漏下濕，匡坐而絃。」〔補注〕全宋文「之」作「乏」。

〔三〕左傳：「棟折榱崩，僑將壓焉。」

〔四〕左傳：「繕完葺牆。」

〔五〕史記田單傳：「乃身操版插。」詩：「宵爾索綯。」書：「惟其塗塈茨。」〔補注〕宋本「鍤陶」作「插綯」。

〔六〕〔補注〕全宋文「干」作「手」。

又

臣啓：臣所患彌留，病軀沈痼〔一〕。自近蒙歸，頻更頓處，日夜間困或數四〔二〕。委然一弊，瞻景待化。加以凶衰，嬰遘慘悼。終鮮兄弟，仲由所哀〔三〕，臣實百罹，孤苦風雨〔四〕。天倫同氣，實惟一妹〔五〕，存没永訣。不獲計見，封瘞泉壤臨送〔六〕。私懷感恨，情痛兼深。臣母年老，經離憂傷，服麄食淡，羸秏增疾〔七〕。心計焦迫，進退罔躓〔八〕。冒乞申假百日〔九〕，伏願天慈，賜垂矜許。臣違福履，身事屯悴〔一〇〕，歎息和景，掩淚春風〔一一〕，執啓涕結，伏追惶悚。謹啓。

〔一〕書：「既彌留。」劉楨贈五官中郎將詩：「余膺沈痼疾。」〔補注〕宋本「軀」作「願」。

〔二〕史記王翦傳：「三日三夜不頓舍。」

〔三〕「終鮮」句見詩。禮記：「子路有姊之喪，可以除之矣，而弗除也。孔子曰：何弗除也？子路曰：吾寡兄弟而弗忍也。」〔補注〕史記仲尼弟子傳：「仲由，字子路。」

〔四〕詩：「逢此百罹。」〔補注〕宋本「風雨」作「夙丁」。

〔五〕鍾嶸詩品：「鮑令暉歌詩，往往斷絶清巧，擬古尤勝。昭常答武帝云：『臣妹才自亞於左芬，臣才不及太沖爾。』」〔補注〕公羊傳：「兄弟，天倫也。」易：「同氣相求。」

〔六〕説文：「窆，葬下棺也。」又：「瘞，幽薶也。」按：禮記窆多作封。

〔七〕麄，俗麤字。史記叔孫通傳：「吕后與陛下攻苦食啖，其可背哉？」羸，見被原疏。説文耗作秏。博雅：「秏，減也。」〔補注〕宋本「秏」作「耗」。

〔八〕楚辭九章：「罔茫茫之無紀。」説文：「躓，跲也。」

〔九〕見前啓。

〔一〇〕詩：「福履綏之。」

〔一一〕梁元帝纂要：「春曰青陽，景曰和景。」

奉始興王白紵舞曲啓〔一〕

侍郎臣鮑照啓〔二〕：被教作白紵舞歌詞〔三〕，謹竭庸陋，裁爲四曲，附啓上呈。識方洟悴，思塗猥局〔四〕。言既無雅，聲未能文〔五〕，不足以宣贊聖旨，抽拔妙實。謹遣簡餘，慙隨悚盈。謹啓。

〔一〕宋書始興王濬傳：「字休明，元嘉十三年，年八歲，封始興王。少好文籍，姿質端妍。母潘淑妃有盛寵。巫蠱事發，上惋歎彌日，謂潘淑妃曰：『虎頭復如此，非復思慮所及。』」樂府解題：「古辭盛稱舞者之美，宜及芳時爲樂。其譽白紵曰：『質如輕雲色如銀，製以爲袍餘作巾，袍以光軀巾拂塵。』」〔補注〕宋本此啓附於代白紵舞歌詞四首之前。

〔二〕見解褐表。

〔三〕蔡邕獨斷：「諸侯言曰教。」

〔四〕楚辭遠游注：「洟涊，垢濁也。」餘見秣陵表。

〔五〕〔補注〕論語：「子所雅言，詩書執禮。」禮記：「聲成文謂之音。」

書

登大雷岸與妹書〔一〕

吾自發寒雨，全行日少〔二〕，加秋潦浩汗，山溪猥至〔三〕，渡泝無邊，險徑遊歷〔四〕，棧石星飯，結荷水宿〔五〕，旅客貧辛，波路壯闊，始以今日食時，僅及大雷〔六〕。塗登千里，日踰十晨，嚴霜慘節，悲風斷肌〔七〕，去親爲客，如何如何！向因涉頓，憑觀川陸〔八〕；遨神清渚，流睇方曛〔九〕；東顧五洲之隔，西眺九派之分〔一〇〕；窺地門之絶景，望天際之孤雲〔一一〕。長圖大念，隱心者久矣〔一二〕！南則積山萬狀，負氣爭高〔一三〕，含霞飲景，參差代雄〔一四〕，淩跨長隴，前後相屬〔一五〕，帶天有匝，橫地無窮。東則砥原遠隰，亡端靡際〔一六〕。寒蓬夕捲，古樹雲平〔一七〕。旋風四起，思鳥羣歸。靜聽無聞，極視不見〔一八〕。北則陂池潛演，湖脈通連〔一九〕。苧蒿攸積，菰蘆所繁〔二〇〕。棲波之鳥，水化之蟲〔二一〕，智吞愚，彊捕小，號噪驚聒，紛乎其中〔二二〕。西則迴江永指，長波天合〔二三〕。滔滔何窮，漫漫安竭〔二四〕！創古迄今，舳艫相接〔二五〕。思盡波濤，悲滿潭壑〔二六〕。煙歸八表，終爲野塵〔二七〕。而是注集，長寫不測〔二八〕，修靈浩蕩，知其何故哉〔二九〕！西南望廬山，又特驚異〔三〇〕。基壓江潮，峯與辰漢相接〔三一〕。上常積雲霞，雕錦縟〔三二〕。若華夕曜，巖澤氣通〔三三〕，傳明散綵，赫似絳天〔三四〕。左右青靄，表裏紫霄〔三五〕。從嶺而上，氣盡金光〔三六〕，半山以下，純爲黛色。信可以神居帝郊，鎮控湘、漢者也〔三七〕。若潨洞所積，溪壑所射〔三八〕，鼓怒之所豗擊，湧澓之所宕滌〔三九〕，則上窮荻浦，下至狶洲〔四〇〕，南薄鷰厎，北極雷澱〔四一〕，削長埤短，可數百里〔四二〕。其中騰波觸天，高浪灌日〔四三〕，吞吐百川，寫泄萬壑〔四四〕。輕煙不流，華鼎振涾〔四五〕。弱草朱靡，洪漣隴蹙〔四六〕。散渙長驚，電透箭疾〔四七〕。穹溘崩聚，坻飛嶺覆〔四八〕。回沫冠山，奔濤空谷〔四九〕。碪石爲之摧碎，碕岸爲之虀落〔五〇〕。仰視大火，俯聽波聲〔五一〕，愁魄脅息，心驚慓矣〔五二〕！至於繁化殊育，詭質怪章〔五三〕，則有江鵝、海鴨、魚鮫、水虎之類〔五四〕，豚首、象鼻、芒鬚、針尾之族〔五五〕，石蟹、土蚌、燕箕、雀蛤之儔〔五六〕，折甲、曲牙、逆鱗、返舌之屬〔五七〕。掩沙漲，被草渚〔五八〕，浴雨排風，吹澇弄翮〔五九〕。夕景欲沈，曉霧將合，孤鶴寒嘯，遊鴻遠吟〔六〇〕，樵蘇一歎，舟子再泣〔六一〕。誠足悲憂，不可說也〔六二〕。風吹雷飇，夜戒前路〔六三〕。下弦内外，望達所届〔六四〕。寒暑難適，汝專自慎。夙夜戒護，勿我爲念。恐欲知之，聊書所覩。臨塗草蹙，辭意不周。

〔一〕困學紀聞：「鮑明遠登大雷岸與妹書云：『棧石星飯，結荷水宿，旅客貧辛，波路壯闊。』其辭奇麗，超絶筆墨蹊徑，可以諷誦。明遠妹令暉，有文才，能詩，見鍾嶸詩品。大雷在舒州望江縣，水經注所謂大雷口也。晉有大雷戍，陳置大雷郡。庾亮報温嶠書：『無過雷池一步。』」餘見請假第二啓。〔補注〕太平御覽：「水經曰：『雷水南經大雷戍，西注大江，謂之大雷口，一派東南流入江，謂之小雷口也。』」吴汝綸曰：「明遠有登大雷岸與妹書，與上潯陽還都詩旨同。」按：潯陽還都道中詩乃自江州還京時所作，時在元嘉十七年十月，臨川王義慶自江州移鎮南兗州，照隨行。至此書有「去親爲客，如何如何」之語，則是初離家時口氣，當是元嘉十六年臨川王出鎮江州引照爲佐吏時作，王鎮江州在四月，而照書有「寒雨」、「秋潦」語，豈照往江州，已在秋後耶？

〔二〕〔補注〕發，出發，啓程。阮籍東平賦：「寒雨淪而下降。」

〔三〕木華海賦：「瀏蕩浩汗。」〔補注〕馬融長笛賦：「秋潦漱其下趾。」説文：「潦，雨水也。」漢書溝洫志：「水猥盛則放溢。」注：「顔師古曰：『猥，多也。』」長笛賦：「山水猥至。」

〔四〕爾雅：「逆流而上曰泝洄，順流而下曰泝游。」晉書李充傳：「違彼夷塗，而遵此險徑。」

〔補注〕宋本無「歷」字。郭璞江賦：「尋之無邊。」謝靈運入華子岡是麻源第三谷詩：「險徑無測度。」説文：「歷，過也。」

〔五〕漢書張良傳：「説漢王燒絶棧道。」崔浩云：「險絶之處，旁鑿山巖，施版梁爲閣也。」謝靈運游赤石進帆海詩：「水宿淹晨暮。」〔補注〕宋本「荷」下有「衣」字。

〔六〕左傳：「日之數十。」注：「食時爲公。」漢書淮南王安傳：「上使爲離騷傳，旦受詔，日食時上。」

〔七〕楚辭九辯：「又申之以嚴霜。」李陵答蘇武書：「但聞悲風蕭條之聲。」

〔八〕頓，見請假第二啓注。〔補注〕詩毛傳：「丘一成爲頓丘。」

〔九〕渚，見野鵝賦注。班固幽通賦：「養流睇而猿號兮。」楚辭注：「曛，黄昏時也。」〔補注〕宋本「睇」作「涕」。玉篇：「遨，遊也。」陸機豫章行：「汎舟清川渚。」禮記鄭玄注：「睇，傾視也。」

〔一〇〕水經注：「江水又東逕軑縣故城南，城在山之陽，南對五洲也。江中有五州相接，故以五洲爲名。宋孝武舉兵江州，建牙洲上，有紫雲蔭之，即是洲也。」郭璞江賦：「流九派乎潯陽。」〔補注〕宋本「五」作「三」。五洲遠在尋陽以西，去大雷更西，不得云「東顧」。疑此乃指五湖而言。史記蘇秦傳索隱：「五渚，五處洲也。或説五渚即五湖。」又河渠書：「於吴則通渠三江、五湖。」正義：「韋昭曰：『其實一湖，今太湖是也。』」自大雷東望五湖，蓋隔皖南陸地。書：「九江孔殷。」孔安國傳：「江於此州界分爲九道。」釋文：「九江，潯陽記云：『一曰烏白江，二曰蚌江，三曰烏江，四曰嘉靡江，五曰畎江，六曰源江，七曰廩江，八曰提江，九曰箘江。』張須元緣江圖云：『一曰三里江，二曰五洲江，三曰嘉靡江，四曰烏土江，五曰白蚌江，六曰白烏江，七曰箘江，八曰沙提江，九曰廩江。參差隨水長短，或百里或五十里，始於鄂陵，終於江口，會於桑落洲。』」

〔一一〕河圖括地象：「武關山爲地門，上爲天齊。」張協七命：「絶景乎大荒之遐阻。」陶潛詠貧士詩：「孤雲獨無依。」〔補注〕此「地門」與「天際」爲偶，乃虚用。

〔一二〕何晏景福殿賦：「遠覽長圖。」崔瑗座右銘：「隱心而後動。」注：「隱，度也。」

〔一三〕〔補注〕陸游入蜀記：「過東流縣不入，自雷江口行大江，江南羣山，蒼翠萬疊，如列屏障，凡數十里不絶，自金陵以西所未有也。」按：此雖南宋人所記，而與照語相合，山水景色，不因時代而異也。漢書音義：「負，恃也。」

〔一四〕〔補注〕楚辭遠游：「餐六氣而飲沆瀣兮，漱正陽而含朝霞。」文選三月三日曲水詩序李善注：「景，日也。」説文：「景，光也。」司馬相如子虚賦：「岑崟參差。」

〔一五〕説文：「隴，天水大阪也。」〔補注〕爾雅釋丘郭璞注：「丘有隴界如田畝。」説文：「屬，連也。」

〔一六〕爾雅：「下濕曰隰，大野曰平，廣平曰原。」〔補注〕宋本「砥」作「砶」。司馬相如上林賦：

「視之無端，察之無涯。」

〔一七〕埤雅：「蓬，草之不理者，葉散生，遇風輒拔而旋。」〔補注〕禮記：「視之而弗見，聽之而弗聞。」孟子：「耳無聞，目無見。」

〔一八〕説文：「坡者曰陂。」郭璞江賦：「潛演之所汩淈。」又：「爰有包山洞庭，巴陵地道。」注：「郭璞山海經注曰：『洞庭地穴，在長沙巴陵，吴縣南太湖中有苞山，山下有洞庭穴道，潛行水底，云無所不通，號爲地脈。』」〔補注〕藝文類聚二十七作「湖澤脈通」。禮記：「毋漉陂池。」鄭玄注：「蓄水曰陂。」司馬相如上林賦：「衍溢陂池。」郭璞注：「陂池，江旁小水。」

〔一九〕説文：「演，水脈行地中。」按今説文「濥」字云：「水脈行地中濥濥也，从水，夤聲。弋刃切。」别有「演」字云：「長流也，从水寅聲。以淺切。」「夤」从夕，與「寅」異字，故「濥」亦與「演」異。此蓋言伏流之水，即蜀都賦之「濥以潛沫」也。演，當爲濥。文選江賦李善注引説文：

〔二〇〕廣韻：「芧，草也，可爲繩。芧，上同。」爾雅：「蘩之醜，秋爲蒿。」又：「葭蘆葭華。」注：「葭蘆，葦也。葭華，即今蘆也。」菰，見野鵝賦。〔補注〕禮記鄭玄注：「蒿亦蓬蕭之屬。」説文：「蒿，菣也。」玉篇：「葦之未秀者爲蘆。」

〔二一〕〔補注〕藝文類聚「波」作「風」。説文：「魚，水蟲也。」

〔二二〕説文：「號，呼也。」又：「聒，讙語也。」玉篇：「噪，呼噪也。」〔補注〕全宋文「乎」作「刎」。郭璞江賦：「千類萬聲，自相喧聒。」

〔二三〕〔補注〕全宋文「永」作「水」。王褒洞簫賦：「迴江流川，而溉其山。」李善注：「迴江謂江迴曲也。」

〔二四〕揚雄甘泉賦注：「漫漫，無厓際之貌。」

〔二五〕郭璞江賦：「舳艫相屬。」注：「舳，舟尾也。艫，船頭也。」〔補注〕説文：「迄，至也。」

〔二六〕謝靈運述祖德詩注：「楚人謂深水爲潭。」

〔二七〕魏明帝苦寒行：「八表以肅清。」野塵，見園葵賦注。

〔二八〕〔補注〕寫，見觀漏賦補注。

〔二九〕楚辭離騷：「怨靈修之浩蕩兮。」〔補注〕楚辭離騷王逸章句：「靈，神也。修，遠也。」又：「浩猶浩浩，蕩猶蕩蕩，無思慮貌也。」

〔三〇〕續漢書郡國志注：「廬山記曰：『山在尋陽南。有匡俗先生者，出殷、周之際，隱遁潛居其下，受道於仙人而共嶺，時謂所止爲仙人之廬而命焉。其山大嶺凡七重，圓基周迴，垂三五百里。其南嶺臨宫亭湖，下有神廟，七嶺會同，莫升之者。東南有香爐山，其上氛氳若香煙。』」

〔三一〕顔延之直東宫答鄭尚書詩：「起觀辰漢中。」注：「辰，大辰也。爾雅：『大辰，房心尾也。』郭璞曰：『龍星明者以爲時候，故曰大辰。』毛萇詩傳曰：『漢，天河也。』」〔補注〕宋本「相」作「連」。

〔三二〕〔補注〕説文：「縟，繁采飾也。」

〔三三〕若華，見芙蓉賦注。易：「山澤通氣。」

〔三四〕張衡思玄賦：「揚芒熛而絳天兮。」

〔三五〕説文：「靄，雲貌。」廬山記：「山南簡寂觀白雲峰。其間一峰，獨出而秀卓，名曰紫霄峯，秦始皇曾登之，與雲漢相接，因名之。」

〔三六〕〔補注〕宋本「盡」作「甚」。

〔三七〕司馬相如美人賦：「門閤晝掩，曖若神居。」楚辭九歌：「夕宿兮帝郊。」説文：「湘水出零陵陽海山，北入江。」〔補注〕説文：「控，引也。」書：「東流爲漢。」

〔三八〕説文：「小水入大水曰潀。」又：「洞，疾流也。」〔補注〕爾雅郭璞注：「壑，谿壑也。」

〔三九〕木華海賦：「於是鼓怒，溢浪揚浮。」又：「磊匒匌而相豗。」注：「相豗，相擊也。」郭璞江賦：「迅澓增澆。」注：「澓，澓流也，音伏。」説苑：「四瀆何以視諸侯？能蕩滌垢污焉。」

〔四〇〕説文：「猋，雈也。」又：「浦，瀕也。」馬融廣成頌：「抾封狶。」注：「狶，猪也，虚起反。」爾雅：「水中可居曰洲。」

〔四一〕説文：「𠂢，水之衺流别也。」通雅：「波之漾者曰瀫。」〔補注〕宋本「𠂢」作「爪」。爾雅：「瀫謂之涇。」郭璞注：「滓，瀫也。」説文：「瀫，滓涇也。」

〔四二〕詩：「政事一埤益我。」傳：「埤，厚也。」〔補注〕戰國策：「秦地形斷長續短，方數千里。」廣雅：「埤，益也。」

〔四三〕騰波，見觀漏賦。〔補注〕宋本無「其」字。

〔四四〕詩：「百川沸騰。」周禮：「以澮寫水。」玉篇：「洩，同泄。」晉書顧愷之傳：「萬壑争流。」〔補注〕木華海賦：「嘘噏百川。」李善注：「嘘噏，猶吐納也。」

〔四五〕揚雄甘泉賦：「梁弱水之濎濙兮。」注：「濎濙，小水貌。」説文：「涾，涫溢也，今河朔方言謂沸溢爲涾。」〔補注〕全宋文「涾」作「沓」。「華鼎」句似謂彭蠡湖浪花翻騰，狀如水沸於寶鼎之中。

〔四六〕列女傳：「人生在世間，如輕塵棲弱草耳。」詩：「河水清且漣猗。」疏：「風行吹水而成文章者曰漣。」説文：「蹙，迫也。」〔補注〕朱，作幹解，見六書故，指草莖。靡，披靡，狀草爲水淹没。木華海賦：「噏波則洪漣踧蹜。」隴蹙，狀高浪前後相迫如丘隴相蹙。木華海賦亦以「硍磊山壟」狀浪之高峻不平。

〔四七〕〔補注〕玉篇：「涣，水盛貌。」易林：「散涣水長。」郭璞江賦：「溢流雷呴而電激。」

〔四八〕説文：「穹，窮也。」爾雅：「小渚曰沚，小沚曰坻。」〔補注〕爾雅：「穹，大也。」玉篇：「溘，水也。」按：穹溘，謂大浪。司馬相如上林賦郭璞注：「坻，岸也。」木華海賦：「岑嶺飛騰而反覆。」

〔四九〕馬融長笛賦：「渴瀑噴沫。」班固西都賦：「豐冠山之朱堂。」

〔五〇〕廣韻：「碪，擣衣石也。」埤蒼：「碕，曲岸頭也。」説文：「𩐁，墜也。」臣鍇曰：「膾，酢也。莊子曰：『𩐁萬物而不以爲義。』謂視萬物如𩐁之細碎。」〔補注〕宋本「碕」作「倚」。

〔五一〕詩：「七月流火。」傳：「火，大火也。」〔補注〕爾雅：「大火謂之大辰。」郭璞注：「大火，心也。在中最明，故時候主之也。」楚辭七諫：「觀天火之炎煬兮，聽大壑之波聲。」又九章：「聽波聲之洶洶。」

〔五二〕宋玉高唐賦：「脅息增欷。」注：「脅息，縮氣也。」博雅：「慓，急也。」「質，軀也。」

〔五三〕〔補注〕鄭玄周禮注：「能生非類曰化。」禮記注：「育，生也。」説文：「詭，變也。」廣雅：

〔五四〕本草：「釋名：鷗者浮水上，輕漾如漚也，在海者名海鷗，在江者名江鷗，江夏人訛爲江鵝也。」金樓子：「海鴨大如常鴨，斑白文，亦謂之文鴨。」山海經：「荆山，漳水出焉，東南流，注于睢。其中多鮫魚。」注：「鮫，鮒魚類也，皮有珠文而堅，尾長三四尺，末有毒，螫人。」襄沔記：「沔水中有物，如三四歲小兒，甲如鱗鯉，秋曝沙上，膝頭如虎掌爪，常没水，名曰水虎。」

〔五五〕郭璞江賦：「魚則江豚海狶。」注：「臨海水土記曰：『海狶，豕頭，身長九尺。』」又賦：「或鹿觡象鼻，或虎狀龍顔。」王隱交廣記：「吴置廣州，以滕修爲刺史，或語修，蝦鬚長一丈，修不信，其人後至東海，取蝦鬚長四丈四尺，封以示修，修乃服之。」針尾，見上。〔補注〕北史：「真臘國有魚名建同，四足無鱗，鼻如象，吸水上噴，高五六十丈。」

〔五六〕蟹譜：「明越溪澗石穴中，亦出小蟹，其色赤而堅，俗呼爲石蟹。」禮記：「季秋之月，雀入大水爲蛤。」〔補注〕全宋文「蚌」作「蜂」。宋本「儔」作「疇」。本草：「石蠏生南海，云是尋常蠏爾，年月深久，水沫相着，因化成石，每遇海潮即漂去。」説文：「蚌，蜃屬，老産珠者也，一名含漿。」興化縣志：「魟魚頭圓秃如燕，其身圓褊如簸箕，又曰燕魟魚。」

〔五七〕寧波志：「鱟形如覆斗，其殼堅硬，腰間横紋一線，軟可屈摺，每一屈一行。」函史：「物性志：『鯸形似石首魚，三牙如鐵鋸。』」史記韓非傳：「夫龍之爲物也，可擾狎而騎也，然其喉下有逆鱗，徑一寸。」禮記：「反舌無聲。」釋文：「反舌，蔡伯喈云：蝦蟆。」疏：「蔡云：蟲名，鼃也，今謂之蝦蟆。其舌本前著口側，而末嚮内，故謂之反舌。」〔補注〕「折」，疑當作「拆」。水族加恩簿：「鼊一名甲拆翁。」本草：「蜃，蛟之屬，其狀亦如蛇而大，有角如龍狀，紅鬛，腰以下鱗盡逆。」王旻之與瑯琊太守許誠言書：「貴郡臨沂縣，其沙村逆鱗魚，可調藥物。逆鱗魚仙經謂之肉芝。」

〔五八〕晉書郭璞傳：「卜葬地于暨陽，去水百步許。其後沙漲，去墓數十里，皆爲桑田。」

〔五九〕木華海賦：「吹澇則百川倒流。」〔補注〕郭璞江賦：「鴛雛弄翮乎山東。」

〔六〇〕〔補注〕宋本「鶴」作「雛」。

〔六一〕史記淮陰侯傳：「樵蘇後爨，師不宿飽。」詩：「招招舟子。」〔補注〕藝文類聚「泣」作「泫」。漢書音義：「晉灼曰：樵，取薪也。蘇，取草也。」

〔六二〕〔補注〕藝文類聚「悲憂」作「憂悲」。

〔六三〕陶潛歸去來辭：「問征夫以前路。」〔補注〕宋本「吹」作「久」。

〔六四〕釋名：「弦，月半之名也。其形一旁曲，一旁直，若張弓弦也。」〔補注〕詩小雅天保孔穎達正義：「至十五、十六日，月體滿。……從此後漸虧，至二十三日、二十四日，亦正半在，謂之下弦。」届，至。所至，指所欲抵達之江州。

【集説】

彭兆蓀曰：古秀在骨。士龍答車茂安書、吴均與朱元思書均不逮也。能仿佛其造句者，水經注而外，惟柳州小記近之。

許槤曰：煙雲變滅，盡態極妍，即使李思訓數月之功，亦恐畫所難到。句句錘鍊無渣滓，真是精絶。明遠駢體，高眎八代。文通稍後出，差足頡頏，而奇峭幽潔不逮也。

吴汝綸曰：奇崛驚絶，前無此體，明遠創爲之。

譚獻曰：矯厲奇工，足與行路難並美。向嘗欲以比興求之，所謂詩人之文也。無語不工，不及古人亦在此。

頌

河清頌 并序〔一〕

臣聞善談天者，必徵象於人；工言古者，先考績於今〔二〕。鴻犧以降，遐哉邈乎〔三〕！鏤山嶽，雕篆素〔四〕，昭德垂勳，可謂多矣〔五〕。而史編唐堯之功，載「格于上下」〔六〕；樂登文王之操，稱「於昭于天」〔七〕。素狐玄玉，聿彰符命〔八〕；朴牛文螾，爰定祥曆〔九〕。魚鳥動色，禾雉興讓〔一〇〕。皆物不盈眥，而美溢金石〔一一〕。詩人於是不作，頌聲爲之而寢，庸非惑歟〔一二〕？

自我皇宋之承天命也，仰符應龍之精，俯協河龜之靈〔一三〕，君圖帝寶，粲爛瑰英〔一四〕。固以業光曩代，事華前德矣。聖上天飛踐極，迄茲二十有四載。道化周流，玄澤汪濊〔一五〕。地平天成，含生阜熙〔一六〕，文同軌通，表裏釐福〔一七〕。曜德中區，黎庶知讓〔一八〕；觀英遐外，夷貊懷惠〔一九〕。恤勤秩禮，散露臺之金；舒國賑民，傾鉅橋之粟〔二〇〕。約違迫脅，奢去泰甚〔二一〕。讌無留飲，畋不盤樂〔二二〕。物色異人，優遊鯁直〔二三〕。顯靡失心，幽無怨魄〔二四〕。精炤日月，事洞天情〔二五〕。故不勞仗斧之臣，號令不嚴而自肅〔二六〕；無辱鳳舉之使，靈怪不召而自彰〔二七〕。萬里神行，飈塵不起〔二八〕。農商野廬，邊城偃柝〔二九〕。冀馬南金，填委内府〔三〇〕；馴象西爵，充羅外囿〔三一〕。阿紈纂組之饒，衣覆宗國〔三二〕；魚鹽杞梓之利，傍贍荒遐〔三三〕。士民殷富，繁軼五陵〔三四〕；宫宇宏麗，崇冠三川〔三五〕。閭閈有盈，歌吹無絶〔三六〕。朱輪疊轍，華冕重肩〔三七〕。豈徒世無窮人，民獲休息〔三八〕，朝呼韓、罷酤鐵而已哉〔三九〕！是以嘉祥累仍，福應尤盛〔四〇〕。青丘之狐，丹穴之鳥，栖阿閣，遊禁園〔四一〕；金芝九莖，木禾六秀，銅池發，膏畝腴〔四二〕。宜以謁薦郊廟，和協律吕〔四三〕，煙霏霧集，不可勝紀〔四四〕。然而聖上猶昧且夙興，若有望而未至〔四五〕；宏規遠圖，如有追而莫及〔四六〕。神明之貺，推而弗居也。是以琬碑鏐檢，盛典蕪而不治〔四七〕；朝神省方，大化抑而未許〔四八〕。崇文協律之士，蘊儛頌於外〔四九〕；坐朝陪宴之臣，懷揄揚於内〔五〇〕。三靈佇睠，九壤注心，既有日矣〔五一〕。

歲宫乾維，月躔蒼陸〔五二〕，長河巨濟，異源同清，澄波萬壑，潔瀾千里〔五三〕。斯誠曠世偉觀，昭啓皇明者也〔五四〕。語曰：影從表，瑞從德，此其效焉。宣尼稱「鳳鳥不至，河不出圖」〔五五〕，傳曰：「俟河之清，人壽幾何〔五六〕！」皆傷不可見者也。然則古人所未見者，今殫見之矣〔五七〕。孟軻曰：「千載一聖，是旦暮也。」豈不信哉〔五八〕！夫四皇六帝，樹聲長世，大寶也〔五九〕；澤浸羣生，國富刑清，鴻德也〔六〇〕；制禮裁樂，惇風遷俗，文教也〔六一〕；殊華逋羯，束顙絳闕，武功也〔六二〕；鳴禽躍魚，滌穢河渠，至祥也〔六三〕。大寶鴻德，文教武功，其崇如此；幽明協贊，民祇與能，厥應如彼〔六四〕。唯天爲大，堯實則之〔六五〕。皇哉唐哉，疇與爲讓〔六六〕？抑又聞之：勢之所覃者淺，則美之所傳者近〔六七〕；道之所感者深，則慶之所流者遠。是以豐功偉命，潤色縢策〔六八〕，盛德形容，藻被歌頌〔六九〕。察之上代，則奚斯、吉甫之徒鳴玉鑾於前〔七〇〕；視之中古，則相如、王褒之屬馳金羈於後〔七一〕。絶景揚光，清埃繼路〔七二〕。故班固稱漢成之世，奏御者千有餘篇，文章之盛，與三代同風。繇是言之，斯乃臣子舊職，國家通議，不可輟也〔七三〕。臣雖不敏，敢不勉乎〔七四〕？乃作頌曰：

窺刊崩石，捃逸殘竹〔七五〕，巢風寂寥，羲埃綿邈〔七六〕。鉅生大年，贍學淵聞〔七七〕，鞶繡成、景，粉繢顓、軒〔七八〕，徒翫井科，未覩天河〔七九〕。亘古通今，明鮮晦多，千齡一見，書史登科〔八〇〕。旋我皇駕，揆景方塗〔八一〕，淩周躐殷，蹶唐轢虞〔八二〕，如彼七緯，累璧重珠〔八三〕。高祖撥亂，首物定靈〔八四〕，更開天地，再鑄羣生。帝御三傑，龍步八埛〔八五〕，朔南曁教，海北騰聲〔八六〕，淪深格高，浹遐洞冥〔八七〕，龜鼎遷宋，玄圭告成〔八八〕。大明方徽，鴻光中微，聖命誰堪？皇曆攸歸〔八九〕，謀從筮協，神與民推〔九〇〕，黄旗西映，紫蓋東輝〔九一〕，納瑞螭玉，升政衡機〔九二〕，金輪豹飾，珠冕龍衣〔九三〕。正位北辰，垂拱南面〔九四〕，天下何思，日用罔倦，復禮歸仁，觀恒通變〔九五〕，一物有違，戚言毀膳〔九六〕。非躬簡法，厚下安宅，謙德彌光，損道滋益〔九七〕。孝崇饗祀，勤隆耕籍〔九八〕，饘酎秋羊，封墐春骼〔九九〕，嬰耄兼粱，鰥孤重帛〔一〇〇〕。體由學染，俗以教遷〔一〇一〕，禮導刑清，樂鬯風宣〔一〇二〕，分衢讓齒，折訟歸田〔一〇三〕，野旌伏彥，朝賞登賢〔一〇四〕。儒訓優柔，武節猋鶩〔一〇五〕，文憲精宏，戎容犀利〔一〇六〕。樞鈐明審，程䕶周備〔一〇七〕，吏礪平端，民羞幸覬〔一〇八〕。桴鼓凝埃，烽驛垂轡〔一〇九〕，銷我長劍，歸爲農器〔一一〇〕。閫外水鄉，鄣表炎國〔一一一〕，隴首西南，渤尾東北〔一一二〕，艴艴嶺丹，渾渾泉黑〔一一三〕，移琛雲朔，轉集邛僰〔一一四〕，狼歌薦功，鳥譚陳德〔一一五〕。治博化光，民阜財盛〔一一六〕，班白行謡，清綺高詠〔一一七〕，雲表幽和，物章明慶，麗植雕質，蠢行藻性〔一一八〕，仁草晨莩，德宿宵映〔一一九〕。海無隱颸，山有黄落〔一二〇〕，牛羊内首，閭户外拓〔一二一〕，瑞木朋生，祥禽輩作〔一二二〕，薰風蕩閨，飴露流閣〔一二三〕，器範神妙，劑調衆藥〔一二四〕。匪直也斯，偉慶方臻〔一二五〕，注彼四瀆，媚此雙川〔一二六〕，伏靈遥紀，閟貺遐年〔一二七〕，澄波海岳，鏡流葱山〔一二八〕。泉室凝澱，水府清涓〔一二九〕，俛瞰夷都，降眡驪淵〔一三〇〕，朱宫潛耀，紫閣陰鮮〔一三一〕。昔在爽德，王風不昌〔一三二〕，迺溢迺竭，或壅或亡〔一三三〕。潔源灩壑，曾是未央〔一三四〕。先民永慨，大道悠長〔一三五〕，云何其瑞，實鍾我皇〔一三六〕？聞諸師説，天竦聽密〔一三七〕，介焉如響，匪遠惟疾〔一三八〕，矧是皇心，妙夫貞一〔一三九〕，左右天經，户牖人術〔一四〇〕，訏謨布簡，絲言盈室〔一四一〕，穢有綿祀，清豈崇日。一人之慶，吹萬秉和〔一四二〕，靈根方固，修源重波〔一四三〕。副睿貳哲，帝體皇柯〔一四四〕，景雲蔚嶽，秀星駢羅〔一四五〕。垂光九野，騰響四遐〔一四六〕，輔車鼎足，槃石虎牙〔一四七〕，世匹周室，基永漢家〔一四八〕。泰階既平，洪河既清〔一四九〕，大人在上，區宇文明〔一五〇〕，樵夫議道，漁父濯纓〔一五一〕。臣照作頌，鋪德樹聲。

〔一〕宋書符瑞志：「宋文帝元嘉二十四年二月戊戌，河、濟俱清。龍驤將軍青、冀二州刺史杜坦以聞。」〔補注〕宋書臨川烈武王傳附照傳：「元嘉中，河、濟俱清，當時以爲美瑞，照爲河清頌，其序甚工。」

〔二〕漢書董仲舒傳：「善言天者，必有徵於人；善言古者，必有驗於今。」〔補注〕全宋文「先」作「允」。春秋繁露：「考績之法，考其所積也。天道積聚衆精以爲光，聖人積聚衆善以爲功。」

〔三〕史記五帝紀注：「賈逵曰：帝鴻，黄帝也。」又正義：「孔安國尚書序、皇甫謐帝王世紀、孫氏注世本，並以伏犧、神農、黄帝爲三皇。」

〔四〕孝經鈎命決：「封於泰山，考績燔燎。禪於梁父，刻石紀號。」左思吴都賦：「烏策篆素。」注：「篆素，篆書於素也。」

〔五〕〔補注〕左傳：「君人者將昭德塞違。」王逸九思：「建烈業兮垂勳。」

〔六〕〔補注〕書堯典：「格于上下。」

〔七〕〔補注〕大雅文王之什：「於昭于天。」

〔八〕宋書符瑞志：「帝禹夏后氏夢自洗於河，以手取水飲之，又有白狐九尾之瑞，治水既畢，天賜玄圭，以告成功。」〔補注〕稽瑞：「田俅子曰：『殷湯爲天子，白狐九尾。』」又：「孫氏瑞應圖曰：『王者勤苦以應天下，厚人而薄己，水泉通，四海會同，則玄珪出。夏禹之時，卑宫室，盡力溝洫，天賜以玄珪。』」

〔九〕楚辭天問：「恒秉季德，焉得夫朴牛？」注：「朴，大也，言湯常能秉持契之末德，出田獵，得大牛之瑞。」河圖説徵：「黄帝起，大螾見。」〔補注〕宋本「文」作「大」。稽瑞：「河圖説命徵曰：『黄帝土德，故先是大螾之應。』吕氏春秋曰：『黄帝時天見大螾如虹。』應劭曰：『螾，丘蚓，黄帝土德，故地有神蚓，大五六圍，長十丈，黄者地色，螾赤今黄，故爲瑞也。』」

〔一〇〕史記周本紀：「武王渡河，中流，白魚躍入王舟中，武王俯取以祭。既渡，有火自上復于下，至于王屋，流爲烏，其色赤，其聲魄云。」又魯世家：「唐叔得禾，異母同穎，獻之成王。成王命唐叔以餽周公于東土，作餽禾。」孝經援神契：「周成王時，越裳獻白雉，去京師三萬里。王者祭祀不相踰，宴食衪服有節，則至。」班固典引：「昔姬有素雉朱烏玄秬黄麰之事耳，君臣動色，左右相趨。」〔補注〕稽瑞：「孫氏瑞應圖曰：『王者德茂，嘉禾生。』一本云『世太平則生。』帝紀曰：『神農時嘉禾生。』徐嘉三五曆曰：『黄帝時，嘉禾爲糧。』尚書中候曰：

『帝堯清平，比隆伏羲，嘉禾孳連。』禮斗威儀曰：『人君秉土而王，其政升平，則嘉禾並生。』」

〔一一〕班固答賓戲：「福不盈眦，禍盈於世。」

〔一二〕班固兩都賦序：「昔成、康没而頌聲寢，王澤竭而詩不作。」〔補注〕宋本「詩人」句在「頌聲」句後。

〔一三〕班固西都賦：「仰悟東井之精，俯協河圖之靈。」埤雅：「有翼曰應龍。」何晏景福殿賦：「龜書出於河源。」宋書符瑞志：「黄龍者，四龍之長也。不漉池而漁，德至淵泉，則黄龍遊於池。宋永初中，青龍三見。元嘉中，青龍黄龍黑龍並見。靈龜者，神龜也。王者德澤湛清，漁獵山川從時，則出。元嘉中，白龜三見。」〔補注〕宋本及宋書照傳「仰符」句作「仰應龍木之精」。宋本「河龜」作「龜水」。淮南子：「服應龍。」高誘注：「駕應德之龍。一説：應龍，有翼之龍也。」班固答賓戲：「應龍潛于潢汙。」李善注：「項岱曰：天有九龍，應龍有翼。」

〔一四〕班固典引：「備哉粲爛，真神明之式也。」

〔一五〕司馬相如難蜀父老：「湛恩汪濊。」〔補注〕易：「周流六虚。」

〔一六〕上句見書。曹植對酒行：「含生蒙澤。」〔補注〕宋書下句作「上下含熙」。張衡東京賦薛綜注：「阜，大也。」周禮地官牧人疏：「釋曰：阜，盛也。」

〔一七〕說文：「釐，家福也。」〔補注〕宋書「釐」作「禔」。禮記：「車同軌，書同文。」

〔一八〕後漢書蔡邕傳：「宣太平於中區。」〔補注〕國語：「先王耀德不觀兵。」

〔一九〕〔補注〕宋書「外」作「表」，「貊」作「貉」。周禮：「四夷八蠻七閩九貉。」五經文字：「貉，經典相承作蠻貊。」論語：「小人懷惠。」

〔二〇〕史記文帝紀：「嘗欲作露臺，召匠計之，直百金。上曰：『百金中民十家之產，吾奉先帝宮室，常恐羞之，何以臺爲？』」書：「發鉅橋之粟。」宋書文帝紀：「元嘉二十四年春正月甲戌，大赦天下，文武賜位一等，繫囚降宥，諸逋負寬減各有差，孤老六疾不能自存，人賜穀一斛，蠲建康、秣陵二縣今年田租之半。」〔補注〕宋本「恤勤秩禮」作「秩禮恤勤」，「舒國賑民」作「賑民舒國」，「鉅橋」作「御邸」。宋書「散」作「罷」，「舒」作「紓」。全宋文「賑」作「振」。書：「天秩有禮。」

〔二一〕張衡西京賦：「狹百堵之側陋，增九筵之迫脅。」老子：「去泰去甚。」〔補注〕宋本「泰甚」作「甚泰」。

〔二二〕史記殷本紀：「帝紂爲長夜之飲。」書：「乃盤遊無度，畋于有洛之表。」

〔二三〕漢書公孫弘傳贊：「異人並出。」後漢書來歙傳：「大中大夫段襄骨鯁可任。」注：「骨鯁，喻正直也。」〔補注〕宋本「遊」作「游」。宋書「鯁直」作「據正」。列仙傳：「關令尹喜內學，老子西遊，先見其氣，知真人當過，物色而遮之。」

〔二四〕〔補注〕宋書「靡」作「不」,「魄」作「氣」。史記淮南王安傳:「諸侯無異心,百姓無怨氣。」

〔二五〕〔補注〕全宋文「炤」作「昭」。易:「正大而天地之情可見矣。」

〔二六〕漢書武帝紀:「泰山、琅邪羣盜徐勃等阻山攻城,遣直指使者暴勝之等衣繡衣杖斧,分部逐捕。」〔補注〕宋書「仗」作「杖」。宋本「臣」作「使」,下句作「號令不肅而自嚴」。孝經:「其政不嚴而治。」

〔二七〕陸機演連珠:「金碧之巖,必辱鳳舉之使。」〔補注〕宋本「使」作「事」。史記封禪書:「古之封禪,東海致比目之魚,西海致比翼之鳥,然後物有不召而自至者,十有五焉。」

〔二八〕列子:「黄帝夢遊華胥之國,乘空如履實,其步神行而已。」〔補注〕崔駰北巡頌:「神行化馳。」古詩:「奄忽若飈塵。」木華海賦:「輕塵不飛。」

〔二九〕揚雄長楊賦:「永亡邊城之災。」張衡文:「魯連係箭而聊城弛柝。」

〔三〇〕左傳:「冀之北土,馬之所生。」詩:「大賂南金。」劉楨雜詩:「職事相填委。」陸機辨亡論:「明珠瑋寶,耀於内府。」

〔三一〕漢書西域傳贊:「鉅象師子猛犬大雀之羣,食於外囿。」〔補注〕宋本「西」作「栖」,「囿」作「苑」。

〔三二〕李斯上秦始皇書:「阿縞之衣。」注:「徐廣曰:齊之東阿縣,繒帛所出者也。」漢書地理志:「齊地織作冰紈。」又景帝紀:「錦繡纂組,害女紅者也。」〔補注〕全宋文「纂」作「綦」。

孟子：「吾宗國魯先君。」

〔三三〕周禮：「幽州其利魚鹽。」左傳：「如杞梓皮革，自楚往也。」〔補注〕揚雄逐貧賦：「投棄荒遐。」

〔三四〕漢書原涉傳：「郡國諸豪及長安五陵諸爲氣節者，皆歸慕之。」注：「謂長陵、安陵、陽陵、茂陵、昭陵也。」〔補注〕宋書「士」作「土」。下句作「五陵既有慚德」。

〔三五〕史記秦本紀：「莊襄王元年，初置三川郡。」注：「河、洛、伊也。」〔補注〕宋書下句作「三川莫之能比」。

〔三六〕管子：「築障塞，匿一道路，博出入，審閭閈，慎筦鍵筦藏。」

〔三七〕楊惲報孫會宗書：「乘朱輪者十人。」左思吴都賦：「躍馬疊跡，朱輪累轍。」陸雲九愍：「振華冕之玉藻。」餘見蕪城賦。

〔三八〕莊子：「孔子曰：當堯、舜而天下無窮人，非知得也。」漢書景帝紀贊：「漢興，掃除煩苛，與民休息。」

〔三九〕漢書宣帝紀：「匈奴呼韓邪單于稽侯㹪來朝，贊謁稱藩臣而不名。」又杜延年傳：「舉賢良，議罷酒榷鹽鐵，皆自延年發之。」

〔四〇〕嘉祥，見野鵝賦注。班固兩都賦序：「是以衆庶悦豫，福應尤盛。」

〔四一〕山海經：「有青丘之國，有狐九尾。」宋書符瑞志元嘉中不載。又經：「丹穴之山有鳥焉，其狀如鵠，五采，名曰鳳皇。」尚書中候：「黄帝時，天氣休通，五得期化，鳳皇巢阿閣，讙於樹。」宋書符瑞志：「鳳皇者，仁鳥也，不刳胎剖卵則至。文帝元嘉十四年三月，大鳥二集秣陵民王顗園中，文采五色，衆鳥隨之，改所集永昌里曰鳳皇里。」〔補注〕逸周書王會：「成王時，青丘獻九尾狐。」

〔四二〕漢書宣帝紀：「金芝九莖，產於函德殿銅池中。」注：「銅池，承霤也，以銅爲之。」宋書符瑞志元嘉中不載。山海經：「崑崙墟上有木禾，禾長五尋。」宋書符瑞志：「嘉禾五穀之長，王者德盛則二苗同秀。元嘉中嘉禾凡三十二見。」〔補注〕宋書「六」字下有「刃」字。宋本無「腴」字。

〔四三〕班固兩都賦序：「白麟、赤雁、芝房、寶鼎之歌，薦於郊廟。」又：「外興樂府協律之事。」〔補注〕宋書作「宜以和協律吕，謁薦郊廟」。

〔四四〕揚雄劇秦美新：「雲動風偃，霧集雨散。」

〔四五〕左傳：「讒鼎之銘曰：『昧旦丕顯，後世猶怠。』」〔補注〕宋本「昧旦夙興」作「夙興昧旦」。

〔四六〕班固西都賦：「度宏規而大起。」左傳：「遠圖者忠也。」

〔四七〕竹書紀年：「桀伐岷山，岷山莊王女于桀，二女曰琬曰炎。桀受二女，無子，斲其名于苕華之玉，苕是琬，華是炎也。」漢書武帝紀注：「孟康曰：刻石紀號，有金策石函金泥玉檢之封焉。」〔補注〕陸機策秀才文：「有國之盛典。」

〔四八〕司馬相如封禪文：「謁款天神。」易：「先王以省方觀民設教。」〔補注〕書：「肆予大化。」

〔四九〕魏志明帝紀：「青龍四年，置崇文觀，召善屬文者充之。」漢書禮樂志：「武帝定郊祀之禮，乃立樂府，以李延年爲協律都尉。」

〔五〇〕禮記：「朝不坐，宴不與。」班固兩都賦序：「雍容揄揚。」

〔五一〕春秋元命苞：「造起天地，鑄演人君，通三靈之貺，交錯同端。」束皙補亡詩：「茫茫九壤。」注：「九壤，九州也。」

〔五二〕通鑑元嘉二十四年爲强圉大淵獻。歲在丁亥，亥於四維爲西北。日知録：「歷家天盤二十四時，有所謂艮巽坤乾者，不知其所始。按淮南子天文訓曰：『子午卯酉爲二繩，丑寅辰巳未申戌亥爲四鉤，東北爲報德之維，西南爲背陽之維，東南爲常羊之維，西北爲蹏通之維。』所謂報德之維，常羊之維，背陽之維，蹏通之維，即艮巽坤乾也。後人省文，取卦名當之爾。」楚辭離騷注：「邅，轉也。」續漢書律曆志：「日行東陸謂之春。」〔補注〕全宋文「邅」作「躔」。説文：「躔，踐也。」臣鍇曰：「星之躔次，星所履行也。」

〔五三〕萬壑，見與妹書。千里，見觀漏賦。

〔五四〕皇明，見永安令啓。

〔五五〕左思詠史詩：「言論準宣尼。」〔補注〕鳳鳥二句見論語。

〔五六〕〔補注〕二句見左傳。

〔五七〕〔補注〕宋本「未」作「不」。

〔五八〕孟子外書：「性善辨，千年一聖，猶旦暮也。」〔補注〕宋書「信」作「大」。

〔五九〕何晏景福殿賦：「方四三皇而六五帝，曾何周、夏之足言。」易：「聖人之大寶曰位。」〔補注〕書：「樹之風聲。」左傳：「令聞長世。」

〔六〇〕〔補注〕漢書叙傳：「國富刑清。」又：「迺施洪德。」

〔六一〕〔補注〕禮記：「制禮作樂。」書：「三百里揆文教。」

〔六二〕沈約齊故安陸昭王碑注：「朱鳳晉書曰：『前後徙河北諸郡縣居山間謂之羯。』」晉書孫楚傳：「使竊號之雄，稽顙絳闕。」〔補注〕宋本「殊華逋羯」作「誅箠羯黠」，「絳」作「象」。詩：「載纘武功。」

〔六三〕首句見上。班固東都賦：「滌瑕盪穢。」史記太史公自序：「惟禹浚川，九州攸寧，爰及宣防，決瀆通溝。作河渠書第七。」〔補注〕宋書「禽」作「鳥」。

〔六四〕〔補注〕宋本「協」作「同」。

〔六五〕〔補注〕論語：「巍巍乎唯天爲大，唯堯則之。」

〔六六〕班固典引：「唐哉皇哉！皇哉唐哉！」〔補注〕宋本脱「讓」字。

〔六七〕〔補注〕廣韻：「覃，及也。」

〔六八〕左思魏都賦：「闚玉策於金縢。」〔補注〕宋本「偉」作「韙」。班彪王命論：「帝王之祚，必有豐功厚利積累之業。」論語：「東里子産潤色之。」

〔六九〕詩序：「頌者美盛德之形容，以其成功告於神明者也。」

〔七〇〕班固兩都賦序：「奚斯頌魯。」注：「韓詩魯頌曰：『新廟奕奕，奚斯所作。』薛君曰：『奚斯，魯公子也。言其新廟奕奕然盛。是詩，公子奚斯所作也。』」詩：「吉甫作頌，穆如清風。」楚辭離騷：「鳴玉鸞之啾啾。」

〔七一〕班固兩都賦序：「故言語侍從之臣，若司馬相如、虞丘壽王、東方朔、枚皋、王褒、劉向之屬，朝夕論思，日月獻納。」注：「漢書：司馬相如，字長卿，爲武騎常侍。王褒字子淵，上令褒待詔，褒等數從獵，擢爲諫大夫。」曹植白馬篇：「白馬飾金羈。」〔補注〕宋書「馳」作「施」。

〔七二〕張協七命：「絶景乎大荒之遐阻。」〔補注〕漢書禮樂志：「爛揚光。」

〔七三〕班固兩都賦序：「故孝成之世，論而録之，蓋奏御者千有餘篇，而後大漢之文章，炳然與三代同風。」又：「斯事雖細，然先臣之舊式，國家之遺美，不可闕也。」〔補注〕宋書「議」作「義」。

〔七四〕〔補注〕宋書「敢」作「寧」。

〔七五〕首句見序注。漢書藝文志：「武帝時，軍政楊僕，捃摭遺逸。」注：「捃摭謂拾取之。」荀勗穆天子傳序：「穆天子傳者，太康二年汲縣民發古冢所得書也，皆竹簡素絲編。」

〔七六〕史記補三皇本紀：「有巢氏，有天下者之號。」班固典引：「踰繩越契，寂寥而亡詔者，系不得而綴也。」陸機文賦：「函綿邈於尺素。」

〔七七〕莊子：「小年不及大年。」

〔七八〕揚子：「今之學者，非獨爲之華藻也，又從而繡其鞶帨。」漢書景帝紀：「周云成、康，漢言文、景，美矣。」史記五帝紀：「黄帝者，少典之子，姓公孫名曰軒轅。」又：「帝顓頊高陽者，黄帝之孫，而昌意之子也。」

〔七九〕孟子趙岐注：「科，坎也。」詩：「倬彼雲漢。」箋：「雲漢，謂天河也。」

〔八〇〕王嘉拾遺記：「丹丘千年一燒，黄河千年一清，至聖之君，以爲大瑞。」

〔八一〕詩：「揆之於日。」疏：「謂度其影也。」

〔八二〕博雅：「淩，馳也。」楚辭九歌注：「躐，踐也。」説文：「蹶，僵也。」又：「轢，車所踐也。」

〔八三〕劉勰新論：「七緯順度，以光天象。」七緯，日月五星。宋書符瑞志：「帝堯在位，日月如合璧，五星如連珠。」〔補注〕稽瑞：「易坤靈圖曰：『至德之朝，日月連璧，朔望最密，日月如合寶，五星如連珠。』」

〔八四〕宋書武帝紀：「高祖武皇帝，諱裕，彭城縣綏里人，漢高帝弟楚元王交之後也。義熙十四年六月，受相國宋公九錫之命，元熙元年正月，進公爵爲王。二年六月，晉帝禪位于王。」漢書高帝紀：「羣臣曰：『帝起細微，撥亂世反之正，平定天下，爲漢太祖，功最高，上尊號曰高皇帝。』」易：「首出庶物。」

〔八五〕史記高祖紀：「高祖曰：夫運籌策帷帳之中，決勝於千里之外，吾不如子房；鎮國家，撫百姓，給餽饟，不絶糧道，吾不如蕭何；連百萬之軍，戰必勝，攻必取，吾不如韓信。此三者，皆人傑也。」後漢書何進傳：「陳琳曰：今將軍龍驤虎步，高下在心。」張駿詩：「慶雲蔭八極，甘雨潤四坰。」

〔八六〕書：「朔南暨聲教，訖于四海。」

〔八七〕陸機漢高祖功臣頌：「文成作師，通幽洞冥。」

〔八八〕並見序注。

〔八九〕宋書少帝紀：「諱義符，武帝長子也，居處所爲多過失。太后廢爲滎陽王，奉迎鎮西將軍宜都王義隆入纂皇統。」

〔九〇〕書：「朕志先定，詢謀僉同，鬼神其依，龜筮協從。」

〔九一〕吴志吴主權傳注：「陳化曰：易稱帝出乎震，加聞先哲知命，舊説紫蓋黄旗，運在東南。」

〔補注〕宋本「映」作「暎」。

〔九二〕蔡邕獨斷：「天子璽，以玉螭虎紐。」書：「在璿璣玉衡，以齊七政。」

〔九三〕周禮：「朝覲宗，遇饗食，皆乘金路。」詩：「約軝錯衡。」箋：「約軝，轂飾也。」古今注：「牛亨問曰：『冕旒以繁露，何也？』答曰：『綴珠垂下，重如露之繁多也。』」書：「山龍華蟲作會。」

〔九四〕易：「君子以正位凝命。」書：「垂拱而天下治。」〔補注〕易：「聖人南面而聽天下。」

〔九五〕首句見尺蠖賦。易：「百姓日用而不知。」又：「通其變，使民不倦。」又：「觀其所恒，而天地萬物之情可見矣。」〔補注〕論語：「一日克己復禮，天下歸仁焉。」

〔九六〕書：「不肯戚言于民。」漢書宣帝紀：「今歲不登，其令太官損膳省宰。」

〔九七〕「非」，疑當作「菲」。晉書武帝紀：「將以簡法務本，惠育海內。」易：「上以厚下安宅。」又：「謙尊而光。」又：「損上益下，民説無疆。」〔補注〕宋本「非」作「菲」。

〔九八〕詩：「亨祀不忒。」禮記：「躬耕帝籍。」

〔九九〕説文：「周謂之饘，宋謂之餬。」西京雜記：「漢宗廟八月飲酎，用九十牢。」封，見請假第二啓。墐，見觀漏賦。禮記：「孟春之月，掩骼埋胔。」

〔一〇〇〕釋名：「人始生曰嬰兒。」禮記：「八十九十曰耄。」魏文帝賜桓階詔：「宣子守約，軍食魚飧，而有加粱之賜。」尸子：「晉國苦奢，文公以儉矯之，衣不重帛，食不重肉。」

〔一〇一〕晉書虞溥傳：「學之染人，甚於丹青。」

〔一〇二〕〔補注〕禮記：「道之以禮。」

〔一〇三〕詩：「虞、芮質厥成。」傳：「虞、芮之君，相與争田，久而不平，乃相謂曰：『西伯，仁人也，盍往質焉。』乃相與朝周。入其竟，則耕者讓畔，行者讓路；入其邑，男女異路，斑白不提挈；入其朝，士讓爲大夫，大夫讓爲卿。二國之君，感而相謂曰：『我等小人，不可以履君子之庭。』乃相讓，以其所争田爲閒田而退。」〔補注〕宋本「折」作「析」，「歸」作「推」。

〔一〇四〕後漢書淳于恭傳：「幽居養志，潛于山澤，舉動必由禮度。病篤，使者數存問，詔書褒歎，刻石表閭。」史記蕭相國世家：「進賢受上賞。」

〔一〇五〕大戴禮：「優而柔之，使自求之。」司馬相如封禪文：「武節猋逝。」〔補注〕禮記儒行釋文：「儒之言優也，和也。」説文：「儒，柔也。」

〔一〇六〕張華答何劭詩：「文憲焉可踰。」禮記：「戎容暨暨。」漢書馮奉世傳：「器不犀利。」注：「犀，堅也。」〔補注〕左傳：「其用物也弘矣，其取精也多矣。」

〔一〇七〕説文：「樞，户樞也。」又：「程，品也。」又：「矱，蒦或从尋，尋亦度也。」爾雅序：「六藝之鈐鍵。」注：「鈐，鏁也。」

〔一〇八〕續漢書百官志注：「世祖詔：『自今以後，審四科，辟召及刺史二千石察茂才尤異孝廉之吏，務盡實覈選，擇英俊賢行廉潔平端於縣邑，務受試以職。』」左傳：「民之多幸，國之不幸也。」

〔一〇九〕漢書張敞傳：「桴鼓稀鳴，市無偷盜。」史記司馬相如傳注：「烽見敵則舉。」玉篇：「驛，今之遞馬。」

〔一一〇〕家語：「鑄劍戟爲農器。」宋書文帝紀：「太祖幼年特秀，顧無保傅之嚴，而天授和敏之姿，自秉君臣之德。及正位南面，歷年長久，綱維備舉，條禁明密，罰有恒科，爵無濫品，故能內清外晏，四海謐如也。」

〔一一一〕山海經：「閩在海中。」注：「閩越即西甌，今建安郡是也。」陸機答張士然詩：「余固水鄉士。」後漢書公孫瓚傳：「日南多瘴氣。」楚辭遠游：「嘉南州之炎德。」

〔一一二〕史記天官書：「故中國山川，東北流其維，首在隴蜀，尾没于勃碣。」

〔一一三〕説文：「赩，大赤也。」廣州記：「大庾、治安、臨賀、桂陽、揭陽爲五嶺。」枚乘七發注：「渾渾，波相隨貌。」漢書地理志注：「黑水在張掖雞山，流至敦煌，過三危山，又南流而入于南海。」

〔一一四〕詩：「來獻其琛。」漢書地理志：「雲中郡，秦置。」又：「朔方郡，武帝元朔二年開西部都渾，治窳渾。」又：「邛都屬越巂郡。」又：「僰道屬犍爲郡。」〔補注〕宋本「朔」作「勉」，「集」作「隼」。

〔一一五〕後漢書西南夷傳：「益州刺史朱輔宣示漢德，自汶山以西，正朔所未加，白狼、槃木、唐菆等百餘國，慕化歸義，作詩三章。」又傳論：「及其化行，則緩耳雕脚之倫，獸居鳥語之類，莫不舉踵盡落，回面而請吏，陵海越障，累譯以内屬焉。」

〔一一六〕家語：「昔者舜彈五絃之琴，造南風之詩曰：『南風之薰兮，可以解吾民之慍兮！南風之時兮，可以阜吾民之財兮！』」

〔一一七〕班白，見上注。清綺，似指英年之士。

〔一一八〕張華女史箴：「人咸知飾其容，而莫知飾其性。性之不飾，或愆禮正。斧之藻之，克念作聖。」

〔一一九〕宋書符瑞志：「朱草，草之精也，世有聖人之德則生。宋文帝元嘉十一年，朱草生。」史記天官書：「天精而見景星。景星者，德星也，其狀無常，出於有道之國。」

〔一二〇〕韓詩外傳：「成王時，有越裳氏重三譯而朝曰：『吾受命國之黃髮曰：久矣天之不迅風雨，海之不波溢也，三年於兹矣，意者中國有聖人乎？』」禮記：「仲秋之月，草木黃落。」

〔一二一〕晉書東夷傳：「每候牛馬向西南眠者三年矣。」後漢書竇憲傳：「恢拓疆宇。」

〔一二二〕宋書符瑞志：「木連理，王者德澤純洽，八方合爲一，則爲生。元嘉中二十七見。」又：「白燕白鳥白雀白鳩白雉白鵲赤白鸚鵡之類並屢見。」

〔一二三〕薰風，見上注。爾雅：「宫中之門謂之闈，其小者謂之閨，小閨謂之閤。」宋書符瑞志：「甘露，王者德至大和氣盛則降。元嘉中四十六見。」〔補注〕宋本「閤」作「閣」。

〔一二四〕左思魏都賦：「藥劑有司。」〔補注〕宋本「梟」作「象」。

〔一二五〕詩：「匪直也人，秉心塞淵。」集韻：「臻，將先切。」〔補注〕宋本「臻」作「溱」。

〔一二六〕爾雅：「江、河、淮、濟爲四瀆。」雙川，謂河、濟也。

〔一二七〕詩：「我思不閟。」傳：「閟，閉也。」

〔一二八〕葱山，見芙蓉賦。〔補注〕宋本「海」作「崐」。

〔一二九〕左思吴都賦：「泉室潛織而卷綃。」説文：「澱，滓垽也。」莊忌哀時命：「鑿山楹以爲室，下披衣于水府。」〔補注〕全宋文「室」作「石」。

〔一三〇〕山海經：「從極之淵，深三百仞，維冰夷恒都焉。」説文：「眂，視貌也。」莊子：「千金之珠，必在九重之淵，而驪龍之頷下。」

〔一三一〕楚辭九歌：「魚鱗屋兮龍堂，紫貝闕兮朱宫。」陸雲喜霽賦：「曜六龍于紫閣。」

〔一三二〕書：「故有爽德。」〔補注〕詩序：「王者之風。」

〔一三三〕國語：「幽王二年，西周三川皆震。伯陽父曰：『昔伊、洛竭而夏亡，河竭而商亡。今周德若二代之季矣，山崩川竭，亡之徵也。』」又：「靈王時穀、洛二水鬥，將毁王宫。王欲壅之，太子晉諫。王卒壅之，王室大亂。」

〔一三四〕見觀漏賦「紆直」注。〔補注〕宋本「潔」作「絜」。

〔一三五〕詩：「先民有言。」

〔一三六〕〔補注〕宋本脱「瑞」字。

〔一三七〕史記宋微子世家：「子韋曰：天高聽卑，君有君人之言三，熒惑宜有動。」〔補注〕宋本「竦」作「踈」。

〔一三八〕易：「其受命也如響。」〔補注〕宋本「介」字上有「分」字。毛扆曰：「『匪』字疑衍。」按：宋本既是作「云何其實，鍾我皇聞，諸師説天，竦聽密分」，則以「聞」與「分」協韻，語句不通，另一問題，而「匪」字非衍。

〔一三九〕易：「天下之動，貞夫一者也。」

〔一四〇〕郭璞江賦：「經紀天地，錯綜人術。」

〔一四一〕詩：「訏謨定命。」禮記：「王言如絲，其出如綸。」

〔一四二〕書：「亦尚一人之慶。」莊子：「夫吹萬不同，而使其自已也，咸其自取，怒者其誰耶？」

〔補注〕宋本「秉」作「禀」。

〔一四三〕張衡南都賦：「固靈根於夏葉。」崔豹古今注：「漢明帝作太子，樂人歌四章以贊太子之德，其一曰日重光，二曰月重輪，三曰星重耀，四曰海重潤。」

〔一四四〕張衡東京賦：「睿哲玄覽。」

〔一四五〕春秋運斗樞：「天樞得則景雲出。」揚雄甘泉賦：「駢羅列布。」

〔一四六〕淮南子：「上通九天，下貫九野。」陸機吴趨行：「帝功興四遐。」

〔一四七〕左傳：「諺所謂輔車相依。」史記淮陰侯傳：「蒯通説韓信曰：『參分天下，鼎足而居。』」又文帝紀：「高帝時封王子弟，地犬牙相制，此所謂磐石之宗也。」

〔一四八〕左傳：「卜世三十。」

〔一四九〕揚雄長楊賦：「是以玉衡正而泰階平也。」班固西都賦：「帶以洪河、涇、渭之川。」

〔一五〇〕易：「飛龍在天，利見大人。」又：「見龍在田，天下文明。」史岑出師頌：「混一區宇。」

〔一五一〕揚雄長楊賦："士有不談王道者，則樵夫笑之。"楚辭漁父："滄浪之水清兮，可以濯吾纓。"

【集説】

李兆洛曰：大抵華腴害骨，然明遠采壯，簡文思清，固一時之傑也。
吴汝綸曰：序欲遠追揚、馬，頌乃六朝常製。
譚獻曰：辟灌之功，光輝斯發。開張工健，無一閒冗之句。序亦有頓挫節族，未可與簡文並論。
孫德謙曰：氣體恢宏，從漢文出。

佛影頌〔一〕

形生麗怪，神照潭寂〔二〕。驗幽以明，考心者迹。六塵煩苦，五道綿劇〔三〕。乃炳舟梁，爰悟淪溺〔四〕。色丹貌繢，留相瓊石〔五〕。金光絶見，玉毫遺覿〔六〕。俾昏作朗，效順去逆〔七〕。

〔一〕宋書臨川王道規傳："義慶晚節奉養沙門，頗致費損。"此頌似爲臨川王作。〔補注〕大智度論："釋迦牟尼佛至月氏國西，降女羅刹，佛在彼石窟中一宿，於今佛影猶在，有人就内看之則不見，出孔遥觀，光相如佛在時。"澄觀華嚴疏鈔："石室留影，毒龍心革者，即觀佛三昧海經，彼事極長，今當略意，即第七經佛告阿難云：如來到那乾訶羅國古仙山薝蔔花林毒龍池側青蓮華泉北羅刹穴中阿那斯山南，爾時彼穴有五羅刹，化作龍女，與毒龍通。龍復降雹，羅刹亂行，饑饉疾疫，已歷四年。時王驚懼，禱祀神祇，於事無益，下取意引。有一梵志，讃佛功德，彼王焚香，遥請如來。如來受那乾訶羅王弗巴浮提請，廣現神變，羅刹毒龍，既受化已，爾時龍王，長跪合掌，勸請世尊：『唯願如來，常住此間，佛若不在，我發惡心，無由得成無上菩提。』世尊不離龍窟，復受王請，入城教化，遊行往昔行菩薩道處，諸龍皆從。聞佛欲還，啼哭雨淚。白佛言：『世尊，請佛常住，云何捨我？我不見佛，當作惡事，墜墮惡道。』爾時世尊安慰龍王：『我受汝請，坐汝窟中，千五百歲。』釋迦文佛踴身入石，猶如明鏡見人面像。諸龍皆見佛在石内，影現于外。爾時諸龍合掌歡喜，不出其池，常見佛日。爾時世尊結跏趺坐在石壁内，衆生見時，遠望則見，近則不現。諸天百千，供養佛影，影亦説法。時梵天王合掌恭敬，以偈頌曰：『如來處石窟，踴身入石裏，如日無障礙，金光相具足。我今頭面禮，牟尼救世尊。』經文甚廣。復令衆生觀于佛座，見丈六像坐于草座，作一石窟，高丈六尺，深二十四步，青白石相，又想此窟，成七寶窟，復見佛像，踴入石壁等。廣弘明集説遠公有石影讃，説處所與經全同，云在西域那伽訶羅國南山古仙石室中，度流沙逕道，去此一萬五千八百五十里，感世之應，備于别傳。西域記第八亦説。遠公序云：『昔遇西域沙門，輒飡遊方之説，知有佛影，而傳者尚未曉然。及在此山，值罽賓禪師，南國律學道士，與昔聞既同，並是其人遊歷所經。因其詳問，乃圖之，爲銘。』」按慧遠在廬山圖佛影，義慶既佞佛，其鎮江州時，爲元嘉十六年，去義熙十二年慧遠之没，才二十四年，當目睹此圖。明遠此頌，文體如遠銘，信是爲臨川王作也。

〔二〕〔補注〕宋本「麗」作「麁」。

〔三〕孫綽遊天台山賦注：「中論曰：『六塵：色、聲、香、味、觸、法。』」〔補注〕中論：「眼、耳及鼻、舌、身、意等六情；此眼等六情，行色等六塵。」大智度論：「五道生法，各各不同。諸天地獄皆化生，餓鬼二種生，若胎若化生，人道畜生四種生，卵生濕生化生胎生。」又：「説五道者，是一切有部僧所説。」又：「菩薩得天眼，觀衆生輪轉五道，迴旋其中。」玉篇：「緜，彌然切，新絮也，纏也，緜緜不絶，今作綿。」

〔四〕詩：「造舟爲梁。」〔補注〕付法藏經：「一切衆生，欲出三界生死大海，必假法船，方得度脱。」大智度論：「涅槃之津梁。」法華經：「我見諸衆生，没在于苦海。」

〔五〕説文：「瓊，赤玉也。」

〔六〕〔補注〕摩訶般若波羅蜜經：「十四者，金色相，其色微妙，勝閻浮檀金。」又：「三十一者，眉間白毫相，軟白如兜羅綿。」

〔七〕左傳：「去順效逆，所以速禍也。」

銘

凌煙樓銘 并序〔一〕

臣聞憑飈薦響，唱微効長；垂波鑒景，功少致深〔二〕。是以冰臺築乎魏邑，鳳闕起於漢京〔三〕，皆所以贊生通志，感悦幽情者也〔四〕。伏見所置凌煙樓，棲置崇迴，延瞰平寂。即秀神皋，因基地勢〔五〕。東臨吴甸，西眺楚關〔六〕。奔江永寫，鱗嶺相葺〔七〕，重樹窮天，通原盡日〔八〕。悲積陳古，賞絶舊年。誠可以暉曠高明，藻澈遠心矣〔九〕。夫識緣感傾，事待言彰，匪言匪述，綿世罔傳。敢作銘曰：

巖巖崇樓，藐藐層隅〔一〇〕。階基天削，户牖雲區〔一一〕。瞰江列楹，望景延除〔一二〕。積清風路，合綵煙塗〔一三〕。俯窺淮海，俛眺荆吴〔一四〕。我王結駕，藻思神居〔一五〕。宜此萬春，脩靈所扶〔一六〕。

〔一〕宋書臨川王道規傳：義慶元嘉十六年改授散騎常侍，都督江州之西陽、晉熙、新蔡三郡諸軍事，衛將軍江州刺史。又州郡志：「江州刺史治尋陽。」以序中東吴西楚計之，此樓當爲臨川王所建。〔補注〕宋本題下注曰：「宋臨川王建。」

〔二〕陸機演連珠：「乘風載響，則音徽自遠。」又：「鑑之積也無厚，則照有重淵之深。」〔補注〕宋本「垂」下注曰：「一作『乘』。」荀子勸學：「順風而呼，聲非加疾也，而聞者彰。」景，通影。

〔三〕鄴都故事：「曹操作銅雀臺，又作金虎臺、冰井臺，所謂鄴中三臺也。」按：鳳皇巢於阿閣，至唐因有鳳閣鸞臺之名，漢世閣名甚多，而鳳閣轉無可考。

〔四〕〔補注〕易：「唯深也故能通天下之志。」班固西都賦：「發思古之幽情。」王羲之蘭亭集序：「亦足以暢叙幽情。」

〔五〕張衡西京賦：「實惟地之奥區神皐。」〔補注〕陶潛遊斜川詩序：「獨秀中皐。」

〔六〕史記伍子胥傳：「太子建有子名勝，伍胥懼，乃與勝俱奔吴，到昭關。」注：「其關在江西，乃吴、楚之境也。」〔補注〕江南通志：「昭關，在和州含山縣小峴西，伍子胥自楚奔吴過昭關，即此。」昭關蓋在尋陽以東。此云「西眺楚關」，是泛指，非昭關也。

〔七〕茸鱗，見永安令啓注。

〔八〕〔補注〕宋本「日」作「目」。

〔九〕〔補注〕宋本「澈」作「撤」。禮記：「可以居高明，可以遠眺望。」

〔一〇〕莊子：「藐姑射之山，有神人居焉。」注：「藐，遠也。」〔補注〕廣雅：「巖巖，高也。」詩大雅崧高：「既成藐藐。」傳：「藐藐，美貌。」詩大雅瞻卬：「藐藐高天。」傳：「藐藐，大貌。」方言注：「藐藐，曠遠貌。」隅，見蕪城賦注。

〔二〕左思魏都賦：「亢陽臺於陰基，擬華山之削成。」符子：「堯曰：『余坐華殿之上，森然而松生于棟；余立櫺扉之内，霏焉而雲生于牖。』」

〔三〕左思蜀都賦：「列綺窗而瞰江。」陸機演連珠：「望景揆日，盈數可期。」説文：「楹，柱也。」又：「除，殿陛也。」

〔一三〕〔補注〕宋本「路」作「露」，「合」下注曰：「一作『含』。」

〔一四〕書：「淮海惟揚州。」荆吴見遊思賦。俛即俯字，二字必有一誤。

〔一五〕郭璞游仙詩：「結駕尋木末。」陸機文賦：「或藻思綺合。」神居，見與妹書。

〔一六〕王延壽魯靈光殿賦：「神靈扶其棟宇，歷千載而彌堅。」

飛白書勢銘〔一〕

秋毫精勁，霜素凝鮮〔二〕。霑此瑶波，染彼松煙〔三〕。超工八法，盡奇六文〔四〕。鳥企龍躍，珠解泉分〔五〕。輕如游霧，重似崩雲〔六〕。絶鋒劍摧，驚勢箭飛〔七〕。差池鸞起，振迅鴻歸〔八〕。臨危制節，中險騰機〔九〕。圭角星芒，明麗爛逸〔一〇〕。絲縈髮垂，平理端密〔二〕。盈尺錦兩，片字金溢〔三〕。故仙芝煩弱，既匪足雙〔四〕；蟲虎瑣碎，又安能匹〔五〕。君子品之，是最神筆。

〔一〕書斷：「飛白者，後漢左中郎蔡邕所作也。王隱、王愔並云：『飛白，變楷制也。本是宫殿題署，勢既勁，文字宜輕微不滿，名爲飛白。』王僧虔曰：『飛白，八分之輕者。邕在鴻都門，見匠人施堊帚，遂創意焉。』」

〔二〕陸機文賦：「惟毫素之所擬。」注：「毫，筆也。素，素縑也。」〔補注〕成公綏棄故筆賦：「乃發慮於書契，採秋毫之穎芒。」班婕妤怨歌行：「新裂齊紈素，皎潔如霜雪。」

〔三〕曹植詩：「墨出青松煙，筆出狡兔翰。」

〔四〕書苑：「王逸少書偏工書『永』，以其八法之勢，能通一切字，『永』字八法也。」周禮保氏：「五曰六書。」注：「六書，象形、會意、轉注、處事、假借、諧聲也。」〔補注〕蔡邕篆勢：「蒼頡循聖，作則製文。體有六篆，巧妙入神。」

〔五〕崔瑗草書勢：「竦企鳥跱，志在飛移。」又衛恒書勢：「矯然特出，若龍騰于川。」崔瑗草書勢：「或黝黈點黷，狀如連珠，絶而不離。」衛恒書勢：「若翔風厲水，清波漪漣。」〔補注〕蔡邕篆勢：「龍躍鳥震。」

〔六〕鍾氏隸勢：「若鐘簴設張，庭燎飛煙。」又：「鬱若雲布。」

〔七〕〔補注〕劉紹飛白贊：「直準箭飛。」

〔八〕詩：「燕燕于飛，差池其羽。」衛恒書勢：「或引筆奮力，若鴻雁高飛，邈邈翩翩。」〔補注〕索靖草書狀：「玄熊對距於山嶽，飛燕相追而差池。」振迅，見舞鶴賦補注。蔡邕篆勢：「遠而望之，若鴻鵠羣游，駱驛遷延。」

〔九〕鍾氏隸勢：「隨事從宜，靡有常制。」崔瑗草書勢：「機微要妙，臨時從宜。」

〔一〇〕禮記：「毁方而瓦合。」注：「去己之大圭角。」疏：「圭角，謂圭之鋒鋩有楞角。」史記天官書：「填星，其色黄光芒者曰黄鍾宫。」鍾氏隸勢：「焕若星陳。」

〔一一〕蔡邕篆勢：「或輕筆内投，微本濃末，若絶若連，似水露緣絲，凝垂下端。」鍾氏隸勢：「或砥平繩直。」

〔一二〕左傳：「重錦三十兩。」注：「重錦，錦之細熟者，以二丈雙行，故曰兩。」史記吕不韋傳：「使其客人人著所聞集論，號曰吕氏春秋，布咸陽市門，懸千金其上，延諸侯遊士賓客，有能增損一字者，予千金。」史記平準書：「黄金以溢名。」注：「二十兩爲溢。」

〔一三〕墨藪：「六國時各以異體爲符信，製芝英書。或曰：漢代有靈芝三種，植于殿前，故作也。」

〔一四〕漢書藝文志：「六體者，古文、奇字、篆書、隸書、繆篆、蟲書。」注：「爲蟲鳥之形，所以書幡信也。」墨藪：「周文王書，史佚作虎書。」

【集説】

許槤曰：博奥蒼堅，聲沈旨鬱。唐惟柳子厚往往胎息此種。

藥奩銘〔一〕

譚獻曰：此體遂絶。

歲賓走丸，生猷隤牆〔二〕，時無驟得，年有遐方〔三〕。水玉出煙，靈飛生光〔四〕。龜文雹衣，龍綵雲裳〔五〕。九芝八石，延正盪斜〔六〕。二脂六體，振衰返華〔七〕。毛姬餌葉，鳳子藏花〔八〕。景絶翠虬，氣隱赬霞〔九〕。深神罕別，妙奇不揚〔一〇〕，或繫虎杖，或亂蛇牀〔一一〕。故不世不可以服，未達不可以嘗〔一二〕。眩精逆目，是乃爲良〔一三〕。

〔一〕說文：「籢，鏡籢也。」臣鍇曰：「俗作匳。」韻會：「匳，俗作奩。」〔補注〕華嚴經音義：「珠叢曰：『凡底物小器，皆謂之匳。』」

〔二〕走丸，見觀漏賦。司馬相如上林賦：「隤牆填塹。」按此兼用孟子「巖牆」意。〔補注〕漢書司馬相如傳注：「賓，即隕字也。」

〔三〕〔補注〕楚辭九歌：「時不可兮驟得。」

〔四〕司馬相如上林賦：「水玉磊砢。」注：「水玉，水精也。」嵇康難養生論：「赤松以水玉乘煙。」漢武内傳：「求道益命，皆須五帝六甲靈飛之術，六丁六壬名字之號。」〔補注〕宋本「靈飛」下注曰：「一作『神靈』。」山海經：「堂庭之山多水玉。」列仙傳：「赤松子服水玉以教神農。」

〔五〕上句未詳。郭璞華岳讚：「其誰從之？龍駕雲裳。」

〔六〕九芝，見河清頌。神仙傳：「老子所出度世之法，九丹八石，玉醴金液。」

〔七〕二脂未詳。漢書翼奉傳：「人之有五藏六體，五藏象天，六體象地。」

〔八〕列仙傳：「毛女，字玉姜，秦始皇宫人。逃之華陰山中，食松柏，遍體生毛，故謂之毛女。」修真録：「仙人名鳳子，與笙璡會于九口，各以生生二肆之符相授。」

〔九〕抱朴子：「翠虬覩化益而登絳雲。」絶景，見與妹書。頳，見蕪城賦。〔補注〕揚雄解難：「獨不見夫翠虬絳螭之將登乎天，必聳身于蒼梧之淵。」

〔一〇〕〔補注〕宋本「揚」作「楊」。

〔一一〕爾雅：「葞，虎杖。」注：「似紅草而麤大，有細刺，可以染赤。」淮南子：「蛇牀似蘪蕪而不能芳。」〔補注〕全宋文「蛇」作「蚰」。爾雅：「盱，虺牀。」郭璞注：「蛇牀也，一名馬牀。」

〔一二〕禮記：「醫不三世，不服其藥。」〔補注〕論語：「子曰：丘未達，不敢嘗。」

〔一三〕書：「若藥弗瞑眩，厥疾弗瘳。」家語：「良藥苦口而利于病，忠言逆耳而利于行。」

【集説】

譚獻曰：詄麗。

石帆銘〔一〕

應風剖流，息石橫波〔二〕，下潨地軸，上獵星羅〔三〕。吐湘引漢，歙蠡吞沱，西歷岷冢，北瀉淮河〔四〕。眇森宏藹，積廣連深〔五〕，淪天測際，亘海窮陰。雲旌未起，風柯不吟〔六〕；崩濤山墜，鬱浪雷沈〔七〕。在昔鴻荒，刊啓源陸〔八〕，表裏民邦，經緯鳥服〔九〕，瞻貞視晦，坎水巽木，乃剡乃鏇，既刳既斵〔一〇〕，飛深浮遠，巢潭館谷〔一一〕。涉川之利，謂易則難〔一二〕；臨淵之戒，曰危乃安〔一三〕。泊潛輕濟，冥表勤言〔一四〕，穆戎遂留，昭御不還，徒悲猿鶴，空駕滄煙〔一五〕。君子彼想，祇心載惕〔一六〕，林簡松栝，水採龍鷁〔一七〕，覘氣涉潮，投祭沈璧〔一八〕，揆檢含圖，命辰定歷〔一九〕。二崤虎口，周王夙趨〔二〇〕；九折、羊腸，漢臣電驅〔二一〕；潛鱗浮翼，爭景乘虛〔二二〕；衡石赤鰩，帝子察殂〔二三〕；青山斷河，后父沈軀〔二四〕。川吏掌津，敢告訪途〔二五〕。

〔一〕荆州記：「武陵舞陽縣有石帆山，若數百幅帆。」宋書臨川王道規傳：「臨海王子頊爲荆州，照爲前軍參軍，掌書記之任。」此銘當在荆州時作。

〔二〕水經注：「江道巖上山廟甚神，能分風劈流。」謝靈運於南山往北山詩：「石橫水分流。」

〔補注〕楚辭九歌：「衝風起兮横波。」

〔三〕詩：「鳧鷖在潨。」傳：「潨，水會也。」河圖括地象：「地下有四柱，廣十萬里，有三千六百軸。」揚雄羽獵賦：「煥若天星之羅。」〔補注〕宋本「獵」作「獦」。國語賈逵注：「獵，取也。」揚雄羽獵賦：「方將上獵三靈之流。」

〔四〕湘，見與妹書。書：「嶓冢導漾，東流爲漢，又東爲滄浪之水，過三澨，至于大別，南入于江，東匯澤爲彭蠡，東爲北江，入于海。」又：「岷山導江，東別爲沱。」又：「海岱及淮惟徐州。」又：「荆河惟豫州。」説文：「歙，縮鼻也，一曰歙氣也。」〔補注〕藝文類聚八「吐」作「牽」。

〔五〕〔補注〕宋本「宏」作「弘」。全宋文「宏」作「泓」。廣雅：「眇，莫也；眇，遠也。」

〔六〕吕氏春秋：「其雲狀若懸釜而赤，其名曰雲旌。」〔補注〕宋本「旌」作「族」。謝靈運山居賦：「木鳴柯以起風。」

〔七〕木華海賦：「驚浪雷奔。」〔補注〕藝文類聚八「墜」作「逐」。

〔八〕揚子法言：「鴻荒之世，聖人惡之。」〔補注〕書：「隨山刊木。」

〔九〕家語：「子夏曰：商聞山書曰：地東西爲緯，南北爲經。」鳥服，見河清頌。〔補注〕左傳：「表裏山河。」又：「經緯天地曰文。」書：「島夷皮服。」漢書地理志作「鳥夷」，注：「師古曰：居在海，被服容止皆象鳥也。」

〔一〇〕書：「曰貞曰悔。」易：「巽爲木，坎爲水。」又：「刳木爲舟，剡木爲楫。」説文：「斲，斫也。」

鏟，見蕪城賦。

〔一一〕〔補注〕應劭漢書注：「巢，居也。」潭，見與妹書注。廣雅：「館，舍也。」蜀都賦劉逵注：「水注壑曰谷。」

〔一二〕易：「利涉大川。」

〔一三〕詩：「如臨深淵。」

〔一四〕「泊」，疑當作「汨」。史記屈原傳：「於是懷石，遂自投汨羅以死。」注：「汨水在羅，故曰汨羅也。」楚辭九章：「哀南夷之莫吾知兮，旦余濟乎江、湘。」禮記：「冥勤其事而水死。」

〔一五〕竹書紀年：「周穆王三十七年，征伐大起九師，東至於九江，叱鼋鼍以爲梁。」抱朴子：「周穆王南征，一軍盡化，君子爲猿鶴，小人爲沙蟲。」左傳：「昭王南征而不復。」〔補注〕宋本「穆戎」二句作「穆我戎逐，留御不還」，「鶴」作「鵠」。

〔一六〕〔補注〕孫德謙六朝麗指：「『君子彼想』，恐是『想彼君子』，類彦和之所謂顛倒之句者，何以顛倒？以期其新奇也。」

〔一七〕詩：「檜楫松舟。」廣韻：「栝，與檜同。」淮南子：「龍舟鷁首。」注：「鷁，大鳥也，畫其象著船首。」〔補注〕宋本「栝」作「括」。

〔一八〕抱朴子：「潮汐者，一月之中，天再東再西，故潮再大再小。」帝王世紀：「堯與羣臣沈璧於河，乃爲握河記，今尚書候是也。」〔補注〕宋本「沈」作「涵」。

〔一九〕檢，見河清頌。禮記：「河出馬圖。」書歷象日月星辰。〔補注〕宋本「含」作「舍」。路史：「軒轅黄帝受河圖作歷，歲紀甲寅，日紀甲子。」

〔二〇〕二崤見野鵝賦注。戰國策：「今秦四塞之國，譬如虎口，而君入之，則臣不知君所出矣。」〔補注〕吴汝綸曰：「『夙』，疑爲『風』。」

〔二一〕漢書王尊傳：「先是王陽爲益州刺史，行部至邛郲九折阪，嘆曰：『奉先人遺體，奈何數乘此險？』及尊爲刺史，至其阪曰：『此非王陽所畏道耶？』叱其馭曰：『驅之，王陽爲孝子，王尊爲忠臣。』」史記魏世家注：「羊腸坂道在太行山上。」〔補注〕宋本「臣」作「惡」。

〔二二〕魏文帝滄海賦：「揚鱗濯翼，載沈載浮。」列子：「周穆王時，西極之國有化人來，入水火，貫金石，乘虚不墮，觸實不硋。」

〔二三〕山海經：「大荒之中，有衡石山。」又：「秦器之山，濩水出焉。是多鰩魚，狀如鯉，魚身而鳥翼，蒼文而白首，常行西海，而遊於東海。」又：「發鳩之山，其上多柘木。有鳥焉，其狀如烏，文首白喙赤足，名曰精衛，其鳴自詨。是炎帝之少女，名曰女娃，女娃遊于東海，溺而不返，故爲精衛，常銜西山之木石以堙于東海。」〔補注〕宋本「赤」作「赬」。山海經：「洞庭之山，帝之二女居之。是常遊于江淵澧、沅之交，瀟、湘之淵，出入多飄風暴雨。」楚辭湘夫人：「帝子降兮北渚。」列女傳：「舜陟方死于蒼梧，二妃死于江、湘之間，俗謂之湘君。」説文：「殂，往死也。」

〔二四〕山海經：「青要之山，實惟帝之密都。北望河曲，是多駕鳥。南望墠堵，禹父之所化，是多僕纍蒲盧。」

〔二五〕吴越春秋：「椒邱訢爲齊王使于吴，過淮津，欲飲馬于津，津吏曰：『水中有神，見馬即出，以害其馬，君勿飲也。』」莊子：「黄帝將見大隗于具茨之山，至于襄城之野，七聖皆迷，無所問途。」

【集説】

許槤曰：奇突古兀，錘錬異常。昔人論鮑詩謂得景陽之俶詭，合茂先之靡嫚，吾於斯銘亦云。

譚獻曰：不盡巧，故爲大方。

文

瓜步山楬文〔一〕

歲舍龍紀，月巡鳥張〔二〕，鮑子辭吴客楚，指兗歸揚〔三〕，道出關津，升高問途〔四〕。北眺氈鄉，南矖炎國〔五〕，分風代川，揆氣閩澤〔六〕，四睨天宫，窮曜星絡〔七〕，東窺海門，候景落日〔八〕，游精八表，駃視四遐〔九〕，超然遠念，意類交横。信哉！古人有數寸之籥，持千鈞之關〔一〇〕，非有其才施，處勢要也。瓜步山者，亦江中眇小山也，徒以因迥爲高，據絶作雄，而凌清瞰遠，擅奇含秀，是亦居勢使之然也。故才之多少，不如勢之多少遠矣〔一一〕。仰望穹垂，俯視地域〔一二〕，涕洟江河，疣贅丘嶽〔一三〕。雖奮風漂石，驚電剖山〔一四〕，地綸維陷，川鬥毁宫〔一五〕，毫髮盈虚〔一六〕，曾未注言；況乎沈河浮海之高，遺金堆璧之奇〔一七〕，四遷八聘之策，三黜五逐之疵〔一八〕，販交買名之薄，吮癰舐痔之卑〔一九〕，安足議其是非！

〔一〕述異記：「瓜步在吴中，吴人賣瓜於江畔，因以名焉。」名勝志：「瓜步山在六合縣東南二十里，東臨大江。」周禮職金注：「既楬書，楬其數量，又以印封之，有所表識，謂之楬櫫。」按：明遠爲臨海掌記，文中「辭吴客楚」，後有從臨海王上荆初發新渚詩可證。其曰「指兗歸揚」，前蕪城賦五臣注，以爲子頊鎮荆州，照隨至廣陵；後上潯陽還都道中詩五臣注，照爲臨海王參軍，從荆州還，又還都至三山望石城詩聞人倓注，明遠爲臨海王參軍，從荆州還，當時必有爲之副者。是中間實有自荆還都情事，豈後復從子頊出鎮雍州，旋即死於亂兵耶？考臨海王子頊傳，大明五年，改封臨海王，其年徙荆州刺史，八年進號前將軍，而通鑑大明八年爲閼逢執徐，是歲在甲辰，又與文首「歲舍龍紀」正合。〔補注〕按語尚可商榷。蕪城賦五臣之説，前注已不取之。上潯陽還都道中五臣注，還都至三山望石城聞人倓注，俱未可信，説詳後二詩注中。臨海王以大明六年秋出鎮荆州，泰始二年誅，凡五年，明遠在荆州與同禍，中間無因至瓜步。本文首云「歲舍龍紀，月巡鳥張」，是必作於辰年五月者。明遠以泰始二年死於荆州，虞炎鮑集序謂時年五十餘。據此上推，其一生所值辰年，爲晉安帝義熙十二年丙辰，年約三歲；宋文帝元嘉五年戊辰，年約十五歲；元嘉十七年庚辰，年約二十七歲；元嘉二十九年壬辰，年約三十九歲；孝武帝大明八年甲辰，年約五十一歲。甲辰年在荆州；丙辰尚在孩提；戊辰年亦幼，且無「辭吴客楚，指兖歸揚」之迹可尋；庚辰十月，臨川王義慶爲南兖州刺史，照自江州隨往，雖可至瓜步，然事在孟冬，集中還都道中、還都口號諸詩皆明言初冬，五月尚在江州，無因至瓜步。以上諸辰年皆不合，則惟有元嘉二十九年壬辰矣。前補注拜侍郎上疏、侍郎報滿辭閤疏，考知元嘉二十四年，始興王濬引照爲侍郎，二十八年，王以南徐、兖二州刺史率衆城瓜步，三月解南兖州任，時照爲王國侍郎已三年餘矣。其後元嘉三十年始興王爲荆州刺史，太子劭弑逆，王從謀伏誅，是時明遠當已不在始興幕，否則無有不坐及之理。然則明遠離始興幕，其在二十八年春王解南兖州任時歟？據本集謝賜藥啓、請假第二啓所述，照中年多病，侍郎報滿後，或未即離南兖，尚滯留江北，作客淮楚，至二十九年壬辰，始經瓜步返揚州乎？據還都至三山望石頭城、發後渚二詩，是時明遠家在建康，故此文有「歸揚」之語。

〔二〕史記天官書：「歲星贏縮，以其舍命國。所在，國不可伐，可以罰人。一曰紀星。」困學紀聞：「朱文公嘗問蔡季通，十二相屬，起于何時？首見何書？又謂以二十八宿之象言之，惟龍與牛爲合，而他皆不類，至于虎當在西，而反居寅，雞爲鳥屬，而反居西，又舛之甚者。韓文考異，毛穎傳封卯地，謂十二物未見所從來。愚按『吉日庚午，既差我馬』，午爲馬之證也。『季冬出土牛』，丑爲牛之證也。蔡邕月令論云：『十二辰之禽，五時所食者，必家人所畜，丑牛未羊戌犬酉雞亥豕而已，其餘虎以下非食也。』月令正義云：『雞爲木，羊爲火，牛爲土，犬爲金，豕爲水。但陰陽取象多塗，故午爲馬，酉爲雞，不可一定也。』十二物見論衡物勢篇，説文亦謂『巳爲蛇象形』。」注：「論衡物勢篇獨不及辰之禽龍；言毒篇：『辰爲龍，巳爲蛇。』」史記律書：「西至于張。張者，言萬物皆張也。西至于注，注者，言萬物之始衰，陽氣下注，故曰注，五月也。」索隱：「注，咮也。天官書云：柳爲鳥咮。則注，柳星也。」〔補注〕宋本「舍」作「含」。

〔三〕宋之南兗州，治廣陵；宋之揚州，治建業。〔補注〕宋書州郡志：元嘉二十八年南兗州徙治盱眙，三十年省南兗州併南徐，其後復立，還治廣陵。

〔四〕日知録集釋引王氏曰：「自開邗溝，江、淮已通，道猶淺狹。六朝皆都建業，南北往來，以瓜步就近爲便，故不取邗溝與京口相對之路。鮑照瓜步山楬文有曰『鮑子辭吴客楚，指兗歸揚，道出關津，升高問途』云云，即此觀之，則南北朝之以瓜步爲通津明矣。」

〔五〕李陵答蘇武書注：「毳幙，氈帳也。」炎國，見河清頌注。〔補注〕宋本「矖」作「曬」。玉篇：「矖，視也。」

〔六〕漢書地理志：「代郡屬幽州。」閭澤，見河清頌注。

〔七〕史記天官書：「中宮天極星。」「東宮蒼龍，房、心。」「南宮朱鳥，權、衡。」「西宮咸池，曰天五潢。」「北宮玄武，虚、危。」河圖括地象：「岷山之精，上爲井絡。」〔補注〕「四睨」，疑當作「西睨」，方與上下文「北眺」、「南矖」、「東窺」相配，而與下句「窮曜星絡」亦貫。説文：「睨，衺視也。」

〔八〕山堂肆考：「焦山在鎮江江中，漢處士焦先隱此，故名。旁有海門二山。」〔補注〕清一統志：「焦山餘支東出，有二島對峙江流中，曰海門山，亦名雙峰山。」

〔九〕八表，見與妹書注。廣韻：「駃，與快同。」四遐，見河清頌注。〔補注〕宋本「駃」作「駛」。

〔一〇〕説文：「闈，闈下牡也。」

〔一一〕〔補注〕孟子：「雖有智慧，不如乘勢。」慎子：「故賢人而屈於不肖者，則權輕位卑也；不肖而能服於賢者，則權重位尊也。堯爲匹夫，不能治三人；而桀爲天子，能亂天下。吾以此知勢位之足恃，而賢智之不足慕也。」

〔一二〕爾雅：「穹蒼，蒼天也。」周禮大司徒：「周知九州之地域，廣輪之數。」

〔一三〕説文：「涕，泣也。」又：「洟，鼻液也。」莊子：「彼以生爲附贅懸疣。」

〔一四〕莊子：「水之性以高走下，則勢至于瀏石。」又：「疾雷破山風振海而不能驚。」

〔一五〕列子：「共工氏與顓頊争爲帝，怒而觸不周之山，折天柱，絶地維。故天傾西北，日月星辰就焉；地不滿東南，百川水潦歸焉。」餘見河清頌注。按：「綸」，疑當作「淪」。

〔一六〕〔補注〕宋本作「豪盈髮虛」。

〔一七〕莊子：「堯與許由天下，許由逃之。湯與務光，務光怒之。紀他聞之，帥弟子而踆于窾水，諸侯弔之。三年，申徒狄因以踣河。」魏志管寧傳：「黄初四年，詔公卿舉獨行君子，司徒華歆薦寧。文帝即位，徵寧，遂將家屬浮海還郡，詔以寧爲太中大夫，固辭不受。」韓詩外傳：「吴延陵季子遊於齊，見遺金，呼牧者取之。牧者曰：『吾當暑衣裘，君疑取金者乎？』延陵子知其爲賢者，請問姓字。牧者曰：『子乃皮相之士也，何足語姓氏哉？』遂去。」按：「堆」，疑當作「推」。韓詩外傳：「楚襄王遣使持金十斤，白璧百雙，聘莊子以爲相，莊子固辭。」〔補注〕宋本「堆」作「椎」。

〔一八〕漢書主父偃傳：「上召見，拜偃爲郎中。偃數上書言事，遷謁者中郎中大夫，歲中四遷。」列女傳：「孤逐女者，齊即墨之女，齊相之妻也。初逐女孤無父母，狀甚醜，三逐於鄉，五逐於里。」按：後漢書竇融傳：「前後九辟公府，皆不就。」又鍾皓傳：「五就州招，九膺台輔。」蔡邕陳太丘碑文：「五辟豫州，六辟三府，再辟大將軍。」抱朴子：「鄭康成公府十四辟皆不就。」晉書王裒傳：「三徵七辟皆不就。」八聘未詳。

〔一九〕史記酈商傳：「其子寄，字況，與呂禄善。太尉勃不得入北軍，乃使人劫商，令其子況紿呂禄出遊，勃乃得入據北軍，遂誅諸呂，天下稱酈況賣交也。」淮南子：「公孫龍粲于辭而貿名，鄧析巧辨而亂法。」漢書佞倖傳：「鄧通爲黄頭郎，文帝嘗病癰，通嘗爲上嗽吮之。」莊子：「秦王有病，召醫，破癰潰痤者得車一乘，吮痔者得車五乘，所治愈下，得車愈多。」

鮑參軍集卷三

歸安錢振倫楞仙注
順德黄節補注集説
錢仲聯增補集説

樂府

採桑〔一〕

季春梅始落，女工事蠶作〔二〕，採桑淇洧間，還戲上宫閣〔三〕。早蒲時結陰，晚篁初解籜〔四〕。藹藹霧滿閨，融融景盈幕〔五〕。乳燕逐草蟲，巢蜂拾花蕚〔六〕。是節最暄妍，佳服又新爍〔七〕。綿歎對迴塗，揚歌弄場藿〔八〕。抽琴試抒思，薦佩果成託〔九〕。承君郢中美，服義久心諾〔一〇〕。衛風古愉艷，鄭俗舊浮薄〔一一〕。靈願悲渡湘，宓賦笑瀍洛〔一二〕。盛明難重來，淵意爲誰涸〔一三〕？君其且調絃，桂酒妾行酌〔一四〕。

〔一〕以下五言録吴兆宜注。郭茂倩曰：「樂苑：『採桑，羽調曲，又有楊下採桑。』按採桑本清商西曲也。」兆宜按：相和歌詞相和曲，樂府又有採桑度，亦曰採桑，與此異。〔補注〕此擬古辭陌上桑也。宋書樂志：「大曲十五曲，三曰羅敷行，一曰日出東南隅行，一曰艷歌羅敷行，亦曰日出行。」採桑曲擬陌上桑，明遠此篇，最得古意。若魏武駕虹蜺篇，魏文棄故鄉篇，皆題陌上桑，而與古辭無涉。朱秬堂樂府正義謂曹氏父子所擬二篇，一則言自有神仙爲侶，一則言從軍萬里，有室家之思，言外見意，不離其宗，此漢、魏擬古之法。非也。〔增補〕宋本「採」上有「詠」字。

〔二〕漢書：「宣帝曰：辭賦譬如女工有綺縠也。」揚雄元后誄：「分繭理絲，女工是勤。」〔振倫注〕詩：「摽有梅，其實七兮。」箋：「興者，梅實尚餘七，未落喻始衰也。謂女二十春盛而不嫁，至夏則衰。」〔增補〕宋本注云：「一本下有『明鏡淨分桂，光顏畢苕葶』二句。」

〔三〕〔振倫注〕淇洧、上宮，並見毛詩。〔補注〕詩鄘風：「期我乎桑中，要我乎上宮。」王應麟曰：「通典：『衛州衛縣有上宮臺。』」〔增補〕樂府詩集「洧」作「澳」。

〔四〕續述征記：「烏當沈湖中有十臺，皆生結蒲，云秦始皇遊此臺，結蒲繫馬，自此蒲生則結。」毛萇詩傳：「籜，槁也。」鄭玄箋：「槁謂木葉也，木葉槁，待風乃落。」疏：「毛以爲落葉謂之籜。」兆宜按：戰國策：「薊丘之植，植于汶篁。」注：「竹田曰篁。」半筍謂之初篁，謝靈運詩：「初篁苞緑籜。」〔增補〕樂府詩集「篁」下注：「一作『竹』。」

〔五〕藹藹，見毛詩。左傳：「其樂也融融。」〔增補〕宋本「滿」作「洒」。

〔六〕草蟲、華蕚，見毛詩。鄭玄箋：「承華者曰蕚。」〔增補〕「蕚」，宋本及樂府詩集俱作「藥」。

〔七〕「是」，一作「景」。

〔八〕玉臺「綿」作「斂」，「迴」作「回」。場藿，見毛詩。〔補注〕蔡邕釋誨：「盍亦迴塗要至，俯仰取容，輯當世之利，定不拔之功。」詩小雅：「皎皎白駒，食我場藿。」鄭玄曰：「白駒，刺不能留賢也。」〔增補〕樂府詩集「綿」作「欽」。

〔九〕「抽」，一作「搊」。玉臺「抒」作「佇」。〔振倫注〕韓詩外傳：「孔子南遊適楚，有處女佩瑱而浣。孔子曰：『彼婦人可與言矣。』抽琴去其軫，以授子貢曰：『善爲之辭。』」曹植洛神賦注：「神仙傳曰：『江妃二女，遊於江濱，逢鄭交甫，交甫不知何人也，目而挑之，女遂解佩與之。交甫行數步，空懷無佩，女亦不見。』」〔增補〕樂府詩集「抒」作「紓」。

〔一〇〕宋玉招魂：「身服義而未沬。」〔振倫注〕新序：「客有歌於郢中者，其始曰下里巴人，國中屬而和者數千人；其爲陽阿薤露，國中屬而和者數百人；其爲陽春白雪，國中屬而和者數十人；引商刻羽，雜以流徵，國中屬而和者，不過數人而已。」

〔一一〕宋顏延之蜀葵贊：「愉艷衆葩。」

〔一二〕玉臺「靈」作「虛」，「宓」作「空」。曹植洛神賦序：「余朝京師，還濟洛川。古人有言：斯水之神，名曰宓妃。」〔振倫注〕楚辭湘君：「横大江兮揚靈。」湘夫人：「靈之來兮如雲。」〔增補〕樂府詩集「瀍」下注：「一作『景』。」

〔一三〕〔補注〕班婕妤自悼賦：「蒙聖皇之渥惠兮，當日月之盛明。」

〔一四〕屈原九歌：「桂酒兮蘭漿。」

【集説】

吴摯父曰：孝武宫闈瀆亂，傾惑殷姬，詩殆爲此而作。

代蒿里行〔一〕

同盡無貴賤，殊願有窮伸〔二〕。馳波催永夜，零露逼短晨〔三〕。結我幽山駕，去此滿堂親〔四〕。虚容遺劍佩，實貌戢衣巾〔五〕。斗酒安可酌，尺書誰復陳〔六〕？年代稍推遠，懷抱日幽淪。人生良自劇，天道與何人〔七〕？齎我長恨意，歸爲狐兔塵〔八〕。

〔一〕崔豹古今注：「薤露、蒿里並喪歌，出田横門人。横自殺，門人傷之，爲之悲歌，言人命如薤上之露易晞滅，亦謂人死魂精歸乎蒿里，故有二章。至李延年乃分二章爲二曲，薤露送王公貴人，蒿里送士大夫庶人，使挽柩者歌之，此亦呼爲挽歌也。」〔補注〕郭茂倩樂府詩集云：「蒿里，山名，在泰山南。」漢書武帝紀：「太初元年，禮高里。」注：「伏儼曰：山名，在泰山下。師古曰：此高字自作高下之高，而死人之里，謂之蒿里，或呼爲下里者也。字則爲蓬蒿之蒿。或者見泰山神靈之府，高里山又在其旁，即誤以高里爲蒿里，混同一事。文學之士，其有此謬。陸士衡尚不免，况其餘乎。」王先謙漢書補注曰：「顔謂死人之里自作蓬蒿之蒿，案玉篇：『薧里，黄泉也，死人里也。』説文：『呼毛反。』經典爲鮮薧之字。内則注：『薧，乾也。』蓋死則槁乾矣。以蓬蒿字爲蒿里，乃流俗所作耳。」案：今泰安府城西南三里有高里山，山極小，上有塔，其東北有廟，内供閻羅酆都陰曹七十二司等神像，歷代碑記數百座。蓋即沿蒿里喪歌之誤。〔增補〕聞一多樂府詩箋：「蒿里，本死人里之公名，泰山下小山亦死人里，故亦因以爲名。」蒿里挽歌，樂府詩集屬相和歌辭相和曲。

〔二〕〔增補〕宋本作「申」。

〔三〕司馬相如子虚賦：「馳波跳沫。」詩：「零露溥兮。」〔增補〕樂府詩集注：「一作『漏馳催永夜，露宿逼短晨』。」

〔四〕「結」，一作「驅」。結駕，見淩煙樓銘。漢書陳遵傳：「每大飲，賓客滿堂。」

〔五〕詩：「縞衣綦巾。」〔增補〕樂府詩集「賓」作「美」。

〔六〕古詩：「斗酒相娛樂，聊厚不爲薄。」古辭飲馬長城窟行：「呼兒烹鯉魚，中有尺素書。」

〔七〕〔增補〕晉書鄧攸傳：「攸棄子之後，卒以無嗣。時人義而哀之，爲之語曰：天道無知，使鄧伯道無兒。」按：此又本老子「天道無親，常與善人」語而反用之。

〔八〕張載七哀詩：「狐兔窟其中，蕪穢不及掃。」

【集説】

吴摯父曰：此當爲孝武挽歌。「天道與何人」，蓋爲明帝之弑廢帝而孝武絶統也，故曰長恨。

代挽歌〔一〕

獨處重冥下，憶昔登高臺。傲岸平生中，不爲物所裁〔二〕。埏門祇復閉，白蟻相將來〔三〕。生時芳蘭體，小蟲今爲災〔四〕。玄鬢無復根，枯髏依青苔〔五〕。憶昔好飲酒，素盤進青梅〔六〕。彭韓及廉藺，疇昔已成灰〔七〕。壯士皆死盡，餘人安在哉？

〔一〕見上。

〔二〕郭璞客傲：「傲岸榮悴之際，頡頏龍魚之間。」

〔三〕潘岳悼亡詩注：「聲類曰：『埏，墓隧也。』」續博物志：「白蟻聞竹鷄之聲化爲水。」〔補注〕莊子：「莊子將死，弟子欲厚葬之。莊子曰：吾以天地爲棺。弟子曰：恐烏鳶之食夫子也。莊子曰：在上爲烏鳶食，在下爲螻蟻食，奪彼與此，何其偏也。」

〔四〕關尹子：「勿輕小物，小蟲毒身。」

〔五〕王粲七釋：「鬒髮玄鬢。」博雅：「頂顱謂之髑髏。」

〔六〕〔補注〕陶潛挽歌：「在昔無酒飲，今但湛空觴。」

〔七〕史記彭越傳：「彭越者，昌邑人也。」又淮陰侯傳：「淮陰侯韓信者，淮陰人也。」又廉頗藺相如傳：「廉頗者，趙之良將也。藺相如者，趙人也。卒相與驩，爲刎頸之交。」

【集說】

吴摯父曰：彭、韓數句，蓋傷廢帝被弒，無人討賊也。

【補集說】

吴摯父曰：杜公所稱俊逸，殆是此等。

代東門行〔一〕

傷禽惡弦驚，倦客惡離聲〔二〕。離聲斷客情，賓御皆涕零〔三〕。涕零心斷絶，將去復還訣〔四〕。一息不相知，何況異鄉别〔五〕。遥遥征駕遠，杳杳白日晚〔六〕。居人掩閨卧，行子夜中飯。野風吹草木，行子心腸斷〔七〕。食梅常苦酸，衣葛常苦寒〔八〕。絲竹徒滿坐，憂人不解顔〔九〕。長歌欲自慰，彌起長恨端〔一〇〕。

〔一〕録李善注。歌録曰：「日出東門行，古辭也。」〔補注〕文選六臣注：「劉良曰：東都門，長安城門名。别離之地，故叙去留之情焉。」郭茂倩樂府詩集曰：「樂府解題：古詞：『出東門，不顧歸，來入門，悵欲悲。』言士有貧不安其居者，拔劍將去，妻子牽衣留之，願共餔糜，不求富貴，且曰『今時清不可爲非』也。若宋鮑照『傷禽惡弦驚』，但傷離别而已。」朱秬堂樂府正義曰：「文選注引歌録曰：『日出東門，古辭也。』今瑟調東門行無『日出』字，或是相和曲中東門古辭，而今亡矣。」

〔二〕戰國策：「魏加對春申君曰：『臣少之時好射，願以射譬可乎？』春申君曰：『可。』異日更嬴與魏王處京臺之下，更嬴謂魏王曰：『臣能虛發而下鳥。』魏王曰：『然則射可至此乎？』更嬴曰：『可。』有鴻雁從東方來，更嬴以虛弓發而下之。王曰：『射之精可至此乎？』更嬴曰：『此孽也。』王曰：『先生何以知之？』對曰：『其飛徐者，其創痛也；悲鳴者，久失羣也。故創未息，而驚心未忘，聞弦音引而高飛，故創隕。今臨武君常爲秦孽，不可爲拒秦之將也。』」〔增補〕梁章鉅文選旁證：「注『春申君曰可異日』，按楚策本文，是『曰可。加曰：異日者』。注『有鴻雁從東方來』，『鴻』當作『間』，今楚策無『弓』字，『忘』作『去』，『聞弦音引』作『聞弦者音烈』。」〔增補〕宋本「弦驚」下注曰：「一作『驚弦』。」

〔三〕〔補注〕張銑曰：「賓，謂送別之人。御，御車者。」

〔四〕訣，與決同。〔補注〕說文：「訣，別也。」〔增補〕梁章鉅文選旁證：「何焯曰：『復還』一作『還復』。」

〔五〕說文曰：「息，喘也。」〔補注〕呂向曰：「一息，言少間也。」

〔六〕文選「白」作「落」。左氏傳：「童謠云：鸜鵒之巢，遠哉遥遥！」楚辭曰：「日杳杳以西頹。」〔補注〕李周翰曰：「遥遥，行貌。杳杳，暮也。」

〔七〕〔增補〕文選及宋本「草」作「秋」。

〔八〕淮南子曰：「百梅足以爲百人酸。」毛詩曰：「絺兮綌兮，淒其以風。」毛萇曰：「淒，寒風也。」〔補注〕劉良曰：「梅不可療飢，葛非寒服，言羈客衣食不得其所。」

〔九〕禮記曰：「絲竹，樂之器也。」列子曰：「列子師老商氏，五年之後，夫子始一解顔而笑也。」

〔一〇〕鄭玄禮記注曰：「彌，益也。」〔增補〕二句乃比意，言作客常苦，如食梅衣葛，酸寒自知。

【集説】

方虚谷曰：味至末句，則凡中有憂者，雖合樂也而愈悲，雖長歌也而愈怨，不特離别也。劉坦之曰：明遠久倦客游，將復遠行，而爲是曲。其言日落昏暮，家人已卧，而行者夜中方飯，所謂不相知者如此。且以食梅衣葛爲喻，則其憂苦自知，有非聲樂所得而慰者。吴伯其曰：離聲者，即别親友時所奏之絲竹，絲竹滿座，乃游所所奏者。帷塗中無絲竹，則用「野風吹秋木」五字補之。風吹秋木，本是無心，入離人之耳，則以爲離聲耳。前連用兩「惡」字，寫乍别。後兩「苦」字，寫久别。中間行路，連呼「行子」，真令人應聲落淚。「食梅」二語，是以緩語承急調，與古樂府「枯桑」二句同法。吴摯父曰：晉安王子勛之亂，臨海王子頊從亂。明遠爲臨海王前軍參軍，此詩蓋憂亂之旨。

【補集説】

王船山曰：空中布意，不墮一解。而往復縈回，興比賓主，歷歷不昧。雖聲情爽艷，疑于豪宕，乃以視青青河畔草，亦相去無三十里矣。

沈確士曰：「『食梅常苦酸』一聯，與青青河畔草篇忽入『枯桑知天風，海水知天寒』，一種神理。」

王壬秋曰：「『涕零』四句，此等則可謂驚心動魄，一字千金者也。『食梅』二句，比張司空『巢居』二語勝矣，終不若『枯桑』二語也。」

代放歌行〔一〕

蓼蟲避葵堇，習苦不言非〔二〕。小人自齷齪，安知曠士懷〔三〕？雞鳴洛城裏，禁門平旦開〔四〕。冠蓋縱橫至，車騎四方來。素帶曳長飆，華纓結遠埃〔五〕。日中安能止？鐘鳴猶未歸〔六〕。夷世不可逢，賢君信愛才〔七〕。明慮自天斷，不受外嫌猜〔八〕。一言分珪爵，片善辭草萊〔九〕。豈伊白璧賜，將起黃金臺〔一〇〕。今君有何疾，臨路獨遲迴〔一一〕？

〔一〕録李善注。歌録曰：「孤子生行，古辭曰放歌行。」〔增補〕樂府詩集此屬相和歌辭瑟調曲。

〔二〕楚辭曰：「蓼蟲不徙乎葵藿。」王逸曰：「言蓼蟲處辛辣，食苦惡，不徙葵藿食甘美者也。」〔補注〕魏都賦：「習蓼蟲之忘辛。」文選五臣本「非」作「排」。呂延濟注曰：「陰共排擠耳。」

胡紹煐曰：「古音非、懷、開同在脂韻。五臣不知古音，疑其未協，故改『非』爲『排』。『非』，五臣本、宋本皆作『排』，惟文選李善注、程本、張本作『非』。」莊子大宗師篇云：「造適不及笑，獻笑不及排。」郭注：「排，推移也。」與善注引楚辭「不徙」字同義。可從。〔增補〕樂府詩集注：「一作『排』。」

〔三〕漢書：「酈食其曰：其將齷齪，好苛禮也。」〔補注〕文選六臣注：「吕延濟曰：小人不知曠士之心，亦猶蓼蟲不知葵堇之美。蓼，辛菜。葵堇，甘菜也。齷齪，短狹貌。」

〔四〕史記曰：「鷄三號平明。」東觀漢記：「杜詩曰：伏湛出入禁門，補闕拾遺。」〔振倫注〕漢樂府：「遥觀洛陽城。」〔補注〕孟子：「平旦之氣。」

〔五〕禮記曰：「大夫帶素。」爾雅：「或爲此猋。」飈，與猋同，古字通也。七啓曰：「華組之纓。」〔補注〕劉良曰：「素帶，紳也。纓，冠纓也。」

〔六〕周易曰：「日中爲市。」崔元始正論：「永寧詔曰：『鐘鳴漏盡，洛陽中不得有行者。』」〔增補〕梁章鉅文選旁證：「困學紀聞云：『永寧，漢安帝年號，元始，崔寔字也。後漢紀不載此語。』」

〔七〕郭象莊子注曰：「世有夷險。」左氏傳曰：「魏犨傷於胸，公欲殺之，而愛其才。」〔增補〕宋文選六臣本「信」作「言」。

〔八〕李尤上林苑銘曰：「顯宗備禮，明慮宏深。」左氏傳：「箴尹克黄曰：君，天也。」杜預左氏傳注曰：「猜，疑也。」

〔九〕漢書：「張竦奏曰：『一言之勞，皆蒙丘山之賞。』」解嘲曰：「析人之珪，擔人之爵。」莊子曰：「農夫無草萊之事則不比。」〔補注〕李周翰曰：「士有一言合理，片善應時，則必分珪與之，使辭去草萊。珪，公侯所執者；爵，則五等爵也。」左傳哀公十四年：「司馬牛致其邑與珪焉。」杜預注：「珪，守邑符信。」

〔一〇〕史記曰：「虞卿説趙成王，一見，賜黄金百鎰，白璧一雙。」王隱晉書曰：「段匹磾討石勒，進屯故安縣故燕太子丹金臺。」上谷郡圖經曰：「黄金臺，易水東南十八里，燕昭王置千金於臺上，以延天下之士。」二説既異，故具引之。〔補注〕水經易水篇注云：「故安縣有金臺陂，陂北十餘步，有金臺。昔慕容德之爲范陽也，戍之，即斯臺也。訪諸耆舊，咸言昭王禮賓，廣延方士，宦遊歷説之民，自遠而届。故修建下都，館之南垂。燕昭創之於前，子丹踵之於後。」據此則善注所稱二説，實一地，非有異也。劉昫舊唐書：「漢故安縣即今易州，隋開皇中始易置於故方城縣，改『故』曰『固』。」此即今順天府屬之固安縣也。方輿紀要云：「在今易州東南三十里。」吕向曰：「言行合於賢主，豈惟賜白璧而已，亦將起黄金之臺以待焉。」

〔一一〕〔補注〕張銑曰：「君，謂被放者。疢，患也。遲迴，不行貌。」〔增補〕二句是小人詰問曠士之詞。「臨路遲迴」，言不求仕進。

【集説】

劉坦之曰：此殆明遠自中書舍人以後退歸，當孝武之時，重於仕進，故作是曲以見志歟？首言蓼蟲避葵堇而集於蓼，由其慣於食苦，不言非甘，以喻己之謝禄仕而窮居，安於處困，自以爲高也。然衆人所見者小，乃爲之不堪其憂。亦知曠士之懷，隨時出處，視窮達爲一致哉？下文歷言京城達官，四方遠集，而朝夕不止，況乎時不可失，而賢君愛才，進用如此其易。今爾有何所病，獨遲迴而不進耶？蓋明遠之所不進，有難以語人者。故特設爲他人之詞以語之，此即所謂不知曠士者也。

朱秬堂曰：此疑宋元嘉中，彭城王義康爲司徒時，專政，明遠知其必敗，獨遲迴不進也。宋書稱義康勢傾遠近，朝野輻輳。義康傾身引接，未嘗懈倦。士之幹練者多被恩遇。然素無學術，不識大體。朝士有才用者，皆引入己府。府僚無施及忤旨者，乃斥爲臺官。其時奔走相門者，皆險躁傾諂之徒，安得不敗。明遠於此，可謂知謹身矣。不知他日又何以失足於始興王濬也，知幾其難哉！言洛城者，託詞也。

【補集説】

王船山曰：渾成高朗，故自有尺度。不僅以俊逸標勝，如杜子美所云。

李榕村曰：若以蓼蟲小人指冠蓋車騎者，則淺露無味矣，蓋即末句所謂臨路遲迴之人也。

沈確士曰：「素帶」二語，寫盡富貴人塵俗之狀，漢詩中所謂「冠帶自相索」也。

方植之曰：此詩極言富貴，斥譏蓼蟲，蓋憤懣反言，故曰放歌。十九首中「今日良宴會」，即此意也。

吴摯父曰：此殆爲孝武中書舍人時之作。宋書稱上好爲文章，自謂物莫能及，照悟其旨，爲文多鄙言累句。此詩蓋在其時矣。「夷世」八句，蓋託爲競進者之詞，末二句則自謂也。

王壬秋曰：起四句直説，有倜儻恢奇之勢。末無答語，竟住，所以妙。

代陳思王京洛篇〔一〕

鳳樓十二重，四户八綺窗〔二〕。繡桷金蓮花，桂柱玉盤龍〔三〕。珠簾無隔露，羅幌不勝風〔四〕。寶帳三千所，爲爾一朝容〔五〕。揚芬紫煙上，垂綵緑雲中〔六〕。春吹回白日，霜高落塞鴻〔七〕。但懼秋塵起，盛愛逐衰蓬〔八〕。坐視青苔滿，卧對錦筵空〔九〕。琴瑟縱横散，舞衣不復縫〔一〇〕。古來共歇薄，君意豈獨濃〔一一〕。唯見雙黄鵠，千里一相從〔一二〕。

〔一〕一作煌煌京洛行。此篇見玉臺新詠。王士禛古詩選聞人倓注較覈，故舍彼録此。倓按：今曹植集無此詩，樂府亦但載魏文帝一首。〔增補〕樂府詩集此屬相和歌辭瑟調曲，共二首，第二首本集所無。

〔二〕晉宫闕銘：「總章觀儀鳳樓一所，在觀上廣望觀之南。又别有翔鳳樓。」黄庭經：「絳樓重宫十二級。」封軌明堂議：「五室、九階、八牕、四户。」

〔三〕景福殿賦：「列髹彤之繡桷。」後趙録：「安金蓮花以冠帳頂。」三輔黄圖：「甘泉宫南有昆明池，池中有靈波殿，皆以桂爲殿，風來自香。」西京雜記：「昭陽殿椽桷皆刻作龍蛇，縈繞其間，鱗甲分明可數。」

〔四〕拾遺記：「石虎於太極殿前起樓，高四十丈，結珠爲簾。」晉子夜秋歌：「中宵無人語，羅幌有雙笑。」

〔五〕西京雜記：「帝爲寶帳，設於後宫。」史記：「沛公入秦宫，宫室帷帳狗馬重寶婦女以千數。」毛詩：「誰適爲容？」〔補注〕管子：「女樂三千人，鐘石絲竹之音不絶。」

〔六〕郭璞遊仙詩：「駕鴻乘紫煙。」潘岳賦：「垂綵煒於芙蓉。」陸機浮雲賦：「緑翹明，岩英焕。」

〔七〕倓按：言其吹響可以回春，歌聲足以召秋也。〔增補〕「高」，宋本及樂府詩集作「歌」。

〔八〕潘岳詩：「平野起秋塵。」曹植雜詩：「轉蓬離本根。」

〔九〕淮南子：「窮谷之汙生青苔。」倓按：言坐卧皆難爲懷也。

〔一〇〕玉臺「瑟」作「筑」。

〔一一〕玉臺「共」作「皆」。集韻：「濃，厚也。」

〔一二〕古詩：「黄鵠一遠别，千里顧徘徊。」

【集説】

郭茂倩曰：始則盛稱京洛之美，終言君恩歇薄，有怨曠沈淪之嘆。

朱秬堂曰：豈獨女色盛衰，可以觀世變矣。

方植之曰：起十二句，極寫先盛。「但懼」六句，言衰歇。「古來」二句倒捲，收束全篇。此篇非常奇麗，氣骨俊逸不可及，非同齊、梁靡弱無氣。雖小庾亦不能具此氣骨，時代爲之也。

【補集説】

王壬秋曰：「珠簾」二句，律詩佳句。結振起，筆勢如飛。

代門有車馬客行〔一〕

門有車馬客，問客何鄉士？捷步往相訊，果得舊鄰里〔二〕。悽悽聲中情，慊慊增下俚〔三〕。語昔有故悲，論今無新喜。清晨相訪慰，日暮不能已〔四〕，歡戚競尋緒，談調何終止〔五〕。辭端竟未究，忽唱分途始，前悲尚未弭，後感方復起〔六〕，嘶聲盈我口，談言在君耳〔七〕。手迹可傳心，願爾篤行李〔八〕。

〔一〕文選陸機有門有車馬客行。明遠此篇，亦見張茂先集，惟無「悽悽聲中情」二句、「歡戚競尋緒」二句及末四句耳。〔補注〕朱秬堂曰：「樂府有一詩而三用者，如曹植置酒篇，本野田黄雀行辭也，而借爲門有車馬客行。王僧虔技録云：『門有車馬客行，歌東阿王置酒一篇。又借爲箜篌引。』古今樂録曰：『箜篌歌，瑟調，東阿王辭，門有車馬客行置酒篇。』蓋取其知命何憂之意爲野田黄雀行，取其親交從遊之意爲門有車馬客行，取其晦迹遠害之意爲箜篌引也。車馬客，所謂長者車轍也。曹植轉而爲門有萬里客行，則言問訊其客，或得故舊鄉里，或駕自京師，備叙市朝遷謝親友彫喪之意，無所不可。樂府解題合而一之，失本義矣。」明遠此篇，與曹植置酒一篇，用意迥别，而與門有萬里客篇意同。此當是擬曹植門有萬里客篇。蓋門有車馬客乃樂府古題，而門有萬里客則植從古歌自出新題者，後人誤以明遠此篇爲擬古題耳。

〔二〕後漢書蔡邕傳：「捷步深林，尚苦不密。」〔增補〕樂府詩集「得」字下注：「一作『遇』。」

〔三〕爾雅：「哀哀悽悽，懷報德也。」陸機苦寒行：「慊慊恒苦寒。」注：「鄭玄禮記注曰：『慊，恨不滿足之貌也。』」下俚，見採桑注。〔增補〕「俚」，宋本作「理」。

〔四〕曹植名都篇：「清晨復來還。」

〔五〕正字通：「調，嘲笑也。」〔增補〕樂府詩集「緒」作「諸」，注：「一作『叙』。」

〔六〕玉篇：「弭，忘也。」〔增補〕樂府詩集「感」作「戚」。

〔七〕玉篇：「嘶，噎也。」左傳：「言猶在耳。」〔增補〕樂府詩集「君」作「我」。

〔八〕馬融與竇伯尚書：「孟陵奴來賜書，見手迹，歡喜何量。」左傳：「行李之往來。」〔補注〕禮記月令：「孟秋，命理瞻傷。」注：「理，治獄之官也。或借作李。」史記天官書：「左角李，右角將。」索隱曰：「李，即理，法官也。」漢書胡建傳：「黄帝李法。」師古曰：「李者，法官之號，故其書曰李法。李與理音同。」行李，或作行理。左傳：「子産曰：行理之命，無月不至。」國語：「行理以節迎之。」〔增補〕「篤」，宋本作「駕」。

【集説】

吴摯父曰：故悲，蓋謂元凶劭，後感，蓋謂廢帝也。末四句即「我聞有命，不敢告人」之旨。

【補集説】

王船山曰：鮑有極琢極麗之作。顧琢者傷于滯累，麗者傷于佻薄，晉、宋之降爲齊、梁，亦不得辭其爰書矣。惟此種不琢不麗之篇，特以聲情相輝映，而率不入鄙，樸自有韻，則天才固爲卓爾，非一往人所望見也。

代櫂歌行〔一〕

羈客離嬰時，飄颻無定所〔二〕；昔秋寓江介，兹春客河滸〔三〕。往戢于役身，願言永懷楚〔四〕。泠泠鯈疏潭，邕邕鴈循渚〔五〕。颸戾長風振，摇曳高帆舉〔六〕。驚波無留連，舟人不躊佇〔七〕。

〔一〕樂府解題：「晉奏明帝詞云：『王者布大化。』備言平吴之勳。若晉陸機『遲遲春欲暮』，梁簡文帝『妾住在湘川』，但言乘舟歌櫂而已。」〔補注〕魏明帝櫂歌行曰：「櫂歌悲且涼。」朱秬堂曰：「疑舟際作也。」〔增補〕樂府詩集此屬相和歌辭瑟調曲。

〔二〕異苑：「西河有鐘在水中，晦朔輒鳴，羈客聞而悽愴。」玉篇：「飄飖，上行風也。」〔補注〕陸機赴洛道中詩：「世網嬰我身。」李善注：「説文：『嬰，繞也。』」

〔三〕楚辭九章：「悲江介之遺風。」詩：「在河之滸。」〔增補〕樂府詩集「茲」下注：「一作『今』。」

〔四〕詩：「君子于役。」史記項羽紀贊：「羽背關懷楚。」〔增補〕樂府詩集作「願令懷永楚」。

〔五〕宋玉風賦：「清清泠泠。」莊子：「鯈魚出游。」注：「即白鯈魚也。」詩：「雝雝鳴雁，旭日始旦。」又：「鴻飛遵渚。」〔補注〕楚辭王逸注：「疏，布陳也。」〔增補〕「鯈」，宋本作「篠」。

〔六〕潘岳西征賦：「吐清風之飂戾。」〔增補〕樂府詩集「搖曳」下注：「一作『飄遥』。」

〔七〕張衡西京賦：「散似驚波。」木華海賦：「舟人漁子，徂南極東。」

【集説】

朱秬堂曰：困于行役，有回舟返櫂之思。余讀宋書，至子業景和元年，袁顗求爲雍州刺史時，以其舅蔡興宗爲荆州長史，辭不行。顗曰：朝廷形勢，人所共見。在内大臣，朝不保夕。興宗曰：宫省内外，人不自保，會應有變。若内難得弭，外釁未必可量。汝欲在外求全，我欲居中免禍。及子勛之敗，流離外難，百不一存，衆乃服蔡興宗之先見。明遠知驚波之無可留連，而卒死於亂兵，亦在百不一存之中。君子居亂世，至於進退不保，可哀也哉！

代白頭吟〔一〕

吳摯父曰：此亦憂亂之旨。

直如朱絲繩，清如玉壺冰〔二〕，何慙宿昔意？猜恨坐相仍〔三〕。人情賤恩舊，世議逐衰興〔四〕，毫髮一爲瑕，丘山不可勝〔五〕。食苗實碩鼠，玷白信蒼蠅〔六〕。鳧鵠遠成美，薪芻前見陵〔七〕。申黜褒女進，班去趙姬昇〔八〕，周王日淪惑，漢帝益嗟稱〔九〕。心賞猶難恃，貌恭豈易憑〔一〇〕。古來共如此，非君獨撫膺〔一一〕。

〔一〕録李善注。西京雜記曰：「司馬相如將聘茂陵人女爲妾，卓文君作白頭吟以自絶，相如乃止。」沈約宋書：「古辭白頭吟曰：『淒淒重淒淒，嫁娶不須啼。願得一心人，白頭不相離。』」〔增補〕樂府解題：「古詞『皚如山上雪，皎若雲間月』，言良人有兩意，故來與之相決絶。次言別於溝水之上叙其本情，終言男兒當重意氣，何用于錢刀。若宋鮑照『直如朱絲繩』，自傷清直芬馥，而遭鑠金玷玉之謗，與古文近焉。」

〔二〕朱絲，朱絃也。禮記：「清廟之瑟，朱絃而疏越。」桓子新論曰：「神農始削桐爲琴，繩絲爲絃。」秦子曰：「玉壺必求其以盛，干將必求其以斷。」〔補注〕應劭風俗通曰：「言人清高如冰之潔。」

〔三〕馮衍答任武達書曰：「敢不露陳宿昔之意。」東觀漢記：「段熲曰：『張奂事執相反，遂懷猜恨。』」方言曰：「猜，疑也。」爾雅曰：「仍，因也。」

〔四〕毛詩序曰：「朋友道絶。」鄭玄曰：「道絶者，棄恩舊也。」

〔五〕李尤戟銘曰：「山陵之禍，起於毫芒。」仲長子昌言曰：「事求絲毫之釁。」孫盛曰：「劉琨、王濬，睚眦起於絲髪，釁敗成於丘海。」文子曰：「禍福之至，雖丘山無由識之矣。」

〔六〕毛詩曰：「碩鼠碩鼠，無食我苗。」又曰：「營營青蠅，止于丘樊。」鄭玄曰：「蠅之爲蟲，汙白使黑，汙黑使白，喻佞人變亂善惡也。」〔增補〕宋本、宋文選六臣本、玉臺新詠、樂府詩集「玷」作「點」。許巽行文選筆記：「『玷』，當作『點』。説文：『玷，缺也，从刀，占聲。詩曰：白圭之玷。丁念切。』今詩作『玷』。説文：『點，小黑也，从黑，占聲。多忝切。』補亡詩云：『莫之點辱。』蠅之爲蟲，汙白使黑，汙黑使白，故曰『點白信蒼蠅』，豈玷缺之謂乎？」

〔七〕韓詩外傳曰：「田饒事魯哀公而不見察，謂哀公曰：『夫鷄，頭冠，文也。足有距，武也。見敵敢鬥，勇也。有食相呼，仁也。夜不失時，信也。鷄有五德，君猶日瀹而食之者，以其所來近也。夫黄鵠一舉千里，出君園池，食君魚鼈，啄君稻粱，無此五者而貴之，以其所從來遠也。故臣將去君，黄鵠舉矣。』公曰：『吾書子之言。』」文子曰：「虚無因循，常後而不先。譬若積薪燎，後者處上也。」蒼頡篇曰：「陵，侵也。」史記曰：「汲黯謂武帝曰：『陛下用羣臣，如積薪，後來者居上。』」〔增補〕樂府詩集「陵」作「凌」。

〔八〕〔增補〕樂府詩集「昇」作「升」。

〔九〕毛詩序曰：「幽王取申女以爲后，又得褒姒而黜申后。」漢書曰：「成帝初即位，班婕妤選入後宮，始爲少使，俄而大幸，爲婕妤，居增成舍。後趙飛燕寵盛，婕妤失寵，希復進見。成帝崩，婕妤充園陵，薨。」孔安國尚書傳曰：「淪，没也。」〔補注〕吴兆宜注：「史記：『褒姒不好笑，幽王欲其笑萬方，故不笑。幽王爲烽燧大鼓，有寇至則舉烽火，諸侯悉至，至而無寇，褒姒乃大笑。』故曰『周王日淪惑』。飛燕外傳：『帝嘗私語樊嫕曰：后雖有異香，不若婕妤體自香也。』故曰『漢帝益嗟稱』。」余蕭客曰：「飛燕外傳：『飛燕緣主家大人得入宮。宮中素幸者從容問帝。帝曰：豐若有餘，柔若無骨，遷延謙畏，若遠若近，禮義人也。寧與女曹婢脅肩者比耶？』此所謂『漢帝益嗟稱』也。」〔增補〕梁章鉅文選旁證：「案飛燕外傳，後出僞書，李所不見。余引之，非。」

〔一〇〕吕氏春秋曰：「所恃者心也，而心猶不足恃。」尚書曰：「貌曰恭。」〔增補〕樂府詩集「猶」作「固」。

〔一一〕列子曰：「昔人有知不死之道者，齊子欲學其道，聞言者已死，乃撫膺而退。」

【集説】

劉坦之曰：毫髮喻少，丘山喻多也。此殆明遠爲人所間，見棄於君，故借是題以喻所懷。篇末如衛風所云：「我思古人，俾無訧兮！」

吴伯其曰：白頭吟始於卓文君，而篇内所引班去趙升，乃後來故事，擬樂府者特借古題摹擬耳。恩謂情，舊謂義。恩與舊尚不足恃，直與清又何足恃乎？

【補集説】

方植之曰：起句比而兼興也。三四句跌宕入題。「人情」十句説情事，名理奔赴，觸處悟道，可當格言。而阮亭乃不見取，殊不知其何説。又按：此詩固非常清警，然以杜公佳人比之，則此猶爲循行數墨，經營地上陳言，居然有死活仙凡之分。可悟杜公才氣之大，非徒脱换神妙。

代東武吟〔一〕

主人且勿諠，賤子歌一言〔二〕：僕本寒鄉士，出身蒙漢恩。始隨張校尉，占募到河源〔三〕；後逐李輕車，追虜窮塞垣〔四〕。密塗亘萬里，寧歲猶七奔〔五〕。肌力盡鞍甲，心思歷涼温〔六〕。將軍既下世，部曲亦罕存〔七〕。時事一朝異，孤績誰復論〔八〕？少壯辭家去，窮老還入門〔九〕。腰鐮刈葵藿，倚杖收鷄豚〔一〇〕。昔如鞲上鷹，今似檻中猿〔一一〕。徒結千載恨，空負百年怨〔一二〕。棄席思君幄，疲馬戀君軒。願垂晉主惠，不愧田子魂〔一三〕。

〔一〕録李善注。左思齊都賦注曰：「東武、太山，皆齊之土風，絃歌謳吟之曲名也。」張銑注：

「東武，太山下小山名。」〔補注〕水經注：「東武縣因岡爲城，城周三十里。漢高帝六年封郭蒙爲侯國地。東跨瑯玡，濱巨海，北抵高密，接壤莒、萊。」案：即今山東青州府諸城縣治。輿地記稱「其地英雄豪傑之士，甲於京東。文物彬彬，而豪悍之習自若」，則其矜尚功名，失志而悲，皆豪悍之習使然，亦東武之土風矣。〔增補〕樂府詩集此屬相和歌辭楚調曲，引古今樂録曰：「王僧虔技録，有東武吟行，今不歌。」樂府解題曰：「鮑照云：主人且勿喧。沈約云：天德深且曠。傷時移事異，榮華徂謝也。」陸游徐大用樂府序：「古樂府有東武吟，鮑明遠輩所作，皆名千載。」

〔二〕漢書曰：「王邑請召賓，邑自稱賤子。」〔增補〕吴摯父曰：「起襲『四坐且勿諠』。」

〔三〕「占」，一作「召」。漢書曰：「張騫，漢中人也。騫以校尉從大將軍擊匈奴，知水草處，軍得以不乏。」占，謂自應度而應募，爲占募也。吴志曰：「中郎將周秪乞於鄱陽占募。」班固漢書曰：「自張騫使大夏之後，窮河源也。」〔補注〕「占募」，五臣本作「召募」。〔增補〕樂府詩集「隨」下注「一作『逢』」，「占」作「召」。本集宋本亦作「召」。占，猶今言登記。漢書宣帝紀：「流民自占八萬餘口。」顔師古注：「占者，謂自隱度其户口而著名籍也。」後漢書明帝紀：「流人無名數欲自占者。」李賢注：「占，謂自歸首也。」

〔四〕漢書曰：「李廣從弟蔡爲郎，事武帝。元朔中，爲輕車將軍，擊右賢王，有功，卒封樂安侯。」范曄後漢書曰：「耿夔追虜，出塞而還。」蔡邕上書曰：「秦築長城，漢起塞垣，所以别内外，異殊俗。」〔增補〕「窮」，宋本及樂府詩集作「出」。胡克家文選考異：「注『有功卒』，陳景雲云『卒當作中率』是也。此所引李廣傳文。」

〔五〕孔安國尚書傳曰：「密，近也。」方言曰：「亘，竟也。」國語曰：「姜氏告於公子曰：自子之行，晉無寧歲。」左氏傳曰：「巫臣請使於吴，晉侯許之，乃通吴於晉。吴始伐楚，子重奔命。吴入州來，子重、子反於是乎一歲七奔命。」

〔六〕孟子：「既竭心思焉。」尚書：「以殷仲春。」鄭玄曰：「春秋言温涼。」〔增補〕孫志祖文選考異：「何校『肌』改『筋』。」

〔七〕列女傳曰：「柳下惠妻曰：『愷悌君子，永能厲兮。吁嗟惜哉，乃下世兮！』」司馬彪續漢書曰：「大將軍營五部，校尉一人。部有曲，曲有軍候一人。」

〔八〕答客難曰：「時異事異。」〔補注〕文選六臣注吕延濟曰：「孤績，獨有功也。時事既異，誰復爲論？」〔增補〕宋本注：「『績』，一作『憤』。」

〔九〕古長歌行曰：「少壯不努力。」漢書：「婁護曰：吕公窮老，託身於我。」

〔一〇〕説文曰：「鎌，鍥也。」鍥，古頡切。〔補注〕「收鷄狏」，五臣本作「牧」。胡紹煐曰：「朱子云：『腰鐮刈葵藿，倚杖牧鷄狏，』分明倔强不肯甘心之意。王安石傷杜醇詩『藜杖牧鷄豚』句本此。」作「收」，傳寫誤。〔增補〕宋本及樂府詩集「收」作「牧」，「狏」作「豚」。許巽行文選筆記：「『狏』當作『豚』。説文：『㒸，小豕也，从彖省，象形。从又持肉，以給祠祀。篆文作豚，从肉豕。』復古編云：『別作㹠，非。』許嘉德案：㹠，俗字也。廣韻本作『豚』，豕子也。或作『㹠』。」

〔一一〕東觀漢記：「桓虞謂趙勤曰：『善吏如良鷹矣，下韝即中。』」淮南子曰：「置猿檻中，則與㹠同，非不巧捷也，無所肆其能也。」〔補注〕劉良曰：「韝，以皮蔽手而臂鷹也。」

〔一二〕言怨在己，若何負之？〔補注〕陳琳悼龜賦：「參千鎰而不賈兮，豈十朋之所云？通生死以爲量兮，夫何人之足怨？」〔增補〕宋文選六臣本「結」作「積」。

〔一三〕言己窮老而還，同夫棄席疲馬。願垂晉主之惠而不見遺，則兼愛之道斯同，故亦無愧於田子也。晉主言惠，田子言愧，互文也。然田子久謝，故謂之魂。韓子曰：「文公至河，令曰：『籩豆捐之，席蓐捐之，手足胼胝面目犂黑者後之。』咎犯聞之而夜哭。公曰：『寡人出亡二十年，乃今得反國，咎犯聞之不喜而哭，意者不欲寡人反國邪？』咎犯對曰：『籩豆所以食也，而君捐之。席蓐所以卧也，而君棄之。手足胼胝面目犂黑，有勞功者也，而君後之。今臣與在後中，不勝其哀，故哭之。』文公乃止。」韓詩外傳曰：「昔田子方出見老馬於道，喟然有志焉，以問於御曰：『此何馬也？』御曰：『故公家畜也。罷而不用，故出放之。』田子方曰：『少盡其力，而老棄其身，仁者不爲也。』束帛而贖之。窮士聞之，知所歸心矣。」韓詩曰：「縞衣綦巾，聊樂我魂。」薛君曰：「魂，神也。」〔補注〕胡紹煐曰：「案魂，云也。謂不媿田子所云也。古云、魂通。中山經：『其氣魂魂。』魂魂，猶云云也。春秋正義引孝經說：

『魂，云也。』皆可證。」

【集説】

劉坦之曰：明遠此篇殆亦有所爲而作歟？觀其首言主人勿諠而後歌者，欲其聽之審而感之速也。故下文歷叙征役遠塞之勞，窮老還家之苦。至篇末復懷戀主之情，而猶有望于垂惠。然不知其爲誰而發也。

方植之曰：此勞卒怨恩薄之詩。小雅杕杜先王勞旋役之什，所以爲忠厚也。後世恩薄，不能念此，故詩人詠之，亦所以爲諷諫。此篇原本古義，用張騫、李蔡，比詩人南仲、方叔耳。杜公出塞詩從此出。

【補集説】

王船山曰：中間許多情事，平叙初終，一如白樂天歌行然者。乃從始至末，但一人口述語耳，於琵琶行才占得一段，而言者之平生，聞者之感觸，無窮無方，皆所含蓄。故言若已盡，而意正未發，自非唐、宋人力所及，心所謀也。

王壬秋曰：刻意悲涼。

代别鶴操〔一〕

雙鶴始起時，徘徊滄海間〔二〕，長弄若天漢，輕軀似雲懸〔三〕。幽客時結侶，提攜遊三山〔四〕，青繳淩瑤臺，丹羅籠紫煙〔五〕。海上悲風急，三山多雲霧〔六〕，散亂一相失，驚孤不得住。緬然日月馳，遠矣絶音儀〔七〕，有願而不遂，無怨以生離。鹿鳴在深草，蟬鳴隱高枝〔八〕，心自有所存，旁人那得知〔九〕。

〔一〕崔豹古今注：「別鶴操，商陵牧子所作也。娶妻五年而無子，父兄將爲之改娶。妻聞之，中夜起倚户而悲嘯。牧子聞之，愴然而悲，乃援琴而歌。後人因爲樂章焉。」〔補注〕古辭艷歌何嘗行，一作飛鵠行：「飛來雙白鵠，乃從西北來，五里一反顧，六里一徘徊。」〔增補〕樂府詩集此屬琴曲歌辭。

〔二〕十洲記：「滄海島在北海中，地方三千里，去岸二十一萬里。海四面繞島，各廣五千里，水皆蒼色，仙人謂之滄海也。」〔增補〕宋本及樂府詩集「始」作「俱」。

〔三〕廣韻：「哶，鳥吟。」曹植洛神賦：「竦輕軀以鶴立。」

〔四〕史記封禪書：「自威、宣、燕昭使人入海求蓬萊、方丈、瀛洲。此三神山者，其傅在渤海中，去人不遠。」〔增補〕樂府詩集注：「『遊』作『到』。」

〔五〕楚辭離騷：「望瑤臺之偃蹇兮。」繳、羅，並見野鵝賦。紫煙，見京洛篇。〔增補〕樂府詩集「羅」作「蘿」。

〔六〕〔增補〕樂府詩集「悲」作「疾」。

〔七〕穀梁傳注：「緬，藐遠也。」〔增補〕樂府詩集注：「『遠』，一作『已』。」

〔八〕蘇武古詩：「鹿鳴思野草。」曹植蟬賦：「棲喬枝而仰首兮，嗽朝露之清流。隱柔桑之稠葉兮，快啁號以遁暑。」〔增補〕「在」，宋本作「隱」。

〔九〕「存」，一作「懷」。

代出自薊北門行〔一〕

羽檄起邊亭，烽火入咸陽〔二〕。徵騎屯廣武，分兵救朔方〔三〕。嚴秋筋竿勁，虜陣精且彊〔四〕。天子按劍怒，使者遥相望〔五〕。雁行緣石徑，魚貫度飛梁〔六〕。簫鼓流漢思，旌甲被胡霜〔七〕。疾風冲塞起，沙礫自飄揚〔八〕。馬毛縮如蝟，角弓不可張〔九〕。時危見臣節，世亂識忠良〔一〇〕。投軀報明主，身死爲國殤〔一一〕。

〔一〕録李善注。漢書曰：「薊，故燕國也。」〔補注〕郭茂倩樂府詩集曰：「曹植艷歌行：『出自薊北門，遥望胡地桑，枝枝自相值，葉葉自相當。』樂府解題曰：『出自薊北門，其致與從軍行同，而兼言燕、薊風物及突騎勇悍之狀。』」通典曰：「燕本秦上谷郡，薊即漁陽郡，皆在遼西。」朱秬堂樂府正義曰：「古稱燕趙多佳人。出自薊北門本曹植艷歌，與從軍無涉。自鮑照借言燕薊風物及征戰辛苦，竟不知此題爲艷歌矣。蓋樂府有轉有借，轉者就舊題而轉出新意，借者借前題而裁以己意。擬古者須識此二義，然後可以參變。未可泥解題之説，而忘却艷歌本旨也。」〔增補〕樂府詩集此屬雜曲歌辭。

〔二〕漢書：「高祖曰：『吾以羽檄徵天下兵。』」史記曰：「有寇至則舉烽火。」風俗通曰：「文帝時，匈奴犯塞，候騎至甘泉，烽火通長安。」〔振倫注〕史記秦本紀：「孝公十二年，作爲咸陽，築冀闕，秦徙都之。」

〔三〕臣瓚漢書注曰：「律説，勒兵而住曰屯。」班固漢書贊曰：「聚天下兵，軍於廣武。」又曰：「太原郡有廣武。」又酈食其曰：「楚人聞則分兵救之。」又：「有朔方郡，武帝開。」〔增補〕宋本及樂府詩集「騎」作「師」。

〔四〕漢書曰：「匈奴秋馬肥，大會蹛林。」周禮曰：「弓人爲弓。筋也者，所以爲深也。」竿，箭幹也。並公旱切。〔補注〕文選六臣注劉良曰：「筋謂弓，竿爲箭也。」

〔五〕説苑曰：「秦帝按劍而坐。」漢書曰：「遣使冠蓋相望於道。」〔增補〕張雲璈選學膠言：「史記大宛傳：『貳師將軍請罷兵，天子大怒，使使遮玉門曰：軍有敢入，輒斬之。』詩意用此。注引説苑及漢書云云疏。」

〔六〕漢書曰：「公孫戎奴以校尉擊匈奴，至右賢王庭，爲雁行上石山先登。」周易曰：「貫魚，以宮人寵，無不利。」王弼曰：「駢頭相次，似貫魚也。」甘泉賦曰：「貫倒景而歷飛梁。」〔振倫注〕詩：「兩驂雁行。」〔補注〕呂向曰：「雁行、魚貫，皆陣勢也。」〔增補〕「度」，宋本作

「渡」。

〔七〕〔補注〕班彪王命論：「今民皆謳吟思漢，鄉仰劉氏。」陳胤倩謂「思」當作「颸」，非。〔增補〕孫志祖文選考異：「『思』，一本作『颸』。」按：作「颸」非是。下云「疾風」，不應語複。集中送別王宣城詩，亦有「發郢流楚思」之句，可以相證。

〔八〕易通卦驗曰：「大風揚沙。」春秋命歷序曰：「大風飄石。」

〔九〕西京雜記曰：「元封二年，大雪深五尺，野鳥獸皆死，牛馬蜷縮如蝟。」韋曜集曰：「秋風揚沙塵，寒露霑衣裳。角弓持急弦，鳩鳥化爲鷹。」〔補注〕呂向曰：「蝟，蟲名，毛如針刺。」〔增補〕梁章鉅文選旁證：「六臣本『毛』作『步』。」

〔一〇〕老子曰：「國家昏亂，有忠臣焉。」

〔一一〕國殤，爲國戰亡也。楚辭國殤曰：「身既死兮神以靈，魂魄毅兮爲鬼雄。」

【集説】

吴伯其曰：是當時政令躁急，臣下有不任者，故借此以寓意。言平日無謀慮，邊隙一啓，曰徵騎，曰分兵，皆臨時周章，以敵陣之精彊故也。天子之怒，固是怒敵，亦是怒將士之不滅此朝食。故從戰之士，相望于道。當斯時也，雖有李牧輩爲將，亦不暇謀矣。死爲國殤，何益於國哉？

方植之曰：此從軍出塞之作。薊北多烈士，故託言之。收作歸宿，爲豪宕，不爲凄涼。以解爲悲，從屈子來，陳思杜公皆同。本集「幽、并重騎射」等篇亦然。

【補集説】朱元晦曰：「疾風冲塞起，沙礫自飄揚。馬毛縮如蝟，角弓不可張。」分明説出邊塞之狀，語又峻健。

沈確士曰：明遠能爲抗壯之音，頗似孟德。

王壬秋曰：作邊塞詩，用十二分力量，是唐人所祖。結與「棄席」四句同調。

代陸平原君子有所思行〔一〕

西上登雀臺，東下望雲闕〔二〕，層閣肅天居，馳道直如髮〔三〕，綉甍結飛霞，琁題納行月〔四〕，築山擬蓬壺，穿池類溟渤〔五〕。選色遍齊代，徵聲帀邛越〔六〕，陳鐘陪夕讌，笙歌待明發〔七〕，年貌不可還，身意會盈歇〔八〕。蟻壤漏山阿，絲淚毁金骨〔九〕。器惡含滿欹，物忌厚生没〔一〇〕。智哉衆多士，服理辨昭昧〔一一〕。

〔一〕録李善注。〔振倫注〕晉書陸機傳：「成都王穎以機參大將軍事，表爲平原内史。」原詩見文選。〔補注〕王僧虔技録曰：「君子有所思行，相和歌瑟調三十八曲之一。」朱秬堂樂府正義曰：「古辭不存，始自陸機，故鮑集稱代陸平原君子有所思行。漢鐃歌有所思，後人本之爲思遠人、憶遠、望遠等曲，所言皆男女情思。此别出『君子』，見與衆人所思不同也。」〔增補〕樂府詩集此屬雜曲歌辭，引樂府解題曰：「君子有所思行，晉陸機云：『命駕登北山。』宋鮑照云：『西上登雀臺。』梁沈約云：『晨策終南首。』其旨言雕室麗色，不足爲久懽，宴安酖毒，滿盈所宜敬忌，與君子行異也。」

〔二〕鄴中記曰：「鄴城西北立臺，名銅雀臺。」劉歆甘泉賦曰：「雲闕蔚之巖巖，衆星接之皚皚。」〔增補〕「上」，宋本及宋文選六臣注本作「出」。

〔三〕王逸楚辭注曰：「層，重也。」蔡邕述征賦曰：「皇家赫而天居。」漢書曰：「太子不敢絶馳道。」應劭曰：「天子之道。」毛詩曰：「彼君子女，綢直如髮。」〔增補〕樂府詩集「閣」作「闕」。

〔四〕西京賦曰：「雕楹玉舃，綉栭雲楣。」甘泉賦曰：「珍臺閒館，琁題玉英。」〔補注〕文選六臣注吕向曰：「甍，棟也。以五彩飾之，似綉，連結於飛霞也。璇，玉也。題，椽頭也。言月過簷頭，璇題納引其光也。」〔增補〕樂府詩集「行」作「明」。

〔五〕蓬、壺，二山名。溟、渤，二海名。〔增補〕蓬、壺見舞鶴賦補注。列子湯問：「有溟海者。」釋文：「水黑色謂溟海。」司馬相如子虚賦：「浮渤澥。」李善注：「應劭曰：渤澥，海别支也。」

〔六〕齊、代、邛、越，四地名。〔補注〕劉坦之曰：「齊，東國。代，北郡。邛，西蜀之地。越，南國也。徼，取也。帀，亦遍也。」

〔七〕楚辭曰：「陳鐘按鼓造新歌。」魏文帝東門行曰：「朝遊高臺觀，夕宴華池陰。」儀禮曰：「歌魚麗，笙由庚。」毛詩曰：「明發不寐。」〔補注〕劉坦之曰：「陳，設也。」

〔八〕列子：「西門子謂東郭先生曰：『北宫子年貌言行與子並。』」又曰：「楊朱曰：『慎耳目之觀聽，惜身意之是非，失當年之至樂，不得自肆於一時。』」〔增補〕樂府詩集「還」作「留」。

〔九〕「阿」，善作「河」。傅玄口銘曰：「勿謂不然，變出無聞。蟻孔潰河，溜穴傾山。」絲淚，淚之微者。金骨之堅，喻親之篤者。言讒邪之人，但下如絲之淚，而金骨爲之傷毁也。張叔及論曰：「煩冤俯仰，淚如絲兮。」鄒陽上書曰：「衆口鑠金，積毁銷骨。」〔補注〕韓非子曰：「千里之隄，以螻蟻之穴而潰。」〔增補〕李光地榕村詩選：「『蟻壞』二句，言禍生于微也。」王闓運八代詩選：「絲淚以狀淚之少，非用泣素絲事。」

〔一〇〕家語曰：「孔子觀於魯桓公之廟，有欹器焉。孔子問於守廟者曰：『此爲何器？』對曰：『此蓋爲宥坐之器。』孔子曰：『吾聞宥坐之器，虚則欹，中則正，滿則覆。明君以爲至誠，故常置於坐側。』顧謂弟子曰：『試注水實之。』中而正，滿則覆。夫子喟然而歎曰：『嗚呼！夫物惡有滿而不覆者哉！』」老子曰：「人之生，動之死地亦十有三；夫何故？以其生生之厚也。」〔增補〕李光地曰：「『器惡』二句，言敗由于滿也。」

〔一一〕莊子：「冉求問於仲尼曰：『未有天地可知乎？』夫子曰：『可。古猶今也。』『昔日吾昭然，今日吾昧然，敢問何謂也？』仲尼曰：『昔之昭然也，神者先受之。今昧然也，且又爲不神者求邪。』」郭象曰：「思求更致不了。」〔補注〕吕向曰：「智哉，嘆美之辭。多士，謂羣官也。服，習。理，道也。」〔增補〕樂府詩集「昧」作「晰」。

【集説】

劉坦之曰：詳夫「天居」、「馳道」等語，蓋爲時君過奢，不能自謹，特以此規諷之，又不敢指斥，故借多士爲言耳。

嚴羽曰：鮑明遠代君子有所思之作，仍是其自體耳。

代悲哉行〔一〕

羇人感淑節，緣感欲回轍〔二〕。我行詎幾時，華實驟舒結〔三〕，覩實情有悲，瞻華意無悦。覽物懷同志，如何復乖別。翩翩翔禽羅，關關鳴鳥列〔四〕，翔鳴尚儔偶，所嘆獨乖絶〔五〕。

〔一〕陸機悲哉行注：「歌録曰：『悲哉行，魏明帝造。』」按：此篇亦見謝法曹集，注：「樂府作惠連，鮑照集亦載此。」〔增補〕樂府詩集雜曲歌辭：「樂府解題曰：陸機云『遊客芳春林』，謝惠連云『羇人感淑節』，皆言客遊感物，憂思而作也。」

〔二〕初學記：「春節曰華節、芳節、良節、嘉節、韻節、淑節。」鄒陽獄中上書自明：「邑號朝歌，墨子迴車。」〔補注〕樂府古辭悲歌曰：「心思不能言，腸中車輪轉。」「回轍」意當出此，不作回車解。〔增補〕黄説未安。轍是車迹，回是回返，不應作旋轉解。車輪可云旋轉，車迹豈能旋轉乎？詩意蓋言旅人感節物而思歸也。

〔三〕爾雅：「木謂之華。草謂之榮。不榮而實者謂之秀。榮而不實者謂之英。」

〔四〕詩：「翩翩者鵻。」又：「關關雎鳩。」傳：「關關，和聲也。」〔補注〕陸機悲哉行：「翩翩鳴鳩羽，喈喈倉庚音。」

〔五〕〔增補〕樂府詩集「尚」作「常」。宋本「儔」作「疇」。

【集説】

陳胤倩曰：華實翔鳴，疊作開闔，故令語拙，見其樸而能老。此詩自應還鮑。

代陳思王白馬篇〔一〕

白馬騂角弓，鳴鞭乘北風〔二〕。要途問邊急，雜虜入雲中〔三〕。閉壁自往夏，清野徑還冬〔四〕。儔裝多闕絶，旅服少裁縫〔五〕。埋身守漢境，沈命對胡封〔六〕。薄暮塞雲起，飛沙被遠松〔七〕。含悲望兩都，楚歌登四墉〔八〕。丈夫設計誤，懷恨逐邊戎，棄別中國愛，邀冀胡馬功〔九〕。去來今何道？卑賤生所鍾〔一〇〕，但令塞上兒，知我獨爲雄〔一一〕。

〔一〕曹植白馬篇注：「歌録曰：『白馬篇，齊瑟行也。』」〔補注〕郭茂倩樂府詩集曰：「白馬者，見乘白馬而爲此曲，言人當立功立事，盡力爲國，不可念私也。」

〔二〕詩：「騂騂角弓。」

〔三〕雲中，見河清頌。〔補注〕漢書馮唐傳：「魏尚守雲中，匈奴不敢近塞下。」案即今歸化城，土默特西，黄河東岸。

〔四〕何承天安邊論：「故堅壁清野以俟其來，整甲繕兵以乘其敝。」〔增補〕樂府詩集「徑」作「逐」。

〔五〕韻會：「寄，寓也，本作僑。」周禮縫人注：「女工，女奴曉裁縫者。」〔補注〕闕絶，猶乏絶也。

〔六〕王粲詠史詩：「同知埋身劇。」漢書武帝紀：「武帝末，盜賊滋起，於是作沈命法。」〔增補〕吴摯父曰：「此下皆鬼語。」「境」，宋本作「節」。樂府詩集注：「『境』，一作『節』。」

〔七〕〔增補〕樂府詩集注：「『塞』，一作『雪』。」「被」，宋本作「披」。

〔八〕班固兩都賦序：「盛稱長安舊制，有陋雒邑之議。」史記項羽紀：「夜聞漢軍皆楚歌，驚曰：

『漢皆已得楚乎？是何楚人之多也！』」左傳：「用馬於四墉。」注：「墉，城也。」

〔九〕古詩：「胡馬依北風。」〔增補〕「棄」，宋本作「罷」。樂府詩集「邀」作「要」。

〔一〇〕〔增補〕宋本「卑」作「單」。

〔一一〕淮南子：「塞上叟失馬數月，馬將胡駿馬而至。其子好騎，墮而折髀。」

【集説】

朱止谿曰：歌白馬，用世之思也。陳思自試表以二方未克爲念。諫伐表復慮雍、涼三分，較重於荆、揚之騷動。故知名都既乏遠圖，不如白馬之可以應卒也。明遠「但令塞上兒，知我獨爲雄」，正接出言外感慨。

【補集説】

王壬秋曰：明遠此等起法，雖尠遠古度，殊有昂藏之氣。頓挫慷慨，所謂「幽、燕老將，氣韻沈雄」。

代昇天行〔一〕

家世宅關輔，勝帶宦王城〔二〕，備聞十帝事，委曲兩都情〔三〕。倦見物興衰，驟覩俗屯平〔四〕，翩翻若迴掌，恍惚似朝榮〔五〕。窮塗悔短計，晚志重長生〔六〕，從師入遠嶽，結友事仙靈〔七〕。五圖發金記，九籥隱丹經〔八〕。風餐委松宿，雲卧恣天行〔九〕，冠霞登綵閣，解玉飲椒庭〔一〇〕。暫遊越萬里，少别數千齡〔一一〕。鳳臺無還駕，簫管有遺聲〔一二〕。何當與汝曹，啄腐共吞腥〔一三〕？

〔一〕録李善注。〔增補〕樂府詩集此屬雜曲歌辭。樂府古題：「升天行，曹植『日月何肯留』，鮑照『家世宅關輔』，又如陸士衡綏聲歌，皆傷俗情艱險，當翱翔六合之外，蓋出楚辭遠遊篇也。」

〔二〕關，關中也。漢書曰：「右扶風、左馮翊、京兆尹，是爲三輔。」東京賦曰：「然後以建王城。」〔振倫注〕勝帶，猶言勝衣。〔補注〕史記三王世家：「皇子能勝兵趨拜。」萬石君傳：「子孫勝冠者在側。」勝帶，猶勝衣勝冠也。〔增補〕梁章鉅文選旁證：「勝帶不可解。向注勝帶謂『勝冠帶時』也。或曰：疑當作『紳帶』。六臣本校云：『宦』，善作『官』。非也。」

〔三〕十帝、兩都，俱謂漢也。論衡曰：「漢家三百歲，十帝耀德。」〔補注〕文選六臣注李周翰曰：「兩漢都兩京，各十餘帝。其中情事，盡已知之。」

〔四〕周易曰：「屯，難也。」〔補注〕吕延濟曰：「驟，頻也。」

〔五〕迴掌，言疾也。孟子曰：「武丁朝諸侯，有天下，猶運之掌也。」潘岳朝菌賦曰：「奈何兮繁華，朝榮兮夕斃。」〔補注〕吕延濟曰：「翩翻、恍惚，謂須臾間也。」〔增補〕樂府詩集

「若」作「類」，注曰：「『翩翻』，一作『翩翩』。」

〔六〕「重」，一作「愛」。春秋合誠圖曰：「黄帝請問太一長生之道。太一曰：『齋戒六丁，道乃可成。』」〔增補〕宋文選六臣本「志」作「至」。

〔七〕莊子曰：「從師不囿。」郭象曰：「任其自聚，非囿之也。」楚辭曰：「與赤松結友兮，比王喬而爲偶。」

〔八〕「圖」，一作「芝」。抱朴子曰：「余聞鄭君言，道書之重，莫尚於三皇文、五岳真形圖也。」又曰：「鄭君唯見授金丹之經。」又曰：「仙經，九轉丹、金液經，皆在崑崙五城之内，藏以玉函。」尚書曰：「啓籥見書。」鄭玄易緯注曰：「齊、魯之間，名門户及藏器之管曰籥，以藏經。」而丹有九轉，故曰九籥也。〔補注〕「五圖」，一作「五芝」。黄庭經：「内芝鬱鬱自相扶。」又：「玉匙金鑰常完堅。」禮記月令：「孟冬，慎管籥。」籥與鑰同。五芝，五臟也。九鑰，九竅也。劉良曰：「采芝法有五，故云五圖。出太清金匱記。發，開也。仙經有九轉金液丹法，籥可以盛書，故云『隱丹經』。」胡紹煐曰：「九籥與上五圖爲偶句，則籥爲書篇。九籥，猶云九篇耳。説文：『籥，書僮竹笘也。』衆經音義二引纂文云：『關西以書籍爲書籥，亦謂之䈎。』説文：『䈎，籥也。』今人猶謂書一簡爲一䈎。俗作葉。䈎、笘、籥，統謂之觚，故廣雅並云觚也。」〔增補〕吴聿觀林詩話：「天門有九，故曰九籥。涪翁云『九籥，天闕守夜義』是也。」張雲璈選學膠言：「按抱朴子金丹篇，第一轉名丹華，第二名神符，第三名神丹，第四名還丹，第五名餌丹，第六名煉丹，第七名柔丹，第八名伏丹，第九名寒丹。」

〔九〕莊子曰：「藐姑射之山，有神人居焉，不食五穀，吸風飲露，乘雲氣，御飛龍。」

〔一〇〕郭璞遊仙詩曰：「振髮戴翠霞，解褐禮絳霄。」陸機雲賦曰：「似長城曲蜿，綵閣相扶。」椒庭，取其芬香也。洛神賦曰：「踐椒塗之郁烈。」〔補注〕呂向曰：「冠霞，謂從仙也。解玉，謂去仕也。」何義門曰：「解玉，謂服玉屑也。周禮：『王齋則共食玉。』注：『玉是陽精之純者，食之以禦水氣。』是古本有服玉之説，其後乃爲修養家所襲也。二説並存。」〔增補〕樂府詩集「登」作「金」，注曰：「『飲』，一作『隱』。」朱珔文選集釋：「案『解玉』與上『冠霞』爲對，義當相類，注引郭璞遊仙詩『振髮戴翠霞，解褐禮絳霄』，而未釋玉字，殆謂解玉即解褐之意，玉或指帶言與？若作飡玉，則解字不合，且與冠霞不稱，何説恐非。」

〔一一〕「少」，善作「近」。神仙傳：「若士謂盧敖曰：『吾一舉千萬里，吾猶未之能。』」馬明先生別傳曰：「先生隨神士還代，見安期先生語神女曰：『昔與女郎遊於安息，憶此未久，已二千年矣。』」〔增補〕孫志祖文選李注補正：「金甡云：『別賦云：暫遊萬里，少別千年。江、鮑微有後先，詞語不無沿襲。』」胡克家文選考異：「注『先生隨神士還代』，何校『士』改『女』是也。各本皆譌。」

〔一二〕列仙傳曰：「蕭史者，秦繆公時人也，善吹簫，繆公有女號弄玉，好之，公遂以妻焉。遂教弄玉作鳳鳴。居數十年，吹似鳳聲，鳳皇來止其屋。爲作鳳臺，夫婦止其上，不下數年，一旦皆隨鳳皇飛去。故秦氏作鳳女詞，有簫聲。」阮籍詠懷詩曰：「簫管有遺音，梁王安在哉！」

〔增補〕胡克家文選考異：「『詞』當作『祠』，各本皆訛。」

〔三〕「當」，善作「時」。「汝」，善作「爾」。如淳漢書注曰：「曹，輩也。」孔安國尚書傳曰：「腥，臭也。」〔增補〕「當」，宋本作「時」。

【集説】

方虚谷曰：厭世故而求神仙。從末句之意，則寓言借喻君子，有高世遠意，拔出塵埃之表。視世間卑污苟賤之人，直如禽畜之呑啄腐腥耳。

吴伯其曰：遊仙詩衹如一首詠懷詩，絶無一切鉛汞氣習。

【補集説】

方植之曰：此即屈子遠遊、景純遊仙之意。而其佳轉在起八句，直書即事，無一字客氣假象陳言。「窮途」以下，正説升天。

吴摯父曰：此詩乃閲世既久，不耐腥腐而思遠舉之旨。

松柏篇　并序〔一〕

余患脚上氣四十餘日。知舊先借傅玄集〔二〕，以余病劇，遂見還。開袠，適見樂府詩龜鶴篇〔三〕。於危病中見長逝詞，惻然酸懷抱。如此重病，彌時不差〔四〕，呼吸乏喘，舉目悲矣〔五〕！火藥間缺而擬之〔六〕。

松柏受命獨，歷代長不衰〔七〕，人生浮且脃，歘若晨風悲〔八〕。東海迸逝川，西山導落暉〔九〕，南廓悦籍短，蒿里收永歸〔一〇〕。諒無疇昔時，百病起盡期，志士惜牛刀，忍勉自療治〔一一〕，傾家行藥事，顛沛去迎醫〔一二〕，徒備火石苦，奄至不得辭〔一三〕。龜齡安可獲，岱宗限已迫〔一四〕，睿聖不得留，爲善何所益〔一五〕？捨此赤縣居，就彼黄壚宅〔一六〕。永離九原親，長與三辰隔〔一七〕。屬纊生望盡，闔棺世業埋〔一八〕，事痛存人心，根結亡者懷〔一九〕，祖葬既云及，壙隧亦已開〔二〇〕。室族内外哭，親疎同共哀，外姻遠近至，名列通夜臺〔二一〕。扶輿出殯宫，低回戀庭室〔二二〕，天地有盡期，我去無還日，居者今已盡，人事從此畢，火歇煙既没，形銷聲亦滅〔二三〕，鬼神來依我，生人永辭訣〔二四〕，大暮杳悠悠，長夜無時節〔二五〕，鬱湮重冥中，煩冤難具説〔二六〕。安寢委沈寞，戀戀念平生，事業有餘結，刊述未及成〔二七〕，資儲無擔石，兒女皆孩嬰〔二八〕，一朝放擒去，萬恨纏我情〔二九〕。追憶世上事，束教已自拘〔三〇〕，明發靡怡愈，夕歸多憂虞〔三一〕，轗間晨徑荒，撤宴式酒濡〔三二〕，知今瞑日苦，恨失爾時娱〔三三〕。遥遥遠民居，獨埋深壤中，墓前人跡滅，冢上草日豐〔三四〕，空林一鳴蜩，高松結悲風〔三五〕，長寐無覺期，誰知逝者窮〔三六〕？生存處交廣，連榻舒華茵〔三七〕，已没一何苦，栝哉不容身〔三八〕。昔日平居時，晨夕對六親〔三九〕，今日掩奈何，一見無諧因。禮席有降殺，三齡速過隙〔四〇〕，几筵就收撤，室宇改疇昔〔四一〕，行女遊歸途，仕子復王役〔四二〕，家世本平常，獨有亡者劇。時祀望歸來，四節静塋丘，孝子撫墳號，父兮知來不〔四三〕？欲還心依戀，欲見絶無由，煩冤荒隴側，肝心盡崩抽〔四四〕。

〔一〕樂府詩集：「松柏篇，鮑照擬傅休奕樂府龜鶴篇而作也。」

〔二〕晉書傅玄傳：「字休奕，北地泥陽人也。博學善屬文。五等建，封鶉觚男。武帝爲晉王，以爲散騎常侍。及受禪，進爵爲子，俄遷侍中，坐免。泰始四年，以爲御史中丞。五年，遷太僕，轉司隸校尉。卒謚曰剛。文集百餘卷，行於世。」

〔三〕説文：「衺，書衣也。」龜鶴篇，今傅鶉觚集不載。

〔四〕〔補注〕廣韻：「差，楚懈切，病除也。」魏志張遼傳：「疾小差。」

〔五〕韻會：「出息爲呼，入息爲吸。」説文：「喘，疾息也。」〔增補〕「乏」，宋本作「之」。

〔六〕韓非子：「疾在腠理，湯熨之所及也。在肌膚，鍼石之所及也。在腸胃，火齊之所及也。」

〔七〕〔補注〕莊子：「受命於地，惟松柏獨也，在冬夏青青。」

〔八〕詩：「鴥彼晨風。」傳：「鴥，疾飛貌。晨風，鸇也。」〔補注〕老子：「萬物草木之生也柔脆，其死也枯槁。」

〔九〕古辭長歌行：「百川東到海，何時復西歸？」揚雄反騷：「臨汨羅而自隕兮，恐日薄於西山。」

〔一〇〕「廓」，一作「郊」。搜神記：「管輅至平原，見趙顔貌主夭亡，顔父乃求輅延命。輅曰：『子歸，覓清酒鹿脯一斤。卯日，刈麥地南大桑樹下，有二人圍碁。汝但酌酒置脯，飲盡更斟，以盡爲度。若問汝，但拜之，勿言。必合有人救汝。』顔依言而往，果見二人圍碁。顔置脯斟酒於前，其人貪戲，但飲酒食脯不顧。飲數巡，北邊坐者忽見顔在，叱曰：『何故在此？』顔惟拜之。南面坐者語曰：『適來飲他酒脯，寧無情乎？』北坐者曰：『文書已定。』南坐者曰：『借文書看之。』見趙子壽可十九歲，乃取筆挑上，語顔曰：『救子至九十年活。』顔拜而回。管語顔曰：『大助子，喜且得增壽。北邊坐人是北斗，南邊坐人是南斗。南斗注生，北斗注死。凡人受胎，皆從南斗，過至北斗，所有祈求，皆向北斗也。』」餘見蒿里行。〔補注〕「廓」，程榮本作「郭」。釋名：「郭，廓也。」

〔一一〕〔補注〕論語：「割鷄焉用牛刀。」喻小病不大治。

〔一二〕後漢書童恢傳：「傾家賑卹。」〔補注〕行藥，見行藥至城東橋注。詩大雅：「顛沛之揭。」〔增補〕行藥與行藥事，非一義。吴摯父曰：「『行藥事』，當作『事行藥』。」

〔一三〕火石見序。

〔一四〕龜齡，見傷逝賦。劉楨贈五官中郎將詩：「常恐遊岱宗，不復見故人。」注：「援神契曰：『太山，天帝孫也，主召人魂。』」〔增補〕「獲」，宋本作「護」。

〔一五〕徐幹中論：「衛武公年過九十，猶夙夜不怠。衛人頌其德，爲賦淇奥，且曰睿聖。」後漢書范滂傳：「滂謂子曰：『使汝爲惡，則惡不可爲；使汝爲善，則吾不爲惡。』」

〔一六〕史記孟子傳：「騶衍以爲儒者所謂中國者，於天下乃八十一分居其一分耳。中國名曰赤縣神州。」淮南子：「上際九天，下契黄壚。」注：「泉下有壚山。」

〔一七〕禮記：「趙文子與叔譽觀乎九原。」左傳：「三辰旂旗。」注：「三辰，日、月、星也。」

〔一八〕禮記：「疾病，男女改服，屬纊，以俟絶氣。」〔補注〕後漢書班彪傳：「方今豪傑帶州域者，皆無七國世業之資。」

〔一九〕〔補注〕存人，生存之人也。〔增補〕宋本及樂府詩集「根」作「恨」。

〔二〇〕白虎通：「祖於庭何？盡孝子之恩也。祖者，始也，始載於庭也。乘轜車，辭祖禰，故名爲祖載也。」説文：「壙，塹穴也。」玉篇：「隧，墓道也。」

〔二一〕左傳：「士逾月，外姻至。」阮瑀七哀詩：「漫漫長夜臺。」

〔二二〕陸機挽歌詩：「殯宫何嘈嘈。」楚辭九章：「低回夷猶，宿北姑兮。」

〔二三〕火歇，見觀漏賦。〔增補〕論衡論死篇：「人之死，猶火之滅也。火滅而燿不照，人死而知不惠，二者宜同一實。」

〔二四〕辭訣，見請假第二啓。

〔二五〕陸機挽歌詩：「大暮安可晨。」

〔二六〕左傳：「物乃坻伏鬱湮不育。」楚辭九章：「煩冤瞀容，實沛徂兮。」〔增補〕宋本及樂府詩集「中」作「下」。

〔二七〕〔增補〕樂府詩集「刊」作「形」。

〔二八〕漢書揚雄傳：「家産不過十金，乏無儋石之儲，晏如也。」釋名：「女曰嬰，男曰孩。」

〔二九〕〔增補〕宋本及樂府詩集「擒」作「捨」。

〔三〇〕袁宏三國名臣贊：「豈非天懷發中而名教束約者乎？」〔增補〕樂府詩集「已」作「以」。

〔三一〕明發，見君子有所思行。易：「悔吝者，憂虞之象也。」〔補注〕愈，讀爲愉。荀子：「心至愈而志無所詘。」

〔三二〕陶潛歸去來辭：「三徑就荒。」易：「飲酒濡首。」〔增補〕樂府詩集作「撒閑晨逕流，輟宴式酒儒」。宋本與樂府詩集同，惟「儒」作「濡」。

〔三三〕漢書五行志：「晦，暝也。」〔增補〕樂府詩集「暝日」作「暝目」。

〔三四〕禮記：「朋友之墓，有宿草而不哭焉。」

〔三五〕詩：「五月鳴蜩。」〔增補〕宋本及樂府詩集「林二」作「床響」。

〔三六〕古詩：「潛寐黄泉下，千載永不寤。」〔增補〕「逝」，宋本作「遊」。

〔三七〕古詩爲焦仲卿妻作：「交廣市鮭珍。」玉篇：「牀狹而長謂之榻。」説文：「茵，車重席也。」謝靈運擬太子鄴中集詩：「連榻設華茵。」〔補注〕處交，猶處友也。〔增補〕樂府詩集「茵」作「裀」。

〔三八〕説文：「梏，手械也。」

〔三九〕周禮大司徒注：「六親，父母兄弟妻子也。」

〔四〇〕晉書康帝紀：「禮之降殺，因時而寢興，誠無常矣。」過隙，見傷逝賦。〔補注〕三齡過隙，謂三年之喪畢也。〔增補〕「過」，宋本作「迴」。

〔四一〕詩：「或肆之筵，或授之几。」説文：「宇，屋邊也。」

〔四二〕詩：「女子有行。」陸機五等論：「蓋企及進取，仕子之常志。」

〔四三〕楚辭招魂：「魂兮歸來！」曹植求通親親表：「每四節之會，塊然獨處。」説文：「塋，墓也。」

〔四四〕煩冤，見上。説文：「壟，丘壟也。」

【集説】

陳胤倩曰：淋漓盡情，句亦蒼古，惜多生調弱調，甚爲長篇之病。少陵所患，輒倣兹也。

代苦熱行〔一〕

赤阪横西阻，火山赫南威〔二〕，身熱頭且痛，鳥墮魂來歸〔三〕，湯泉發雲潭，焦煙起石圻〔四〕。日月有恒昏，雨露未嘗晞〔五〕。丹蛇踰百尺，玄蜂盈十圍〔六〕，含沙射流影，吹蠱病行暉〔七〕，鄣氣晝熏體，菵露夜霑衣〔八〕，飢猿莫下食，晨禽不敢飛〔九〕。毒涇尚多死，渡瀘寧具腓〔一〇〕？生軀蹈死地，昌志登禍機〔一一〕。戈船榮既薄，伏波賞亦微〔一二〕。爵輕君尚惜，士重安可希〔一三〕？

〔一〕録李善注。曹植苦熱行曰：「行遊到日南，經歷交趾鄉。苦熱但曝霜，越夷水中藏。」〔補注〕郭茂倩樂府詩集曰：「言南方瘴癘之地，盡節征伐，而賞之太薄也。」朱秬堂樂府正義曰：「宋文帝元嘉二十三年，遣交州刺史檀和之討林邑。宗慤自請從軍，和之遣慤爲前鋒，遂克林邑。陽邁父子挺身走，所獲未名之寶，不可勝計。慤一無所取。還家之日，衣櫛蕭然。此刺功高賞薄。戈船、伏波，蓋指和之及慤也。」〔增補〕胡克家文選考異：「注『苦熱但曝霜』，案『霜』，當作『露』，各本皆訛。」

〔二〕漢書西域傳：「杜欽曰：『又歷大頭痛、小頭痛山，赤土、身熱之阪，令人身熱無色，頭痛嘔吐。』」東方朔神異經：「南荒外有火山焉，長四十里，廣四五里，其中皆生木，晝夜火然，雖暴風雨火不滅。」

〔三〕東觀漢記：「馬援謂官屬曰：『吾在浪泊，仰視烏鳶，跕跕墮水中。』」楚辭曰：「魂兮歸來，南方不可以止。雕題黑齒，得人以祀，其骨爲醢。」

〔四〕王歆之始興記曰：「雲水，源泉湧溜如沸湯，有細赤魚出游，莫有獲之者。」焦煙，蓋熱氣也。南越志曰：「興寧縣有熱水山焉，其下有焦石，敲蒸之，熱恒數四丈。」楚辭曰：「觸石碕而衡遊。」埤蒼曰：「碕，曲岸。」碕，與圻同。〔增補〕樂府詩集「圻」作「磯」。宋本注：「一作『磯』。」

〔五〕「嘗」，善作「常」。魏都賦曰：「窮岫泄雲，日月恒翳。」曹植感時賦曰：「惟淫雨之永降，曠三旬而未晞。」毛詩曰：「白露未晞。」毛萇曰：「晞，乾也。」東觀漢記：「馬援曰：『吾在浪泊之時，下潦上霧。』」

〔六〕外國圖曰：「楊山，丹蛇居之，去九疑五萬里。」楚辭曰：「赤蟻若象，玄蜂若壺。」百丈十圍，言其長大也。

〔七〕「病」，善作「痛」。干寶搜神記曰：「有物處于江水，其名曰蜮，一曰短狐，能含沙射人。所中者頭痛發熱，劇者至死。」毛詩義疏曰：「蜮，短狐，一名射影。」吹蠱，即飛蠱也。顧野王輿地志曰：「江南數郡，有畜蠱者，主人行之以殺人。行食飲中，人不覺也。其家絶滅者，則飛遊妄走，中之則斃。」行暉，行旅之光輝也。〔補注〕楊慎丹鉛録曰：「南中畜蠱之家，蠱昏夜飛出，飲水之光如曳彗，所謂行暉也。李注非。」

〔八〕吴志：「華覈表曰：『蒼梧南海，歲有厲風鄣氣。』」宋永初山水記曰：「寧州鄣氣菵露，四時不絶。」菵，草名，有毒，其上露，觸之，肉即潰爛。菵，音罔。〔補注〕爾雅：「葞，春草。」郭注云：「一名芒草。」本草云：「莽草，一名葞。」陶注云：「今俗呼爲菵草。」周禮：「剪氏掌除蠹物，以莽草薰之。」中山經：「葌山有芒草，可以毒魚。」太平御覽：「萬畢朮曰：『莽草浮魚是也。』」芒與菵，聲相近，芒、莽、葞，又俱一音之轉，皆一物也。〔增補〕「鄣」，宋本及樂府詩集作「瘴」。「菵」，宋本作「草」。梁章鉅文選旁證：「五臣『鄣』作『瘴』，向注可證。按淮南子墬形訓：『障氣多喑。』後漢書楊終傳：『障毒。』古書皆不作瘴字也。」

〔九〕「莫」，善作「不」。南越志曰：「瞥石縣有銅澗，泉源沸湧，謂之毒水。飛禽走獸，經之者殞。」瞥，音勞。列女傳：「陶答子妻曰：『玄豹霧雨七日不下食。』」曹植七哀詩曰：「南方有鄣氣，晨鳥不得飛。」

〔一〇〕言秦人毒涇尚或多死，況今毒厲乎？諸葛渡瀘，寧有俱病也？左氏傳曰：「諸侯之大夫，從晉侯伐秦，濟涇而次。秦人毒涇上流，師人多死。」諸葛亮表曰：「五月渡瀘，深入不毛。」毛詩曰：「秋日淒淒，百卉俱腓。」毛萇曰：「腓，病也。」瀘，音盧。腓，音肥。〔增補〕梁章鉅文選旁證：「六臣本校云：『腓，善作肥。』非也。」孫志祖文選李注補正：「圓沙本云：『腓是股屬，不具腓，腓不完也。注非。如曰病，則必左氏病痱之痱而後可。』」

〔一一〕列女傳曰：「楚子發之母謂子發曰：『使人入於死地而康樂於上，雖有以得勝，非其術也。』」曹大家曰：「軍事險危，故爲死地也。」莊子曰：「其發若機括，其司是非之謂也。」司馬彪曰：「言生以是非臧否交接，則禍敗之來，若機括之發。」班固漢書述曰：「禍如發機。」

〔補注〕詩毛傳：「昌，盛壯。」昌志，猶壯志也。〔增補〕樂府詩集注：『「登」，一作「高」。』

〔二〕漢書曰：「歸義侯嚴爲戈船將軍，出零陵，下離水。」〔補注〕史記東越傳：「越侯爲戈船下瀨將軍，出若邪、白沙。」二役戈船皆無功，後封賞不及，故云「榮既薄」也。後漢書馬援傳：「援謂孟冀曰，昔伏波將軍路博德，開置七郡，裁封數百户。」故云「賞亦微」也。〔增補〕黄補注「伏波賞亦微」語，本金氏牲説，見孫志祖文選李注補注、張雲璈選學膠言。

〔三〕「爵」，善作「財」。韓詩外傳曰：「宋燕相齊還，遂罷歸舍，召門尉田饒等問曰：『大夫誰與我赴諸侯乎？』皆伏不對。宋燕曰：『何士易得而難用也？』田饒對曰：『君紈素錦繡，從風而弊，士曾不得緣衣。夫財者君所輕，死者士所重。君不能用所輕，欲使士致重乎？』」〔補注〕文選六臣注吕向曰：「小臣計倪對越王勾踐曰：『爵禄，君之輕也，性命，臣之重也。』此言君所輕者尚惜不與，士所重者安可望乎？希，望也。」

【集説】

方虚谷曰：熱者地之至惡，死者事之至難。蹈至惡之地，責以至難之事，而上之人不察，則天下士有去之而已。此詩連以十六句言苦熱。毒涇渡瀘，始入議論。富哉言乎！

方植之曰：東武言旋卒，此言旋帥，擬出車，亦以諷恩薄也。寫炎方地險艱，字句奇峭。生軀以下歸宿。

代朗月行〔一〕

朗月出東山，照我綺窗前〔二〕。窗中多佳人，被服妖且妍〔三〕，靚妝坐帷裏，當户弄清絃〔四〕，鬢奪衛女迅，體絶飛燕先〔五〕。爲君歌一曲，當作朗月篇〔六〕，酒至顔自解，聲和心亦宣〔七〕。千金何足重?所存意氣間〔八〕。

〔一〕録吴兆宜注。　雜曲歌辭。又有明月篇、明月子諸題，意同。

〔二〕〔補注〕枚乘雜詩：「交疏結綺窗。」

〔三〕〔補注〕枚乘雜詩：「燕、趙多佳人。」又：「被服羅裳衣。」曹植美女篇：「美女妖且閒。」

〔四〕相如上林賦：「靚妝刻飾。」郭璞曰：「靚妝，粉白黛黑也。刻飾，畫鬋鬢也。」枚乘雜詩：「當窗理清曲。」

〔五〕玉臺「奪」作「奮」。　太平御覽：「史記曰：『衛皇后字子夫，與武帝侍衣得幸。頭解，上見其髮鬢，悦之，因立爲后。』」今本史記無。　漢武故事：「子夫遂得幸，頭解，上見其髮美，悦之，納于宫中。」張衡西京賦：「衛后興于鬒髮。」漢外戚傳：「孝成趙皇后學歌舞，號曰飛燕。」師古曰：「以其體輕也。」西京雜記：「趙后體輕腰弱，善行步進退。」〔補注〕洛神賦：「體迅飛鳧。」

〔六〕「當作」，一作「堂上」。

〔七〕王讚雜詩：「誰能宣我心？」〔補注〕列子：「自吾之事夫子，五年之後，夫子始一解顔而笑。」

〔八〕古樂府：「男兒重意氣。」

代堂上歌行〔一〕

四坐且莫喧，聽我堂上歌〔二〕。昔仕京洛時，高門臨長河〔三〕，出入重宮裏，結友曹與何〔四〕，車馬相馳逐，賓朋好容華〔五〕。陽春孟春月，朝光散流霞〔六〕，輕步逐芳風，言笑弄丹葩〔七〕。暉暉朱顔酡，紛紛織女梭〔八〕，滿堂皆美人，目成對湘娥〔九〕，雖謝侍君閒，明妝帶綺羅〔一〇〕。筝笛更彈吹，高唱相追和〔一一〕。萬曲不關心，一曲動情多〔一二〕，欲知情厚薄，更聽此聲過。

〔一〕〔增補〕樂府詩集此屬雜曲歌辭。

〔二〕古詩：「四坐且莫喧，願聽歌一言。」〔增補〕樂府詩集注：「『莫』，一作『勿』。」

〔三〕班固東都賦：「子徒習秦阿房之造天，而不知京洛之有制。」〔補注〕漢書汲黯傳：「黯入請見高門。」注：「三輔黄圖：『未央宫中有高門殿也。』」下故云「出入重宮裏」。曹植銅雀臺賦「建高門之嵯峨」即指此殿，與美女篇「高門結重關」異。

〔四〕魏志曹爽傳：「南陽何晏、鄧颺、李勝、沛國丁謐、東平畢軌，明帝以其浮華，皆抑黜之。及爽秉政，乃以晏、颺、謐爲尚書。晏等專政，共分割洛陽野王典農部桑田數百頃，及壞湯沐地，以爲産業。爽飲食衣服，擬於乘輿。尚方珍玩，充牣其家。作窟室，綺疏四周，數與晏等會其中，縱酒作樂。」〔增補〕「友」，宋本作「交」。

〔五〕曹植美女篇：「容華曜朝日。」

〔六〕揚雄甘泉賦：「噏清雲之流霞兮。」

〔七〕左思招隱詩：「丹葩曜陽林。」〔補注〕范寧穀梁傳序：「鼓芳風以扇游塵。」

〔八〕朱顏，見芙蓉賦。正韻：「梭，機杼之屬，所以行緯。」

〔九〕楚辭九歌：「滿堂兮美人，忽獨與余兮目成。」張衡西京賦：「感河馮，懷湘娥。」注：「王逸曰：言堯二女娥皇、女英隨舜不及，墮湘水中，因爲湘夫人。」

〔一〇〕楚辭招魂：「離榭修幕，侍君之閒些。」

〔一一〕急就篇注：「箏，瑟類，本十二絃，今則十三。」風俗通：「笛長四寸，七孔。」陸機演連珠：「臣聞絶節高唱，非凡耳所悲。」〔增補〕宋本及樂府詩集「相追」作「好相」。

〔一二〕〔增補〕樂府詩集「心」作「情」。

【集説】

朱秬堂曰：如説開元、天寶逸事，言外見今之不然也。

代結客少年場行〔一〕

王壬秋曰：結四句近俚。

驄馬金絡頭，錦帶佩吴鉤〔二〕。失意杯酒間，白刃起相讎〔三〕。追兵一旦至，負劍遠行遊〔四〕。去鄉三十載，復得還舊丘〔五〕。升高臨四關，表裏望皇州〔六〕。九衢平若水，雙闕似雲浮〔七〕。扶宫羅將相，夾道列王侯〔八〕。日中市朝滿，車馬若川流〔九〕。擊鐘陳鼎食，方駕自相求〔一〇〕。今我獨何爲？埳壈懷百憂〔一一〕！

【補集説】

〔一〕録李善注。曹植結客篇曰：「結客少年場，報怨洛北芒。」范曄後漢書曰：「祭遵嘗爲部吏所侵，結客報之也。」〔補注〕郭茂倩樂府解題曰：「結客少年場行，言輕生重義，慷慨以立功名也。廣題曰：『漢長安少年殺吏，受財報仇，相與探丸爲彈。探得赤丸，斫武吏。探得黑丸，殺文吏。尹賞爲長安令，盡捕之。長安中爲之歌曰：何處求子死？桓東少年場。生時諒不謹，枯骨復何葬。按結客少年場，言少年時結任俠之客爲遊樂之場，終而無成，故作此曲也。』」〔增補〕樂府詩集此屬雜曲歌辭。

〔二〕古日出東南行曰：「黄金絡馬頭，觀者滿道旁。」禮記曰：「居士錦帶。」吴都賦曰：「吴鉤越棘。」〔增補〕梁章鉅文選旁證：「注『日出東南行』，『南』下當有『隅』字。」按：吴越春秋：「闔閭既寶莫邪，復命國中作金鉤。」故曰吴鉤。沈括曰：「吴鉤，刀名也，刀彎，今南蠻用之，謂之葛黨刀。」

〔三〕桓範世要論曰：「觴酌遲速，使用失意。」淮南子曰：「今有美酒嘉肴，以相賓饗，争盈爵之間，乃反爲鬥而相傷，三族皆怨。」

〔四〕追兵，謂捕己也，遠行以避之也。范曄後漢書曰：「世祖會追兵至。」燕丹太子：「聽秦王姬人鼓琴，琴聲曰：『鹿盧之劍，可負而拔。』」〔增補〕胡克家文選考異：「注『燕丹太子』，案『太』字不當有。陳景雲云『燕丹子，書名』是也。載隋志。」

〔五〕廣雅曰：「丘，居也。」

〔六〕陸機洛陽記曰：「洛陽有四關，東爲城皋，南伊闕，北孟津，西函谷。」表裏，猶内外也。左氏傳：「子犯曰：表裏山河。」〔增補〕樂府詩集注：「『關』，一作『塞』。」胡克家文選考異：「注『東爲城皋』，何校『城』改『成』，陳同。各本皆誤。」

〔七〕「衢」，善作「塗」。周禮曰：「匠人營國，傍三門，國中九經九緯。」鄭玄曰：「經緯，塗也。」莊子曰：「平者，水停之盛也，其可以爲法也。」古詩曰：「雙闕百餘尺。」史記曰：「三神山黄金白銀爲宫闕，望之如雲。」崔駰達旨曰：「冠蓋雲浮。」〔增補〕「衢」，宋本作「塗」。

〔八〕漢書曰：「宣帝登長平阪，王侯迎者夾道陳也。」〔補注〕文選六臣注李周翰曰：「扶，亦夾也。羅，亦列也。皆王侯將相之宅。」〔增補〕許巽行文選筆記：「何云：『扶宮，未詳所出。』説文：『扶，左也。』此言九塗雙闕，皆有將相王侯之居扶左夾輔也。」

〔九〕周易曰：「日中爲市，致天下之人，聚天下之貨。」張協禊飲賦曰：「車馬膠葛，川流波亂。」〔增補〕孫志祖文選考異：「圓沙本云：『張本無此二句。』」

〔一〇〕左氏傳曰：「宋左師每食擊鐘。聞鐘聲，公曰：『夫子將食。』」家語曰：「子路南游於楚，積粟萬鍾，列鼎而食。」鄭玄儀禮注曰：「方，併也。」古詩曰：「冠帶自相索。」〔補注〕後漢書馬防傳：「臨洮道險，車騎不得方駕。」

〔一一〕嵇康憂憤詩曰：「子獨何爲？」楚辭曰：「坎壈兮貧士失職而志不平。」又曰：「惟鬱鬱之憂獨兮，志坎壈而不違。」王逸曰：「坎壈，不遇貌也。」毛詩曰：「我生之後，逢此百憂。」〔增補〕樂府詩集「埳壈」作「轗軻」。按「升高臨四關」以下至末，全模古詩青青陵上柏。

【集説】

方虛谷曰：此詩專指洛陽，雙闕者，南北宮，乃秦始皇所創。「九塗平若水，雙闕似雲浮」，此亦古詩蹉對句法。

吴伯其曰：「去鄉三十載」，一篇關鎖，全在此句。人生百年耳。前三十年爲少，少之時，以好俠費。中三十年爲壯，壯之時，以亡命費。末三十年雖得歸，又以老費。亡命凡三十載，此三十載中，正是壯年有爲時候，試問此三十年中無所爲乎？歸家而嘆，正嘆此三十年間不得有爲，或爲而未成耳。「升高」云云，亦是去鄉三十年中，時勢人情盡變，今之將相王侯，非昔之將相王侯矣。曰扶羅，曰夾列，何王侯將相之多乎？我獨不能取此，所以百憂交集也。

方植之曰：詞氣壯麗。「升高」以下，爲盱豫之悔，亦所以爲諷也。

【補集説】

王船山曰：滿篇譏訶，一痕不露。

王壬秋曰：起突出奇語，雖微持鞅，而氣自壯。

鮑參軍集卷四

歸安錢振倫楞仙注
順德黄節補注集説
錢仲聯增補注補集説

樂府

扶風歌〔一〕

昨辭金華殿，今次雁門縣〔二〕。寢臥握秦戈，棲息抱越箭〔三〕。忍悲别親知，行泣隨征傳〔四〕。寒煙空徘徊，朝日乍舒卷。

〔一〕劉琨扶風歌李善注：「集云：『扶風歌九首。』然以兩韻爲一首，今此合之，蓋誤。」〔補注〕劉琨扶風歌九首。其第一首：「朝發廣莫門，暮宿丹水山。左手彎繁弱，右手揮龍淵。」此篇前四句擬之。其第四首：「揮手長相謝，哽咽不能言。浮雲爲我結，飛鳥爲我旋。」此篇後四句擬之。劉詩九首中同韻者三首。明遠此篇亦應分兩首，不能因其同韻而合之。吾意明遠擬作，亦有九首，特今存二首耳。〔增補〕此篇宋本無。

〔二〕漢書叙傳：「時上方鄉學，鄭寬中、張禹朝夕入説尚書、論語于金華殿中。」雁門，見蕪城賦。〔補注〕漢書地理志：「雁門郡，秦置。」案：秦置郡後，至隋始置雁門縣。宋書州郡志無雁門縣。沈約云：「地理參差，其詳難舉，實由名號驟易，千回百改，不注置立，史闕也。」據此篇所言，或宋時曾置縣歟？

〔三〕詩秦風：「王于興師，脩我戈矛。」爾雅：「東南之美者，有會稽之竹箭焉。」

〔四〕説文：「傳，遽也。驛遞曰傳。」

代少年時至衰老行

憶昔少年時，馳逐好名晨〔一〕。結友多貴門，出入富兒鄰〔二〕。綺羅艷華風，車馬自揚塵，歌唱青齊女，彈筝燕趙人〔三〕，好酒多芳氣，餚味厭時新〔四〕。今日每相念，此事邈無因。寄語後生子，作樂當及春〔五〕。

〔一〕〔補注〕釋名：「名，明也。」淮南子：「日出于暘谷，浴於咸池，拂於扶桑，是謂晨明。」

〔二〕古詩爲焦仲卿妻作：「謝家來貴門。」

〔三〕史記齊太公世家正義：「括地志云：『天齊池在青州臨淄縣東南十五里。』封禪書云：『齊之所以爲齊者，以天齊也。』」陸機吴趨行：「齊娥且莫謳。」古詩：「彈筝奮逸響，新聲妙入神。」又：「燕趙多佳人，美者顏如玉。」〔增補〕「齊」，宋本作「琴」。

〔四〕廣韻：「凡非穀而食曰肴。餚，與肴同。」

〔五〕古詩：「爲樂當及時，何能待來兹。」〔補注〕論語：「後生可畏，焉知來者之不如今也？」

代陽春登荆山行〔一〕

旦登荆山頭，崎嶇道難遊〔二〕，早行犯霜露，苔滑不可留〔三〕。極眺入雲表，窮目盡帝州〔四〕，方都列萬室，層城帶高樓〔五〕。奕奕朱軒馳，紛紛縞衣流〔六〕。日氛映山浦，暄霧逐風收〔七〕。花木亂平原，桑柘綿平疇〔八〕，攀條弄紫莖，藉露折芳柔〔九〕。遇物雖成趣，念者不解憂〔一〇〕，且共傾春酒，長歌登山丘〔一一〕。

〔一〕〔增補〕宋本注：「『荆』，一作『京』。」

〔二〕十道山川考：「山海經：『荆山，漳水出焉。而東南流注于睢。』睢，與沮同。禹貢『荆及衡陽惟荆州』，即此山，卞和得玉之處。」張衡南都賦：「下蒙蘢而崎嶇。」〔增補〕水經：「漳水出臨沮縣東荆山。」注：「荆山，在景山東一百餘里。」方輿紀要：「荆山在今南漳縣西北八十里。」

〔三〕左傳：「蒙犯霜露。」孫綽遊天台山賦：「踐莓苔之滑石。」

〔四〕張衡西京賦：「承雲表之清露。」

〔五〕淮南子：「崑崙山有層城九重。」〔補注〕史記魏世家：「蘇代謂韓咎曰：『公何不令楚王築萬室之都雍氏之旁？』」

〔六〕詩：「奕奕梁山。」傳：「奕奕，大也。」後漢書陳忠傳：「朱軒駢馬，相望道路。」李斯上秦始皇書：「阿縞之衣。」〔補注〕詩鄭風：「縞衣綦巾。」毛傳：「縞衣，白色男服。」流，謂流品也。〔增補〕「縞」，宋本作「高」。

〔七〕玉篇：「氛，氣也。」〔增補〕「氛」，宋本作「氣」。

〔八〕司馬相如上林賦：「𨄅丘陵，下平原。」陶潛懷古田舍詩：「平疇交遠風。」〔增補〕「綿」，宋本作「盈」。

〔九〕古詩：「攀條折其榮。」楚辭九歌：「秋蘭兮青青，緑葉兮紫莖。」〔補注〕説文：「柔，木曲直也。」

〔一〇〕陶潛歸去來辭：「園日涉以成趣。」〔補注〕魏武帝詩：「何以解憂？惟有杜康。」

〔一一〕詩：「爲此春酒。」

代貧賤苦愁行

湮没雖死悲，貧苦即生劇〔一〕，長嘆至天曉，愁苦窮日夕。盛顔當少歇，鬢髮先老白，親友四面絶，朋知斷三益〔二〕。空庭慚樹萱，藥餌愧過客〔三〕。貧年忘日時，黯顔就人惜〔四〕，俄頃不相酬，恧怩面已赤〔五〕。或以一金恨，便成百年隙〔六〕。心爲千條計，事未見一獲〔七〕。運圮津塗塞，遂轉死溝洫〔八〕，以此窮百年，不如還窀穸〔九〕。

〔一〕〔補注〕史記伯夷列傳：「岩穴之士，趨舍有時，若此類，名湮滅而不稱，悲夫！」湮滅，湮没同。

〔二〕阮籍詠懷詩：「嘉賓四面會。」〔補注〕論語：「益者三友：友直、友諒、友多聞，益矣。」

〔三〕詩：「焉得諼草，言樹之背。」説文：「餌，粉餅也。」〔補注〕「藥」，當作「樂」。老子：「樂與餌，過客止。」

〔四〕説文：「黯，深黑也。」

〔五〕方言：「山之東西，自愧曰恧。」説文：「忸怩，慙也。」

〔六〕班彪王命論：「夫餓饉流隸，飢寒道路，思有短褐之襲，擔石之蓄，所願不過一金，終於轉死溝壑。」廣韻：「隙，怨也。」

〔七〕史記淮陰侯傳：「智者千慮，必有一失；愚者千慮，必有一得。」

〔八〕蜀志：「許靖與曹公書曰：『袁術方命圮族，津塗四塞。』」周禮：「十夫有溝，百夫有洫。」〔補注〕説文：「圮，毁也。」

〔九〕左傳注：「窀，厚也。穸，夜也。言穴中厚暗如長夜也。一曰：長埋謂之窀，長夜謂之穸。」

【集説】

陳胤倩曰：運語極拙，述情頗盡。漢、魏人顧自有此一種，如趙壹、程曉皆是。句寧拙澀，然自老，必無弱調及强押韻不可解處。

代邊居行

少年遠京陽，遥遥萬里行〔一〕。陋巷絶人徑，茅屋摧山岡〔二〕，不覩車馬迹，但見麋鹿場〔三〕，長松何落落，丘隴無復行〔四〕。邊地無高木，蕭蕭多白楊〔五〕，盛年日月盡，一去萬恨長〔六〕。悠悠世中人，争此錐刀忙〔七〕，不憶貧賤時，富貴輒相忘〔八〕。紛紛徒滿目，何關慨予傷。不如一畝中，高會挹清漿〔九〕，遇樂便作樂，莫使候朝光〔一〇〕。

〔一〕潘岳金谷集詩：「朝發晉京陽，夕次金谷湄。」〔增補〕「京」，宋本注：「一作『荆』。」「行」，宋本作「方」。

〔二〕爾雅：「山脊，岡。」

〔三〕詩：「町疃鹿場。」〔補注〕陶潛詩：「結廬在人境，而無車馬喧。」

〔四〕孫綽遊天台山賦：「蔭落落之長松。」

〔五〕古詩：「白楊多悲風，蕭蕭愁煞人。」

〔六〕蘇武詩：「盛年行已衰。」〔補注〕秦嘉贈婦詩：「一別懷萬恨。」

〔七〕左傳：「錐刀之末，將盡爭之。」

〔八〕見驃騎表。

〔九〕禮記：「儒有一畝之宮。」漿，見園葵賦注。〔補注〕詩：「維北有斗，不可以挹酒漿。」

〔一〇〕〔補注〕古詩：「爲樂當及時，何能待來茲。」

代邽街行〔一〕

竚立出門衢，遥望轉蓬飛〔二〕，蓬去舊根在，連翩逝不歸〔三〕。念我捨鄉俗，親好久乖違，慷慨懷長想，惆悵戀音徽〔四〕。人生隨事變，遷化焉可祈〔五〕？百年難必果，千慮易盈虧〔六〕。

〔一〕一作去邪行。漢書地理志：「隴西郡有上邽縣。」又：「京兆尹有下邽縣。」〔補注〕謝惠連却東西門行云：「慷慨發相思，惆悵戀音徽。四節競闌候，六龍引頹機。人生隨時變，遷化焉可祈。百年難必保，千慮盈懷之。」惠連爲彭城王法曹參軍時，文帝元嘉元年。卒年三十七，當是元嘉中葉。明遠卒於臨海王子頊之難，乃在明帝之初，相去不啻三十年。意此篇明遠擬惠連也。

〔二〕詩：「佇立以泣。」爾雅：「四達謂之衢。」轉蓬，見京洛篇。〔補注〕魏武帝却東西門行：「田中有轉蓬，隨風遠飄揚，長與故根絶，萬歲不自當。」

〔三〕曹植白馬篇：「連翩西北馳。」〔補注〕曹植吁嗟篇：「飄颻周八澤，連翩歷五山。」

〔四〕〔補注〕陸機擬古詩：「音徽日夜離。」

〔五〕魏志劉廙傳：「兄望之投傳告歸。廙曰：『兄既不能法柳下惠和光同塵於内，則宜模范蠡遷化於外。』」〔補注〕詩序：「國史明乎得失之迹，吟詠性情，以風其上，達於事變，而懷其舊俗者也。」〔增補〕宋本「事」作「時」。

〔六〕千慮，見貧賤苦愁行。

蕭史曲〔一〕

蕭史愛長年，嬴女悉童顔〔二〕。火粒願排棄，霞霧好登攀〔三〕。龍飛逸天路，鳳起出秦關〔四〕。身去長不返，簫聲時往還。

〔一〕此篇又見張茂先集。蕭史，見昇天行注。〔增補〕宋本題作詠蕭史。樂府詩集此屬清商曲辭。

〔二〕史記秦本紀：「秦之先帝，顓頊之苗裔。大費佐舜調馴鳥獸，是爲柏翳。舜賜姓嬴氏。」〔補注〕説文：「吝，惜也。」俗作「悋」。廣韻：「俗作『恡』。」〔增補〕宋本及樂府詩集「長」作「少」。

〔三〕禮記王制注：「不火食，地氣暖，不爲病。不粒食，地氣寒，少五穀。」〔增補〕樂府詩集「霧好」作「好忽」。

〔四〕枚乘樂府詩：「美人在雲端，天路隔無期。」史記蘇秦傳：「秦，四塞之國也。」正義：「東有黄河，有函谷、蒲津、龍門、合河等關；南有南山及武關、嶢關；西有大隴山及隴山關、大震、烏蘭等關；北有黄河南塞。」〔補注〕離騷：「爲余駕飛龍兮，雜瑶象以爲車。」又：「吾令鳳皇飛騰兮，又繼之以日夜。」王逸楚辭章句序：「虯龍鸞鳳，以託君子。」

王昭君〔一〕

既事轉蓬遠，心隨雁路絶〔二〕。霜鞞旦夕驚，邊笳中夜咽〔三〕。

〔一〕琴操：「昭君在匈奴，恨帝始不見遇，作怨思之歌，後人名爲昭君怨。」石崇王明君辭序：「王明君者，本是王昭君，以觸文帝諱，改之。匈奴盛請婚於漢，元帝以後宫良家子明君配焉。昔公主嫁烏孫，令琵琶馬上作樂，以慰其道路之思。其送明君，亦必爾也。其造新之曲，多哀怨之聲。故叙之於紙云爾。」〔增補〕樂府詩集此屬相和歌辭吟嘆曲，引古今樂録曰：「張永元嘉技録，有吟嘆四曲，一曰大雅吟，二曰王明君，三曰楚妃嘆，四曰王子喬。大雅吟、王明君、楚妃嘆，並石崇辭。王子喬古辭。王明君一曲，今有歌。大雅吟、楚妃嘆二曲，今無能歌者。」

〔二〕轉蓬，見京洛篇注。

〔三〕釋名：「鞞，助也，裨助鼓節。」宋書樂志：「杜摯笳賦云：『李伯陽入西戎所造。』」〔補注〕鞞乃鼙之借字。説文：「鼙，騎鼓也。」跨馬爲騎。鼙有四足，搘箸於地，若人之跨馬然，故曰騎鼓。此篇所用是也。〔增補〕「鞞」，宋本作「輝」。

吴歌三首〔一〕

夏口樊城岸，曹公卻月戍〔二〕。但觀流水還，識是儂流下〔三〕。

〔一〕郭茂倩樂府詩集收其三，題前標清商曲辭。通典：「吴歌雜曲，並出江東，晉、宋以來，稍有增廣。」〔增補〕宋本「三」作「二」。

〔二〕魏志武帝紀：「建安十三年秋七月，公南征劉表。八月，表卒，其子琮代，屯襄陽。劉備屯樊。九月，公到新野，琮遂降。備走夏口。公進軍江陵，下令荆州吏民，與之更始。」水經注：「沔左有卻月城，亦曰偃月壘。」地理通釋：「洪氏曰：八陣魁六十有四，重易之卦也。卻月魁二十有四，作易之畫也。畫起於圓而神，故卻月之形圓。卦定於方以知，故八陣之體方。」〔補注〕水經注：「江水又東，得豫章口，夏水所通也。」又曰：「江之右岸當鸚鵡洲南，有江水右迤，謂之驛渚。三月之末，水下通樊口水。」

〔三〕〔增補〕此首宋本無。

夏口樊城岸，曹公卻月樓〔一〕。觀見流水還，識是儂淚流〔二〕。

〔一〕〔補注〕樓，謂戍樓也。〔增補〕宋本「曹」作「魯」。

〔二〕〔補注〕觀，疑歡之誤，謂所歡也。

人言荆江狹，荆江定自闊〔一〕。五兩了無聞，風聲那得達〔二〕。

〔一〕〔補注〕水經注：「江水又東，逕江陵縣故城南。禹貢：『荆及衡陽惟荆州。』蓋即荆山之稱而制州名矣。江陵地東南傾，故緣以金隄，自靈溪始。江津戍南對馬頭岸，北對大岸，謂之江津口，江大自此始也。江水至江津，非方舟避風，不可涉也。」詩所謂狹闊之義，蓋指此。

〔二〕郭璞江賦：「覘五兩之動靜。」注：「許慎淮南子注曰：『綄，候風也，楚人謂之五兩也。』」

〔增補〕「兩」，宋本作「雨」。

【集説】

陳胤倩曰：落落不近，去唐自遠。

採菱歌七首〔一〕

鶩舲馳桂浦，息棹偃椒潭〔二〕，簫弄澄湘北，菱歌清漢南〔三〕。

〔一〕古今樂録：「採菱曲和云：『菱歌女，解佩戲江陽。』」〔補注〕爾雅翼：「吴、楚之風俗，當菱熟時，士女子相與採之，故有採菱之歌以相和，爲繁華流蕩之極。」〔增補〕樂府詩集此屬清商曲辭江南弄。

〔二〕楚辭注：「舲，船有窗牖者也。」釋名：「在旁撥水曰棹。」〔補注〕桂浦椒潭，不必指地名，亦離騷「申椒菌桂」之義。九歌「鼂馳鶩兮江皋，夕弭節兮北渚」，意並仿之。

〔三〕王褒洞簫賦：「時奏狡弄。」爾雅：「漢南曰荆州。」湘，見與妹書。〔增補〕樂府詩集注：「一作『弄絃瀟湘北，歌菱清漢南』。」

【集説】

王船山曰：益平益遠，小詩之聖證也。

弭榜搴蕙荑，停唱紉薰若〔一〕，含傷捨泉花，營念採雲萼〔二〕。

〔一〕楚辭注：「弭，按也。」又：「榜，船櫂也。」又：「搴，取也。」又：「蕙，香草也。」又：「紉，索也。」又：「若，杜若也。」晉書郭璞傳：「蘭荑争翹。」説文：「薰，香草也。」〔增補〕樂府詩集「紉」作「納」。

〔二〕萼，見芙蓉賦注。〔補注〕宋本「捨」作「拾」。泉花，即指菱花。曰泉花者，猶本集秋夜詩之「泉卉」也，皆明遠自造詞。張衡西京賦：「浮鷁首，翳雲芝。」薛綜注：「畫芝草及雲氣，以爲船覆飾也。」此亦言船幔所畫之雲華，故曰營念。〔增補〕宋本及樂府詩集「捨」作「拾」，「營」作「縈」。

睽闊逢暄新，悽怨値妍華，秋心不可盪，春思亂如麻〔一〕。

〔一〕左傳：「楚武王入告夫人鄧曼曰：『余心蕩。』」〔補注〕玉篇：「暄，春晚也。」菱秋熟，在水不移，故曰秋心不可盪。由秋以溯春，故曰睽闊，故曰春思。麻在水中，如詩之漚麻，皆眼前之物。〔增補〕樂府詩集「不可盪」作「殊不那」。

要艷雙嶼裏，望美兩洲間〔一〕，裹裹風出浦，容容日向山〔二〕。

〔一〕嶼，見遊思賦。洲，見與妹書。〔補注〕曹植洛神賦：「解玉佩以要之。」李善注：「要，屈也。」廣雅：「要，約也。」楚辭九歌：「望美人兮未來。」

〔二〕說文：「褭，以組帶馬也。」韻會：「褭，或作裊。」楚辭九歌：「嫋嫋兮秋風。」六書故：「嫋，與裊通。」疑「嫋」書作「裊」，而又轉作「褭」耳。楚辭九歌：「表獨立兮山之上，雲容容兮而在下。」〔增補〕樂府詩集「褭褭」作「裊裊」，「容容」作「沈沈」。

【集説】

王船山曰：語脈如淡煙縈空，寒光表裏。王江寧極意學此，猶覺斂舒未順。

煙曀越嶂深，箭迅楚江急〔一〕，空抱琴中悲，徒望近關泣〔二〕。

〔一〕爾雅：「陰而風爲曀。」慎子：「河下龍門，流駛如竹箭，駟馬追之不及。」〔增補〕樂府詩集「曀」作「噎」。

〔二〕左傳：「從近關出。」〔補注〕左傳：「衛獻公戒孫文子、寧惠子食，皆服而朝，日旰不召，而射鴻于囿。二子從之。不釋皮冠而與之言，二子怒。孫文子如戚，孫蒯入，公飲之酒，使大師歌巧言之卒章。大師辭，師曹請爲之。初，公有嬖妾，使師曹誨之琴。師曹鞭之，公怒，鞭師曹三百。故師曹欲歌之以怒孫子，以報公。公使歌之，遂誦之。蒯懼，告文子。文子曰：『君忌我矣。弗先，必死。』并帑於戚，而入見蘧伯玉曰：『君之暴虐，子所知也。大懼社稷之傾覆，將若之何？』對曰：『君制其國，臣敢奸之？雖奸之，庸知愈乎？』遂行，從近關出。」孔疏曰：「周禮司關注云：『關，界上之門也。』衛都不當竟中，其界有遠有近。欲速出竟，故從近關出也。」明遠此篇，蓋感事而作。〔增補〕樂府詩集「中」作「心」，「近關」作「弦開」。

緘嘆淩珠淵，收慨上金堤〔一〕，春芳行歇落，是人方未齊〔二〕。

〔一〕莊子：「藏珠於淵。」司馬相如子虛賦：「相與獠於蕙圃，媻姍教窣，上乎金隄。」

〔二〕〔補注〕楚辭九章：「蘋蘅槁而節離兮，芳以歇而不比。」杜預左氏傳注曰：「歇，盡也。」文選李善注：「行，猶且也。」又曰：「比，合也。」齊，猶比也。詩小雅：「比物四驪。」鄭注云：「毛馬齊其色，物馬齊其力。」以比釋齊。未齊，言人不能與春芳比也。

思今懷近憶，望古懷遠識，懷古復懷今，長懷無終極〔一〕。

〔一〕〔補注〕國語：「范蠡遂乘輕舟以浮於五湖，莫知其所終極。」〔增補〕「無終」，宋本作「終無」。

【集説】

王船山曰：王維輞川詩從此出。按：右丞輞川集詩：「來者復爲誰？空悲昔人有。」又：「上下華子岡，惆悵情何極？」船山所指，蓋謂此也。

幽蘭五首〔一〕

傾輝引暮色，孤景留思顔〔二〕。梅歇春欲罷，期渡往不還〔三〕。

〔一〕宋玉諷賦：「臣嘗出行，正值主人門開，主人翁出，嫗又到市，獨有主人女在，置臣蘭房之中。臣授琴而鼓之，爲幽蘭白雪之曲。」〔增補〕樂府詩集此屬琴曲歌辭。

〔二〕曹植洛神賦：「日既西傾。」〔補注〕離騷：「時曖曖其將罷兮，結幽蘭而延佇。」〔增補〕樂府詩集「留思」作「留恩」。

〔三〕梅歇，猶芳歇，見採菱歌。期渡，猶期逝。詩：「期逝不至。」楚辭九歌：「出不入兮往不反。」

簾委蘭蕙露，帳含桃李風。攬帶昔何道？坐令芳節終〔一〕。

〔一〕陸機擬古詩：「攬衣有餘帶。」芳節，見悲哉行。〔補注〕離騷：「時繽紛其變易兮，又何可以淹留？蘭芷變而不芳兮，荃蕙化而爲茅。何昔日之芳草兮，今直爲此蕭艾也。」昔何道，謂時既變易，物亦不芳，無可再言也。謝玄暉詩：「無言蕙草歇。」亦是此意。

【補集説】王船山曰：風雅絶世。

結佩徒分明，抱梁輒乖忤〔一〕。華落不知終，空坐愁相誤〔二〕。

〔一〕楚辭離騷：「解佩纕以結言兮，吾令蹇修以爲理。」莊子：「尾生與女子期於梁下，女子不來，水至不去，抱梁柱而死。」漢書孝成許皇后傳：「輕細微渺之漸，必生乖忤之患。」

〔二〕陸雲爲顧彦先贈婦詩：「華落理必賤。」〔補注〕結佩，禮也。抱梁，信也。禮信不察。離騷：「悔相道之不察兮，延佇乎吾將反。回朕車以復路兮，及行迷之未遠。」王逸注：「迷，誤也。」明遠蓋用此意。〔增補〕宋本及樂府詩集「不知」作「知不」，宋本「坐愁」作「愁坐」。

眇眇蛸掛網，漠漠蠶弄絲〔一〕。空慙不自信，怯與君晝期〔二〕。

〔一〕釋名：「眇，小也。」詩：「蠨蛸在户。」傳：「蠨蛸，長踦也。」疏：「郭璞曰：小蜘蛛長腳者，俗呼爲喜子。陸機云：一名長腳，荆州、河内人謂之喜母。此蟲來著人衣，當有親客至，有喜也。幽州人謂之親客，亦如蜘蛛，爲羅網居之，是也。」陸機詩：「街巷紛漠漠。」

〔二〕〔補注〕楚辭九章：「昔君與我成言兮，曰黄昏以爲期。羌中道而回畔兮，反既有此他志。」蠨蛸見喜，蠶絲不斷，物徵如是，猶不自信。蓋與君所期，恐有中變也。漢書鄒陽傳注：「師古曰：晝，計也，音獲。」〔增補〕「晝」，宋本作「劃」。樂府詩集「晝」作「盡」，注：「一作『劃』。」

陳國鄭東門，古今共所知〔一〕。長袖暫徘徊，駟馬停路歧〔二〕。

〔一〕毛詩陳譜：「帝舜之後，有虞閼父者，爲周武王陶正。武王封其子嬀滿於陳，都於宛丘之側，是曰陳胡公，妻以元女太姬。其封域在禹貢豫州之東。太姬無子，好巫覡禱祈鬼神歌舞之樂，民俗化而爲之。」按：陳風有東門之枌、東門之池、東門之楊，鄭風有出其東門。此或攢簇用之。〔補注〕陳風東門之詩凡三。鄭風東門之詩凡二。詩毛傳：「陳國十篇」，而於東門之枌傳曰：「國之交會，男女之所聚。」於鄭風東門之墠傳曰：「東門，城東門也。男女之際近而易，則如東門之墠。」據傳，陳、鄭東門，皆男女相聚之地。

〔二〕長袖，見芙蓉賦。淮南子：「伯牙鼓琴，駟馬仰秣。」列子：「歧路之中，又有歧焉。」〔補注〕辛延年羽林郎：「長裾連理帶，廣袖合歡襦。不意金吾子，娉婷過我廬。銀鞍何煜爚，翠蓋空踟躕。」長袖徘徊，駟馬停路，蓋本羽林郎意。

中興歌十首〔一〕

千冬遲一春，萬夜視朝日〔二〕，生平值中興，歡起百憂畢〔三〕。

〔一〕詩序：「蒸民，尹吉甫美宣王也。任賢使能，周室中興焉。」此頌文帝。注詳河清頌。〔增補〕樂府詩集此屬雜歌謠辭。或據宋書孝武本紀「元嘉三十年五月，克京城，改新亭爲中興亭」，以爲歌當作于此時。按：歌中無一語及孝武討逆事，仍以頌文帝者爲近。

〔二〕〔補注〕吴旦生曰：「古音云：『遲音滯，待也。』欲速而以彼爲緩曰遲。易曰：『遲歸有時。』後漢書光武詔曰：『思遲直士，側席異聞。』」〔增補〕「遲」，宋本及樂府詩集作「逢」。「視」，宋本作「見」。

〔三〕詩：「無思百憂。」

中興太平運，化清四海樂，祥景照玉臺，紫煙遊鳳閣〔一〕。

〔一〕張衡西京賦：「西有玉臺。」紫煙，見京洛篇。鳳閣，見河清頌。〔補注〕中候握河紀：「堯即政七十年，鳳鳥止庭，伯禹拜曰：昔帝軒提象，鳳巢阿閣。」

碧樓含夜月，紫殿争朝光〔一〕，綵池散蘭麝，風起自生芳〔二〕。

〔一〕晉子夜歌：「碧樓冥初月，羅綺垂新風。」三輔黄圖：「武帝又起紫殿，雕文刻鏤，黼黻以玉飾之。」

〔二〕晉書石崇傳：「婢妾數百人，皆蘊蘭麝，被羅縠。」〔增補〕「池」，宋本及樂府詩集作「墀」。

白日照前窗，玲瓏綺羅中〔一〕。美人掩輕扇，含思歌春風。

〔一〕漢書揚雄傳注：「晉灼曰：瓏玲，明見貌也。」

【集説】

王船山曰：居然是中興歌。茉莒、摽梅，是周家興王景色以此。雖然，非有如許聲情，又安能入於變風哉？學我者拙，似我者死，此之謂也。宋人以意求之，宜其愚也夫！

三五容色滿，四五妙華歇〔一〕，已輸春日歡，分隨秋光没〔二〕。

〔一〕古詩：「三五明月滿，四五詹兔缺。」

〔二〕〔增補〕宋本作「設」。

北出湖邊戲，前還苑中遊〔一〕，飛縠繞長松，馳管逐波流〔二〕。

〔一〕顏延之應詔觀北湖田收詩注：「丹陽郡圖經曰：『樂遊苑，晉時藥園。元嘉中，築隄壅水，名爲北湖。』」

〔二〕宋玉神女賦：「縠，今之輕紗。」

九月秋水清，三月春花滋，千金逐良日，皆競中興時〔一〕。

〔一〕漢書高祖紀：「謹擇良日二月甲午，上尊號。」

窮泰已有分，壽夭復屬天，既見中興樂，莫持憂自煎〔一〕。

〔一〕莊子：「山木自寇也，膏火自煎也。」

襄陽是小地，壽陽非帝城〔一〕，今日中興樂，遥冶在上京〔二〕。

〔一〕漢書地理志：「襄陽縣屬南郡。」注：「在襄水之陽。」古今樂録：「襄陽樂者，宋隨王誕之所作也。誕始爲襄陽郡，元嘉二十六年，仍爲雍州刺史，夜聞諸女歌謡，因而作之。所以歌和中有『襄陽來夜樂』之語也。」宋書武帝紀：「元熙元年正月，詔遣大使徵公入輔。又申前命，進公爵爲王。以徐州之海陵、東海、北譙、北梁，豫州之新蔡，兗州之北陳留，司州之陳郡、汝南、潁川，滎陽十郡增宋國。七月，乃受命，赦國内五歲刑以下，遷都壽陽。」

〔二〕荀子：「美麗姚冶。」班固幽通賦：「有羽儀於上京。」按：此謂建康。〔增補〕宋本及樂府詩集「冶」作「治」。

梅花一時艷，竹葉千年色，願君松柏心，采照無窮極〔一〕。

〔一〕禮記：「如松柏之有心也。」

代白紵舞歌辭四首〔一〕

吴刀楚制爲佩褘〔二〕，纖羅霧縠垂羽衣〔三〕。含商咀徵歌露晞〔四〕，珠履颯沓紈袖飛〔五〕。淒風夏起素雲回〔六〕。車怠馬煩客忘歸〔七〕。蘭膏明燭承夜輝〔八〕。

〔一〕以下七言，録聞人倓注。〔補注〕明遠有奉始興王白紵舞曲啓，宋本附啓詞前，蓋爲始興王濬作也。

〔二〕張華詩：「吴刀鳴手中。」按：神女賦「羅紈綺繢盛文章，極服妙采照萬方」，即所謂楚制者也。韻會：「褘，説文本作『幃』：『囊也，从巾，韋聲。』」徐曰：『爾雅：袚即飾也。字或作褘。』」〔補注〕史記：「叔孫通儒服，漢王憎之，迺變其服，服短衣楚制。」爾雅：「婦人之褘謂之縭。」注：「即今之香纓也。褘邪交落帶繫於體，因名爲褘。」

〔三〕子虛賦：「雜纖羅，垂霧縠。」漢書郊祀志：「五利將軍衣羽衣。」

〔四〕漢書律歷志：「太簇爲商，林鍾爲徵。」毛詩：「湛湛露斯，匪陽不晞。」

〔五〕「履」，作「屣」。史記春申君傳：「上客皆躡珠履。」雪賦：「紈袖慚冶。」〔補注〕朱秬堂曰：「周禮樂師：『凡舞，有帗舞，有羽舞，有皇舞，有旄舞，有干舞，有人舞。』鄭康成曰：『人舞無所執，以手袖爲威儀。』此白紵舞，亦人舞之遺制。」

〔六〕陸機賦：「淒風愴其鳴條。」修真入道秘言：「立春日有三素飛雲。」

〔七〕洛神賦：「車怠馬煩。」

〔八〕楚辭：「蘭膏明燭，華容備些。」〔增補〕楚辭招魂王逸注：「蘭膏，以蘭香煉膏也。」

桂宮柏寢擬天居〔一〕，朱爵文窗韜綺疏〔二〕，象牀瑤席鎮犀渠〔三〕，雕屏匼匝組帷舒〔四〕。秦筝趙瑟挾笙竽〔五〕，垂璫散佩盈玉除〔六〕。停觴不御欲誰須〔七〕？

〔一〕三輔黃圖：「桂宮在未央宮北。」韓非子：「景公與晏子從少海登柏寢之臺。」〔補注〕蔡邕述行賦：「皇家赫赫而天居。」〔增補〕樂府詩集注：「『寢』，一作『梁』。」

〔二〕博物志：「王母降於九華殿，東方朔竊從殿南廂朱鳥牖中窺母。」廣韻：「韜，藏也。」後漢書梁冀傳：「窗牖皆有綺疏青瑣。」〔增補〕「綺」，宋本作「碧」。

〔三〕戰國策：「孟嘗君至楚，獻象牀。」楚辭：「瑶席兮玉瑱。」國語：「奉文犀之渠。」注：「甲也。」

〔四〕「帷」，一作「帳」。鄒陽酒賦：「坐列雕屏。」韻會：「匼匝，周繞貌。」吴都賦：「張組帷，构流蘇。」〔增補〕樂府詩集「匼」作「鉿」。宋本「匼」作「合」。

〔五〕李斯上秦始皇書：「夫擊甕叩缶，彈箏搏髀，而歌嗚嗚者，真秦之聲也。」楊惲報孫會宗書：「婦趙女也，雅善鼓瑟。」説文：「笙十三簧，象鳳之身也。正月之音，物生，故謂之笙。」博雅：「竽象笙，三十六管，宮管在中央。」

〔六〕曹植詩：「凝霜依玉除。」〔振倫注〕洛神賦注：「服虔通俗文曰：『耳珠曰璫。』」〔增補〕樂府詩集注：「『珮』，一作『綬』。」

〔七〕〔補注〕蔡邕獨斷：「御者，進也。凡衣服加於身，飲食適於口，妃妾接於寢，皆曰御。」

【集説】

王船山曰：一氣四十二字，平平衍序。終以七字，於悄然暇然中遂轉遂收，氣度聲情，吾不知其何以得此也？

【補集説】

王船山曰：其妙都在平起，平故不迫急轉抑。前無發端，則引人入情處，澹而自遠，微而弘，收之促切而不短，用氣之妙有如此者。嗚呼！安得知用氣者而與言詩哉！

三星參差露霑溼〔一〕，絃悲管清月將入，寒光蕭條候蟲急〔二〕。荆王流嘆楚妃泣〔三〕，紅顔難長時易戢〔四〕。凝華結藻久延立〔五〕，非君之故豈安集〔六〕？

〔一〕毛詩：「三星在天。」〔增補〕「參差」，宋本作「差池」。

〔二〕候蟲，應候之蟲。〔振倫注〕楚辭：「山蕭條而無獸兮。」

〔三〕笙賦：「荆王喟其長吟，楚妃嘆而增悲。」

〔四〕廣韻：「戢，止也。」

〔五〕〔增補〕「藻」，宋本作「繅」。

〔六〕漢書曹參傳：「齊國安集。」〔補注〕詩邶風：「微君之故，胡爲乎中露？」

【集説】

王船山曰：較有推排，而神光無損。

池中赤鯉庖所捐，琴高乘去騰上天〔一〕。命逢福世丁溢恩〔二〕，簪金藉綺升曲筵〔三〕。思君厚德委如山〔四〕，潔誠洗志期暮年〔五〕。烏白馬角寧足言〔六〕！

〔一〕魏都賦：「琴高沈水而不濡，時乘赤鯉而周旋。」〔補注〕列仙傳：「琴高者，趙人也。浮游冀州二百餘年，後辭入碭水中取龍子。與諸弟子期。期日，皆絜齊侍於傍，設屋祠。果乘赤鯉來，出坐祠中，留一月，復入水去。」〔增補〕樂府詩集「去」作「雲」。宋本「騰」作「飛」。

〔二〕「命逢福世」，一作「徼命逢福」。釋詁：「丁，當也。」按：溢恩，逾量之恩也。〔補注〕史記袁盎傳：「太史公曰：盎遭孝文初立，資適逢世，時以變易。」

〔三〕簪金藉綺，猶所謂紆青拖紫也。儀禮：「冠者升筵坐。」

〔四〕委，輸也。言所輸之恩厚如山也。〔增補〕「思君恩厚」，宋本作「恩厚德深」。

〔五〕〔補注〕搜神記：「泰山之東，有醴泉，其形如井，本體是石也。取欲飲者，皆洗心志，跪而挹之，則泉出如飛，多少足用。若或污漫，則泉止焉。」

〔六〕史記索隱：「燕丹求歸，秦王曰：『烏頭白，馬生角，乃許耳。』丹仰天嘆，烏頭即白，馬亦生角。」按：此照以赤鯉自况，而寓其感恩之意，云必將有以報之也。

【集説】

王船山曰：涓涓潔潔，裁此短章，頓挫沿洄，遂已盡致。自非如此，亦安貴有七言哉？七言之制，斷以明遠爲祖。何？前雖有作者，正荒忽中鳥逕耳。明遠于此，實已範圍千古。故七言不自明遠來，皆荑稗而已。由歌行而近體，則有杜易簡。由近體而絶句，則有劉夢得。淵源不昧，元唱相仍。若杜甫夔州以降，洎于元、白、温、李，更不知其宗風嗣阿誰矣！

代白紵曲二首〔一〕

朱脣動，素腕舉〔二〕，洛陽年少邯鄲女〔三〕。古稱渌水今白紵〔四〕，催絃急管爲君舞〔五〕。窮秋九月荷葉黄，北風驅雁天雨霜。夜長酒多樂未央〔六〕。

〔一〕玉臺新詠作代白紵歌辭。録吴兆宜注。晉樂志：「白紵舞，按：舞詞有巾袍之言，紵本吴地所出，宜是吴舞也。晉俳歌又云：『皎皎白緒，節節爲雙。』吴音呼緒爲紵，疑白紵即白緒也。」南齊書樂志：「白紵歌，周處風土記云：『吴黄龍中童謡云：行白者君，追汝句驪馬。

後孫權征公孫淵，浮海乘舶。舶，白也。今歌和聲猶云行白紵焉。』」樂府解題：「古辭盛稱舞者之美，宜及芳時爲樂。其譽白紵曰：『質如輕雲色如銀，制以爲袍餘作巾，袍以光軀巾拂塵。』」唐書樂志：「梁武帝令沈約改其辭爲四時白紵歌。今中原有白紵曲，辭旨與此全殊。」按：舞曲歌詞，照有六首，係奉詔作，此其第五第六首也。

〔二〕〔振倫注〕曹植洛神賦：「動朱脣以徐言。」又：「攘皓腕於神滸兮。」〔增補〕「腕」，宋本作「袖」。

〔三〕王逸荔枝賦：「宛、洛少年，邯鄲遊士。」魏王粲七釋：「邯鄲才女。」〔增補〕「年少」，宋本及玉臺作「少童」。

〔四〕初學記：「古歌曲有陽春緑水。」〔增補〕「渌」，宋本及玉臺作「緑」。

〔五〕漢書音義：「絲曰絃，竹曰管。」

〔六〕〔補注〕劉楨詩：「永日行遊戲，歡樂猶未央。」

【集説】

王船山曰：忽然集，唐然縱言之。砉然止，飄然遠涉，安然無有不宜。技至此哉！爲功性情，正賴是耳。

【補集説】

范晞文對牀夜話曰：全類張籍、王建。

春風澹蕩俠思多〔一〕，天色浄渌氣妍和〔二〕，含桃紅萼蘭紫芽〔三〕，朝日灼爍發園華〔四〕。卷幌結幃羅玉筵〔五〕，齊謳秦吹盧女絃〔六〕，千金顧笑買芳年〔七〕。

〔一〕「俠」，玉臺作「使」。〔補注〕漢書外戚傳：「李夫人卒，上作賦以傷悼曰：『佳俠函光，隕朱榮兮。』」注：「孟康曰：佳俠，猶佳麗。」據此，俠思，猶麗思也。

〔二〕〔增補〕「渌」，宋本及玉臺作「緑」。

〔三〕「含桃」，玉臺作「桃含」。「蘭」一作「蓮」。謝靈運酬從弟惠連詩：「山桃發紅萼。」〔振倫注〕紫芽，見陽春登荊山行。〔補注〕禮月令：「仲夏之月，天子乃以雛嘗黍，羞以含桃，先薦寢廟。」注：「含桃，櫻桃也。」釋文云：「『含』，本又作『函』。函與櫻，皆小之貌。」王引之曰：「若爾雅云贏小者曰蛹，櫻若小兒之稱嬰兒也。」〔增補〕樂府詩集注：「『蘭』，一作『連』。」

〔四〕一作「葩」。〔振倫注〕説文：「灼爍，光也。」

〔五〕「幌」，玉臺作「櫎」。無名氏長相思：「誰知玉筵側？」〔振倫注〕説文：「櫎，所以几器，从木，廣聲。一曰帷，屏風之屬是也。」臣鍇曰：「櫎之言，横也。几者，閣也。」齊謝惠連雪賦曰：「月承幌而通輝。」幌，即此櫎字，胡晃反。玉篇：「幌，帷幔也，帷幕也，帳也。」

〔六〕〔振倫注〕齊謳，見少年時至衰老行。秦吹，見昇天行。樂府解題：「盧女者，魏武帝時宮人也，故冠軍將軍陰叔之妹。年七歲，入漢宫，學鼓琴，善爲新聲。至明帝崩後，出嫁爲尹更生妻。見古今注。」

〔七〕〔補注〕詩邶風：「終風且暴，顧我則笑。」〔增補〕宋本「顧」作「雇」。

【集説】

陳胤倩曰：「含桃」句勁，自招魂詞中來。

代鳴雁行〔一〕

邕邕鳴雁鳴始旦〔二〕，齊行命旅入雲漢〔三〕，中夜相失羣離亂，留連徘徊不忍散〔四〕。憔悴容儀君不知，辛苦風霜亦何爲〔五〕？

〔一〕〔補注〕郭茂倩樂府詩集曰：「衛匏有苦葉詩曰：『雝雝鳴雁，旭日始旦。』鄭康成曰：『雁者隨陽而處，似婦人從夫，故昏禮用焉。雝雝，聲和也。』鳴雁行蓋出於此。」〔增補〕樂府詩集此屬雜曲歌辭。

〔二〕見擢歌行注。〔增補〕樂府詩集「始」作「正」。

〔三〕春秋繁露：「雁有行列，故以爲贄。」穀梁傳：「掩禽旅。」注：「衆禽也。」謝靈運戲馬臺集詩：「旅雁違霜雪。」雲漢，見河清頌注。〔增補〕宋本及樂府詩集「旅」作「侶」。

〔四〕〔補注〕樂府古辭飛鵠行：「五里一反顧，六里一徘徊。」

〔五〕禰衡鸚鵡賦：「嚴霜初降，涼風蕭瑟。音聲淒以激揚，容貌慘以顦顇。」〔增補〕樂府詩集「風霜」作「霜雪」。

【集説】朱秬堂曰：中夜離羣，留連不散，友朋之義篤矣。憔悴辛苦，意有所望救而不得也。「叔兮伯兮，何多日也，」其旄丘之情乎？

擬行路難十八首〔一〕

奉君金卮之美酒，瑇瑁玉匣之雕琴〔二〕，七綵芙蓉之羽帳，九華蒲萄之錦衾〔三〕。紅顔零落歲將暮，寒光宛轉時欲沈〔四〕。願君裁悲且減思，聽我抵節行路吟〔五〕。不見柏梁、銅雀上，寧聞古時清吹音〔六〕！

〔一〕以下雜言。玉臺新詠選其一、其三、其八、其九，古詩箋選其一、其二、其三、其四、其六、其七、其九、其十。樂府解題：「行路難，備言世路艱難及離别悲傷之意，多以君不見爲首。按陳武别傳曰：武常牧羊，諸家牧豎有知歌謡者，武遂學行路難。則所起亦遠矣。」吴兆宜曰：「雜曲歌詞，照有十九首。」〔增補〕宋本題作「十九首」。樂府詩集題亦作「十九首」，以第十三首「亦云」以下六句別爲一首。行路難本漢代歌謡，晉人袁山松改變其音調，製造新辭。古辭與袁辭，今俱佚。鮑照此詩末首云：「余當二十弱冠辰。」後人據此謂照於二十歲左右即元嘉十年左右作擬行路難。但第六首云：「棄置罷官去」，鮑照於元嘉十六年始爲臨川王國侍郎，二十一年自解去，距此十年左右，則十八首非同一時所作也。

〔二〕「卮」，一作「匜」。「美酒」，玉臺作「酒盌」，一作「旨酒」。此首參用吳兆宜、聞人倓注。說文：「卮，酒漿器也。」異物志：「玳瑁如龜，生南海，大者如籧篨，背上有鱗，鱗大如扇，有文章。將作器，則煮其鱗如柔皮。」新論：「藏之以玉匣，緘之以金縢。」

〔三〕西京雜記：「高祖斬蛇劍，以七彩九華玉爲飾。」倓按：羽帳，以翠羽爲帳也。陸翽鄴中記：「錦有葡萄文錦。」

〔四〕「光」，玉臺作「花」。〔補注〕離騷：「惟草木之零落兮，恐美人之遲暮。」

〔五〕「減」，玉臺作「滅」。漢書鄒陽傳：「濟北獨抵節，堅守不下。」〔補注〕說文：「抵，側擊也。」音紙，與抵異。節，樂器，即拊鼓。宋書樂志：「革音有節。」引傅玄節賦云：「口非節不詠，手非節不拊。」

〔六〕陶潛詩：「清吹與鳴彈。」〔振倫注〕漢書武帝紀：「元鼎二年春，起柏梁臺。」三輔舊事：「以香柏爲之。」魏志武帝紀：「建安十五年冬，作銅爵臺。」餘詳君子有所思行。〔補注〕說文：「寧，願辭也。」

【集説】

王船山曰：全於閒處粧點，粧點處皆至極處也。

張蔭嘉曰：以時光易逝，徒悲無益起，作勸人之言，不就己説，幻甚。勸人勿憂，先進以解憂之物，平排而起，氣達而詞麗。末援古爲證，簡峭。

【補集説】

許彦周曰：明遠行路難，壯麗豪放，若決江河，詩中不可比擬，大似賈誼過秦論。

王船山曰：行路難諸篇，一以天才天韻，吹宕而成。獨唱千秋，更無和者。太白得其一桃，大者仙，小者豪矣。蓋七言長句，迅發如臨濟禪，更不通人擬議。又如鑄大像，一瀉便成，相好即須具足。杜陵以下，字鏤句刻，人巧絶倫，已不相浹洽，况許渾一流生氣盡絶者哉！

洛陽名工鑄爲金博山〔一〕，千斲復萬鏤，上刻秦女攜手仙〔二〕。承君清夜之歡娱，列置幃里明燭前〔三〕。外發龍鱗之丹綵，内含麝芬之紫煙〔四〕。如今君心一朝異，對此長嘆終百年。

〔一〕録聞人倓注。吕大臨考古圖：「香爐象海中博山。下盤貯湯，使潤氣蒸香，以象海之四環。」

〔補注〕葛洪西京雜記：「長安巧工丁緩作博山香爐，鏤以奇禽怪獸，皆自然能動。」此篇託比，從古詩「四坐且莫諠，願聽歌一言，請説銅爐器，崔巍象南山」一篇變來。

〔二〕列仙傳：「蕭史、弄玉，一旦夫妻同隨鳳飛去。」〔增補〕樂府詩集無「復」字。
〔三〕〔增補〕樂府詩集注：「『歡娱』，一作『娱樂』。」
〔四〕景福殿賦：「丹綵煌煌。」説文：「麝如小麋，臍有香，一名射父。」〔振倫注〕司馬相如子虚賦：「衆色炫耀，照爛龍鱗。」郭璞曰：「如龍之鱗采也。」

【集説】

王船山曰：但一物耳，説得如此經緯。立體益孤，含情益博。

張蔭嘉曰：設爲閨怨，嘆人心易變，用攜手仙比照，有意。

璇閨玉墀上椒閣，文窗繡户垂羅幕〔一〕。中有一人字金蘭，被服纖羅采芳藿〔二〕。春燕參差風散梅，開幃對景弄春爵〔三〕。含歌攬涕恒抱愁，人生幾時得爲樂〔四〕！寧作野中之雙鳧，不願雲間之别鶴〔五〕。

〔一〕「羅」，玉臺作「綺」。此首參用吴兆宜、聞人倓注。白帝子歌：「璇宫夜静當窗織。」漢武帝落葉哀蟬曲：「玉墀兮塵生。」漢官儀：「皇后房以椒涂壁，取其温暖。」新論：「繡户洞房。」陸機詩：「蘭室接羅幕。」
〔二〕「采」，玉臺作「藴」。倓按：金蘭取周易「二人同心，其利斷金，同心之言，其臭如蘭」之意，蓋假設之辭也。阮籍詩：「被服纖羅衣。」吴都賦：「草則藿蒳豆蔻。」

〔三〕「參差」，玉臺作「差池」。下句玉臺作「開帷對影弄禽爵」。玉篇：「爵，竹器，所以酌酒也。」

〔補注〕詩邶風：「燕燕于飛，差池其羽。」箋曰：「差池其羽，謂張舒其尾翼，興戴嬀將歸，顧視其衣服。」用詩義，比上被服纖羅。召南摽有梅傳：「摽，落也，盛極則墮落者梅也。」用詩義，起下人生幾時。〔增補〕「參差」，宋本作「差池」。

〔四〕「歌」，一作「淚」。「攬涕恒抱愁」，玉臺作「攬淚不能言」。楚辭：「美人兮攬涕而竚。」

〔補注〕樂府古辭滿歌行：「爲樂未幾時。」

〔五〕「之雙」，玉臺作「雙飛」。「之別」，玉臺作「別翅」。「鶴」，一作「鵠」。解嘲：「雙鳧飛不爲之少。」蔡邕琴賦：「別鶴東翔。」

【集説】

王船山曰：冉冉而來，若將無窮者。倏然澹止，遂終以不窮。然非末二語之亭亭條條，亦遽不能止也。

朱秬堂曰：野鳧、雲鶴，總指一人。言願安貧賤而爲雙鳧，不希富貴而爲別鶴，蓋指遊宦者言也。若身爲別鶴，別羨雙鳧，則蕩矣。

陳太初曰：柏梁、銅雀，是何人之遺制？七綵、九華，是何人之供帳？玉墀、椒閣，是何人之居處？而乃一則曰「願君裁悲且減思」，再則曰「含歌攬涕恒抱愁，人生幾時得爲樂」，何爲者耶？樂府魏咸陽王宮人歌曰：「可憐咸陽王，奈何作事誤？金牀玉几不得眠，夜蹈霜與露。」其雲鶴不如野鳧之謂耶？行路之曲，其代雍門之琴耶？

【補集説】

王船山曰：春燕參差風散梅，麗矣，初不因刻削而成。且七字内外，有無限好風光，與「開幃對景弄春爵」恰爾相稱。此亦唐人玉合子之説，特不可以形迹求耳。

瀉水置平地，各自東西南北流〔一〕。人生亦有命，安能行嘆復坐愁！酌酒以自寬，舉杯斷絶歌路難〔二〕。心非木石豈無感？吞聲躑躅不敢言〔三〕。

〔一〕録聞人倓注。考工記：「以澮瀉水。」玉篇：「瀉，傾也。」〔振倫注〕世説：「殷中軍問：『自然無心於禀受，何以正善人少惡人多？』劉尹答曰：『譬如寫水著地，正自縱横流漫，略無正方圓者。』一時絶嘆，以爲名通。」

〔二〕〔補注〕斷絶，謂歌斷絶也。本集發後渚詩：「聲爲君斷絶。」

〔三〕〔振倫注〕晉書夏統傳：「此吴兒木人石腸。」馬融長笛賦：「緜駒吞聲。」〔補注〕司馬遷報任少卿書：「身非木石。」古詩：「沈吟聊躑躅。」

【集説】

王船山曰：先破除，後申理，一俯一仰，神情無限。言愁不及所事，正自古今悽斷。

【補集説】沈確士曰：妙在不曾説破，讀之自然生愁。起手無端而下，如黄河落天走東海也，若移在中間，猶是恒調。

君不見河邊草，冬時枯死春滿道。君不見城上日，今暝没盡去，明朝復更出〔一〕。今我何時當得然？一去永滅入黄泉〔二〕。人生苦多歡樂少，意氣敷腴在盛年〔三〕。且願得志數相就，牀頭恒有沽酒錢〔四〕。功名竹帛非我事，存亡貴賤付皇天〔五〕。

〔一〕「盡」，一作「山」。〔增補〕吴摯父曰：「『盡』作『山』，是。」

〔二〕左傳：「不及黄泉。」〔補注〕服虔左氏傳注曰：「天玄地黄，泉在地中，故言黄泉也。」

〔三〕晉白紵舞歌詩：「樂時每少苦日多。」盛年，見邊居行。〔補注〕敷腴，即敷愉，見本集擬青青陵上柏補注。唐韻：「愉，羊朱切。」廣韻：「腴，羊朱切。」音同。

〔四〕世説：「王夷甫口未嘗言錢字，婦欲試之，令婢以錢繞牀不得行。夷甫呼婢曰：『舉卻阿堵物。』」

〔五〕墨子：「書之於竹帛，鏤之於金石。」〔補注〕後漢書鄧禹傳：「禹見光武曰：『但願明公威德加于海内，禹得效其尺寸，垂功名于竹帛耳。』」

對案不能食，拔劍擊柱長嘆息〔一〕。丈夫生世會幾時？安能蹀躞垂羽翼〔二〕？棄置罷官去，還家自休息〔三〕。朝出與親辭，暮還在親側。弄兒牀前戲，看婦機中織〔四〕。自古聖賢盡貧賤，何況我輩孤且直〔五〕！

〔一〕録聞人倓注。漢書：「高祖悉去秦儀法爲簡易。羣臣飲争功，醉或妄呼，拔劍擊柱。」〔振倫注〕史記萬石君傳：「子孫有過失，不譙讓，爲便坐，對案不食。」

〔二〕韻會：「蹀躞，行貌。」周易明夷：「于飛，垂其翼。」〔增補〕樂府詩集「會」作「能」，「蹀躞」作「疊燮」。

〔三〕〔補注〕魏文帝雜詩：「棄置勿復陳。」〔增補〕樂府詩集「置」作「擲」。

〔四〕爾雅：「弄，玩也。」〔補注〕小爾雅：「治絲曰織。」

〔五〕〔增補〕孤，孤寒也。照解褐謝侍郎表：「臣孤門賤生。」

【集説】

王船山曰：土木形骸，而龍章鳳質固在。

陳胤倩曰：「朝出」四句，寫得真可樂。

張蔭嘉曰：寫出罷官歸家，正多樂事，乃憑空想像，莫作賦景看。

陳太初曰：前章言嘆，言愁，言寬，言感，而不一言所寬所愁所感何事，第一語結之曰不敢言而已。夫不敢言者，必非尋常感遇之言也。此章至於對案不食，拔劍擊柱，其感尤幾於五嶽起臆，瞋髮指冠，而亦不一言，但云棄官願歸而已。無論明遠二十之年一命未沾，無官可罷，即使預設之詞，亦必語出有爲。豈非未涉太行，先聞折坂，未傷高鳥，已墜驚弦者乎？朝暮親側，婦子歡聚，豈有傅、謝夷滅之慘，鯨鯢失水之吟。故知世路屯艱，是以望風氣沮耳。

【補集説】

沈確士曰：家庭之樂，豈宦道可比，明遠乃亦不免俗見耶？江淹恨賦，亦以左對孺人顧弄稚子爲恨，功名中人，懷抱爾爾。

愁思忽而至，跨馬出北門。舉頭四顧望，但見松柏園〔一〕，荆棘鬱蹲蹲。中有一鳥名杜鵑，言是古時蜀帝魂〔二〕。聲音哀苦鳴不息，羽毛憔悴似人髡〔三〕。飛走樹間啄蟲蟻，豈憶往日天子尊〔四〕？念此死生變化非常理，中心愴惻不能言〔五〕。

〔一〕録聞人倓注。後漢皇后紀：「將去舉頭，若欲自訴。」〔補注〕詩邶風：「出自北門，憂心殷殷。」古詩：「出郭門直視，但見丘與坟。古墓犁爲田，松柏摧爲薪。」

〔二〕「蹲蹲」，一作「撙撙」。左傳注：「蹲，聚也。」華陽國志：「魚鳧王後有王曰杜宇，教民務農，號曰望帝，更名蒲卑。會有水災，其相開明決玉壘山以除水患，帝遂禪位於開明，升西山隱焉。時適二月，子鵑鳥鳴，故蜀人悲子鵑鳥鳴也。」成都記：「望帝死，其魂化爲鳥，名曰杜鵑，亦曰子規。」〔增補〕「蹲蹲」，宋本作「樽樽」。

〔三〕説文：「髡，鬄髮也。」

〔四〕〔增補〕「啄」，宋本作「逐」。

〔五〕〔振倫注〕潘岳寡婦賦：「心摧傷以愴惻。」〔增補〕樂府詩集及宋本「愴惻」作「惻愴」。

【集説】

王船山曰：熟六代時事，方知此所愁所思者何也。當時忠孝剷地滅盡，猶有明遠忽然之一念，愴惻而不能言，其志亦哀已。

朱秬堂曰：傷零陵之不得其終也。零陵禪位於劉裕，居于秣陵，以兵守之。與褚妃共處一室，自煮食於牀前。飲食所資，皆出褚妃。詩故有「飛走樹間啄蟲蟻」之句。卒至行逆。自晉以前，魏之山陽，晉之陳留，猶得善終。雖莽於定安，不敢殺也。自是以後，廢主無不殺者，宋啓之也。

陳太初曰：宋書：少帝景平二年，尚書僕射傅亮、司空徐羨之、領軍將軍謝晦將謀廢帝，以次第當在廬陵王義真，先奏廢爲庶人，殺之。五月，乃廢帝爲滎陽王，既而弑之，迎立宜郡王義隆，是爲文帝。此詩所爲作也。此云不能言，前章云不敢言，其致一也。史記齊世家：「秦滅齊，遷王建處之松柏之間，餓而死。國人歌之曰：松耶柏耶！住建共者客耶！」故有「但見松柏園」之語。按：朱説因詩言杜鵑，以禪位故，謂傷零陵。陳説以當時近事有不能言之隱，謂傷少帝。

各有所見，故並録之。

【補集説】王船山曰：入手以松爲殺，結煞以緩爲切。只此可通弈理。「愁思忽而至」五字，是一篇正殺着，更以淡漠出之。

中庭五株桃，一株先作花。陽春妖冶二三月，從風簸蕩落西家〔一〕。西家思婦見悲惋，零淚霑衣撫心嘆〔二〕：初送我君出户時，何言淹留節迴换〔三〕？牀席生塵明鏡垢，纖腰瘦削髮蓬亂〔四〕。人生不得恒稱意，惆悵徙倚至夜半〔五〕。

〔一〕録吴兆宜注。陸機文賦：「務嘈囋而妖冶。」〔補注〕桃夭序曰：「男女以正，婚姻以時，國無鰥民也。」此詩託此起興。禮月令：「孟春之月，東風解凍。」風自東，故花落西家。〔增補〕宋本及樂府詩集「妖冶」作「妖若」。樂府注：「『二三月』，一作『二月中』。」

〔二〕「悲」，玉臺作「之」。〔振倫注〕古詩：「淚下沾裳衣。」〔補注〕陸機爲顧彦先贈婦詩：「東南有思婦，長嘆充幽闥。」

〔三〕「言」，一作「意」。〔振倫注〕楚辭九辨：「蹇淹留而無成。」〔增補〕此句言何嘗説及在外淹留如此之久，至於季節更换乎？

〔四〕莊子：「鑑明則塵垢不生。」詩：「自伯之東，首如飛蓬。豈無膏沐，誰適爲容？」毛萇傳：

「婦人夫不在，無容飾。」〔振倫注〕張衡思玄賦：「舒訬婧之纖腰兮。」

〔五〕〔補注〕楚辭王逸注：「徙倚，猶低徊也。」

【集説】

陳太初曰：宋書武五王傳：廬陵王義真、江夏王義恭、衡陽王義季、彭城王義康、南郡王義宣，義真最長而先廢，故云「中庭五株桃，一株先着花」也。本傳：義真以正月被廢，徙新安郡，二月遇害於徙所，故曰「陽春妖冶二三月，隨風簸蕩落西家」也。本紀：元嘉元年八月，詔迎義真靈柩并孫脩華、謝妃一時俱還，故云「西家思婦見悲惋，零淚霑衣撫心嘆」。義真出鎮歷陽，表求還都，未發而被廢，故言「初送我君出户時，何言淹留節迴換」也。「牀席生塵明鏡垢」，哀其死也。

聯按：陳説穿鑿不可通。桃先作花，豈得象徵王之被廢？義真徙新安，謝妃從行，何得言送君出户？正月被廢，二月遇害，時節何嘗迴换？詩云思婦，覩物懷人，只言别離之感，未見悼亡之痛也。

剉蘗染黄絲，黄絲歷亂不可治〔一〕。我昔與君始相值，爾時自謂可君意〔二〕，結帶與君言，死生好惡不相置〔三〕。今日見我顔色衰，意中索寞與先異〔四〕，還君金釵玳瑁簪，不忍見之益愁思〔五〕。

〔一〕一作「持」。此首參用吴兆宜、聞人倓注。六書故：「剉，斬截也。」古樂府：「黄蘗向春生，苦心隨日長。」説文：「檗，黄木也。」吴越春秋：「越王允常使民男女入山采葛，作黄絲布獻之。」〔補注〕左傳：「衆仲對曰：臣聞以德和民，不聞以亂。以亂，猶治絲而棼之也。」

〔二〕「我昔」，玉臺作「昔我」。漢書：「武帝時，工楊光以所作數可意。」注：「可天子之意。」

〔三〕一作「結帶與君同死生，好惡不擬相棄置」。玉臺「君」作「我」。左傳：「叔向曰：帶有結。」漢書注：「帶，紳帶之結也。」〔增補〕宋本「君」作「我」。

〔四〕「索寞」，玉臺作「錯漠」。〔補注〕小爾雅：「索，空也。又寡夫曰索。」索莫，猶言空寞。〔增補〕樂府詩集注：「『索寞』，一作『錯亂』。」

〔五〕「金」，玉臺作「玉」。「之」，一作「此」。「愁」，玉臺作「悲」。曹植詩：「頭上金爵釵。」史記：「趙使欲夸楚，爲玳瑁簪，刀劍室以珠玉飾之。」〔補注〕樂府古辭有所思：「何用問遺君？雙珠玳瑁簪。」〔增補〕「之」，宋本作「此」。

【集説】

王船山曰：披心見意，直爾在堂滿堂，在室滿室。

張蔭嘉曰：此與「洛陽」一首意同。從對此長嘆，更進一層，尤覺淒絶。

陳太初曰：此爲故舊之臣恩遇不終者賦也。徐、傅、謝晦之流，倚恃恩舊，專擅驕恣，自取夷滅，固不足惜。然宋文因是疑忌益深。道濟宿將，自壞長城。明遠工文，謬託累句。故於此時已預憂之。「洛陽」章言恩寵之難恃，此章言見幾之宜早也。

【補集説】

沈確士曰：悲涼跌宕，曼聲促節，體自明遠獨刱。

君不見蕣華不終朝，須臾奄冉零落銷〔一〕，盛年妖艷浮華輩，不久亦當詣冢頭。一去無還期，千秋萬歲無音詞〔二〕，孤魂煢煢空隴間，獨魄徘徊遶墳基〔三〕。但聞風聲野鳥吟，豈憶平生盛年時。爲此令人多悲悒，君當縱意自熙怡〔四〕。

〔一〕録聞人倓注。韻會：「木槿，朝花暮落者。」陸佃云：「取一瞬之義。」陶潛詩：「時奄冉而就過。」〔振倫注〕郭璞遊仙詩：「蕣華不終朝。」〔補注〕詩鄭風：「有女同車，顔如舜華。」毛傳：「舜，木槿也。」説文：「蕣，木槿，朝華莫落者。」今隸變作蕣，而又奪去卄頭耳。〔增補〕宋本及樂府詩集「奄」作「淹」。「時奄冉而就過」，乃陶潛閑情賦句，非詩也。

〔二〕〔振倫注〕荆卿歌：「壯士一去兮不復還。」戰國策：「寡人萬歲千秋之後，誰與樂此？」

〔三〕〔振倫注〕左傳：「煢煢余在疚。」

〔四〕支遁詩：「熙怡安沖漠。」〔振倫注〕説文：「悒，不安也。」

君不見枯籜走階庭，何時復青著故莖〔一〕？君不見亡靈蒙享祀，何時傾杯竭壺罌〔二〕？君當見此起憂思，寧及得與時人爭。人生倏忽如絶電，華年盛德幾時見〔三〕？但令縱意存高尚，旨酒嘉肴相胥讌〔四〕。持此從朝竟夕暮，差得亡憂消愁怖〔五〕。胡爲惆悵不能已？難盡此曲令君忤〔六〕。

〔一〕籜，見採桑注。曹植詩：「緑草被階庭。」説文：「莖，草木幹也。」

〔二〕陶潛雜詩：「一觴雖獨進，杯盡壺自傾。」説文：「罌，缶也。」

〔三〕倏忽，見傷逝賦。晉白紵舞歌辭：「人生世間如電過。」

〔四〕易：「不事王侯，高尚其事。」詩：「雖無旨酒，式飲庶幾。雖無嘉肴，式食庶幾。」〔補注〕詩大雅：「籩豆有且，侯氏燕胥。」毛傳：「胥，皆也。」

〔五〕玉篇：「怖，惶也。」

〔六〕説文：「忤，逆也。」〔補注〕楚辭九辯：「惆悵兮而私自憐。」

今年陽初花滿林，明年冬末雪盈岑〔一〕，推移代謝紛交轉，我君邊戍猶稽沈〔二〕。執袂分别已三載，邇來寂淹無分音〔三〕。朝悲慘慘遂成滴，暮思遶遶最傷心〔四〕。膏沐芳餘久不御，蓬首亂鬢不設簪〔五〕。徒飛輕埃舞空帷，粉筐黛器靡復遺〔六〕，自生留世苦不幸，心中惕惕恒懷悲〔七〕。

〔一〕爾雅：「山小而高曰岑。」

〔二〕淮南子：「二者代謝舛馳。」注：「代，更也。謝，叙也。」後漢書馬援傳注：「稽，留也。」〔增補〕樂府詩集及宋本「猶」作「獨」。

〔三〕拾遺記：「蕭鳳使玉門關，勸酒頻頻，謂兄曰：醉中庶分袂不悲。」〔補注〕漢書段會宗傳注：「如淳曰：邊吏三歲一更。」説文：「分，别也。」分音，謂别後音問也。

〔四〕詩：「憂心慘慘。」後漢書仲長統傳：「古來繞繞，委曲如瑣。」〔補注〕説文：「有聲無淚曰悲。」悲甚則淚矣，故曰成滴。又：「思，从心，囟聲。」囟，頂門骨空。自囟至心，如絲相貫不絶，故曰遶遶。

〔五〕見其八。

〔六〕張華詩：「幽人守静夜，迴身入空帷。」戰國策：「鄭之美者，粉白黛黑而立於衢。」

〔七〕爾雅：「惕惕，愛也。」〔補注〕詩陳風：「心焉惕惕。」爾雅注引韓詩，以爲悦人故言愛也。

春禽喈喈旦暮鳴，最傷君子憂思情〔一〕。我初辭家從軍僑，榮志溢氣干雲霄〔二〕。流浪漸冉經三齡，忽有白髮素髭生〔三〕。今暮臨水拔已盡，明日對鏡復已盈。但恐羈死爲鬼客，客思寄滅生空精〔四〕。每懷舊鄉野，念我舊人多悲聲。忽見過客問何我，寧知我家在南城〔五〕？答云我曾居君鄉，知君遊宦在此城。我行離邑已萬里，今方羈役去遠征〔六〕。來時聞君婦，閨中孀居獨宿有貞名〔七〕。亦云朝悲泣閑房，又聞暮思淚霑裳〔八〕。形容憔悴非昔悦，蓬鬢衰顔不復妝〔九〕。見此令人有餘悲，當願君懷不暫忘〔一〇〕！

〔一〕詩：「其鳴喈喈。」傳：「喈喈，和聲之遠聞也。」

〔二〕僑，見白馬篇。

〔三〕孫綽喻道論：「毛羽之族，不識流浪之勢。」楚辭：「漸冉而不自知兮。」説文：「髭，本作頾，口上鬚也。」

〔四〕〔補注〕老子：「孔德之容，惟道是從。道之爲物，惟恍惟惚。惚兮恍兮，其中有象。恍兮惚兮，其中有物。窈兮冥兮，其中有精。」王弼注：「孔，空也。」又曰：「繩繩不可名，復歸於無物，是謂無狀之狀，無物之象，是謂惚恍。」無物，是滅也。由滅生空，由空生精，則從前之榮志溢氣盡矣。〔增補〕樂府詩集上句無「但」字「鬼」字，下句無「客」字。宋本「鬼」字缺。

〔五〕「何」，疑當作「向」。曹植美女篇：「借問女安居？乃在城南端。」〔補注〕漢書賈誼傳：「大譴大何。」注：「何，問也。」問何我，謂詰問我也。又漢鐃歌艾如張曲：「艾而張羅夷于何。」謂何地也。省文言何，漢文有句例。酷吏傳「武帝問言何」是也。並可采。〔增補〕南城，地名。漢有南城縣，晉名南武城，在今山東省費縣西南。

〔六〕陶潛雜詩：「遥遥從羈役。」

〔七〕淮南子注：「寡婦曰孀。」日知録：「寡者無夫之稱，但有夫而獨守者，則亦可謂之寡。越絶書：『獨婦山者，句踐將伐吳，徙寡婦獨山上，以爲死士示得專一。』陳琳詩『邊城多健少，内舍多寡婦』是也。鮑照行路難：『來時聞君婦，閨中孀居獨宿有貞名。』亦是此義。」

〔八〕曹植詩：「閒房何寂寞。」霑裳，見其八。

〔九〕蓬鬢，見其八。

〔一〇〕「當」，一作「常」。

君不見少壯從軍去，白首流離不得還。故鄉窅窅日夜隔，音塵斷絶阻河關〔一〕。朔風蕭條白雲飛，胡笳哀極邊氣寒〔二〕，聽此愁人兮奈何，登山遠望得留顔〔三〕。將死胡馬跡，能見妻子難〔四〕。男兒生世轗軻欲何道？綿憂摧抑起長嘆〔五〕。

〔一〕鶡冠子：「舉善不以窅窅，拾過不以冥冥。」陸機思歸賦：「絶音塵於江介。」陶潛擬古詩：「晨去越河關。」

〔二〕蕭條，見白紵舞歌。胡笳，見王昭君。〔增補〕「極」，宋本及樂府詩集作「急」。

〔三〕〔補注〕楚辭九歌：「愁人兮奈何！願若今兮無虧。」東方朔七諫：「登巒山而遠望兮。」

〔四〕胡馬，見代白馬篇。曹植白馬篇：「父母且不顧，何言子與妻。」〔增補〕宋本及樂府詩集「能」作「寧」。

〔五〕古詩：「無爲守窮賤，轗軻長苦辛。」

君不見柏梁臺，今日丘墟生草萊〔一〕。君不見阿房宫，寒雲澤雉棲其中〔二〕。歌妓舞女今誰在？高坟壘壘滿山隅〔三〕。長袖紛紛徒競世，非我昔時千金軀〔四〕。隨酒逐樂任意去，莫令含嘆下黄壚〔五〕。

〔一〕柏梁，見其一。漢書公孫弘傳：「自蔡至慶，丞相府客館丘墟而已。」説文：「萊，蔓華也。」

〔二〕史記秦本紀：「營作朝宫渭南上林苑中。先作前殿阿房，東西五百步，南北五十丈，上可以坐萬人，下可以建五丈旗。」莊子：「澤雉十步一啄，百步一飲，不蘄畜乎樊中。」

〔三〕後漢書宦者傳論：「嬙媛侍兒歌童舞女之玩，充備綺室。」七哀詩：「北芒何壘壘，高坟有四五。」

〔四〕後漢書馬廖傳：「城中好大袖，四方全匹帛。」陶潛飲酒詩：「客養千金軀，臨化消其寶。」

〔五〕黄壚，見松柏篇注。

【集説】

王船山曰：全以聲情生色。宋人論詩以意爲主，如此類衹用意相標榜，則與村黄冠盲女子所彈唱亦何異哉？

君不見冰上霜，表裏陰且寒，雖蒙朝日照，信得幾時安？民生故如此，誰令摧折强相看〔一〕？年去年來自如削，白髮零落不勝冠〔二〕。

〔一〕漢書賈山傳：「雷霆所擊，無不摧折。」

〔二〕史記萬石君傳：「子孫勝冠者在側，雖燕居必冠。」〔補注〕削，謂發落如削然。

君不見春鳥初至時，百草含青俱作花〔一〕，寒風蕭索一旦至，竟得幾時保光華〔二〕？日月流邁不相饒，令我愁思怨恨多〔三〕。

〔一〕〔補注〕周禮：「羅氏仲春羅春鳥。」禮月令：「仲春之月，玄鳥至。」

〔二〕史記天官書：「蕭索輪囷。」

〔三〕書：「日月逾邁。」

諸君莫嘆貧，富貴不由人。丈夫四十彊而仕，余當二十弱冠辰〔一〕，莫言草木委冬雪，會應蘇息遇陽春〔二〕。對酒叙長篇，窮途運命委皇天〔三〕，但願樽中九醖滿，莫惜牀頭百個錢〔四〕。直須優游卒一歲，何勞辛苦事百年〔五〕。

〔一〕禮記：「二十曰弱冠，三十曰壯有室，四十曰彊而仕。」〔增補〕「余」，宋本作「餘」。

〔二〕書：「後來其蘇。」傳：「待我君來，其可蘇息。」〔增補〕樂府詩集「冬」作「大」。張相詩詞曲語辭匯釋：「會，猶當也，應也。有時含有將然語氣。」

〔三〕窮途，見觀漏賦。

〔四〕張衡南都賦：「酒則九醖甘醴。」注：「魏武集上九醖酒奏曰：『三日一釀，滿九斛米止。』廣雅曰：『醖，投也。』」牀頭，見其五。

〔五〕左傳：「優哉游哉，聊以卒歲。」〔增補〕「須」，宋本作「得」。楊樹達詞詮：「直，爲『但』、『僅』之義，與今語『不過』同。」

【集説】

王船山曰：看明遠樂府，若急切覓佳處，則已失之。吟詠往來，覺蓬勃如春烟，彌漫如秋水，溢目盈心，期得之矣。岑嘉州、李供奉正從此入。特不許石曼卿一流，横豪非理，借馬租衣，裝五陵叱咤耳。

張蔭嘉曰：參軍五言擅長。樂府諸章，更超忽變化，生面獨開，固當與陳思角雄争勝。杜少陵第以俊逸目之，竊恐不足以盡其美也。

陳太初曰：案卒章云：「丈夫四十彊而仕，余年二十弱冠辰。」則行路難乃明遠少作。宋書南史臨川王義慶傳并不言明遠年歲，然其貢詩臨川，引列國佐，實在元嘉十載之後。則此行路難作於未遇時者，又在其前。即所謂「嘗爲古樂府，文甚遒麗」者也。其當少帝景平之際，元嘉之初乎？詩中惻愴於杜鵑古帝之魂，往日至尊之語，若除廢帝，更無所指。本此以讀全詩，始知富貴不久長之嘆，吞聲不敢言之隱，舉非無病之呻，假設之句。若其他章，亦有兼悼廬陵，別感放臣之什。故音專骯髒，志乏和平，有激使然，在誠難飾。惜哉千載，目比秋荼。甚至陳氏祚明直詆全旨淺近，未見顔色，有餘慨焉。

【補集説】成書倬曰：擬行路難十八首，淋漓豪邁，不可多得。但議論太快，遂爲後世粗豪一流人藉口矣。

梅花落〔一〕

中庭雜樹多，偏爲梅咨嗟〔二〕。問君何獨然〔三〕？念其霜中能作花，露中能作實〔四〕。搖蕩春風媚春日，念爾零落逐寒風，徒有霜華無霜質〔五〕。

〔一〕録聞人倓注。〔振倫注〕樂府解題：「漢横吹曲二十八解，李延年造。魏以來惟傳十曲，一曰黄鵠，二曰隴頭，三曰出關，四曰入關，五曰出塞，六曰入塞，七曰折楊柳，八曰黄覃子，九曰赤之揚，十曰望行人。又有關山月、洛陽道、長安道、梅花落、紫騮馬、驄馬、雨雪、劉生八曲，合十八曲。」郭茂倩曰：「梅花落，本笛中曲也。唐大角曲亦有大單于、小單于、大梅花、小梅花等曲，今其聲猶有存者。」

〔二〕陶潛詩：「中無雜樹。」〔增補〕「中無雜樹」乃陶潛桃花源記中語，非詩也。中庭，即庭中。

〔三〕〔增補〕君，照自指。

〔四〕〔增補〕其，指梅。

〔五〕謝靈運詩：「團欒潤霜質。」〔增補〕爾，指雜樹。借喻無節操之士大夫。

【集説】

朱秬堂曰：梅花落，春和之候，軍士感物懷歸，故以爲歌。唐段安節樂府雜録曰：「笛，羌樂也，古有落梅花曲。」此詩雖佳，無涉於軍樂。

張蔭嘉曰：花實疊句，而用韻卻收上領下。格法比漢樂府有所思篇更爲奇横。

【補集説】

沈確士曰：以花字聯上嗟字成韻，以實字聯下日字成韻，格法甚奇。

代淮南王〔一〕

淮南王，好長生，服食鍊氣讀仙經〔二〕。琉璃作盌牙作盤，金鼎玉匕合神丹〔三〕。合神丹，戲紫房，紫房綵女弄明璫〔四〕，鸞歌鳳舞斷君腸〔五〕。朱城九門門九閨，願逐明月入君懷〔六〕。入君懷，結君佩，怨君恨君恃君愛〔七〕。築城思堅劍思利，同盛同衰莫相棄。

〔一〕玉臺新詠分「朱城」以下別作一首，古詩選仍并一首。今參用吴兆宜、聞人倓注。崔豹古今注：「淮南王，淮南小山之所作也。淮南王服食求仙，徧禮方士，遂與八公相攜俱去，莫知所往。小山之徒，思戀不已，乃作淮南王曲焉。」班固漢武故事：「淮南王安好神仙，招方術之士，能爲雲雨。百姓傳云：淮南王得天子，壽無極。帝心惡之，使覘王，云能致仙人與共遊處，變化無常。又能隱形飛行，服氣不食。帝聞而喜。欲受其道，王不肯傳。帝怒，將誅焉。王知之，出令與羣臣，因不知所之。」樂府解題：「古詞云：『淮南王，自言尊。』實言安仙去。」兆宜按：舞曲歌詞晉拂舞歌古詞一首，齊拂舞歌淮南王詞一首。考南齊書樂志曰：「淮南王舞歌六解。」齊樂所奏，前是第一解，後是第五解。鮑照詩，係梁拂舞歌也。〔補注〕晉拂舞歌詩有淮南王篇，明遠此篇所由擬也。應劭風俗通曰：「淮南王安招募才技怪迂之人，述神仙黄白之事，財殫力屈，無能成獲，親伏白刃，與衆棄之。安在其能神仙乎？安所養士，或頗漏亡，恥其如此，因飾詐説。後人吠聲，遂傳行耳。」晉辭曰：「淮南王，自言尊。」又曰：「少年窈窕何能賢，揚聲悲歌音絶天。」皆不足於王而深哀之者。明遠此篇，曰「斷君腸」，曰「怨君恨君」，曰「同盛同衰」，亦是深哀之意，無與於成仙也。古今注及漢武故事，皆不可信。〔增補〕宋本題有「二首」二字。

〔二〕神仙傳：「淮南王劉安作內書二十二篇，又中篇八章，言神仙黃白之事。」魏志嵇康傳注：「性好服食，常采御上藥，著養生篇。」呂氏春秋：「沈尹筮曰：『偶世接俗，子不如我。餐霞鍊氣，我不如子。』」

〔三〕「作盌」，玉臺作「藥盌」。一作「作枕」。秦嘉妻與嘉書：「分奉琉璃椀一枚，可以服藥酒。」古樂府：「琉璃琥珀象牙盤。」文選注：「金鼎，鍊金爲丹之鼎。」抱朴子：「有古强者，自云四千歲。嵇使君以玉匕與强，後忽語嵇云：『昔安期先生以與之。』」神仙傳：「陰長生聞馬鳴生得度世之道，乃尋求之。鳴生將入青城山中，以太清神丹授之。」〔增補〕「作盌」，宋本作「藥椀」。

〔四〕青虛真人歌：「紫房何蔚炳？」神仙傳：「采女乘輜軿，往問道於彭祖。采女具受諸要，以教王。王試爲之，有驗。」〔振倫注〕曹植洛神賦：「獻江南之明璫。」〔增補〕宋本作「神丹神丹戲紫房」，無「合」字。

〔五〕山海經：「軒轅之丘，鳳鳥自歌，鸞鳥自舞。」〔增補〕毛扆曰：「宋本第一首恰當末盡，故無空處。時本直寫作一首。」

〔六〕「朱城九門」，一作「朱門九重」。「閨」，玉臺作「開」。世說：「遙望層城，丹樓如霞。」說文：「閨，特立之户，上圜下方，有似圭。」〔振倫注〕世說：「時人目夏侯泰初朗朗如明月入懷。」〔補注〕曹植七哀詩：「願爲西南風，長逝入君懷。」

〔七〕禮記：「左結佩。」

【集説】

張蔭嘉曰：此譏淮南王徒好神仙，致後宫生怨之詩。「合神丹，戲紫房」數句，揣其妄想丹成之後，欲與綵女游戲歌舞之樂，而以「斷君腸」三字説出必不可得。蓋神仙樂事甚多，而獨言綵女，乃反照後宫怨曠也。「朱城」以下，方就宫女表明願望之誠。節拍入古。

【補集説】

沈確士曰：怨恨愛并在一句中，是樂府句法。下「築城」句是樂府神理。

代雉朝飛〔一〕

朝雉飛，振羽翼，專場挾雌恃彊力〔二〕。媒已驚，翳又逼，蒿間潛彀盧矢直〔三〕。刎繡頸，碎錦臆，絶命君前無怨色〔四〕。握君手，執杯酒，意氣相傾死何有〔五〕？

〔一〕崔豹古今注：「雉朝飛者，牧犢子所作也。齊處士，湣、宣時人，年五十無妻，出薪于野，見雉雄雌相隨而飛，意動心悲，乃作朝飛之操，將以自傷焉。」〔增補〕樂府詩集琴曲歌辭：「雉朝飛操，一曰雉朝雊操。揚雄琴清英曰：『雉朝飛操，衛女傅母之所作也。衛侯女嫁于齊太子，中道聞太子死，問傅母曰：何如？傅母曰：且往當喪。喪畢，不肯歸，終之以死。傅母悔之，取女所自操琴，於冢上鼓之。忽二雉俱出墓中，傅母撫雉曰：女果爲雉耶？言未畢，俱飛而起，忽然不見。傅母悲痛，援琴作操，故曰雉朝飛。』」按：照詩取琴清英義引申。

〔二〕潘岳射雉賦注：「射者聞有雉聲，便除地爲場。」〔增補〕宋本及樂府詩集首句作「雉朝飛」。宋本「雌」作「兩」，注云：「一本下有『雌』字。」

〔三〕潘岳射雉賦注：「媒者，少養雉子，至長狎人，能招引野雉，因名曰媒。翳者，所隱以射者也。」説文：「彀，張弓弩也。」書：「盧矢百。」傳：「盧，黑也。」〔增補〕「蒿」，宋本作「黄」。

〔四〕潘岳射雉賦：「灼繡頸而衮背。」又：「丹臆蘭綷。」

〔五〕後漢書李通傳：「共語移日，握手極歡。」〔補注〕陶潛詩：「意氣傾人命，離隔復何有。」

代北風涼行〔一〕

北風涼，雨雪雱〔二〕，京洛女兒多妍妝〔三〕。遥艷帷中自悲傷，沈吟不語若有忘〔四〕。問君何行何當歸？苦使妾坐自傷悲〔五〕。慮年至，慮顏衰〔六〕，情易復，恨難追〔七〕。

〔一〕玉臺新詠作北風行。録吴兆宜注。郭茂倩曰：「北風，本衛詩也。北風詩曰：『北風其涼，雨雪其雱。』傳云：『北風寒涼，病害萬物，以喻君政暴虐，百姓不親也。』若鮑照北風涼，李白燭龍棲寒門，皆傷北風雨雪而行人不歸，與衛詩異矣。」按：雜曲歌詞。

〔二〕〔補注〕詩邶風：「北風其涼，雨雪其雱。」毛傳：「雱，盛貌。」

〔三〕「京洛」，玉臺作「洛陽」。「妍」，一作「嚴」。無名氏古詩：「新婦起嚴妝。」〔增補〕「妍」，宋本作「嚴」。

〔四〕「有」，玉臺作「爲」。〔振倫注〕魏武帝短歌行：「但爲君故，沈吟至今。」〔補注〕遥艶，美好也。曹憲博雅音：「姚，音遥。」方言：「姚，姚好也。」遥艶即姚艶也。楚辭九辯：「心摇悦而日幸兮。」王逸注云：「意中私喜。」王引之曰：「摇悦爲喜，故之美好可喜者，謂之姚娧矣。」姚，可叚爲摇，亦可叚爲遥。又方言：「九疑、荆郊之鄙，謂淫曰遥。」遥艶若作淫艶，恐與詩意不合。

〔五〕「何行」，玉臺作「前行」。古絶句：「何當大刀頭。」〔補注〕李善注廣絶交論引説文：「苦，急也。」〔增補〕「何行」，宋本作「得行」。張相詩詞曲語辭匯釋：「苦，甚辭。又猶偏也，極也。」

〔六〕「至」，玉臺作「去」。

〔七〕〔增補〕「復」，宋本作「遠」。

代空城雀〔一〕

雀乳四鷇，空城之阿〔二〕。朝食野粟，夕飲冰河〔三〕。高飛畏鴟鳶，下飛畏網羅〔四〕。辛傷伊何言？怵迫良已多〔五〕。誠不及青鳥，遠食玉山禾〔六〕，猶勝吴宫燕，無罪得焚窠〔七〕。賦命有厚薄，長嘆欲如何？

〔一〕〔增補〕樂府詩集雜曲歌辭空城雀：「樂府解題曰：『鮑照空城雀云：雀乳四鷇，空城之阿。言輕飛近集，茹腹辛傷，免網羅而已。』」

〔二〕爾雅：「生哺鷇。」疏：「鳥子生，須母哺而食之，名鷇。謂燕雀之屬也。」

〔三〕「食」，一作「拾」。樂府有野田黄雀行。

〔四〕爾雅：「鳶，烏醜，其飛也翔。」疏：「鳶，鴟也。」〔補注〕曹植野田黄雀行：「拔劍捎羅網，黄雀得飛飛。」

〔五〕賈誼鵩鳥賦：「怵迫之徒兮，或趨西東。」

〔六〕青鳥，見野鵝賦注。張協七命：「大梁之黍，瓊山之禾。」〔增補〕山海經西山經：「玉山，是西王母所居也。」又海内西經：「昆侖之虚，高萬仞，上有木禾，長五尋，大五圍。」郭璞注：「木禾，穀類也。」七命李善注：「瓊山禾，即昆侖之山木禾。」

〔七〕越絶書：「吴東宫周一里二百七十步路。西宫在長秋，周一里二十六步。秦始皇十一年，守宫者照燕失火，燒之。」

代夜坐吟〔一〕

冬夜沈沈夜坐吟，含聲未發已知心。霜入幕，風度林〔二〕。朱燈滅，朱顔尋〔三〕。體君歌，逐君音，不貴聲，貴意深。

〔一〕郭茂倩樂府：「夜坐吟，鮑照所作也。其辭曰：『冬夜沈沈夜坐吟。』言聽歌逐音，因音託意也。宗夬遥夜吟，則言永夜獨吟，憂思未歇，與此不同。」

〔二〕説文：「帷在上曰幕。」

〔三〕朱顔，見芙蓉賦注。

代春日行〔一〕

獻歲發，吾將行〔二〕。春山茂，春日明。園中鳥，多嘉聲。梅始發，柳始青〔三〕。汎舟艫，齊櫂驚〔四〕。奏採菱，歌鹿鳴〔五〕。微風起，波微生〔六〕。絃亦發，酒亦傾。

入蓮池，折桂枝。芳袖動，芬葉披〔七〕。兩相思，兩不知。

〔一〕三言。〔增補〕樂府詩集此屬雜曲歌辭。

〔二〕楚辭招魂：「獻歲發春兮，汨吾南征。」〔增補〕楚辭涉江：「忽乎吾將行兮。」樂府詩集「發」下有「春」字。

〔三〕〔補注〕大戴禮夏小正：「正月柳稊，梅杏杝，桃則華。」〔增補〕「柳」，宋本作「桃」。

〔四〕艫，見與妹書。櫂，見採菱歌。

〔五〕採菱，見採菱歌。左傳：「歌鹿鳴之三。」

〔六〕〔增補〕宋本及樂府詩集上句作「風微起」。樂府詩集注：「一作『微波起，微風生』。」

〔七〕〔增補〕「袖」，宋本作「神」。

【集説】

張蔭嘉曰：此言男女嬉遊，各有所思，而每苦不相知也。前半陸遊之樂。中篇水遊之樂。「入蓮池」四句，乃兼水陸。「齊櫂驚」，謂齊舉櫂而摇蕩，或有驚也。

【補集説】

沈確士曰：聲情駘宕。末六字比「心悦君兮君不知」更深。

鮑參軍集卷五

歸安錢振倫楞仙注
順德黄節補注集説
錢仲聯增補注補集説

詩

侍宴覆舟山二首〔一〕

息雨清上郊，開雲照中縣〔二〕。遊軒越丹居，暉燭集涼殿〔三〕。淩高躋飛楹，追焱起流宴〔四〕。桓苑含靈群，嵒庭藏物變〔五〕。明輝爍神都，麗氣冠華甸〔六〕。目遠幽情周，醴洽深恩徧〔七〕。

〔一〕勑爲柳元景作。以下五言。寰宇記：「覆舟山在建康城北五里，周圍三里，高三十一丈，狀如覆舟，因以爲名。」柳元景，見驃騎表。〔補注〕題下「勑爲柳元景作」，蓋元景侍宴世祖，奉勑作詩，而明遠代爲之作也。宋書柳元景傳：「世祖入討元凶，以爲諮議參軍，領中兵，加冠軍將軍，太守如故，配萬人爲前鋒。」「元景潛至新亭，依山建壘，東西據險。」「上至新亭即位，以元景爲侍中，領左衛將軍，轉使持節監雝、梁、南北秦四州荆州之竟陵、隨二郡諸軍事、前將軍、寧蠻校尉、雝州刺史。」蓋其時奉勅作也。〔增補〕按宋書孝武本紀，柳元景爲雝州刺史，在元嘉三十年五月戊子。黄氏蓋以此詩爲是年五月作。照此詩有「繁霜」語，則應作於秋後而非五月矣。按孝武游覆舟山詩云：「束髮始怡衍，弱冠頗流薄。素想終勿傾，聿來果丘壑。層峯亘天維，曠渚綿地絡。逢臯列神苑，遭壇樹仙閣。松磴含青暉，荷源煜彤爍。川界泳游鱗，巖庭響鳴鶴。」時孝武年方二十四。

〔二〕漢書高祖紀：「詔曰：『前時秦徙中縣之民南方三郡。』」注：「中縣之民，中國縣民也。」

〔三〕説文：「軒，曲輈轓車也。」樂府子夜歌：「窈窕瑶臺女，冶遊戲涼殿。」

〔四〕説文：「焱，火華也。」

〔五〕説文：「枑，行馬也。」又：「嵒，山巖也。」正字通：「嵓，同嵒。」〔補注〕周禮天官：「掌合設梐枑再重。」注：「梐枑，謂行馬。」漢制考：「行馬以木爲螳螂，塹築籓落，用以遮陣者也。」

〔六〕廣韻：「天子所宮曰都。」書：「五百里甸服。」〔增補〕「輝」，宋本作「暉」。

〔七〕説文：「醴，酒一宿孰也。」

繁霜飛玉闥，愛景麗皇州〔一〕。清蹕戒馳路，羽蓋佇宣游〔二〕。神居既崇盛，嵓嶮信環周〔三〕。禮俗陶德聲，昌會濫民謳。慙無勝化質，謬從雲雨遊〔四〕。

〔一〕詩：「正月繁霜。」又：「在我闥兮。」傳：「闥，門内也。」

〔二〕漢官儀注：「皇帝輦左右侍帷幄者，稱警，出殿則傳蹕，止行人清道也。」漢書成帝紀注：「馳道，天子所行道也，若今之中道，絶横度也。」蔡邕獨斷：「凡乘輿車皆羽蓋。」楚辭九懷：「宣遊兮列宿，順極兮仿偟。」〔補注〕宣，説文曰：「天子宣室也，从宀，亘聲。」徐鉉曰：「从回，風回轉，所以宣陰陽也。」游、斿古通。司馬相如上林賦：「前皮軒，後道游。」注：「游，謂斿車也。」周禮春官：「斿車載旌。」宣游，謂天子之斿車，故上言羽蓋也。宋本作「遊」誤。錢注引楚辭九懷亦誤。

〔三〕神居，見與妹書。説文：「嶮，阻難也。」〔補注〕張衡西京賦：「巖險周固，衿帶易守。」

〔四〕應瑒建章臺集詩：「欲因雲雨會，濯翼陵高梯。」游、遊同義，似重押。〔增補〕「遊」，宋本作「浮」。前「游」既是指斿車，則此句之動詞「遊」，非重押。

【補集説】

王壬秋曰：此二首似玄暉。

從拜陵登京峴〔一〕

孟冬十月交，殺盛陰欲終〔二〕。風烈無勁草，寒甚有凋松〔三〕。軍井冰晝結，士馬氈夜重〔四〕。晨登峴山首，霜雪凝未通。息鞍循隴上，支劍望雲峯。表裏觀地險，昇降究天容〔五〕。東嶽覆如礪，瀛海安足窮〔六〕？傷哉良永矣，馳光不再中〔七〕，衰賤謝遠願，疲老還舊邦。深德竟何報？徒令田陌空〔八〕。

〔一〕宋書禮志：「晉宣帝遺詔，子弟羣官皆不得謁陵。逮江左初，元帝崩後，諸公始有謁陵辭陵之事。蓋由眷同友執，率情而舉，非洛京之舊也。至安帝元興元年，桓謙奏曰：尋武皇帝詔，乃不使人主諸王拜陵，豈惟百僚，謂宜遵奉。及義熙初，又復江左之舊。宋明帝又斷羣臣初拜謁陵，而辭如故。」又武帝紀：「旭孫生混，始過江，居晉陵郡丹徒縣之京口里。」唐類函：「京口記：『去城九里，有白石峴，山東皆白石也。』」〔補注〕元和志：「永寧陵在丹徒縣東南三十五里，宋武帝父翹追尊曰孝皇帝陵也。」宋書后妃列傳：孝穆趙皇后生高祖，殂於丹徒官舍，葬縣東鄉練壁里雩山。宋初，追崇號謚，陵曰興寧。孝懿蕭皇后與興寧陵合墳。武帝胡婕妤生文帝，葬丹徒，陵曰熙寧。以上諸陵皆在丹徒，當時拜陵之禮，見之文帝紀者，元嘉四年二月，行幸丹徒，謁京陵。則其舉復舉。本詩從拜陵登京峴，屬孟冬十月，疑即元嘉十七年九月二十六日葬元皇后於長寧陵時作。長寧陵即顔延之哀策文所謂「南背國門，北首山園」者，亦在丹徒。哀策序云：「皇帝親臨祖饋，躬瞻宵載。羣臣相從。」策文所謂「僕人按節，服馬顧轅。」明遠禮畢而登京峴，故曰「孟冬十月交」也。讀史方輿紀要：「京峴山在丹徒縣東五里，一名丹徒峴，相傳即秦時所鑿以泄王氣處。鎮江志云：『北爲京山。又西南五里爲峴山。』」〔增補〕黄注以此詩爲元嘉十七年冬作。按照死於宋明帝泰始二年，虞炎鮑集序稱「時年五十餘」，上溯至元嘉十七年，照年才二十五六，與詩中所云「疲老還舊邦」者不合。疑是世祖孝建年中事，照年四十餘，時方爲中書舍人秣陵令，似較合。然拜陵事於宋書及南史世祖紀無徵，不敢鑿説。

〔二〕詩：「十月之交。」

〔三〕後漢書王霸傳：「光武謂霸曰：潁川從我者皆逝，而子獨留努力。疾風知勁草。」

〔四〕周禮：「挈壺氏，掌挈壺，以令軍井。」注：「謂爲軍穿井成，挈壺縣其上，令軍中士衆皆望見，知此下有井。」魏志鄧艾傳：「艾自陰平道行無人之地七百餘里，鑿山通道，造作橋閣。艾以氈自裹，推轉而下。將士皆攀木緣崖，魚貫而進。」

〔五〕易：「地險，山川丘陵也。」〔增補〕表裏，見代結客少年場行。

〔六〕史記高祖功臣年表序：「封爵之誓曰：『使河如帶，泰山若厲。』」又孟子傳：「騶衍以爲中國外如赤縣神州者九，乃所謂九州也。於是有裨海環之，如此者九，乃有大瀛海環其外。」

〔七〕史記封禪書：「新垣平曰：『臣候日再中。』頃之，日卻復中。」

〔八〕陌，見園葵賦。〔補注〕後漢書：「陳蕃諫桓帝曰：『當今之世，有三空之戹，田野空，朝廷空，倉庫空。』」本傳，照遷秣陵令，文帝以爲中書舍人。故收句云「深德音何報？徒令田陌空」，謂宰秣陵無政績可言也。〔增補〕宋書本傳不言照爲秣陵令，爲中書舍人在世祖時。黄注但據南史本傳。按虞炎鮑集序云：「孝武初，除海虞令，遷太學博士，兼中書舍人，出爲秣陵令。」不言在文帝時。炎去鮑照時不遠，言當可信。

蒜山被始興王命作〔一〕

暮冬霜朔嚴，地閉泉不流〔二〕，玄武藏木陰，丹鳥還養羞〔三〕。勞農澤既周，役車時亦休〔四〕，高薄符好蒨，藻駕及時遊〔五〕。鹿苑豈淹睇，兔園不足留〔六〕。升嶠望日軓，臨迥望滄洲〔七〕。雲生玉堂裏，風靡銀臺陬〔八〕。陂石類星懸，嶼木似煙浮〔九〕。形勝信天府，珍寶麗皇州〔一〇〕。白日迴清景，芳艶洽歡柔〔一一〕。參差出寒吹，飈戾江上謳〔一二〕。王德愛文雅，飛翰灑鳴球〔一三〕。美哉物會昌，衣道服光猷〔一四〕。

〔一〕顔延年車駕幸京口侍遊蒜山作注：「蒜山在潤州西二里。劉楨京口記曰：『蒜山無峯，嶺北臨江。』」始興王，見白紵啓。〔補注〕宋書始興王濬傳：「字休明。元嘉十三年，年八歲，封始興王。少好文籍，姿質端妍。出鎮京口，聽將文武二千人自隨。」優遊外藩，甚爲得意。明遠此詩，當是濬鎮京口時命作也。〔增補〕元和郡縣志：「蒜山在丹徒縣西，臨江壁絶。晉安帝時，海賊孫恩率衆登山，宋武帝擊破之，即此」。太平寰宇記以爲馬蒜山，曹旼潤州類集：「蒜山在江上，説者曰：山多澤蒜，故名。」讀史方輿紀要：「蒜山在鎮江府西三里江岸上，山多澤蒜，因名。或云：吴周瑜與諸葛武侯謀拒曹操於此，因曰算山。」

〔二〕阮籍詠懷詩：「朔風厲嚴寒，陰氣下微霜。」禮記：「孟冬之月，天地不通，閉塞而成冬。」

〔三〕張衡思玄賦：「玄武縮于殼中兮。」注：「龜與蛇交曰玄武。」左傳：「丹鳥氏司閉者也。」禮記：「仲秋之月，羣鳥養羞。」〔補注〕大戴禮夏小正：「八月丹鳥羞。」傳：「羞也者，進也。不盡食也。」〔增補〕「鳥」，宋本作「烏」。

〔四〕禮記：「孟冬之月，勞農以休息之。」詩：「蟋蟀在堂，役車其休。」

〔五〕楚辭注：「草木交曰薄。」蒨，見芙蓉賦。〔補注〕謝靈運山居賦：「森高薄于千麓。」説文：「符，信也。」吴都賦：「夏曄冬蒨。」劉淵林注：「南土草木通曰：『冬生曰蒨。』」陸機文賦李善注：「孔安國尚書傳曰：『藻，水草之有文者。』故以喻文焉。」〔增補〕宋本「符」下注：「一作『浮』。」「蒨」下注：「一作『清』。」

〔六〕三輔黄圖：「惠帝安陵去長陵十里，有果園鹿苑。」西京雜記：「梁孝王好宫室苑囿之樂，築兔園也。」

〔七〕爾雅：「山鋭而高曰嶠。」説文：「軏，車轅端持衡者。」日軏似即日御日輪之意。阮籍爲鄭沖勸晉王牋：「臨滄洲而謝支伯。」

〔八〕十洲記：「崑崙有流精之闕，碧玉之堂，西王母所居也。」張衡思玄賦：「聘王母於銀臺兮。」

注：「銀臺，王母所居。」説文：「阫，阪隅也。」〔增補〕郭璞遊仙詩：「雲生梁棟間，風出窗户裏。」

〔九〕説文：「陂，阪也。」嶼，見遊思賦。〔補注〕説文：「嶼，島也。」

〔一〇〕戰國策：「蘇秦説秦惠王曰：大王之國，沃野千里，蓄積饒多，地勢形便。此所謂天府，天下之雄國也。」

〔一一〕〔增補〕「艷」，宋本作「醴」。

〔一二〕參差，見觀漏賦注。劉向九歎：「繚戾宛轉，阻相薄兮。」

〔一三〕大戴禮：「天子不知文雅之辭，少師之任。」後漢書孔融傳：「馳檄飛翰。」書：「戛擊鳴球。」

〔一四〕河圖括地象：「帝以會昌，神以建福。」〔補注〕釋名：「衣，依也。」淮南子：「至人之治也，掩其聰明，滅其文章，依道廢智，與民同出于公。」

登廬山〔一〕

懸裝亂水區，薄旅次山楹〔二〕。千巖盛阻積，萬壑勢迴縈〔三〕。巃嵷高昔貌，紛亂襲前名〔四〕。洞澗窺地脈，聳樹隱天經〔五〕。松磴上迷密，雲竇下縱横〔六〕。陰冰實夏結，炎樹信冬榮〔七〕。嘈囋晨鵾思，叫嘯夜猿清〔八〕。深崖伏化迹，穹岫閟長靈〔九〕。乘此樂山性，重以遠遊情〔一〇〕，方躋羽人途，永與煙霧并〔一一〕。

〔一〕録聞人倓注。唐書地理志：「江州潯陽縣有廬山。」〔振倫注〕此下三篇，皆從臨川王江州所作。〔增補〕宋本與下一首登廬山望石門併爲一題，題作登廬山二首。

〔二〕晉書：「陸機赴洛，船裝甚盛。」吴都賦：「開軒幌，鏡水區。」周易旅卦疏：「旅者，客寄之名。」莊忌哀時命：「鑿山楹而爲室兮。」卓氏藻林：「山楹，山房也。」

〔三〕晉書：「千巖競秀，萬壑争流。」江賦：「幽澗阻積。」陸雲詩：「郁郁寒水縈。」

〔四〕上林賦：「巃嵸崔巍。」按：言峯各有名，皆襲其舊也。〔補注〕宋支曇諦廬山賦曰：「昔哉壯麗，峻極氤氳。」又：「咸豫聞其清塵，抄無得之稱名也。」昔貌、前名，疑出此。〔增補〕「亂」，宋本作「純」。

〔五〕「聳」，一作「竦」。史記蒙恬傳：「起臨洮，屬之遼東，城塹萬餘里，此其中不能無絶地脈。」〔增補〕「澗」，宋本作「間」。

〔六〕磴，石橋也。迷密，繁多也。雲竇，雲從空穴中出也。

〔七〕淮南子：「北方有不釋之冰。」楚辭：「嘉南方之炎德，美桂樹之冬榮。」

〔八〕文賦：「務嘈囋而妖冶。」埤蒼：「嘈哮，聲貌。」哮，與囋同。九辯：「鵾雞啁哳而悲鳴。」荊州記：「重巖疊嶂，隱天蔽日。高猿長嘯，屬引清遠。」

〔九〕化迹，西國化人之迹。張衡賦：「寒風淒而永至兮，拂穹岫之騷騷。」謝靈運賦：「賤物重己，棄世希靈，駭彼促年，愛是長生。」〔補注〕晉湛方生廬山神仙詩曰：「室宅五岳，賓友松喬。」僧惠遠廬山雜詩曰：「幽岫棲神跡。」所謂化迹，長靈也。

〔一〇〕〔增補〕論語：「仁者樂山。」遠遊，楚辭篇名。

〔一一〕遊天台山賦：「仍羽人於丹丘。」〔補注〕惠遠廬山詩曰：「有客獨冥遊，徑然忘所適。」則收句擬之。皆切廬山。

【集説】

陳胤倩曰：堅蒼。其源亦出於康樂，幽雋不逮，而矯健過之。寫景自覺森然。「巃嵸」二句，「昔貌」「前名」字無理，擬删之。按：陳胤倩未觀支曇諦廬山賦，欲妄删鮑詩，未可也。

方植之曰：「千巖」以下十四句皆實寫。洞澗，洞，深也。聳樹，聳，竦也。雖造句奇警，非尋常凡手所能問津，但一片板實，此不必定見爲廬山詩，又不必定見爲鮑照所作也。换一人换一山，皆可施用。前人未有見及而言之者也。然則今曷取乎？曰取其造句奇峭生拗耳。

【補集説】

王壬秋曰：觀此二篇，方知顔、謝爲不可及。

登廬山望石門〔一〕

訪世失隱淪，從山異靈士〔二〕，明發振雲冠，升嶠遠棲趾〔三〕。高岑隔半天，長崖斷千里〔四〕。氛霧承星辰，潭壑洞江汜〔五〕。嶄絶類虎牙，巑岏象熊耳〔六〕。埋冰或百年，韜樹必千祀〔七〕。雞鳴清澗中，猨嘯白雲裏。瑶波逐穴開，霞石觸峯起〔八〕。迴互非一形，參差悉相似〔九〕。傾聽鳳管賓，緬望釣龍子〔一〇〕。松桂盈膝前，如何穢城市〔一一〕？

〔一〕録聞人倓注。廬山諸道人遊石門詩序：「石門在精舍南十餘里，一名障山。基連大嶺，體絶衆阜。闢三泉之會，並立而開流，傾巖玄映其上，蒙形表於自然，故因以爲名。此雖廬山之一隅，實斯地之奇觀。」〔增補〕宋本詩併前題下，此不別立題。

〔二〕江賦：「納隱淪之列真。」遊天台山賦：「靈仙之所窟宅。」按：言養生之士，問之世則屢失，從之山則多異也。〔補注〕方植之曰：「靈士用嵇康贊。」〔增補〕戴明揚校輯嵇康聖賢高士傳贊，無「靈士」文，未詳方氏所據。

〔三〕毛詩：「明發不寐。」楚辭：「冠切雲之崔嵬。」爾雅：「山鋭而高曰嶠。」棲趾，猶託足，任昉亦有「棲趾傍蓮池」句。

〔四〕七啓：「左激水，右高岑。」

〔五〕禮記：「氛霧冥冥。」後漢書注：「洞，通也。」〔振倫注〕毛詩：「江有汜。」〔增補〕「氛」，宋本作「氣」。

〔六〕集韻：「嶄，山尖鋭貌。」荆州記：「虎牙山，石壁紅色，間有白文，如牙齒狀。」韻會：「巑岏，山鋭貌。」尚書疏：「熊耳山，在弘農盧氏縣東。」葉承曰：「言廬山之形，其鋭處如虎牙、熊耳也。」〔補注〕郭璞江賦：「虎牙桀豎以屹崒。」

〔七〕廣韻：「韜，藏也。」按：埋冰、韜樹，言其深。百年、千祀，言其久。〔補注〕曰類，曰象，曰或，曰必，皆是望中假定之詞。

〔八〕陶潛詩：「落落清瑶流。」張載賦：「霞石駁落。」

〔九〕海賦：「乖蠻隔夷，迴互萬里。」〔補注〕「氛霧承星辰」，則應「高岑半天」；「潭壑洞江汜」，則應「長崖千里」。「雞鳴清澗」，而澗中之「波逐穴」；「猨嘯白雲」，則雲中之「石觸峯」。所謂「迴互非一」也。「高岑」以下，皆寫望石門景。因望石門，而想及緱山陵陽山，故曰「參差相似」也。

〔一〇〕列仙傳：「王子晉好吹笙，作鳳皇鳴。」又：「陵陽子明釣得白龍，懼，放之。後得白魚，腹中有書，教子明服食之法。子明遂上黄山，採五石脂，沸水服之，三年，龍來迎去。」〔增補〕「悉」，宋本作「反」。

〔一一〕言廬山亦近城市，而松桂盈前，詎可以爲穢也。

【集説】

方植之曰：「松桂」二句，言廬山甚近，何城市之人，甘穢濁而不至此以與仙人遊乎？遊山詩以山中有仙人，興寄偶及之，亦可。小謝敬亭山是也。康樂華子岡爲華子言之，故妙切有味。

從登香爐峯〔一〕

辭宗盛荆夢，登歌美鳧繹〔二〕。徒收杞梓饒，曾非羽人宅〔三〕。羅景藹雲扃，沾光扈龍策〔四〕。御風親列涂，乘山窮禹跡〔五〕。含嘯對霧岑，延蘿倚峯壁〔六〕。青冥摇煙樹，穹跨負天石〔七〕。霜崖滅土膏，金澗測泉脈〔八〕。旋淵抱星漢，乳竇通海碧〔九〕。谷館駕鴻人，巖栖咀丹客〔一〇〕。殊物藏珍怪，奇心隱仙籍〔一一〕。高世伏音華，綿古遁精魄〔一二〕。蕭散生哀聽，參差遠驚覿〔一三〕。慙無獻賦才，洗汙奉毫帛〔一四〕。

〔一〕録聞人倓注。後漢書注：「廬山在潯陽南，東南有香爐山，其上氛氲若香煙。」〔補注〕宋書：「臨川王義慶在江州，招聚文學之士，近遠必至。太尉袁淑，文冠當時，義慶在江州，請爲衛軍諮議參軍。其餘吴郡陸展、東海何長瑜、鮑照等，並爲辭章之美，引爲佐史國臣。」此篇蓋明遠從義慶登香爐峯作也。〔增補〕考宋書文帝本紀，義慶自元嘉十六年夏四月詔鎮江州，至次年十月改督南兗，其間相距十有九月。照從登廬山，當在此十數月中。

〔二〕後漢書：「學窮道奥，文爲辭宗。」尚書：「荆及衡陽惟荆州。雲土夢作乂。」禮記：「登歌清廟。」毛詩：「保有鳧、繹，遂荒徐宅。」〔補注〕辭宗，謂當時文學之士，視屈宋爲盛。歌頌義慶，比之魯侯。其時義慶以江州刺史都督南兗州、徐、兗、青、冀、幽六州諸軍事，一若魯侯之保有鳧、繹也。鳧、繹，二山名。元和郡縣志：「鳧山，在兗州鄒縣東南三十八里。繹山，在鄒縣南二十里。」〔增補〕方東樹昭昧詹言：「起句蓋用宋玉高唐事爲切題，注家不知。」

〔三〕左傳：「杞梓皮革，自楚往也。」山海經：「有羽人之國。」〔補注〕杞梓，喻人才之盛，謂歌頌義慶，比魯侯之保有鳧、繹，然未若茲山爲羽人之宅，羅景沾光，爲可記也。郭璞詩：「杞梓生南荆，奇才應世出。」

〔四〕廣雅：「羅，列也。」景，日景也。雲扃，猶雲扉也。韻會：「扃，尾也。後從曰扃。」雲笈七籤：「腰佩龍策，頭巾虎文。」〔增補〕雲笈七籤，後出道書，非鮑詩用詞所本。

〔五〕列涂，列子御風之途。尚書：「予乘四載。」傳：「山乘樏。」左傳：「芒芒禹跡，畫爲九州。」

〔六〕集韻：「延，及也。」

〔七〕漢書注：「冥，暗也。」廣韻：「穹，高也。」説文：「跨，渡也。」莊子：「背負青天。」按：言摇煙之樹葱然者，因望窮而晦；負天之石穹然者，若遠跨而來也。

〔八〕見石不見土，故云滅。周語：「自今至于初吉，陽氣俱蒸，土膏其動。」泉脈，泉所從來處。言因其流而測其源也。〔補注〕水經注：「尋陽記曰：『廬山上有三石梁，長數十丈，廣不盈尺，杳然無底。吴猛將弟子登山，過此梁，見一翁坐桂樹下，以玉杯承甘露漿與猛。又至一處，見數人爲猛設玉膏。』」又云：「有孤石介立大湖中，飛禽罕集。言其上有玉膏可采。」

〔九〕淮南子：「湍瀨旋淵。」按：水在山之巔則高，故云「抱星漢」。范成大曰：「山洞穴中，凡石脈湧處，爲乳牀，融結下垂，其端輕薄，中空，水乳且滴且凝。」十洲記：「扶桑在東海東岸。登岸一萬里，東復有碧海。海廣狹浩汗，與東海等。水既不鹹苦，正作碧色，甘香味美。」

〔補注〕方植之曰：「旋淵只言倒景，非言高也。注非。」

〔一〇〕郭璞詩：「駕鴻乘紫煙。」説文：「咀，含味也。」抱朴子：「金液入口，則其身皆金色。老子受之於元君。黄金入火，百鍊不消，埋之，畢天不朽，是謂金丹。」

〔一一〕楚辭：「室中之觀，多珍怪些。」雲笈七籤：「益者，益精也。易者，易形也。能益能易，名上仙籍。」

〔一二〕毛萇詩傳：「綿長，不絶之貌。」江賦：「挺異人乎精魄。」按：言仙者之音徽，雖已潛隱而不見，而其魂魄，則得長遁而不死也。

〔一三〕巖谷草樹，忽生哀音，能感人聽。説文：「覿，見也。」〔增補〕「散」，宋本作「瑟」。

〔一四〕東觀漢記：「班固讀書禁中，每行巡，輒獻賦頌。」毫帛，猶毫素也。

【集説】

陳胤倩曰：琢句取異，用字必生，然固無强語。

方植之曰：澀鍊，典實，沈奧，至工至佳，誠爲輕浮滑率淺易之要藥。此大變格也。杜、韓皆胎祖於此。但其體平頓，無雄豪跌宕峥嶸，所謂巨刃摩天之概，其於漢魏曹、王、阮公，皆不能及。

此杜、韓所以善學古人，兼取其長，而不專奉一家，隨人作計也。

【補集説】

王壬秋曰：全以研鍊爲工。

從庾中郎遊園山石室〔一〕

荒塗趣山楹，雲崖隱靈室〔二〕，岡澗紛縈抱，林障沓重密〔三〕。昏昏磴路深，活活梁水疾〔四〕。幽隅秉晝燭，地牖窺朝日〔五〕。怪石似龍章，瑕壁麗錦質〔六〕。洞庭安可窮，漏井終不溢〔七〕。沈空絶景聲，崩危坐驚慄〔八〕。神化豈有方，妙象竟無述〔九〕。至哉鍊玉人，處此長自畢〔一〇〕。

〔一〕錄聞人倓注。　宋書：「庾悦，字仲豫，鄢陵人。高祖定京邑，武陵王遵承制以悦爲寧遠將軍、安遠護軍、武陵内史。以病去職。鎮軍府版諮議參軍，轉車騎從事中郎。」〔補注〕吴摯父曰：「庾中郎，庾永也。元嘉二十二年，除竟陵王誕北中郎錄事參軍。宋書：『永涉獵書史，能爲文章，善隸書，曉音律、騎射、雜藝。元嘉二十三年，造華林園、玄武湖，並使永監統。凡諸制署，皆受則於永。』此園山石室，殆即華林園所造也。」案此，則聞人倓注以爲庾悦，恐非。　〔增補〕考南史、宋書，吴氏乃誤以張永之事屬庾永。聞人倓以爲庾悦，亦非。

宋書庾悦爲中郎，一在晉元興二年，桓玄篡逆，徙中書侍郎，一在劉裕定京邑時，武陵王遵承旨以悦爲寧遠將軍、安遠護軍、武陵内史。以病去職。鎮軍府版諮議參軍，轉車騎從事中郎。劉毅請爲撫軍司馬，不就。其時照尚未生。

〔二〕「靈」，一作「虚」。董仲舒賦：「懼荒塗之難踐。」山楹，見前注。按：雲崖，猶言雲峯也。靈室，室在煙雲縹緲中，如仙靈之所居也。言我從庾中郎由荒塗而向園山，見雲峯間隱隱有石室也。

〔三〕廣韻：「縈，繞也。」爾雅：「上正章。」集韻：「通作障。」按：沓，合也。

〔四〕遊天台山賦：「跨穹窿之懸磴。」毛詩：「北流活活。」

〔五〕張衡七辨：「無爲先生淹在幽隅。」古詩：「胡不秉燭遊？」老子：「不窺牖，知天道。」

〔六〕尚書：「厥貢鉛松怪石。」晉書趙至傳：「表龍章於裸壤。」按：瑕璧，言石壁苔蘚斑剥，如有瑕也。蜀都賦：「差鱗次色，錦質報章。」〔補注〕郭璞巫咸山賦：「潛瑕石，揚蘭茝。」瑕璧亦猶瑕石。〔增補〕宋本「璧」作「壁」。

〔七〕水經注：「洞庭湖廣員五百餘里，日月若出没於其中。」周禮：「爲其井匽，除其不蠲，去其惡臭。」注：「漏井所以受水潦。」爾雅：「溢，盈也。」

〔八〕「沈空」句，承洞庭漏井。「崩危」句，承怪石瑕璧。

〔九〕拾遺記：「神化通於精粹。」郭璞詩：「明道雖若昧，其中有妙象。」

〔一〇〕雲笈七籤：「紫微王夫人詩：『鍊玉飛八瓊。』」〔增補〕此非鮑詩用詞所本，説見上。

【補集説】

方植之曰：此首篇法完好，而收句未佳。

王壬秋曰：數首非不刻意學康樂，然但務琢句，不善追神。明遠天才尚如此，無怪明諸子學謝諸作，不能驚人也。

聯按：康樂五言，山水老、莊，打成一片。明遠於此，未窺消息，不僅不善追神而已。

登翻車峴〔一〕

高山絶雲霓，深谷斷無光〔二〕。晝夜淪霧雨，冬夏結寒霜。淖坂既馬領，磧路又羊腸〔三〕。畏塗疑旅人，忌轍覆行箱〔四〕。升岑望原陸，四眺極川梁〔五〕。遊子思故居，離客遲新鄉〔六〕。新知有客慰，追故遊子傷〔七〕。

〔一〕江乘地記：「城東四十五里竹里山，王塗所經，甚傾險，行者號爲翻車峴。鮑照有登翻車峴詩。」

〔二〕司馬彪贈山濤詩：「上淩青雲霓，下臨千仞谷。」

〔三〕説文：「淖，泥也。」又：「磧，水陼有石者。」華陽國志：「僰道有牛叩頭阪、馬搏頰阪，其險類如此。」羊腸，見石帆銘。〔補注〕續漢郡國志：「荊州桂陽郡，郴，有客嶺山。」注：「湘中記曰：『縣南十數里有馬嶺山。』」又「南郡，夷道」注：「荊州記曰：『縣東南有羊腸山。』」明遠將客荊州，山川所感，馬嶺羊腸，似當指此。

〔四〕莊子：「夫畏途者，日殺一人，則父子兄弟相戒。」易：「旅人先笑後號咷。」韓詩外傳：「前車覆，後車戒。」説文：「箱，大車牡服也。」

〔五〕張衡東京賦：「勸稼穡于原陸。」曹植贈白馬王彪詩：「欲濟川無梁。」

〔六〕史記高祖紀：「謂沛父兄曰：『遊子悲故鄉。』」〔補注〕晉書庾衮傳：「衮攜其妻子適林慮山，事其新鄉，如其故鄉。」

〔七〕〔增補〕宋本「新知」作「知新」。

登黃鶴磯〔一〕

木落江渡寒，雁還風送秋〔二〕。臨流斷商絃，瞰川悲棹謳〔三〕。適郢無東轅，還夏有西浮〔四〕。三崖隱丹磴，九派引滄流〔五〕。淚行感湘別，弄珠懷漢遊〔六〕。豈伊藥餌泰，得奪旅人憂〔七〕。

〔一〕録聞人倓注。九域志：「鄂州有黃鶴樓。圖經：『費文禕仙去，駕鶴來此。』陸氏曰：『武昌黄鵠山，一名黄鶴山。黄鶴樓在黄鶴磯上。』」

〔二〕張載詩：「木落柯條森。」按：江渡寒，言寒氣渡江而來也。

〔三〕淮南子：「東風至而酒湛温，蠶吐絲而商絃絶。」韻會：「俯視曰瞰。」吴都賦：「棹謳唱，簫籟鳴。」〔補注〕禮記月令：「孟秋之月，其音商。」鄭玄注：「秋氣和則商聲調。」詩曰「臨流斷商絃」，蓋以棹謳之悲而失其和也。方植之曰：「『臨流』二語，互文一意。絶絃由於急張，急張由於悲切也。」

〔四〕「還」，一作「過」。上林賦注：「李奇曰：『郢，楚都也。』」按：郢，即今荆州府。武昌在荆州西。「無東轅」，爲江所隔，東轅不能通於西也。楚辭：「過夏首而西浮兮。」注：「夏首，夏水口也。浮，不進之而自流也。」〔補注〕曰「還夏有西浮」，蓋夏口在磯之西南也。方植之曰：「『適郢』二疊句一意，言望郢與夏，皆在西耳。注誤解非是。」按：郢固在武昌之西，夏亦在武昌西，而黄鶴磯在武昌，故望郢、夏皆在西。〔增補〕按：方説是也。楚辭哀郢「過夏首而西浮」之夏首，指夏水之首，即夏水發源於江之處，在郢之東，洞庭之西北，非夏口也。黄注亦誤。明遠此詩當是在赴荆州道中過武昌作，故其語云爾。

〔五〕説文：「崖，山邊也。」韻會：「隱，蔽也，藏也。」荆州記：「江至潯陽，分爲九道。」潯陽記：「九江：一曰白烏江，二蜯江，三烏士江，四嘉靡江，五畎江，六源江，七廪江，八提江，九菌江。」〔補注〕水經注：「江之右岸，有船官浦，歷黄鵠磯西而南矣，直鸚鵡洲之下尾。船官浦東即黄鵠山，黄鵠山東北對夏口。」據此，則磯之西南爲船官浦，直下爲鸚鵡洲，東北對夏口，詩所謂三崖也。〔增補〕按：黄注以船官浦、鸚鵡洲、夏口爲三崖，疑與崖義不合。詩意上二句適郢還夏，就武昌以西言。此二句則就武昌以東言。三崖似指江寧三山而言，地隔已遠，故隱没而不見也。三山，見下還都至三山望石頭城注。

〔六〕博物志：「堯之二女，舜之二妃，曰湘夫人。舜崩，二妃啼，以涕揮竹，竹盡斑。」南都賦：「游女弄珠於漢皋之曲。」注：「韓詩外傳曰：『鄭交甫將南適楚，遵彼漢皋臺下，乃遇二女，佩兩珠，大如荆雞之卵。』」名勝志：「萬山在襄陽府城西，相傳鄭交甫所見遊女，居此山之下。」〔振倫注〕「行」，疑當作「竹」。〔增補〕宋本「行」作「竹」。方東樹昭昧詹言：「『淚竹』二句，韓公擬之曰：『斑竹啼舜婦，清湘沈楚臣。』」

〔七〕爾雅注：「良於藥餌。」周易：「旅人先笑後號咷。」〔補注〕「藥餌」，或作「樂餌」。老子曰：「執大象，天下往。往而不害，安乎泰。樂與餌，過客止。」詩三四句言商絃棹謳，則樂也。收句言旅人，則過客也。

【集説】

方植之曰：起二句寫時令之景；次二句叙登臨之情；適郢六句正寫望，情事景物；收言己情，應前斷絃悲謳。凡分四段。起句興象，清風萬古，可比「洞庭波兮木葉下」。孟公「木落雁南度，北風江上寒」，全脱化此句，可悟造句之法。若云「秋風送雁還」，「寒風送秋雁」，「木落秋雁還」，皆不及此妙。如孟郊「客衣飄飄秋」，「葛花零落風」，雖不辭，然若作「零落葛花風」，則句雖佳而嫌平矣。

【補集説】

王船山曰：鮑樂府故以駘宕動人，五言深秀如静女。古人居文有體，不恃才所有餘，終不似近世人只一付本領，逢處即賣也。木落因江渡夙寒，江渡之寒，乃若不因木葉，試當寒月臨江渡，則誠然乃爾。故經生之理，不關詩理，猶浪子之情，無當詩情。

王壬秋曰：蒼茫宏敞。

登雲陽九里埭〔一〕

宿心不復歸，流年抱衰疾〔二〕。既成雲雨人，悲緒終不一〔三〕。徒憶江南聲，空録齊后瑟〔四〕。方絶縈絃思，豈見繞梁日〔五〕。

〔一〕録聞人倓注。吴志孫權傳：「嘉禾三年，詔復曲阿爲雲陽。」按：雲陽，即今鎮江府丹陽縣，九里埭在縣西。〔增補〕宋本「埭」下注：「一作『冡』。」

〔二〕嵇康詩：「内負宿心。」傅毅詩：「徂年如流，渺兹暇日。」

〔三〕顔延之和謝監詩：「朋好雲雨乖。」夫雲合斯雨散，雲一爲雨，則離不復合矣。故鮑以自謂。

謝靈運詩：「覽物起悲緒。」〔補注〕論衡：「雲散水墜，成爲雨矣。」應德璉侍五官中郎將建章臺集詩：「欲因雲雨會，濯翼陵高梯。良遇不可值，伸眉路何階？」本傳言「照始嘗謁義慶，未見知」。此篇或當時作也。

〔四〕古今樂録有江南弄諸曲。韓非子：「齊宣王問康倩曰：『儒者鼓瑟乎？』對曰：『不也。夫瑟，以小絃爲大聲，大絃爲小聲，是大小易序，貴賤易位。儒者以爲害義，故不鼓。』宣王曰：『然。』」〔補注〕韓非子：「齊宣王使人吹竽，必三百人。南郭處士請爲王吹竽，宣王説之，廩食以數百人。宣王死，湣王立，好一一聽之，處士逃。」一一，瑟也。韓愈曰：「王好竽而子鼓瑟，雖工，其如不好何！」

〔五〕陸機演連珠：「繞梁之音，實縈絃所思。」李善注：「縈曲之絃，謂絃被縈曲而不伸者也。」按：縈曲之絃，思繞梁以盡妙。今此思已絶，則豈有繞梁之日乎？

【集説】

方植之曰：此是空詠懷感不遇知音作，於題全不相蒙。詩分兩半四段，如精金在鎔。後來韓公短篇多倣此。而小謝銅雀臺用法更妙。

【補集説】

王船山曰：戍削之極，不矜不迫，乃可許爲名士。後四句分支緩承，遂已盡意。古人用法自有法外意，非文無害之爲良史也。

自礪山東望震澤〔一〕

爛漫潭洞波，合沓崿嶂雲〔二〕。漲島遠不測，岡澗近難分。幽篁愁暮見，思鳥傷夕聞〔三〕。以此藉沈痾，棲迹別人羣〔四〕。結言非盡意，有念豈敷文〔五〕。

〔一〕湖州府志：「礪山，山石可以作礪。俗名糲山，非也。」書：「震澤底定。」傳：「震澤，吴南太湖也。」

〔二〕王延壽魯靈光殿賦：「流離爛漫。」王褒洞簫賦：「薄索合沓。」張衡西京賦注：「崿，崖也。」〔增補〕宋本「爛」作「瀾」。

〔三〕篁，見採桑。〔補注〕楚辭九歌：「余處幽篁兮，終不見天。」陸機贈從兄車騎詩：「思鳥有悲音。」

〔四〕晉書樂廣傳：「沈痾頓愈。」曹植釋愁文：「趣遐路以棲迹。」

〔五〕結言，見幽蘭。晉陽秋：「謝安優游山水，以敷文析理自娱。」〔增補〕宋本「意」作「書」。

三日遊南苑〔一〕

採蘋及華月，追節逐芳雲〔二〕。騰蒨溢林疏，麗日曄山文〔三〕。清潭圓翠會，花薄緣綺紋〔四〕。合樽遽景斜，折榮忝組芬〔五〕。

〔一〕宋書禮志：「三月上巳，祓於水濱。自魏以後，但用三日，不以巳也。魏明帝天淵池南設流杯石溝，燕羣臣，晉海西鍾山後流杯曲水延百僚，皆其事也。官人循之至今。」南朝宫苑記：「南苑，在臺城南鳳臺山。」

〔二〕詩：「于以采蘋。」〔補注〕詩采蘋毛傳：「蘋，大蓱也。」按：字亦作「苹」。禮月令：「季春之月，桐始華，蓱始生。」〔增補〕宋本「蘋」作「性」。

〔三〕倩，見芙蓉賦注。〔增補〕宋本「騰」作「勝」。

〔四〕薄，見蒜山詩注。〔增補〕宋本「花」作「化」。

〔五〕史記滑稽傳：「日暮酒闌，合尊促坐。」折榮，見陽春登荆山行注。

贈故人馬子喬六首〔一〕

躑躅城上羊，攀隅食玄草〔二〕。俱共日月輝，昏明獨何早？夕風飄野籜，飛塵被長道〔三〕。親愛難重陳，懷憂坐空老。

〔一〕玉臺新詠無「馬子喬」字。其二、其六録吴兆宜注。

〔二〕崔豹古今注：「羊躑躅花，羊見之則躑躅分散，故名羊躑躅。」

〔三〕籜，見採桑注。

【集說】

陳胤倩曰：言城上獨早見日，興己獨悲。

王船山曰：重用比興，以平語出之，非但漢人遺旨，亦三百篇之流風也。

寒灰滅更然，夕華晨更鮮〔一〕。春冰雖暫解，冬冰復還堅〔二〕。佳人捨我去，賞愛長絕緣〔三〕。歡至不留日，感物輒傷年〔四〕。

〔一〕漢韓安國傳：「獄吏田甲辱安國。安國曰：『死灰獨不復然乎？』」〔增補〕宋本「寒」作「空」。

〔二〕「復還」，一作「還復」。春冰，見尚書。解凍、冰堅，見禮記。〔補注〕張衡賦：「冬冰之凝，何如春冰之消？」〔增補〕宋本「冬冰」作「冬水」。

〔三〕〔增補〕宋本「緣」作「絃」。

〔四〕玉臺「日」作「時」，「感物」作「每感」。

【補集說】

王船山曰：珊枝無葉，而有便娟之勢，光潤存也。参軍詩愈韜愈遠。其放情刻鏤者，則皆成滯累。然豈徒参軍爲爾。五言長篇，加以刻鏤，其不滯累者鮮矣。愚用此以不愜于采芑、韓奕，而況其餘。

松生隴坂上，百尺下無枝〔一〕。東南望河尾，西北隱崑崖〔二〕。野風振山籟，朋鳥相驚離〔三〕。悲涼貫年節，葱翠恒若斯。安得草木心，不怨寒暑移〔四〕？

〔一〕漢書地理志注：「應劭曰：天水有大阪，名曰隴阪。」秦州記：「隴阪九曲，不知高幾里。」枚乘七發「龍門之桐，高百尺而無枝。」

〔二〕史記夏本紀：「北播爲九河，同爲逆河。」注：「鄭玄曰：下尾合名曰逆河，言相向迎受也。」水經：「崑崙墟在西北，去嵩高五萬里，地之中也。其高萬一千里。」

〔三〕莊子：「人籟則比竹，地籟則衆竅是已。」〔補注〕禽經：「一鳥曰隹，二鳥曰雔，三鳥曰朋，四鳥曰乘。」

〔四〕此首亦見張茂先集，題作擬古。〔增補〕李光地榕村詩選：「末句言安得人如此草木之心，可以不怨寒暑之移乎？一説松柏亦草木耳，何以不怨寒暑之移如此也？一説惟松柏能然，其他草木之心，安得不怨寒暑之移哉？」

【補集説】

王船山曰：杜陵以俊逸題鮑，爲樂府言爾。鮑五言恒得之深秀，而失之重澀，初不欲以俊逸自居。惟此殊有逸致。然一往淡遠，正不肯俊語。五言自着俊字不得，吴均、柳惲以下，洎乎張籍、曹鄴，俱以俊失之。

種橘南池上，種杏北池中，池北既少露，池南又多風，早寒逼晚歲，衰恨滿秋容。湘濱有靈鳥，其字曰鳴鴻〔一〕，一捍繒繳痛，長別遠無雙〔二〕。

〔一〕張衡思玄賦：「哀二妃之未從兮，翩繽處彼湘濱。」

〔二〕三輔黄圖：「佽飛具繒繳以射鳧鴈。」注：「箭有綸曰繒。繳即綸也。」〔補注〕漢高帝鴻鵠歌：「雖有矰繳，將安所施？」

【補集説】

王壬秋曰：一接便結，尺幅具萬里之規。

皎如川上鵠，赫如握中丹〔一〕，宿心誰不欺？明白古所難〔二〕。憑楹觀皓露，灑酒盪憂顏，永念平生意，窮光不忍還。淹留徒攀桂，延佇空結蘭〔三〕。

〔一〕詩：「皎皎白駒。」又：「赫如渥赭。」〔增補〕宋本「赫如」作「赫似」。

〔二〕宿心，見九里埭注。老子：「明白四達，能無知乎？」

〔三〕楚辭招隱士：「攀桂枝兮聊淹留。」又離騷：「結幽蘭而延佇。」〔增補〕宋本「留」作「流」。

雙劍將離別，先在匣中鳴〔一〕，煙雨交將夕，從此遂分形〔二〕。雌沈吴江裏，雄飛入楚城〔三〕，吴江深無底，楚闕有崇扃〔四〕。一爲天地别，豈直限幽明〔五〕。神物終不隔，千祀儻還并〔六〕。

〔一〕「離别」，玉臺作「别離」。

〔二〕〔增補〕宋本「遂」作「忽」。

〔三〕「裏」，玉臺作「水」。

〔四〕「闕」，玉臺作「城」。説文：「扃，門之闗也。」〔振倫注〕楚闕，見淩煙樓銘注。〔補注〕宋書州郡志：「江州豫章郡豐城縣。」即今江西南昌府，晉揚州豫章郡也。詩用吴江楚闕，蓋切豐城而言。〔增補〕宋本「闕」作「闕」。

〔五〕「限」，玉臺作「阻」。

〔六〕晉書張華傳：「斗牛之間，常有紫氣。豫章人雷焕，妙達緯象，以爲寶劍之精上徹于天。華即補焕爲豐城令。焕到縣，掘獄屋基，入地四丈餘，得一石函，中有雙劍，並刻題，一曰龍泉，一曰太阿。送一劍與華，一劍自佩。華報焕書曰：『詳觀劍文，乃干將也。莫邪何復不至？雖然，天生神物，終當合耳。』華誅，失劍所在。焕卒，子華爲州從事，持劍行經延平津，劍忽於腰間躍出墮水。使人没水取之，不見劍，但見兩龍，各長數丈，蟠縈有文章。没者懼而反，于是失劍。」

【補集説】王壬秋曰：起鍊氣於無形，頗有自然神力。首俱常意，而鍊響取勢俱佳，遂覺生動濃至。

答客

幽居屬有念，含意未連詞〔一〕，會客從外來，問君何所思〔二〕？澄神自惆悵，嘿慮久迴疑，謂賓少安席，方爲子陳之〔三〕。我以華門士，負學謝前基〔四〕，愛賞好偏越，放縱少矜持〔五〕。專求遂性樂，不計緝名期，歡至獨斟酒，憂來輒賦詩。聲交稍希歇，此意更堅滋〔六〕。浮生急馳電，物道險絃絲〔七〕，深憂寡情謬，進伏兩暌時。願賜卜身要，得免後賢嗤。

〔一〕古詩：「含意俱未申。」〔增補〕後漢書吴漢傳：「屬者恐不與人。」注：「屬，猶近也。」魏志賈詡傳：「屬適有所思，故不即對耳。」

〔二〕古詩：「客從遠方來。」

〔三〕戰國策：「楚王曰：寡人卧不安席，食不甘味，心摇摇如懸旌而無所終薄。」

〔四〕左傳：「華門圭竇之人。」

〔五〕晉書王羲之傳：「王氏諸少並佳，然聞信至，咸自矜持。」〔增補〕宋本「偏」作「偏」。

〔六〕〔增補〕宋本「聲交」下注：「一作『交友』。」

〔七〕馳電，見行路難。續漢書五行志：「京都童謠云：『直如絃，死道邊。曲如鈎，反封侯。』」

【集説】

陳胤倩曰：述感直叙之章，調生態老。

吴摯父曰：疏樸開杜、韓先聲。

和王丞〔一〕

限生歸有窮，長意無已年〔二〕，秋心日迴絶，春思坐連綿〔三〕。銜協曠古願，斟酌高代賢〔四〕，遯迹倶浮海，採藥共還山〔五〕。夜聽黄石波，朝望宿巖煙〔六〕，明澗子沿越，飛蘿予縈牽〔七〕。性好必齊遂，迹幽非妄傳〔八〕。滅志身世表，藏名琴酒間〔九〕。

〔一〕録聞人倓注。宋書：「王僧綽初爲江夏王義恭司徒參軍，轉始興王文學祕書丞。」〔補注〕吴摯父曰：「宋書：僧綽以元嘉二十六年爲尚書吏部郎。此詩在二十六年以前作，蓋臨川王服竟歸田里時也。」〔增補〕宋書王僧綽傳：僧綽初爲始興王文學祕書丞、司徒左長史、太子中庶子，以元嘉二十六年徙尚書吏部郎。按：此詩至晚當作于二十五年之前。蓋僧綽爲始興王文學時，照爲國侍郎，同在王府，遂相款洽，故僧綽轉爲祕書丞，有此唱和之作。吳摯父説非是。

〔二〕「意」，一作「憶」。莊子：「吾生也有涯。」白虎通：「龜之爲言久也，著之爲言耆也，久長意也。」按：此即陶公所謂「世短意常多」也。

〔三〕潘岳議：「起于迥絶，止乎人衆。」曹植詩：「春思安可忘？」謝靈運詩：「洲縈渚連緜。」按：春思秋心，相續不絶，所謂長意無已年也。

〔四〕銜，含也。篇海：「協，合也。」摯虞贊：「曠代彌休。」博雅：「曠，遠也。」按：言有合轍古人之願也。後漢書：「鄭興好古學，自杜林、桓譚、衛宏之屬，莫不斟酌焉。」

〔五〕三國志：「管寧遊學異國，敬善陳仲弓。天下大亂，聞公孫度令行於海外，遂與原及平原王烈等至於遼東。」後漢書：「龐公攜妻子登鹿門山，採藥不返。」

〔六〕澗流横過石上，故曰横石波。山煙早屯巖間，故曰宿巖煙也。〔增補〕宋本「黄」作「横」。

〔七〕説文：「沿，緣水而下也。」又：「越，度也。」孫綽賦：「援葛藟之飛莖。」〔增補〕宋本「子」作「予」，「予」作「子」。

〔八〕言兩人性好幽棲，志期必遂，庶不至虚傳其名也。

〔九〕滅志，言銷其俗情也。增韻：「表，外也。」

【集説】

陳胤倩曰：發端饒遠慨。抒旨既曠，結詞亦蒼。夜聽四句，偕隱之情何長！

方植之曰：按南史不載僧綽爲始興王祕書丞，與沈約宋書詳略不同。僧綽仕跡，非能歸退之人。此當是以虚志相期望。故後云「必齊遂」云者，祝願之辭也。「限生」二句，即「人生不滿百」意，陶公衍之爲五字，更言簡意足。此二句雖再衍，而但見新妙，不見其襲。句重字澀，可悟造言之妙在人也。秋春二句，即承上長意無已。所謂古願高賢，即指下管、龐二人也。

【補集説】

吴摯父曰：後半酣恣。

日落望江贈荀丞〔一〕

旅人乏愉樂，薄暮憂思深〔二〕，日落嶺雲歸，延頸望江陰〔三〕。亂流灇大壑，長霧帀高林〔四〕，林際無窮極，雲邊不可尋。惟見獨飛鳥，千里一揚音，推其感物情，則知遊子心〔五〕。君居帝京内，高會日揮金〔六〕，豈念慕羣客，咨嗟戀景沈。

〔一〕〔補注〕吴摯父曰：「荀伯子及子赤松，均爲尚書左丞。伯子元嘉十五年卒，官東陽太守，明遠蓋尚未出。赤松爲元凶所殺，史不言有文學。此荀丞不稱左丞，殆别一人。伯子族弟昶，字茂祖，以文藝至中書郎，子萬秋，字元寶，亦用才學自顯，皆無官丞者。」〔增補〕按：宋書禮志有「大明三年使尚書左丞荀萬秋造五路禮圖，四年正月戊辰，尚書左丞奏籍田儀注」

等語，則是時萬秋爲尚書左丞。本集月下登樓連句，連句者有荀萬秋，知照故與萬秋有舊。此詩所贈者，當即萬秋。詩有「延頸望江陰」及「君居帝京内」語，水南曰陰，是照於大明三年作客江北時作此遥寄荀丞江南者。

〔二〕旅人，見翻車峴。魏武帝苦寒行：「薄暮無宿棲。」

〔三〕吕氏春秋：「天下莫不延頸企踵。」

〔四〕詩：「鳧鷖在潨。」傳：「潨，水會也。」集韻：「潨，或作灇。」楚辭七諫：「聽大壑之波聲。」

〔五〕遊子，見翻車峴。〔補注〕曹植雜詩：「孤雁飛南遊，過庭長哀吟。翹思慕遠人，願欲托遺音。」又：「飛鳥繞樹翔，噭噭鳴索羣。願爲南流景，馳光見我君。」此篇「惟見」以下數句意所自出。

〔六〕張協詠史詩：「揮金樂當年，歲暮不留儲。」

【集説】

陳胤倩曰：「亂流」六句，浩蕩不羣。詩本直率，而聲態落落。

張蔭嘉曰：旅人乏樂，薄暮增思，即對末句戀景意。獨鳥揚音，落到遊子心傷，慕羣意已含在内。後四句就荀之方當得意不念舊交收住而已。而己之慕羣戀景，已在其不念中點明。

【補集説】

王船山曰：古今之間，别立一體，全以激昂風韻，自致勝地。終日長對此等詩，即不足入風雅堂奥，而眉端吻際，俗塵洗盡矣。鮑集中此種極少，乃似劍埋土中，偶爾被發，清光直欲徹天。吴摯父曰：「惟見」四句，此明遠所爲俊逸也。

秋日示休上人〔一〕

枯桑葉易零，波客心易驚〔二〕。今兹亦何早，已聞絡緯鳴〔三〕。迴風滅且起，卷蓬息復征〔四〕。愴愴簟上寒，悽悽帳裏清〔五〕。物色延暮思，霜露逼朝榮〔六〕。臨堂觀秋草，東西望楚城。百物方蕭瑟，坐歎徒此生〔七〕。

〔一〕宋書徐湛之傳：「沙門惠休，善屬文，湛之與之甚厚。世祖命使還俗。本姓湯，位至揚州從事。」〔補注〕惠休秋風詩：「羅帳含月思心傷，蟋蟀夜鳴斷人腸，錦衾瑶席爲誰芳？」此篇「絡緯」、「簟」、「帳」等句，全用休意。陳胤倩云：「豈亦效休上人耶？東西望楚城，意明遠與休同客荆州時作也。」又惠休怨詩行：「嘯歌視秋草，幽葉豈再揚。暮蘭不待歲，離華能幾芳？願作張女曲，流悲繞君堂。」此篇「臨堂」以下四句，亦彷彿擬之。

〔二〕古辭飲馬長城窟行：「枯桑知天風。」〔補注〕波客，猶本集庾中郎别詩之浮客也。〔增補〕宋本「易」作「未」，「波」作「疲」。

〔三〕古今注：「莎雞，一名促織，一名絡緯。」

〔四〕爾雅：「迴風曰飄。」桓譚新論：「歲之將暮，則蓬卷雲中。」

〔五〕説文：「簟，竹席也。」

〔六〕齊民要術：「木槿夕死朝榮。」

〔七〕楚辭九辯：「蕭瑟兮草木摇落而變衰。」

【補集説】

吴摯父曰：此二詩蓋未還俗作，當在文帝時，文帝末年已見亂機，故其言如此。

答休上人〔一〕

酒出野田稻，菊生高岡草〔二〕，味貌亦何奇，能令君傾倒〔三〕。玉椀徒自羞，爲君慨此秋〔四〕，金蓋覆牙柈，何爲心獨愁〔五〕？

〔一〕〔增補〕宋本此詩前有釋惠休贈鮑侍郎一詩曰：「玳枝兮金英，緑葉兮紫莖，不入君玉杯，低彩還自榮。想君不相艷，酒上視塵生。當令芳意重，無使盛年傾。」

〔二〕鄒陽酒賦：「清者爲酒，濁者爲醴，皆麴湑丘之麥，釀野田之米。」

〔三〕〔增補〕宋本「亦」作「復」。

〔四〕晉書周訪傳：「王敦遺玉環玉盌，以申厚意。」説文：「羞，進獻也。」〔增補〕宋本「慨」作

「愧」。

〔五〕廣韻：「盤，俗作柈。」

吳興黄浦亭庾中郎别〔一〕

風起洲渚寒，雲上日無輝。連山眇煙霧，長波迴難依〔二〕。旅雁方南過，浮客未西歸〔三〕。已經江海别，復與親眷違。奔景易有窮，離袖安可揮〔四〕？懽觴爲悲酌，歌服成泣衣。温念終不渝，藻志遠存追〔五〕。役人多牽滯，顧路慚奮飛〔六〕，昧心附遠翰，炯言藏佩韋〔七〕。

〔一〕録聞人倓注。浙江湖州府，三國時屬吴，曰吴興。輿地紀勝：「黄浦一名黄蘗澗，在烏程縣。」庾中郎，見園山石室。〔振倫注〕顔真卿妙喜寺碑：「杼山之陽有妙喜寺，寺前有黄浦橋，橋南有黄浦亭，宋鮑照送盛侍郎及庾中郎賦詩之所。其水出黄檗山，故號黄浦。」〔補注〕吴摯父曰：「庾中郎，庾永也。此詩亦元嘉二十二年作。二十三年庾已徙官江夏王中兵參軍，是後不得仍稱中郎矣。」〔增補〕考南史宋書，吴氏所云，俱屬張永之事，非庾永也。説詳從庾中郎游園山石室詩注。

〔二〕尚書傳：「眇眇微微。」博雅：「眇，遠也。」郭象莊子注：「其長波之所蕩，高風之所扇。」

〔三〕謝惠連詩：「眷眷浮客心。」

〔四〕張華詩：「羲和馳景逝不停。」阮籍詩：「揮袖淩虚翔。」

〔五〕爾雅：「温，温柔也。」疏：「寬緩和柔也。」毛詩：「舍命不渝。」尚書傳：「藻，水草之有文者。」按：美其志之辭也。言其志雖久遠猶可存之，以待追憶也。〔補注〕爾雅釋言：「渝，變也。」本集河清頌：「蠢行藻性。」舞鶴賦：「鍾浮曠之藻質。」淩煙樓銘「藻思神居」及此篇之「藻志」，皆明遠自造詞。詩品所謂「善製形狀寫物之詞」者也。

〔六〕役人，自謂也。牽，羈牽也。滯，留滯也。毛詩：「不能奮飛。」

〔七〕集韻：「附，託也。」翰，毛羽也。遠翰，謂遠行者。玉篇：「炯炯，明察也。」韓非子：「西門豹之性急，故佩韋以自緩。」按：庾歸而鮑不得歸，别時庾必有慰藉之言。故鮑云同爲客而味心送先得歸者，聊用子言以當佩韋，庶歸心不至於過急也。

【集説】

陳胤倩曰：「奔景」四句，新警情長。「懽觴」十字，祖席語警切。

方植之曰：直書即目，寫景起，興象尤妙，小謝斂手，其後山谷常擬之。「温念」六句，統述彼此之情。此是客中送歸，故贊彼不渝素志，感己不得相從而欲奮飛也。收二句，注言别時庾必有慰籍之言，故云藏爲佩韋耳，此收乃爲親切，不同泛意客氣假象。此與上潯陽還都，後來杜公行役贈送詩，竟不能出此境界。

與伍侍郎別〔一〕

民生如野鹿，知愛不知命〔二〕，飲齕具攢聚，翹陸歘驚迸〔三〕，傷我慕類情，感爾食苹性〔四〕。漫漫鄢郢途，渺渺淮海逕〔五〕。子無金石質，吾有犬馬病〔六〕，憂樂安可言，離會孰能定？欽哉慎所宜，砥德乃爲盛〔七〕。貧游不可忘，久交念敦敬〔八〕。

〔一〕侍郎，見解褐表。〔補注〕伍侍郎蓋王國侍郎。詩中用鄢郢淮海，吴摯父云：「此當在荆州作，伍當赴淮海也。」

〔二〕莊子：「至德之世，不尚賢，不使能，上如標枝，下如野鹿。」

〔三〕莊子：「齕草飲水，翹足而陸，此馬之真性也。」蒼頡篇：「攢，聚也。」西京賦注：「歘者，言忽也。」説文：「迸，走散也。」

〔四〕詩：「食野之苹。」傳：「苹，萍也。鹿得萍，呦呦然鳴而相呼，懇誠發乎中，以興嘉樂賓客，當有懇誠，相招呼以成禮也。」〔補注〕劉安招隱士：「獼猴兮熊羆，慕類兮以悲。」

〔增補〕宋本「情」作「心」。

〔五〕揚雄甘泉賦：「指東西之漫漫。」史記蘇秦傳正義：「鄢鄉故城，在襄州率道縣南九里。安郢城，在荆州江陵縣東北六里。」楚辭：「魂渺渺而馳騁兮。」書：「淮海惟揚州。」

〔補注〕司馬相如上林賦：「鄢郢繽紛，激楚結風。」注：「李奇曰：鄢，今宜城縣也。郢，楚都也。」

〔六〕古詩：「人生忽如寄，壽無金石固。」孔叢子：「謂魏王曰：『臣有犬馬之疾，不任國事。』」

〔七〕易林：「砥德礪材。」

〔八〕後漢書宋弘傳：「貧賤之交不可忘。」〔增補〕宋本「游」作「遊」。

【集説】

陳胤倩曰：「飲齕」二句，如畫奔鹿。「金石」以下，情至真率。

吳摯父曰：詩多憂危之思。

送别王宣城〔一〕

發郢流楚思，涉淇興衛情〔二〕。既逢青春盛，復值白蘋生〔三〕。廣望周千里，江郊藹微明〔四〕。舉爵自惆悵，歌管爲誰清〔五〕？潁陰騰前藻，淮陽流昔聲〔六〕。樹道慕高華，屬路佇深馨〔七〕。

〔一〕録聞人倓注。宋書：「王僧達，瑯玡人，爲宣城太守。」〔補注〕吳摯父曰：「僧達爲臨川王義慶之壻。其爲宣城太守，在元嘉二十七、八年間。僧達求解職表云：『賜蒞宣城，仲春移任，方冬便值虜南侵。』是元嘉二十七年也。又云：『宣城民庶，指闕見請。還務未期，亡兄見背，賜帶郡還都。曾未淹積，復除義興。』按：僧達再蒞宣城，在元嘉二十八年，表云『還務未期』，則去任在二十九年也。」〔增補〕照詩云「既逢青春盛，復值白蘋生」，蓋用禮記「季春之月，萍始生」語，與僧達宣城解職表所云「仲春移任」語合，則此詩蓋作于元嘉二十七年。

〔二〕上林賦注：「郢，楚都也。」毛詩：「亦流於淇。」傳：「淇，水名。」名勝志：「屬彰德府，古朝歌地。」

〔三〕禮記：「季春之月，萍始生。」〔振倫注〕楚辭大招：「青春受謝，白日昭只。」〔補注〕楚辭九歌：「登白蘋兮騁望。」〔增補〕宋本「盛」作「獻」。

〔四〕玉篇：「藹，樹繁密貌。」

〔五〕〔增補〕宋本「爵」作「簾」。

〔六〕漢書地理志：「潁陽、潁陰、臨潁三縣，皆屬潁川郡。」宋書謝靈運傳：「商搉前藻。」漢書：「黄霸爲潁川太守，治爲天下第一。」漢書地理志：「淮陽國，高帝十一年置。」漢書：「汲黯爲東海太守，學黄老言，治官民，好清浄。多病，卧閤内不出。歲餘，東海大治。」按：東海即今淮安府海州。〔補注〕漢書汲黯傳：「上以淮陽，楚地之郊也，召黯拜爲淮陽太守，黯伏謝，不受印綬。上曰：『君薄淮陽邪？吾今召君矣。顧淮陽吏民不相得，吾徒得君卧而治之。』」王鳴盛曰：「地理志有淮陽國，無淮陽郡。以表傳考之，高帝子友以高帝十一年立爲淮陽王，惠帝元年徙王趙，則國除爲郡。高后以假立惠帝子强爲淮陽王。强死，以武代。文帝立，武誅，則國又除爲郡。文帝子武以文帝三年立爲淮陽王，王十年而徙梁，則國又除爲郡。景帝子餘以景帝二年立爲淮陽王，王三年而徙魯，則國又除爲郡，後宣帝子欽以元康三年立爲淮陽王，傳子及孫，凡有國六七十年，至王莽時絶。郡國展轉改易，凡八九次，終爲國。地志以最後之元始爲據，故言國，而中間沿革俱略也。」聞人倓注引地理志淮陽國，而不引汲黯守淮陽事，至乃以東海釋淮陽，故辯之如此。

〔七〕賈誼新書：「積道者以信，樹道者以人。」按：高華，即指黄霸、汲黯也。屬路，屬於宣城路之人也。

【補集説】

王壬秋曰：微秀。

送從弟道秀别〔一〕

參差生密念，躑躅行思悲〔二〕。悲思戀光景，密念盈歲時〔三〕。歲時多阻折，光景乏安怡〔四〕。以此苦風情，日夜驚懸旗〔五〕。登山臨朝日，揚袂别所思〔六〕。浸淫旦潮廣，瀾漫宿雲滋〔七〕。天陰懼先發，路遠常早辭。篇詩後相憶，杯酒今無持。游子苦行役，冀會非遠期〔八〕。

〔一〕爾雅：「兄之子，弟之子，相謂爲從父晜弟。」

〔二〕〔補注〕楚辭九歌：「吹參差兮誰思？」王逸注：「參差，洞簫也。」下故云「別所思」。古今注：「羊躑躅，花黄，羊食之則死，見之則躑躅分散，故名。」又本集贈故人馬子喬詩：「躑躅城上羊，攀隅食玄草。」此送別詩蓋亦有取於此。〔增補〕宋本「悲」作「疑」。

〔三〕「盈」，一作「彌」。

〔四〕〔補注〕古辭飲馬長城窟行：「青青河畔草，緜緜思遠道。遠道不可思，夙昔夢見之。夢見在我傍，忽覺在他鄉。他鄉各異縣，展轉不可見。」銜接而下。此篇首六句，略變其法。同時若謝靈運七夕詠牛女詩：「火逝首秋節，明經弦月夕。月弦光照户，秋首風入隙。」長歌行：「朽貌改顔色，悴容變柔顔。變改苟催促，容色烏盤桓。」尤與此篇相類。

〔五〕懸旗，即懸旌之意，見答客。〔補注〕晉書袁宏傳：「宏有逸才，文章絶美，曾爲詠史詩，是其風情所寄。」楚辭九歌：「乘回風兮載雲旗，悲莫悲兮生別離。」本集詩：「飛念如懸旗。」

〔六〕曹植酒賦：「或揚袂屢舞。」

〔七〕説文：「浸淫，隨理也。」臣鍇曰：「隨其脈理而浸漬也。」王褒洞簫賦：「愺恅瀾漫。」

〔八〕詩：「父曰嗟，予子行役。」〔增補〕宋本「游」作「遊」。

【補集説】

王壬秋曰：明遠對句，多是律中佳聯。

贈傅都曹別〔一〕

輕鴻戲江潭，孤雁集洲沚〔二〕，邂逅兩相親，緣念共無已〔三〕。風雨好東西，一隔頓萬里〔四〕。追憶栖宿時，聲容滿心耳〔五〕。落日川渚寒，愁雲繞天起〔六〕。短翮不能翔，徘徊煙霧裏〔七〕。

〔一〕錄聞人倓注。宋書：傅亮，字季友，初爲建威參軍、桓謙中軍行參軍，又爲劉毅撫軍記室參軍。〔振倫注〕宋書百官志：「都官尚書，領都官、水部、庫部、功部四曹。」〔增補〕按宋書：亮爲記室，在義熙三、四年間，照尚未生；亮本傳又不言其爲都曹，其卒在元嘉三年，時照才十三、四歲。此傅都曹非亮，聞説非是。

〔二〕毛詩箋：「小曰鴈，大曰鴻。」楚辭：「遊於江潭。」曹植賦：「憐孤鴻之偏特。」

〔三〕毛詩傳：「邂逅，不期而會。」玉篇：「緣，因也。」〔補注〕維摩經曰：「如影從身，業緣生見。」僧肇曰：「身，衆緣所成。緣合則起，緣散則離。」金光明經所謂「無明緣行，行緣識，識緣名，名緣色，色緣六入，六入緣觸，觸緣受，受緣愛，愛緣取，取緣有，有緣生，生緣滅。」維摩經曰：「諸法不相待，乃至一念不住。」疏曰：「一念有六十刹那，一刹那有六十生滅。是則生住異滅，刹那刹那，不得停住。」本詩所謂「緣念共無已」也。

〔四〕列子：「隨風東西。」〔增補〕張玉穀曰：「言遭風雨而東西分飛也。」按：「風雨」句「好」字去聲。語本於尚書洪範：「星有好風，星有好雨。」僞孔傳：「箕星好風，畢星好雨。」孔穎達正義：「箕，東方木宿。畢，西方金宿。」

〔五〕禽經：「凡禽，林曰棲，水曰宿。」

〔六〕謝靈運賦：「望新晴於落日。」班婕妤賦：「對愁雲之浮沈。」

〔七〕輕鴻，喻傅。孤雁，自喻。短翮，謙辭也。通首比體。〔補注〕樂府：「枯魚過河泣，何時悔復及？作書與魴鱮，相教慎出入。」曹植鶴詩：「雙鶴俱遨遊，相失東海傍。雄飛竄北朔，雌鶩赴南湘。棄我交頸歡，離別各異方。不惜萬里道，但恐天網張。」皆通首比體。三百篇後，惟樂府間有之。贈別詩不多見也。應瑒侍五官中郎將建章臺集詩，亦以雁相喻，然祇半篇耳。

【集説】

陳胤倩曰：「風雨」二句，殊似漢人。

張蔭嘉曰：詩分三層看。前四追念前日之偶聚契合，中四正叙目前之忽散繫思，後四遥寄後日之獨居難聚，純以鴻雁爲比，猶是古格。

【補集説】王壬秋曰：苦思其情，非相思真者，不知其佳。非極鍊亦不能作此五句。

和傅大農與僚故别〔一〕

絶節無緩響，傷雁有哀音〔二〕。非同年歲意，誰共别離心〔三〕？伊昔謬通塗，冠屣預人林〔四〕，浮江望南嶽，登潮窺海陰〔五〕。孰謂游居淺，慕美久相深〔六〕。萋萋春草秀，嚶嚶喜候禽〔七〕，辰物盡明茂，尊盛獨幽沈。之子安所適？我方栖舊岑。墜歡豈更接？明愛邈難尋〔八〕。

〔一〕大農，見解褐表。

〔二〕絶節，見堂上歌行。傷雁，見觀漏賦注。

〔三〕「共」，一作「異」。〔補注〕風俗通義：「語有曰：白頭如新，交蓋如舊。簞食壺漿，會於樹陰。」臨别眷眷，念在報効。何有同歲相臨而可拱默也？漢敦煌長史武班碑云：「金鄉長河間高陽史恢等，追維昔日同歲郎署。」同年歲，謂同僚也。

〔四〕玉篇：「屣，履也。」

〔五〕史記封禪書：「上巡南郡，至江陵而東，登禮灊之天柱山，號曰南岳。」〔增補〕按：南岳爲安徽霍山。元嘉十六年，照隨臨川王義慶往江州，江程所經。孝武初，照爲海虞令。海虞頻江海之交，故云「登潮窺海陰」。

〔六〕〔增補〕宋本「游」作「遊」。

〔七〕詩：「維葉萋萋。」又：「鳥鳴嚶嚶。」

〔八〕〔補注〕司馬遷報任少卿書：「未嘗銜杯酒，接殷勤之餘歡。」

送盛侍郎餞候亭〔一〕

霜霜襲冠帶，驅駕越城闉〔二〕，北臨出塞道，南望入鄉津〔三〕。高墉宿寒霧，平野起秋塵〔四〕。君爲坐堂子，我乃負羈人〔五〕，欣悲豈等志，甘苦誠異身。結涕園中草，憔悴悲此春。

〔一〕侍郎，見解褐表。

〔二〕古詩：「冠帶自相索。」說文：「闉，城内重門。」

〔三〕後漢書和帝紀論：「偏師出塞，則漠北地空。」

〔四〕易：「公用射隼于高墉之上。」

〔五〕司馬相如上書諫獵：「千金之子，坐不垂堂。」左傳：「臣負羈絏。」

與荀中書別〔一〕

勞舟厭長浪，疲旆倦行風〔二〕。連翩感孤志，契闊傷賤躬〔三〕。親交篤離愛，眷戀置酒終〔四〕。敷文勉征念，發藻慰愁容〔五〕。思君吟涉洧，撫己謡渡江〔六〕。慙無黄鵠翅，安得久相從〔七〕。願遂宿知意，不使舊山空。

〔一〕宋書百官志：「中書令一人，中書舍人一人，中書侍郎四人，中書通事舍人四人。」按：後聯句有荀中書萬秋，未知即其人否？〔補注〕吴摯父曰：「此荀昶也。荀伯子傳云：『昶元嘉初以文義至中書郎。』」〔增補〕按：元嘉初，照年才十數歲耳。吴説非是。此荀中書，乃萬秋也。

〔二〕爾雅：「繼旐曰旆。」

〔三〕連翩，見邽街行。詩：「死生契闊。」

〔四〕莊子：「親交益疎。」陸機擬古詩：「置酒迎風館。」

〔五〕敷文，見礪山。陸機塘上行：「發藻玉臺下。」〔增補〕宋本「發藻」作「罷落」。

〔六〕詩：「子惠思我，褰裳涉洧。」家語：「童謡曰：『楚王渡江，得萍實，大如斗，赤如日。剖而食之，甜如蜜。』」〔補注〕「撫己謡渡江」，蓋用屈原涉江九稱余，八稱吾意。〔增補〕宋本「吟」作「奇」。

〔七〕蘇武古詩：「願爲雙黄鵠，送子俱遠飛。」

從過舊宮〔一〕

肅裝屬雲旅，奉蹕承末塗〔二〕。嚴恭履桑梓，加敬覽枌榆〔三〕。靈命藴川瀆，帝寶仗篇圖〔四〕。虎變由石紐，龍翔自鼎湖〔五〕。功冠生民始，道妙神器初〔六〕。宫陛留前制，歌思溢今衢〔七〕。餘祥見雲物，遺像存陶漁〔八〕。泉流信清泌，原野實甘荼〔九〕。豈伊愛酆、鄗，天險兼上腴〔一〇〕。東秦邦北門，非親誰克居〔一一〕？仁聲日月懋，惠澤雲雨敷。盧令美何歇，唐風久不渝〔一二〕。微臣逢世慶，征賦備人徒〔一三〕。空費行葦德，採束謝生芻〔一四〕。

〔一〕宋書武帝紀：「彭城縣綏里人，漢高帝弟楚元王交之後也。」又禮志：「宋武帝初受晉命，爲宋王，建宗廟於彭城。依魏、晉故事，立一廟。初祠高祖開封府君、曾祖武原府君、皇祖東安府君、皇考處士府君、武敬臧后，從諸侯五廟之禮也。既即尊位，乃增祠七世右北平府君、六世相國掾府君爲七廟。高祖崩，神主升廟，猶從昭穆之序，廟殿亦不改構，如晉初之因魏也。」又衡陽文王義季傳：「元嘉二十二年，進督豫州之梁郡，還徐州刺史。」前有征北世子誕育上表，意頗疑爲義季。此或爲其所辟，從之之任耶？〔補注〕本集論國制啓云：「伏見彭城國舊制，猶有數卷。」錢氏注以爲照必曾爲彭城僚屬，故定此詩爲照隨義季至彭城作也。

〔二〕說文：「旅，軍五百人也。」又：「靷，引軸也。」

〔三〕詩：「維桑與梓，必恭敬止。」漢書郊祀志：「高祖禱豐枌榆社。」〔補注〕漢書鄭氏注：「枌榆，鄉名也。」晉灼注：「枌，白榆也。社在豐東北十五里。」

〔四〕張衡西京賦：「蕩川瀆，簸林薄。」班固東都賦：「啓靈篇兮披瑞圖。」〔增補〕宋本「仗」作「伏」。

〔五〕易：「大人虎變。」蜀志秦宓傳：「禹生石紐，今之汶山郡是也。」史記封禪書：「黄帝采首山銅，鑄鼎於荆山下。鼎既成，有龍垂胡髯下迎黄帝。黄帝上騎，羣臣後宫從上者七十餘人，龍乃上去。餘小臣不得上，乃悉持龍髯，龍髯拔墮，墮黄帝之弓。百姓仰望黄帝既上天，乃抱其弓與胡髯號。故後世因名其處曰鼎湖，其弓曰烏號。」

〔六〕詩：「厥初生民，時維姜嫄。」老子：「天下神器，不可爲也。」

〔七〕說文：「陛，升高階也。」列子：「堯微服遊於康衢，聞兒童謡曰：『立民烝民，莫非爾極。不識不知，順帝之則。』」〔增補〕宋本「前」下注：「一作『昔』。」

〔八〕左傳：「凡分至啓閉，必書雲物。」史記五帝紀：「舜耕歷山，漁雷澤，陶河濱。」

〔九〕詩：「泌之洋洋。」疏：「泌者，泉水涓流不已，乃至廣大也。」詩：「周原膴膴，堇荼如飴。」

〔一〇〕漢書郊祀志：「太王遷國于郊梁，文王興于豐、鄗。由此言之，郊梁、豐、鄗之間，周舊居也。」易：「天險不可升也。」班固西都賦：「華實之毛，則九州之上腴焉。」

〔一一〕史記高祖紀：「田肯曰：『夫齊地方二千里，持載百萬，縣隔千里之外，齊得十二焉。此東西秦也。非親子弟莫可使王齊矣。』」左傳：「鄭人使我掌其北門之管。」張載劍閣銘：「形勝之地，匪親勿居。」按：此謂彭城王義康。注詳國制啓。〔補注〕尚書序云：「武王既勝殷，邦諸侯。」史記録序作「封」，蓋古通也。釋名：「邦，封也，封有功於是也。」〔增補〕按宋書衡陽文王義季傳，義季爲徐州刺史在元嘉二十二年，至二十四年薨于彭城。而彭城王義康則于二十二年十二月因范曄謀反連及，廢爲庶人，至二十八年賜死。照此時安敢以「仁聲」、「惠澤」等語歌頌義康，竊謂此下數句，乃謂義季耳。

〔一二〕詩：「盧令令，其人美且仁。」左傳：「爲之歌唐，曰：『思深哉！其有陶唐氏之遺民乎？』」〔增補〕詩盧令毛傳：「盧，田犬。令令，纓環聲。言人君能有美德，盡其仁愛，百姓欣而奉之，愛而樂之。順時遊田，與百姓共其樂，同其獲，故百姓聞而説之，其聲令令然。」

〔一三〕宋書州郡志：「徐州刺史治彭城，舊領郡十二，有東海太守。」管子：「六畜人徒有致。」〔補注〕本傳：「照，東海人。」故曰「征賦備人徒」。〔增補〕虞炎鮑集序：「本上黨人。」此上黨亦屬徐州。宋書州郡志：「徐州淮陽郡上黨令，本流寓郡，併省來配。」

〔一四〕詩序：「行葦，忠厚也。周家忠厚。仁及草木。故能内睦九族，外尊事黄耇，養老乞言，以成其福禄焉。」後漢書徐穉傳：「郭林宗有母憂，穉往弔之，置生芻一束於廬前而去。衆怪不知。林宗曰：『此必南州高士徐孺子也。』」按：此過舊宫而懷義康也。

【集説】

陳胤倩曰：典雅得體，明遠又有此近情之作。

從臨海王上荆初發新渚〔一〕

客行有苦樂，但問客何行〔二〕。扳龍不待翼，附驥絶塵冥〔三〕。梁珪分楚牧，羽鷁指全荆〔四〕，雲艫掩江汜，千里被連旌〔五〕。戾戾旦風遒，嘈嘈晨鼓鳴〔六〕，收纜辭帝郊，揚棹發皇京〔七〕。狐兔懷窟志，犬馬戀主情〔八〕，撫襟同太息，相顧俱涕零。奉役塗未啓，思歸思已盈〔九〕。

〔一〕宋書臨川烈武王道規傳：「臨海王子頊爲荆州，照爲前軍參軍，掌書記之任。」又臨海王子頊傳：「大明五年，改封臨海王。其年徙荆州刺史。」韻府注：「新渚在金陵。」〔補注〕據宋書，子頊徙荆州時，年六歲。明帝即位，荆州舉兵應晉安王子勛。子勛敗，荆州治中宗景、士人姚儉等勒兵入城，殺典籤阮道豫、劉道憲及明遠等。執子頊降。子頊賜死，年十一歲。上荆非明遠所願，故詞多悲鬱。〔增補〕按宋書孝武本紀，大明六年秋七月庚辰，以臨海王子頊爲荆州刺史。

〔二〕王粲從軍詩：「從軍有苦樂，但問所從誰。」

〔三〕後漢書光武紀：「天下士大夫捐親戚，棄土壤，從大王於矢石之間者，其計固望其攀龍鱗，附鳳翼，以成其所志耳。」史記伯夷傳：「顏淵雖篤學，附驥尾而行益顯。」莊子：「顏淵曰：『夫子奔逸絶塵，而回瞠若乎後矣。』」〔補注〕「扳龍不待翼」，用曹植蝙蝠賦「飛不假翼」義。

〔四〕史記梁孝王世家：「梁孝王武者，孝文皇帝子也，而與孝景帝同母。母，竇太后也。」又褚先生曰：「成王與小弱弟立樹下，取一桐葉以與之曰：『吾用封汝。』周公聞之，進見曰：『天王封弟，甚善。』成王曰：『吾直與戲耳。』周公曰：『人主無過舉，不當有戲言，言之必行之。』於是乃封小弟以應縣。」周禮太宰注：「牧，州長也。」羽鷁，見石帆銘注。

〔五〕艫，見與妹書。江汜，見望石門注。周禮：「析羽爲旌。」

〔六〕説文：「遒，迫也。」王延壽魯靈光殿賦注：「埤蒼曰：『嘈嘈，聲衆也。』」〔補注〕禮記：「夫人世婦之吉者，使入蠶于蠶室，奉種浴于川，桑于公桑，風戾以食之。」疏：「戾，乾也。」〔增補〕戾戾，狀勁風，方與遒字相應。潘岳秋興賦：「勁風戾而吹帷。」李善注：「戾，勁疾之貌。」古代江行發船擊鼓，「晨鼓鳴」，與下「揚棹發皇京」相應。

〔七〕玉篇：「纜，維舟索也。」

〔八〕禮記：「狐死正首丘，仁也。」戰國策：「狡兔有三窟，僅得免其死耳。」曹植上責躬應詔詩表：「不勝犬馬戀主之情。」

〔九〕桓温薦譙元彦表：「昔吾奉役，有事西土。」

還都道中三首〔一〕

悦懌遂還心，踴躍貪至勤〔二〕。鳴雞戒征路，暮息落日分。急流騰飛沫，回風起江漬〔三〕。孤獸啼夜侶，離鴻噪霜羣，物哀心交横，聲切思紛紜〔四〕。歎慨訴同旅，美人無相聞〔五〕。

〔一〕其二録聞人倓注。〔增補〕詔臨川王徙鎮南兖州，在元嘉十七年十月戊午，爲初三日。照還都道中第二首云「寒律驚窮蹊」、「潮上冰結洑」、「夜分霜下淒」，還都口號云「鉦歌首寒物，歸吹踐開冬」，行京口至竹里云「冰閉寒方壯」，發後渚云「從軍乏衣糧，方冬與家别」，皆明言初冬。此數詩，殆皆一時所作。

〔二〕詩：「庶幾悦懌。」〔補注〕楚辭九章：「心踴躍其若湯。」漢書陳湯傳：「故宗正劉向上疏曰：『吉甫之歸，周厚賜之。其詩曰：「吉甫燕喜，既多受祉，來歸自鎬，我行永久。」千里之鎬猶以爲遠，况萬里之外，其勤至矣。」説文：「勤，勞也。」踴躍貪至勤，謂心之踴躍，所貪者乃勤勞之至者也。

〔三〕木華海賦：「飛沫起濤。」説文：「濆，水厓也。」〔補注〕楚辭九章：「悲回風之摇蕙兮。」

〔四〕班固東都賦：「萬騎紛紜。」

〔五〕〔補注〕楚辭九章：「思美人兮擥涕而竚眙，媒絶路阻兮言不可結而詒。」

風急訊灣浦，裝高偃檣舳〔一〕。夕聽江上波，遠極千里目〔二〕。寒律驚窮蹊，爽氣起喬木〔三〕。隱隱日没岫，瑟瑟風發谷〔四〕。鳥還暮林諠，潮上冰結洑〔五〕。夜分霜下凄，悲端出遥陸〔六〕。愁來攢人懷，羈心苦獨宿〔七〕。

〔一〕公羊傳注：「上問下曰訊。」廣韻：「灣，水曲也。」按：問可以避風之處也。唐韻：「裝，裝束也。」説文：「偃，仆也。」玉篇：「檣，帆柱也。」漢書注：「舳，船後持舵處。」

〔二〕〔補注〕楚辭九章：「馮崑崙以瞰霧兮，隱岐山以清江。憚涌湍之礚礚兮，聽波聲之洶洶。」宋玉招魂：「目極千里兮傷春心。」

〔三〕雪賦：「玄律窮。」顔延之詩：「離獸起荒蹊。」晉書王徽之傳：「西山朝來，殊有爽氣。」

〔四〕古樂府陌上桑：「風瑟瑟，木榎榎。」毛詩詁：「風出谷中。」

〔五〕廣韻：「洑，洄流也。」〔增補〕宋本「冰」作「水」。

〔六〕後漢光武紀：「夜分乃寐。」謝靈運詩：「况乃協悲端。」爾雅：「高平曰陸。」

〔七〕蒼頡篇：「攢，聚也。」韻會：「羈，旅寓也。」

【補集説】

王壬秋曰：「夕聽」二句，作守風語，更入畫。

久宦迷遠川，川廣每多懼〔一〕。薄止閭邊亭，關歷險程路〔二〕。霮䨴冥隅岫，濛昧江上霧〔三〕。時涼籟爭吹，流洊浪奔趣〔四〕。惻焉增愁起，搔首東南顧〔五〕，茫然荒野中，舉目皆凛素〔六〕。回風揚江泌，寒鬱棲動樹〔七〕。太息終晨漏，企我歸飈遇。

〔一〕史記張釋之傳：「有兄仲同居。釋之曰：久宦減仲之産。」

〔二〕説文：「薄，迫也。」又：「閭，里門也。」〔補注〕王引之曰：「薄，發聲也。詩葛覃曰：『薄汙我私，薄澣我衣。』又芣苢曰：『薄言采之。』傳曰：『薄，辭也。』」薄止，猶薄汙、薄澣也。

〔三〕王延壽魯靈光殿賦：「雲覆霮䨴，洞杳冥兮。」張載霖雨詩：「濛昧日夜墜。」〔增補〕宋本「隅」作「寓」。

〔四〕一作「注」。籟，見贈故人注。易：「水洊至。」〔增補〕吴摯父曰：「『趣』作『注』是。」

〔五〕詩：「搔首踟躕。」

〔六〕説文：「凛，寒也。」

〔七〕說文：「泌，俠流也。」

【集說】

方植之曰：峭促緊健，後來山谷常擬之，即目直書胸臆，所謂俊逸也。

上潯陽還都道中〔一〕

昨夜宿南陵，今旦入蘆洲〔二〕。客行惜日月，崩波不可留〔三〕。侵星赴早路，畢景逐前儔〔四〕。鱗鱗夕雲起，獵獵晚風遒〔五〕。騰沙鬱黄霧，翻浪揚白鷗〔六〕。登艫眺淮甸，掩泣望荆流〔七〕。絶目望平原，時見遠煙浮〔八〕。倏忽坐還合，俄思甚兼秋〔九〕。未嘗違户庭，安能千里遊〔一〇〕。誰令乏古節？貽此越鄉憂〔一一〕。

〔一〕文選題爲還都道中作。録李善注。集曰上潯陽還都道中作。都，謂都揚州也。五臣注：照爲臨海王參軍，從荆州還。〔振倫注〕漢書地理志：「廬江郡，縣尋陽。」〔補注〕方植之曰：「五臣注：照爲臨海王參軍，從荆州還。按南史，照初爲臨川王佐吏，在江州，擢國臣，在文帝時。及孝武時，爲臨海王子頊前軍掌書記，在荆州。明帝立，子頊拒命。頊敗，爲亂兵所殺。此何云還都也？若云亂兵所殺者子頊，則子頊傳云：頊事敗，賜死，年十一。且子頊以拒命死，其幕僚尚敢還都乎？五臣之注，昧於事理矣。此蓋從義慶在江州擢國侍郎時也。」吳摯父曰：「蓋從臨川王義慶赴江州也。古謂到官爲上。此臨川王上潯陽，非鮑自上官也。義慶以元嘉九年鎮荆州。在鎮八年，改授江州，引鮑爲佐吏。觀此詩，則義慶上江州，即以鮑自隨。鮑是時始出仕，蓋當元嘉十七年也。義慶自荆州移江州，故云『淹泣望荆流』。明遠有登大雷岸與妹書，與此詩恉同。」〔增補〕按：此詩照從臨川王由江州移南兖時所作。五臣注之誤，方氏辨之已明。吳説亦未審。此詩起句云：「昨夜宿南陵，今旦入蘆洲。」南陵在尋陽之東，若有荆州赴江州，無由宿南陵，且亦不應曰「還都道中」。又按：此詩文選題爲還都道中，毛扆校宋本鮑集作潯陽還都道中，皆無「上」字，則「上」字爲誤衍。此詩蓋即作于發潯陽時。梁章鉅文選旁證：「注：『都，謂都揚州也。』姜氏皋曰：『宋書：揚州魏、晉治壽春。晉平吳，治建業。太平寰宇記：元帝渡江，揚州常治建業不移。景定建康志，亦論六朝揚州，恒治建業，後始爲廣陵一郡之名。』」

〔二〕宣城郡圖經曰：「南陵縣西南，水路一百三十里。」庾仲雍江圖曰：「蘆洲至樊口二十里，伍子胥初渡處也。樊口至武昌十里。」然此蘆洲在下，非子胥所渡處也。〔補注〕朱蘭坡曰：「案方輿紀要，今繁昌縣有南陵戍，在縣西南，下臨江渚。胡氏曰：『六朝時，江州東界盡於南陵。』蓋謂江津要處，非今之南陵縣。義熙六年，盧循攻建康不克，南還尋陽，留其黨范崇民據南陵。據此則南陵在尋陽之下。而江圖之蘆洲，在武昌縣西三十里，水經江水三篇注云『邾縣故城，南對蘆洲，亦謂之羅洲』是也。蓋在尋陽上流。不應先宿南陵，而後入蘆洲，故注辨之。今亦未能指其處。」按：蘆洲，謂蘆荻之洲耳。起對句不必地名，謝康樂石門新營所住詩：「躋險策幽居，披雲卧石門。」豈以幽居亦地名耶？

〔三〕江賦曰：「駭瀾浪而相畾。」言客行既惜日月，兼崩波之上，不可少留。〔補注〕吕向曰：「惜日月，務疾還也。崩波猶奔波也。」〔增補〕胡克家文選考異：「注『駭瀾浪而相礧』，陳景雲云『瀾，崩誤』是也。各本皆誤。」張雲璈選學膠言：「崩波，即奔波，謂客行之勢也。注似未的。黄士珣云：『崩波不可留，似即以借喻日月，言日月之去，如波之崩，不可留挽。上文昨夜、今旦，下文侵星、畢景，夕雲、曉風，日復一日，正極形其日月之速如崩波，故可惜耳。二語一氣相生。』」

〔四〕聞人倓曰：「侵星，猶戴星也。前儔，先行者。」〔補注〕李周翰曰：「早路，早取路也。畢景，落日也。」

〔五〕「晚」，善作「曉」。廣雅曰：「遒，急也。」五臣注：「鱗鱗，雲貌。獵獵，風聲。」

〔六〕鷗，水鳥也。聞人倓曰：「浪翻則鷗起。」

〔七〕漢書音義：「李斐曰：艫，船前頭刺櫂處也。」楚辭曰：「長太息而掩涕。」五臣注：「掩泣，憶臨海王也。」〔補注〕方植之曰：「五臣注誤執『荆流』二字。竊意荆流、淮甸特泛指潯陽地勢耳，所以云『掩泣』，即下思鄉耳。」〔增補〕荆流，指潯陽九派之水。書禹貢：「荆及衡陽惟荆州：江、漢朝宗于海，九江孔殷。」照詩語本此。

〔八〕絶，猶盡也。〔補注〕遠煙，天也。平原，地也。〔增補〕宋本「望」作「盡」。

〔九〕兼，猶三也。毛詩曰：「一日不見如三秋。」聞人倓曰：「坐還合，承遠煙。甚兼秋，承望荆。」〔補注〕倏悲坐還合，莊子天地篇云：「與天地爲合，其合緡緡，若愚若昏。」郭注曰：「坐忘而自合耳，非照察以合之。」詩蓋謂倏然悲至，則坐忘而與天地合。俄焉又思，有甚兼秋也。還，讀旋。〔增補〕各本皆作「倏忽」，黄注引作「倏悲」，無版本可據。梁章鉅文選旁證：「注『一日不見如三秋』，今詩『秋』字下有『兮』字。」李光地榕村詩選：「倏忽坐還合，前望去途之易也。俄思甚兼秋，追思來途之久也。」

〔一〇〕周易曰：「不出户庭，無咎。」古歌曰：「離家千里客，戚戚多思復。」

〔一一〕思玄賦曰：「慕古人之貞節。」左氏傳曰：「小人懷璧，不可以越鄉。」聞人倓曰：「此自責之辭。」

【集説】

方虚谷曰：此詩尾句絶佳。守古人之節，不輕出仕，則焉得有越鄉之憂乎？

吴伯其曰：古者男子生而懸弧，志在四方，若憂貽越鄉，非古節矣。參軍豈乏古節哉？古所謂志在四方者，乃得志行道，經營四方也。今一官自守，僕僕風塵耳，豈有所謂得志行道歟？

【補集説】

方植之曰：起六句叙題，交代明白。「鱗鱗」四句寫景，興象甚妙，杜公行役詩所常擬也。

「登艫」二句束頓。「絶目」四句次第遞承眺望。「未嘗」四句，與次篇「偕萃」、「宏易」，皆未詳何謂。何云：「字字清新句句奇，此詩及小謝還都，各極其情文之盛妙，可謂異曲同工。」

還都至三山望石頭城〔一〕

泉源首安流，川末澄遠波〔二〕。晨光被水族，曉氣歇林阿〔三〕。兩江皎平迴，三山鬱駢羅〔四〕。南帆望越嶠，北榜指齊河〔五〕。關扃繞天邑，襟帶抱尊華〔六〕。長城非壑險，峻阻似荆芽〔七〕。攢樓貫白日，摛堞隱丹霞〔八〕。征夫喜觀國，遊子遲見家〔九〕，流連入京引，躑躅望鄉歌〔一〇〕。彌前歎景促，逾近勸路多〔一一〕，偕萃猶如兹，宏易將謂何〔一二〕？

〔一〕録聞人倓注。山謙之丹陽記：「江寧北十二里濱江有三山相接，即名爲三山。舊時津濟道也。」一統志：「三山在江寧府西南五十七里，下臨大江，三峯排列，故名。」名勝志：「石頭城，一名土塢城，歷代用以積貯。諸葛亮使建業，曰：石城虎踞，王業之根基。勸孫權都之。始因山加甓爲城。」

〔二〕尚書「導沇水」傳：「泉源爲沇，流去爲濟。」楚辭：「使江水兮安流。」按：泉之源，故曰首流。去源遠，故曰川末。

〔三〕景福殿賦：「晨光内照。」西京賦：「殄水族。」博雅：「歇，泄也。」

〔四〕史正志碑：「秦淮源出句容、溧水兩山間，自方山合流，至建康分爲二，一支入城，一支繞城外。」楚辭：「羣行兮上下，駢羅兮列陳。」

〔五〕王彪之登會稽山詩：「銘跡峻嶠。」楚辭：「齊吴榜以擊汰。」按：言江南通越，北通齊也。

〔六〕戰國策：「晉必闚扃天下之匈。」晉書：「王敦内侮，憑天邑而狼顧。」西京賦：「巖險周固，襟帶易守。」按：本集還都口號：「分壤蕃帝華，列正藹皇宫。」詩意以皇都爲帝華。此云尊華，猶帝華也。〔補注〕書多士云：「肆予敢求爾于天邑商。」説文：「尊，高稱也。」爾雅：「絶高曰京。」尊華，猶京華也。

〔七〕説文：「險，阻難也。」劉歆賦：「高巒峻阻。」格物論：「荆，小木叢生，枝莖婆娑，葉刻缺而麄澀。」本草：「荆枝對生，一枝五葉或七葉，如榆，長而尖，有鋸齒。」按：言石城嵯峨，不但因枕江而見其險，蓋其峻岨之形，直如荆芽之刻缺矣。

〔八〕上林賦：「攢立叢倚。」南史宋高祖紀：「精貫白日。」增韻：「摛，布也。」韻會：「堞，城上女牆。」魏文帝詩：「丹霞夾明月。」

〔九〕周易：「觀國之光。」正韻：「欲速而以彼爲緩曰遲。」〔增補〕此云「遊子遲見家」，發後渚詩云「方冬與家别」，可知是時照家殆居于建康。

〔一〇〕詩説：「載始末曰引，放情曰歌。」〔補注〕文選李善注：「鼓吹曲有古入朝曲。」入京引疑謂古入朝曲。魏文帝燕歌行：「慊慊思歸戀故鄉，何爲淹留寄他方？」所謂望鄉歌也。

〔一一〕玉篇：「勑，勞也。」

〔一二〕說文：「偕，俱也。」周禮注：「萃，猶副也。」周易：「含宏光大。」何晏論語注：「易，和易也。」按：明遠爲臨海王參軍從荆州還，當時必有爲之副者，故曰偕萃。歎景促，勑路多，以偕萃而猶如此，將含宏和易之謂何矣？〔振倫注〕宏易之辭，迂曲難通。疑「宏易」或「孔易」之誤。〔補注〕周禮：「車僕，掌戎路之萃，廣車之萃，闕車之萃，苹車之萃，輕車之萃。」萃，謂車僕也。上文長城峻阻，攢樓擿堞，舍舟而陸，可謂路多矣。車僕猶勑。詩所云「我僕痡矣，云何吁矣」，則「王道蕩蕩」、「王道平平」之謂何也？弘易，猶蕩平也。歎長途之險仄，喻所遭之艱困也。〔增補〕方東樹昭昧詹言：「注家謂『明遠從荆州還，當時必有爲之副者，故曰偕萃』。按子頊以大明五年九月封，泰始二年八月誅，凡六年，明遠在荆州與同禍，其無偕萃從容還都可知也。」

【集說】

方植之曰：首二句不過言江平無波，而措語新特。此詩可比顏延之蒜山，而勝沈約鍾山，不及小謝登三山望京邑及之宣城出新林浦。

還都口號

分壤蕃帝華，列正藹皇宮〔一〕。禮讌及年暇，朝奏因歲通〔二〕。維舟歇金景，結棹俟昌風〔三〕。鉦歌首寒物，歸吹踐開冬〔四〕。陰沈煙塞合，蕭瑟涼海空〔五〕。馳霜急歸節，幽雲慘天容。旌鼓貫玄塗，羽鷁被長江〔六〕。君王遲京國，遊子思鄉邦〔七〕。恩世共渝洽，身願兩扳逢〔八〕。勉哉河濟客，勤爾尺波功〔九〕。

〔一〕帝華，見上。史記三王世家索隱：「宗正，官名，必以宗室有德者爲之。」〔補注〕尚書：「列爵惟五，分土惟三。」周禮天官：「宮正，掌王宮之戒令。」

〔二〕史記梁孝王世家：「諸侯王朝見天子，漢法凡當四見耳。始到，入小見。到正月朔旦，奉皮薦璧玉賀正月，法見。後三日，爲王置酒，賜金錢財物。後二日，復入小見，辭去。凡留長安不過二十日。小見者，燕見於禁門內，飲於省中，非士人所得入也。」宋書禮志：「魏制，蕃王不得朝覲。明帝時有朝者，皆由特恩，不得以爲常。晉太始中，有司奏：諸侯之國，其王公以下入朝者，四方各爲二番，三歲而周，周則更始。若臨時有解，卻在明年來朝之後更滿三歲乃復，不得從本數。朝禮執璧，如舊朝之制。不朝之歲，各遣卿奉聘。奏可。江左王侯不之國，其有授任居外，則同方伯刺史二千石之禮，亦無朝聘之制。此禮遂廢。」

〔三〕詩：「縶之維之。」傳：「維，繫也。」張衡東京賦：「俟閶風而西遐。」注：「閶風，秋風也。」廣雅：「大風曰昌。」〔增補〕上句謂隨落日而停舟。金景，西日也。春秋繁露五行相生：「西方者金。」下句昌風：即閶闔風，西風也。淮南子天文訓：「涼風至四十五日，閶闔風至。」高誘注：「兑卦之風。」易説卦孔穎達正義：「兑，位是西方之卦。」照還都，江行自西向東，故俟西風而發船也。

〔四〕説文：「鉦，鐃類也，似鈴，柄中上下通。」〔補注〕説文：「鐃，小鉦也。」鉦歌，鐃歌也。建初録云：「務成、黄爵、玄雲、遠期，皆騎吹曲。」歸吹，騎吹也。詩蓋言舍舟而陸矣。〔增補〕按宋書文帝紀，臨川王義慶於元嘉十七年十月爲南兖州刺史，詩云「開冬」，與之合。

〔五〕蕭瑟，見示休上人。

〔六〕羽鷁，見石帆銘。

〔七〕遊子，見翻車峴。〔補注〕遲，見上首注。

〔八〕「渝」，疑當作「淪」。「扳」與「攀」同。

〔九〕書：「濟河惟兖州。」陸機長歌行：「寸陰無停晷，尺波豈徒旋。」〔補注〕按宋書本傳，照東海人，故曰「河濟客」爾，自謂也。

行京口至竹里〔一〕

高柯危且竦，鋒石横復仄〔二〕。複澗隱松聲，重崖伏雲色〔三〕。冰閉寒方壯，風動鳥傾翼〔四〕。斯志逢凋嚴，孤遊值曛逼〔五〕。兼塗無憩鞍，半菽不遑食〔六〕。君子樹令名，細人效命力〔七〕，不見長河水，清濁俱不息。

〔一〕京口，見拜陵。竹里，見翻車峴。

〔二〕〔補注〕陶潛聯句：「高柯擢條榦，遠眺同天色。」

〔三〕宋玉高唐賦：「不見其底，虛聞松聲。」爾雅：「重厓岸。」注：「兩厓累者爲岸。」又作「崖」。

〔四〕〔補注〕大戴禮：「合冰必于南風。」閉，猶合也。

〔五〕楚辭注：「曛，黄昏時也。」〔增補〕宋本「斯」作「折」。

〔六〕魏明帝善哉行：「兼塗星邁，亮兹行阻。」漢書項籍傳：「卒食半菽。」注：「士卒食蔬菜，以菽雜半之。」

〔七〕〔補注〕禮記：「君子之愛人也以德，細人之愛人也以姑息。」説文：「命，使也。」命力，爲人役而致力也。

【集説】

陳胤倩曰：前段語語蒼勁。末四句古質，有漢人之遺。

【補集説】

王壬秋曰：藴藉中見氣骨，作結尤佳。

發後渚〔一〕

江上氣早寒，仲秋始霜雪〔二〕。從軍乏衣糧，方冬與家別〔三〕。蕭條背鄉心，悽愴清渚發〔四〕。涼埃晦平臯，飛湖隱脩樾〔五〕。孤光獨徘徊，空煙視昇滅〔六〕。塗隨前峯遠，意逐後雲結。華志分馳年，韶顔慘驚節〔七〕。推琴三起歎，聲爲君斷絶〔八〕。

〔一〕錄聞人倓注。後渚在建業城外江上。齊書張融傳：「融出爲封溪令，從叔永出後渚送之。」即此。〔增補〕詩作於建業，應列於行京口次竹里一首前。

〔二〕〔補注〕禮記月令：「仲秋之月，陽氣日衰，水始涸。」詩言江上早寒，則已霜雪矣。始，初也。〔增補〕次句言仲秋時已開始見霜雪，言寒之早耳，非謂於仲秋發後渚也。

〔三〕漢書嚴助傳：「令發兵行數千里，資衣糧入越地。」〔補注〕文選李善注：「方，猶將也。」〔增補〕此詩與前還都道中、還都口號、行京口至竹里，皆明言初冬，皆一時所作。方，不應訓「將」；廣雅釋詁：「方，始也。」方冬，始入冬。詳還都口號注。

〔四〕〔補注〕本集登大雷岸與妹書：「遨神清渚。」

〔五〕莊子：「塵，埃也。」司馬相如賦注：「平臯之廣衍。」玉篇：「楚謂兩木交陰之下曰樾。」〔增補〕宋本「湖」作「潮」。

〔六〕〔增補〕孤光，指日。

〔七〕華志，華年之志。集韻：「韶，美也。」按：驚節，驚時節之變也。所結之意，與華年分，故顔爲慘。〔補注〕華志，猶庾中郎别詩所云「藻志」，皆明遠自造之詞。〔增補〕宋本「分」作「忿」。

〔八〕左傳：「惟食忘憂，吾子置食之間三歎，何也？」〔補注〕「君」字，自指也。又：淮南子覽冥訓曰：「夫有改調一絃，其於五音無所比，鼓之而二十五絃皆應，此未始異于聲，而音之君已形矣。」高誘注：「一絃，宫音也，音之君也。」此詩「聲爲君斷絶」，謂宫音斷也。〔增補〕黄注第二解轉不如第一解爲長。

【集説】

陳胤倩曰：起句迤邐而下。别家固悲，方冬尤慘。

張蔭嘉曰：「華志」、「韶顔」，言豪華之志，分散於馳逐之年，韶令之顔，慘傷于節序之變也。以「分馳年」結上别家，以「慘驚節」結上方冬。

吴摯父曰：「涼埃」二句，喻世亂。「孤光」自比。「空煙」喻世事之變幻也。

【補集説】

王船山曰：此又與三謝相爲出入。鮑才大，或以使才成累。其有矩則者，則如此。「孤光獨徘徊」，髮心泉筆。

沈確士曰：琢句寧生澀，不肯凡近。

方植之曰：起六句從時令起叙題，不過常法，而直書即目，直書即事，興象甚妙，又親切不泛。「涼埃」四句，正寫景。「塗隨」四句叙情，而造句警妙。收句泛意凡語。

岐陽守風〔一〕

差池玉繩高，掩藹瑶井没〔二〕，廣岸屯宿陰，懸厓棲歸月〔三〕。役人喜先馳，軍令申早發〔四〕，洲迴風正悲，江寒霧未歇〔五〕。飛雲日東西，別鶴方楚越〔六〕。塵衣孰揮澣？蓬思亂光髮〔七〕。

〔一〕録聞人倓注。毛詩：「居岐之陽。」説文：「岐，山名。」〔振倫注〕左傳：「成有岐陽之蒐。」注：「岐山，在扶風美陽縣西北。」合下數首觀之，似明遠有由陝入蜀之迹。宋書臨海王子頊傳：「前廢帝即位，以本號都督荆、湘、雍、益、梁、寧、南北秦八州諸軍事，刺史如故。明帝即位，解督雍州，以爲鎮軍將軍丹陽尹。尋留本任，進督雍州，又進號平西將軍。」明遠爲其書記，意或隨之行耶？〔補注〕方植之謂「此詩説洲風、江霧、楚越，其非雍州之岐甚明，而注家不覺，猶引毛詩、説文，蔽惑甚矣。歸太僕汉口志序，言新安江過嚴陵，入錢塘，而汉川之水合琅璜之水，流岐陽山下，則以爲越地可知」。按水經注云：「居岐之陽，非直因山致名，亦指水取稱。淮南子曰：『岐水出石橋山，東南流。』相如封禪書曰：『收龜於岐。』漢書音義曰：『岐，水名也。』謂斯水矣。南與横水合，俗謂之小横水，逕岐山西，又屈逕周城南，又歷周原下。水北即岐山矣。又東注雍水，雍水又南逕美陽縣之中亭川，合武水，世謂之赤泥峴。沿波歷澗，俗名大横水也。」據此，則洲風、江霧，何不可於岐水之陽沿波歷澗見之。至於楚越，蓋用琴曲別鶴操「將乖比翼兮隔天端，山川悠遠兮路漫漫」意，非指地言也。方氏不知岐水所經，竟引歸熙甫汊口志序證岐陽爲越地，則大誤矣。〔增補〕按：諸説皆非是。此「岐陽」乃「陽岐」誤倒，北宋初著述所引鮑詩題尚不誤。陽岐，山名，在江陵之東，照爲臨海王子頊參軍，隨子頊赴荆州任必經此，故詩有「役人喜先馳，軍令申早發」之語。太平寰宇記卷一百四十六荆州石首縣云：「陽岐山在縣西一百步。宋鮑明遠陽岐守風詩云：『洲迴風正悲，江寒霧未歇。』即此也。荆州記曰：『山無所出，不足書。本屬南平界，范玄平記云：故老相承云，胡伯始以本縣境無山，置此山，上計偕簿。』」水經注卷三十五云：「江水又右徑陽岐山北。」戴震校本下注云：「即考陽岐即今石首縣西山，在江之南岸。」

〔二〕杜預左傳注：「差池，不齊一。」春秋元命苞：「玉衡北兩星爲玉繩。」曹植詩：「芳風晻藹。」元命苞：「東井八星主水衡。」〔補注〕漢書天文志：「秦地於天官，東井輿鬼之分野。」岐陽秦境，故用瑶井。〔增補〕宋本「藹」作「映」。郭璞江賦：「若乃岷精垂曜於東井。」李善注引河圖括地象曰：「岷山之地，上爲井絡。」照蓋因陽岐山在大江之濱，故由江而聯想及導江之岷山而言及東井，黄説非是。

〔三〕歸月，猶落月。

〔四〕淮南子：「軍多令則亂。」周易：「重巽以申命。」

〔五〕〔增補〕太平寰宇記引「迴」作「迥」。

〔六〕夏后鑄鼎繇：「逢逢白雲，一西一東。」〔振倫注〕莊子：「自其異者視之，肝膽楚、越也。」

〔七〕陸機詩：「京洛多風塵，素衣化爲緇。」莊子：「夫子猶有蓬之心也夫。」〔振倫注〕末句兼用首如飛蓬意。〔補注〕左傳：「有仍氏生女，黰黑而甚美，光可以鑑。」本集芙蓉賦：「陋荆姬之朱顔，笑夏女之光髮。」

【集説】

方植之曰：直書即目，興象華妙清警，開小謝；沈鬱緊健，開杜公。「飛雲」四句，言情歸宿。此詩韓公且若不能爲，無論餘人。

【補集説】

王壬秋曰：「歸」字奇。

吴摯父曰：風霧喻世，雲鶴自比。

發長松遇雪〔一〕

土牛既送寒，冥陸方浹馳〔二〕，振風摇地局，封雪滿空枝〔三〕，江渠合爲陸，天野浩無涯〔四〕。飲泉凍馬骨，斲冰傷役疲〔五〕，昆明豈不慘，黍谷寧可吹〔六〕？

〔一〕劉琨扶風歌：「繫馬長松下。」〔補注〕長松，地名，未詳。〔增補〕「長松」疑「長林」之誤。太平寰宇記卷一百四十六荆門軍云：「長林縣：晉安帝隆安五年，刺史桓玄立武寧郡于故編縣城，其屬有長林縣，與郡俱立，分編縣所置也。盛弘之荆州記云：『當陽東有櫟林長坂，昔時武寧至樂鄉八十里中，拱樹修竹，隱天蔽日，長林蓋取名于此。』」

〔二〕禮記：「季冬之月，出土牛以送寒氣。」左傳：「日在北陸而藏冰。」〔補注〕張本作「冥陸」，宋本作「蓂陵」。按：楚辭大招云：「冥凌浹行。」王逸注：「冥，玄冥，北方之神也。凌，猶馳也。浹，徧也。」此詩言冥凌浹馳，猶大招言冥凌浹行也。諸本皆誤。〔增補〕宋本「土牛」作「出牛」。

〔三〕地之言局，猶田之言罫也。〔補注〕西京雜記曰：「太平之代，雪不封條。」

〔四〕渠，見芙蓉賦。吕氏春秋：「天有九野。」

〔五〕陳琳詩：「水寒傷馬骨。」楚辭九歌：「斲冰兮積雪。」

〔六〕高僧傳：「昔漢武穿昆明池底，得黑灰，問東方朔。朔曰：『可問西域梵人。』後竺法蘭至，衆人追問之。蘭云：『世界終盡，劫灰洞燒，此灰是也。』」阮籍詣蔣公奏記注：「劉向別録曰：『鄒衍在燕，有谷寒不生五穀。鄒子吹之而温，生黍。』」〔補注〕拾遺記：「周靈王起昆明之臺，召諸方士，有二人乘飛輦上席酣醉。時赤旱，地裂木燃。一人能以歌召霜雪，王乃請焉。於是引氣一噴，雲起雪飛，坐者皆凜然。」案本詩收句「黍谷寧可吹」，則是喜雪之下，其爲旱後得雪。所謂昆明慘者，即地裂木燃也。錢注恐誤。

【集説】

吴摯父曰：「江渠」二句，所謂「萬方聲一概」也。

詠史〔一〕

五都矜財雄，三川養聲利〔二〕，百金不市死，明經有高位〔三〕。京城十二衢，飛甍各鱗次〔四〕。仕子彯華纓，遊客竦輕轡〔五〕。明星辰未稀，軒蓋已雲至〔六〕。賓御紛颯沓，鞍馬光照地〔七〕。寒暑在一時，繁華及春媚〔八〕。君平獨寂寞，身世兩相棄〔九〕。

〔一〕録文選李善注。

〔二〕漢書曰：「王莽於五都立均官，更名雒陽、邯鄲、臨淄、宛、成都市長，皆爲五均司市師。」鄭玄尚書大傳注曰：「矜，夸也。」漢書曰：「班壹當孝惠、高后時，以財雄邊。」戰國策云：「張儀曰：争名於朝，争利於市。今三川周室，天下之朝市。」韋昭曰：「有河、洛、伊，故曰三川。」

〔三〕史記：「陶朱公曰：『吾聞千金之子，不死於市。』」漢書：「夏侯勝常謂諸生曰：『士病不明經。經術苟明，其取青紫，如俯拾地芥。』」

〔四〕西都賦曰：「立十二之通門。」吴都賦曰：「飛甍舛互。」李尤辟雍賦曰：「攢羅鱗次。」

〔五〕七啓曰：「華組之纓。」楚辭曰：「竦余駕乎八冥。」廣雅曰：「竦，上也。」〔補注〕廣韻：「彯彯，長組之貌。」

〔六〕毛詩曰：「明星有爛。」鄭玄曰：「明爛然也。」説文曰：「希，疏也。」希與稀通。説苑曰：「翟璜乘車，載華蓋。田子方怪而問之。對曰：『吾祿厚，得此軒蓋。』」尚書中候曰：「青雲浮至。」〔增補〕許巽行文選筆記：「説文：『辰，房星。』又：『晨，早昧爽也。从臼，从辰，辰亦聲。』丮夕爲夙，臼辰爲晨，皆同意。曟，房星，爲民田時者。从晶，辰聲。或省作晨。此云『明星辰未稀』，則早昧爽也。字當作晨。今經典通作晨。」梁章鉅文選旁證：「六臣本『晨』作『辰』，誤也。今説文禾部：『稀，疏也。』別無希字，此必是正文作『希』，注引説文稀，以爲與希通也。」

〔七〕孔安國尚書傳曰：「御，侍也。」吴質答東阿王書曰：「情踴躍於鞍馬。」〔補注〕新序：「魏文侯曰：『段干木光乎德，寡人光乎地。』」〔增補〕颯沓，衆盛貌。

〔八〕周易曰：「日月運行，一寒一暑。」應璩與曹長思書曰：「春生者，繁華也。」〔增補〕此二句爲比。炎涼世態，見於一時，故百花争趁濃春時節而争媚，猶仕者及時追逐功名也。

〔九〕言身棄世而不仕，世棄身而不任。漢書曰：「蜀有嚴君平，卜於成都市，日閲數人，得百錢，足自養，則閉肆下簾而授老子。」楚辭曰：「野寂寞其無人。」莊子曰：「夫欲勉爲形者，莫如棄世，棄世則無累矣。」

【集説】

劉坦之曰：此篇本指時事，而託以詠史。故言漢時五都之地，皆尚富豪，三川之人，多好名利。或明經而出仕，或懷金而來遊，莫不一時駢集於京城，而其服飾車徒之盛如此。譬則四時，寒暑各異，而今日繁華，正如春陽之明媚。當是時，惟君平之在成都，修身自保，不以富貴累其心，故獨窮居寂寞。身既棄世而不仕，世亦棄君平而不任也。然此豈明遠退處既久，而因以自況歟？

方虚谷曰：此詩八韻，以七韻言繁盛之如彼，以一韻言寂寞之如此。左太沖詠史第四首亦八韻，前四韻言京城之豪侈，後四韻言子雲之貧樂。蓋一意也。明遠多爲不得志之辭，憫夫寒士下僚之不達，而惡夫逐物奔利者之苟賤無恥。每篇必致意於斯。唐以來詩人多有此體。李白、陳子昂集中可考。而近代劉屏山爲五言古詩，亦出於此，參以建安體法。

吴伯其曰：舉世繁華如此，安得不棄君平，君平亦安得不棄世。詩用兩相字者，有激之言。畢竟世先棄君平，君平始棄世耳。李太白詩，以此五字衍爲十字云：「君平既棄世，世亦棄君平。」恰是君平先棄世矣。不知太白意在興起下文「觀變尤大易，探玄化羣生」云云，亦如夫子之既老不用，退而删述之意，故先作訣絶之詞耳。畢竟君平終身不欲棄世。

【補集説】

沈確士曰：住得斗絶，昔人所謂勒舞馬勢也。

蜀四賢詠〔一〕

渤渚水浴凫，春山玉抵鵲〔二〕，皇漢方盛明，羣龍滿階閣〔三〕。君平因世閒，得還守寂寞〔四〕，閉簾注道德，開卦述天爵〔五〕。相如達生旨，能屯復能躍〔六〕，陵令無人事，毫墨時灑落〔七〕。褒氣有逸倫，雅繢信炳博〔八〕，如令聖納賢，金璫易羈絡〔九〕。良遮神明遊，豈伊覃思作〔一〇〕，玄經不期賞，蟲篆憂散樂〔一一〕。首路或參差，投駕均遠託〔一二〕。身表既非我，生内任豐薄〔一三〕。

〔一〕司馬相如、嚴君平、王褒、揚雄。録聞人倓注。漢書：「司馬相如字長卿，蜀郡人。少好讀書，爲武騎常侍，後拜孝文園令。」又：「王褒字子淵，蜀人，宣帝時爲諫大夫。其後太子體不安，苦忽忽善忘不樂，詔使褒等皆之太子宮，虞侍太子。朝夕誦讀奇文及所自造作，疾平復，乃歸。太子善褒所爲甘泉及洞簫頌，令後宮貴人左右皆誦讀之。後方士言益州有金馬碧雞之寶，帝使褒往祀，於道病死。」又：「揚雄字子雲，成都人，少好學。年四十餘，自蜀來遊京師，大司馬王音召以爲門下史，薦雄待詔。歲餘，爲郎中，給事黄門。」君平見上。

〔二〕鹽鐵論：「崐山之下，以玉璞抵鵲。」按：興漢室賢才之多也。〔振倫注〕揚雄解嘲：「譬如江湖之崖，渤澥之島，乘雁集不爲之多，雙鳧飛不爲之少。」〔補注〕「春山」，宋本作「春山」。論衡云：「鍾山之上，以玉抵鵲。」穆天子傳：「鍾山」作「春山」。郭璞注云：「山海經『春』字作『鍾』，音同耳。」郝懿行曰：「山即陰山。徐廣注史記云『陰山在五原北』是也。」「春」字當從宋本。

〔三〕揚雄賦：「建乾坤之貞兆兮，將悉總之以羣龍。」羣龍，言羣臣也。古詩：「阿閣三重階。」

〔四〕〔補注〕後漢書馮衍傳：「顯志賦：『陂山谷而閒處兮，守寂寞而存神。』」〔增補〕宋本「閒」作「閑」。

〔五〕史記：「老子著道德五千餘言。」漢書：「君平卜筮於成都市，以爲卜筮者，業賤而可以惠衆。人有邪惡非正之問，則依著龜爲言利害。與人子言依於孝，與人弟言依於順，與人臣言依於忠，各因勢導之以善。從吾言者，已過半矣。」〔補注〕孟子：「仁義忠信，樂善不倦，此天爵也。」

〔六〕莊子：「達生之情者，不務生之所無。」周易：「雲雷屯。」又：「或躍在淵。」

〔七〕史記：「相如拜爲孝文園令。」後漢賈逵傳：「逵母常有疾，帝特以錢二十萬與之，曰：『此子無人事於外，屢空，則從孤竹之子於首陽矣。』」韻會：「灑，汎也。」

〔八〕蜀書：「未若髯之逸倫超羣也。」周禮：「畫繢之事，雜五色。」急就篇注：「繢，亦絛組之屬。」按：以喻褒文。太玄經：「彪如在上，天文炳也。」荀子：「多聞曰博。」

〔九〕漢書：「上乃徵褒。既至，詔褒爲聖主得賢臣頌其意。」後漢輿服志：「侍中、中常侍加黄金璫，附蟬爲之，貂尾爲飾，謂之『趙惠文冠』。」莊子：「伯樂曰：『吾善治馬，燒之，剔之，刻之，雒之，連之以羈馽，編之以皁棧。』」釋文：「雒，謂羈絡其頭。」按：惜其不果用也。

〔一〇〕玉篇：「遮，要也，攔也。」揚雄傳：「爰清爰静，游神之庭。」又：「雄以賦非法度所存，輟不復爲，而大潭思渾天。」按：言雄良由遮神明之庭而遊之，故太玄亦自然成文，非必如史所稱覃思而作也。遮字，從史記「持璧遮使者」及「董公遮説」句脱化來。〔振倫注〕「良」，疑當作「雄」。〔增補〕宋本「遊」作「游」。

〔一一〕揚雄傳贊：「鉅鹿侯芭，常從雄居，受其太玄、法言。劉歆亦嘗觀之，謂雄曰：『空自苦。今學者有禄利，然尚不能明易，又如玄何？吾恐後人用覆醬瓿也。』雄笑而不應。」揚子：「或問吾子好賦。曰：『然。童子雕蟲篆刻。』俄而曰：『壯夫不爲也。』」揚雄傳：「不戚戚於貧賤。」〔補注〕方植之曰：「按『散樂』二字，未詳，向來無注者，思之歷年未得。後讀禮記

『齋者不樂』注：『樂則散。』乃知此言子雲覃思太玄，恐蟲篆散其志慮，故不爲也。陸氏釋文音落。而陳可大郊特牲『二曰伐鼓』下，以爲不聽樂。竊意二義皆可通，而此當從落音。」

〔增補〕宋本「憂散樂」作「散憂樂」。

〔一二〕顔延之誄序：「首路同塵，輟塗殊軌。」後漢張儉傳：「望門投止。」按：言四賢始雖殊塗，後實同軌也。

〔一三〕莊子：「莊子曰：『子非我。』」嵇康論：「無主於内，借外物以樂之。外物雖豐，哀亦備矣。」按：言身外固無與於我，即身内或豐或薄，亦任之可也。〔增補〕宋本注：「『任』，一作『甚』。」

鮑參軍集卷六

歸安錢振倫楞仙注
順德黄節補注集説
錢仲聯增補注補集説

詩

擬古八首〔一〕

魯客事楚王，懷金襲丹素〔二〕，既荷主人恩，又蒙令尹顧〔三〕。日晏罷朝歸，鞍馬塞衢路〔四〕，宗黨生光輝，賓僕遠傾慕，富貴人所欲，道得亦何懼〔五〕？南國有儒生，迷方獨淪誤〔六〕，伐木清江湄，設罝守毚兔〔七〕。

〔一〕其一、其二、其三録李善注。其四、其六、其七、其八録聞人倓注。其二參用聞人倓注。其七參用吴兆宜注。

〔二〕魯客，假言。揚子法言載曰：「使我紆朱懷金，其樂不可量也。」李軌曰：「金，金印也。」司馬彪上林賦注曰：「襲，服也。」毛詩曰：「素衣朱襮。」毛萇曰：「丹朱，中衣也。」〔補注〕魯客，喻河北人士。楚王，喻索虜也。此詩蓋傷河北人士臣妾索虜而作。

〔三〕「荷」，善作「賀」。主人，謂君也。王仲宣公讌詩曰：「顧我賢主人。」臣瓚漢書注曰：「諸侯之卿，唯楚稱令尹，其餘國稱相也。」

〔四〕〔增補〕宋文選六臣本「鞍」作「輿」。

〔五〕「得」，善作「德」。論語曰：「富與貴，是人之所欲。不以其道得之，不處也。」〔增補〕孫志祖文選考異：「『德』，五臣作『得』。觀注引論語，則善本亦當作『得』，『德』字似傳寫之誤。」

〔六〕儒生，自謂也。漢書：「叔孫通曰：弟子儒生隨臣久矣。」莊子曰：「小惑易方。」郭象曰：「東西易方，於禮未虧。」孔安國尚書傳曰：「誤，謬也。」沈淪，謬誤也。〔補注〕胡枕泉曰：「方，猶道也。禮記：『樂行而民鄉方。』經解：『謂之有方之士。』鄭注並云：『方，猶道也。』此言迷道獨沈淪謬誤也，似不作方向解。」〔增補〕方，解爲道，是也。承上句儒生來，迷方蓋用易坤卦「先迷失道」義。周易集解引何妥曰：「陰道惡先，故先致迷失。」

〔七〕毛詩曰：「坎坎伐檀兮，寘之河之干兮。河水清且漣猗。」又曰：「肅肅兔罝，椓之丁丁。」又曰：「趯趯毚兔，遇犬獲之。」〔振倫注〕韓非子：「宋人有耕田者，田中有株，兔走觸株而死，因釋耒而守株，冀復得兔。兔不可得，而身爲宋國笑。」〔補注〕劉坦之曰：「伐木，蓋用詩伐檀之義。謂伐檀以爲車而行陸，今乃寘之河干而無用。」罝，兔罝也。毚，狡也。呂向曰：「設網守兔，喻懷德待禄。」梁茝林曰：「五臣以爲懷德待禄，然則暗用墨子文王舉閎夭、太顛於罝網中事。」〔增補〕梁章鉅文選旁證：「尤本『清』誤作『青』。」

【集説】

吴伯其曰：是從「不義而富且貴於我如浮雲」來。卻又跨進一步，曰以道得之，猶且不處，况不義乎？

【補集説】

李榕村曰：首章見魯客之榮耀如此，然以道得之，亦何所懼？而南國儒生，乃獨淪落自誤，甘爲兔罝野人，何哉？意與代放歌行相近。

方植之曰：言守節，前以勢位人相形。

王壬秋曰：此即「湘濱有歸鳥」一種局度。彼軒昂，此深穩，明遠所創調。

吴摯父曰：此篇與詠史同恉。

十五諷詩書，篇翰靡不通〔一〕。弱冠參多士，飛步遊秦宫〔二〕。側覩君子論，預見古人風〔三〕。兩説窮舌端，五車摧筆鋒〔四〕。羞當白璧貺，恥受聊城功〔五〕。晚節從世務，乘障遠和戎〔六〕。解佩襲犀渠，卷袠奉盧弓〔七〕。始願力不及，安知今所終〔八〕。

〔一〕論語曰：「吾十有五而志於學。」韋昭漢書注曰：「翰，筆也。」〔補注〕阮籍詠懷詩：「昔年十四五，志尚好詩書。」

〔二〕華覈與薛瑩詩曰：「存者今惟三，飛步有四特。」聞人倓曰：「秦宮，西京之宮。」〔補注〕詩大雅：「思皇多士。」疏：「多士是世顯之人。」則諸侯及公卿大夫皆兼之。〔增補〕宋本「秦宮」下注：「一作『紫宮』。」

〔三〕魏志：「太祖謂毛玠曰：君有古人之風。」

〔四〕兩説，謂魯連説新垣衍及下聊城。史記曰：「秦東圍邯鄲，魏王使新垣衍入邯鄲，説平原君尊秦昭王爲帝，秦必罷兵去。魯連聞之，乃責垣衍。新垣衍請出，不敢言帝秦。秦將聞之，卻五十里。」又曰：「田單攻聊城，不下，魯連乃爲書，約之矢以射聊城中。燕將得書自殺。」韓詩外傳曰：「避文士之筆端，避武士之鋒端，避辨士之舌端。」莊子曰：「惠子其書五車，道踳駁也。」〔補注〕朱蘭坡曰：「善注云：『兩説謂魯連説新垣衍及下聊城。』案：李氏治以善注爲疏。又云：五臣本劉良以兩説爲本末之説，言舌端能摧折文士之筆端，亦非也。兩説者，兩可之説也。謂兩可之説，能窮舌端，而五車之讀，能摧筆鋒云者，猶言禿千兔之毫者也。余謂善注蓋因下文『羞當白璧貺，恥受聊城功』，故云然。上言年少雖工篇翰而無益，似即前篇所謂『南國有儒生，迷方獨淪誤』也。此言辨説以解争，能使讀五車者摧其筆鋒，正與首句『諷詩書』針對。後又云『解佩襲犀渠，卷袠奉盧弓』，蓋有投筆從戎之意。合觀三首，皆作壯語，恐善注未可遽非。近孫氏志祖引顧仲恭云：『兩説當以縱横解之。莊子：

縱説則以詩書禮樂，横則金版六韜。』亦通。但不指定魯連，將何所著乎？」

〔五〕韓詩外傳曰：「楚襄王遣使者持金千斤，白璧百雙，聘莊子以爲相。莊子不許。」史記曰：「單屠聊城歸而言魯連，欲爵之，魯連逃隱於海上也。」

〔六〕鄒陽上書：「至其晚節末路。」漢書曰：「嚴安上書言世務。」又曰：「帝使博士狄山乘鄣。」李奇曰：「乘，守也。」左氏傳：「晉侯謂魏絳曰：子教寡人和諸戎狄。」

〔七〕國語曰：「奉文犀之渠。」尚書曰：「平王錫晉文侯盧弓十。」〔補注〕李周翰曰：「佩，衣服也。犀渠，甲也。衺，書衣也。盧弓，征伐之弓也。」

〔八〕左氏傳：「周子曰：孤始願不及此。」莊子曰：「苟爲不知其然也，孰知其所終？」司馬彪曰：「誰知禍之所終者也？」〔補注〕吕延濟曰：「始願爲文，力已不及，今爲武士，未知其終竟也。」

【補集説】

李榕村曰：二章言少爲儒者而晚從戎，乖其始願，而慮其所終也。

吴伯其曰：二章説文。……「十五」二句，言其學，「恥受」（當是「弱冠」之誤）二句，言其問。「古人風」是三代之英，不是相如、仲連一流，觀下文「羞」、「恥」二字可見。「兩説」二句，言我舌端筆力都來得，縱横之事，我非不能爲，只是恥而不爲耳。「聊城」句，是應「筆鋒」，指射書事。「白璧」，乃相如事，應「舌端」。舊注引莊子，誤矣。「晚節」云云，是學問不見於世，寧從世務，棄文就武。即子行三軍之意，決不爲縱橫之事也。然棄文就武，出於時勢之不獲已，非其始願；「始願」乃「古人之風」云云是也。「今」指現前，「力不及」，阻於時勢也。在於我者，文重而武輕；在於時者，重武而輕文。輕文者，輕道也，所謂君子道消也。消之又消，伊於何底？故曰：「安知今所終。」

方植之曰：不過言己文武足備，與太沖意略同。此等在今日皆爲習意陳言，不可再擬，擬則爲客氣假象。至杜公贈韋濟，乃大破藩籬。

幽、并重騎射，少年好馳逐〔一〕。氈帶佩雙鞬，象弧插雕服〔二〕。獸肥春草短，飛鞚越平陸〔三〕。朝遊雁門上，暮還樓煩宿〔四〕。石梁有餘勁，驚雀無全目〔五〕。漢虜方未和，邊城屢翻覆。留我一白羽，將以分符竹〔六〕。

〔一〕史記曰：「趙武靈王胡服以習騎射也。」七發曰：「馳騁角逐。」〔補注〕曹植白馬篇曰：「白馬飾金羈，連翩西北馳。借問誰家子，幽并遊俠兒。」

〔二〕搜神記曰：「太康中，以氈爲貊頭及帶身袴口。」魏志曰：「董卓有武力，雙帶兩鞬，左右馳射。」方言曰：「所以藏箭弩謂之服，所以盛弓謂之鞬。」毛詩曰：「四牡翼翼，象弭魚服。」鄭玄曰：「弭，弓之末彆者，以象骨爲之。服，矢服也。」鞬，居言切。〔補注〕劉坦之曰：「象弧，語出考工記，謂其象天上弧星也。雕，畫也。服所以藏矢，今言弧，互文耳。」

〔三〕魏文帝典論曰：「弓燥手柔，草淺獸肥。」埤蒼曰：「鞚，馬勒鞚。」孫子曰：「平陸平處。」鞚，口送切。

〔四〕漢書曰：「雁門郡有樓煩縣。」〔補注〕劉坦之曰：「樓煩，故胡地，趙武靈王取以置縣，漢屬雁門郡，今太原之崞州也。」

〔五〕闞子曰：「宋景公使工人爲弓，九年乃成。公曰：『何其遲也？』工人對曰：『臣不復見君矣。臣之精盡於此弓矣。』獻弓而歸，三日而死。景公登虎圈之臺，援弓東面而射之，矢踰於西霜之山，集於彭城之東，其餘力益勁，猶飲羽於石梁。」帝王世紀曰：「帝羿有窮氏與吴賀北遊，賀使羿射雀。羿曰：『生之乎？殺之乎？』賀曰：『射其左目。』羿引弓射之，誤中右目。羿抑首而媿，終身不忘。故羿之善射，至今稱之。」〔增補〕許巽行文選筆記：「注引闞子，水經注作闞子。藝文志縱横家有闞子一篇。」張雲璈選學膠言：「按射石飲羽事，如史記之李廣，吕氏春秋之養由基，韓詩外傳及新序之楚熊渠子，皆有之。恐是因闞子語，遂取善射之人以實之耳。」

〔六〕「符」，善作「虎」。白羽，矢名。國語曰：「吴素甲白羽之矰，望之如荼。」漢舊儀曰：「郡國銅虎符三，竹使符五也。」〔補注〕胡枕泉曰：「虎竹，五臣本『虎』作『符』，鮑集亦作『符』。紹瑛按：虎、竹是兩事，指銅虎、竹使而言。單舉不合。而以竹使符爲符竹，於文亦不順。五臣本未可據。」

【集説】

劉坦之曰：此亦託古以諷今之詩。言北方風氣剛勇，俗尚騎射，故其人自幼肄習，所以馳騁捷疾，技藝精妙如此。且曰，方今漢虜未和，邊城警急，正當留我一矢，用以立功，而分符守郡也。此可見當時朝廷多尚武功，苟能精於騎射，則刺史郡守不難得矣。

吴伯其曰：按古者六藝之科，射御並重。玆獨重言射者，馳逐之事，昉於晉荀吴毁車崇卒之後，御道已廢，惟今日之射，猶是古之道也。

陳胤倩曰：「石梁」二句，使事中有壯氣，如此使事，是以我運古者。

【補集説】

方植之曰：承次篇來，言己騎射之工，足以封侯。而句格俊逸奇警。杜公所稱，政在此等。

王壬秋曰：末言外議用兵冒功之多也。

鑿井北陵隈，百丈不及泉〔一〕。生事本瀾漫，何用獨精堅〔二〕？幼壯重寸陰，衰暮及輕年〔三〕。放駕息朝歌，提爵止中山〔四〕。日夕登城隅，周迴視洛川〔五〕。街衢積凍草，城郭宿寒煙。繁華悉何在？宫闕久崩填。空謗齊景非，徒稱夷叔賢〔六〕。

〔一〕宋書州郡志：「南彭城北陵令，本屬南下邳，名陵，而廣陵郡舊有陵縣。晉太康二年，以下邳之陵縣非舊土而同名，改爲北陵。」〔補注〕孟子：「掘井九仞而不及泉，猶爲棄井也。」

〔增補〕首二句爲比，謂徒勞無益。北陵，地名。爾雅稱雁門山爲北陵。

〔二〕華陽國志：「山原肥沃，有澤漁之利，易爲生事。」洞簫賦：「愺恅瀾漫，亡耦失疇。」注：「瀾漫，分散也。」

〔三〕淮南子：「聖人不貴尺之璧，而重寸之陰，時難得而易失也。」〔增補〕宋本「及」作「反」。

〔四〕一作「僊」。地理直音：「朝歌，今淇縣。」提爵，猶提壺也，周禮疏：「中山，郡名也。」搜神記：「狄希，中山人也，能造千日酒。」〔補注〕左傳：「齊侯伐晉，取朝歌。」漢書鄒陽傳：「邑號朝歌，墨子回車。」左傳：「中山不服。」杜注：「中山，鮮虞。」元和郡國志：「定州，春秋時鮮虞、白狄之國，戰國時爲中山國，與六國並稱王，爲趙武靈王所滅。」用朝歌、中山，意蓋以亡國之地比擬洛川。放駕則反用回車事，提爵則暗用造酒事，以承上衰暮輕年也。

〔五〕毛詩：「俟我於城隅。」張協賦：「曜乎洛川之曲。」

〔六〕古詩源：「末即賢愚同盡意。」〔振倫注〕陶潛飲酒詩：「積善云有報，夷、叔在西山。」〔補注〕論語：「齊景公有馬千駟，死之日，民無德而稱焉。伯夷、叔齊餓于首陽之下，民到于今稱之。」

【集説】

陳胤倩曰：每能翻新立論，其託感更深。

張蔭嘉曰：瀾漫，繁多也。言人生之事，本無紀極，何必精堅其志於學問也。朝歌，衛地，舊爲商紂所都，其俗酣歌。

方植之曰：起四句，從前「迷方」生來，杜公之祖。言積學成材，不得貴顯，然何必專守一塗。悔其專苦，不知改計。「輕年」，不惜陰也，言今改計也，起下放遊，「放駕」以下，言己所以改計，由觀古二亡國，乃知賢愚同盡，臧、穀同亡，强生分别何爲乎？此篇語既奇警，義又深遠，猶有漢、魏人筆意，與顔延之北使洛語同而意不同。

【補集説】

王船山曰：鮑於樂府，特以爽宕首出。擬古多繁重，轉换往往見骨。重而無見骨之病，此一兩篇而已。

伊昔不治業，倦遊觀五都〔一〕，海岱饒壯士，蒙泗多宿儒〔二〕。結髮起躍馬，垂白對講書〔三〕，呼我升上席，陳觶發瓢壺〔四〕。管仲死已久，墓在西北隅，後面崔嵬者，桓公舊冢廬〔五〕。君來誠既晚，不覩崇明初〔六〕，玉椀徒見傳，交友義漸疏〔七〕。

〔一〕國語：「公父文伯母如季氏，寢門之内，婦人治其業焉。」史記司馬相如傳：「長卿故倦游，雖貧，其人材足依也。」五都，見詠史。〔補注〕漢書鄭當時傳：「性廉，又不治産。」

〔二〕史記貨殖傳：「泰山之陽則魯，其陰則齊，臨菑亦海岱之間一都會也。怯於衆鬥，勇於持刺，故多劫人者。而鄒、魯濱洙泗，猶有周公遺風。俗好儒，備於禮。」詩：「奄有龜、蒙。」

〔三〕史記主父偃傳：「結髮遊學，四十餘年。」左思蜀都賦：「公孫躍馬而稱帝。」

〔四〕説文：「觶，鄉飲酒角也。」

〔五〕史記齊太公世家正義：「括地志云：『管仲冢在青州臨淄縣南二十一里牛山上，與桓公冢連。』」爾雅：「石戴土謂之崔嵬。」

〔六〕〔補注〕尚書洪範：「無虐煢獨而畏高明。」高明，有位之尊顯者也。易繫辭：「崇高莫大於富貴。」崇明，猶高明。謂今所遇者壯士、宿儒，若桓、管之高明，不及覩矣。

〔七〕史記封禪書：「上有古銅器，問少君。少君曰：『此器，齊桓公十年陳於柏寢。』已而案其刻，果齊桓公器。一宮盡駭，以爲少君神，數百歲人也。」嵇康答難養生論：「李少君識桓公玉椀，則阮生謂之逢占而知。」史記管晏傳：「管仲曰：『生我者父母，知我者鮑子也。』」

〔增補〕宋本「椀」作「琬」，「交」作「支」，皆誤。

【補集説】

王壬秋曰：微似淵明。

束薪幽篁裏，刈黍寒澗陰〔一〕。朔風傷我肌，號鳥驚思心〔二〕。歲暮井賦訖，程課相追尋〔三〕。田租送函谷，獸藁輸上林〔四〕。河渭冰未開，關隴雪正深〔五〕。笞擊官有罰，呵辱吏見侵〔六〕。不謂乘軒意，伏櫪還至今〔七〕。

〔一〕毛詩：「綢繆束薪。」楚辭：「余處幽篁兮，終不見天。」又：「願竢時乎吾將刈。」注：「刈，穫也。」〔補注〕説文：「薪，柴也。」又周禮天官甸師注：「大木曰薪。」幽篁裏無薪。禮記：「仲夏之月，農乃登黍。」寒澗陰無黍。「束薪幽篁裏，刈黍寒澗陰」，物之失所也。

〔二〕〔補注〕晉書裴秀傳：「詔曰：『尚書令裴秀，雅量弘博，思心通遠。』」

〔三〕周禮小司徒：「乃經土地而井，牧其田野，以任地事，而令其貢賦。」廣韻：「程，期也，限也。」又：「課，税也，第也。」阮籍詩：「高、蔡相追尋。」

〔四〕後漢和帝紀：「詔兖、豫、荆州，今年水雨淫過多，傷農功，其令被害什四以上，皆半入田租芻藁。」鹽鐵論：「秦左殽、函。」韋昭注：「函谷關。」史記蕭相國世家：「民上書言相國賤彊買民田宅數千萬。上至，相國謁，上笑曰：『夫相國乃利民。』民所上書皆以與相國。曰：『君自謝民。』相國因爲民請曰：『長安地陿，上林中多空地棄，願令民得入田，毋收藁爲禽獸食。』」

〔五〕史記留侯世家：「諸侯安定，河、渭漕挽天下，西給京師。」後漢書：「隗囂説公孫述曰：『令漢帝释關、隴之憂。』」

〔六〕史記張蒼傳：「發吏卒，捕奴婢，笞擊問之。」晉書陶侃傳：「切厲訶辱。」

〔七〕左傳：「晉侯入曹，數之以不用僖負羈，而乘軒者三百人也。」魏武帝樂府：「老驥伏櫪，志在千里。」〔補注〕收以乘軒、伏櫪相對成文，亦見人之失所。

【集説】

陳胤倩曰：固是實事，真至。此等最爲少陵所摹。

方植之曰：極賤隸之卑辱，以寄慨不得展志大用於世也。而詩之警妙，皆杜、韓所取則，亦開柳州。

河畔草未黄，胡雁已矯翼〔一〕，秋蛩扶户吟，寒婦成夜織〔二〕。去歲征人還，流傳舊相識〔三〕，聞君上隴時，東望久歎息〔四〕，宿昔改衣帶，朝旦異容色〔五〕。念此憂如何，夜長愁更多〔六〕，明鏡塵匣中，瑶琴生網羅〔七〕。

〔一〕此首參用吴兆宜、聞人倓注。漢書揚雄傳：「矯翼厲翮，恣意所存。」〔補注〕古詩：「青青河畔草。」

〔二〕「扶」，一作「挾」。「成」，玉臺作「晨」。聖主得賢臣頌：「蟋蟀俟秋吟。」易林：「昆蟲扶户，陽明所得。」倓按：扶，猶依也。兆宜按：古今注：「蟋蟀，一名吟蛩。」詩疏：「幽州人謂之趣織。里語曰：『趨織鳴，嬾婦驚。』」

〔三〕倓按：言征人歸，傳言與君曾相識也。

〔四〕漢書地理志：「天水郡隴縣。」〔補注〕後漢書隗囂傳：「赤眉去長安，欲西上隴，囂遣將軍楊廣迎擊，破之。」〔增補〕隴頭流水歌辭：「西上隴阪，羊腸九回。」

〔五〕玉臺作「宿昔衣帶改，旦暮異容色」。古詩：「衣帶日以緩。」〔補注〕古詩：「獨宿累長夜，夢想見容輝。」〔增補〕吴摯父曰：「『朝旦』作『旦暮』，是。」

〔六〕「愁更」，玉臺作「憂向」。

〔七〕「瑶琴」，玉臺作「寶瑟」。漢書：「莽何羅觸寶瑟僵。」揚子：「蜘蛛投綱。」〔補注〕曹植七哀詩：「膏沐誰爲容？明鏡闇不治。」〔增補〕宋本「瑶」作「寶」。

【集説】陳胤倩曰：扶，猶依也。字新。寫情曲折。本言思婦，偏道夫君，又從流傳口中序出，何其紆縈！

【補集説】方植之曰：又託閨婦思遠，以寄其羈旅之苦。「宿昔」二句，指客隴之人。「念此」四句，始自言也。

王壬秋曰：從思婦説，意苦筆曲。

蜀漢多奇山，仰望與雲平〔一〕，陰崖積夏雪，陽谷散秋榮〔二〕，朝朝見雲歸，夜夜聞猿鳴〔三〕。憂人本自悲，孤客易傷情，臨堂設樽酒，留酌思平生。石以堅爲性，君勿輕素誠〔四〕。

〔一〕史記六國表：「周之王以豐、鎬，漢之興自蜀、漢。」蜀都賦：「山阜相屬，岡巒糾紛。」

〔二〕西征賦：「眺華頂之陰崖。」毛萇詩傳：「山南曰陽。」漢書京房傳：「春凋秋榮。」

〔三〕〔振倫注〕宋玉高唐賦：「妾在巫山之陽，高丘之阻，旦爲朝雲，暮爲行雨，朝朝暮暮，陽臺之下。」唐類函：「宜都山川記曰：『峽中猿鳴至清，諸山谷傳其響，泠泠不絶。行者歌之曰：巴東三峽猿鳴悲，猿鳴三聲淚霑衣。』」

〔四〕洛神賦：「願誠素之先達兮。」〔補注〕吴摯父曰：「方植之云：『君字不知何指？』案：此篇託言離别相忘以寄慨。君，謂與别者。」〔增補〕宋本「輕」作「輭」。

【補集説】

王船山曰：一往寄興。入手顧與輕微，庶幾其來無端，其歸不竭者也。夫人情固自如此，詩何可不然哉？

沈確士曰：擬古諸作，得陳思、太沖遺意。

方植之曰：又即所客居之地以申前篇之憂，而意晦不明，不知「君」爲何指也。

王壬秋曰：鮑詩亦有寬博摇曳，如此等是。

紹古辭七首〔一〕

橘生湘水側，菲陋人莫傳〔二〕，逢君金華宴，得在玉几前〔三〕。三川窮名利，京洛富妖妍〔四〕，恩榮難久恃，隆寵易衰偏。觀席妾悽愴，覩翰君泫然〔五〕，徒抱忠孝志，猶爲葑菲還〔六〕。

〔一〕其一、其二、其三、其四、其六、其七録聞人倓注。〔增補〕方東樹昭昧詹言：「皆託言離别之情。」

〔二〕漢書：「江陵千樹橘。」楚辭橘頌：「受命不遷，生南國兮。」〔補注〕古詩：「橘柚垂華實，乃在深山側。聞君好我甘，竊獨自彫飾，委身玉盤中，歷年冀見食，芳菲不相投，青黄忽改色。人儻欲我知，因君爲羽翼。」明遠此篇，命意隱紹古詩。

〔三〕漢書叙傳：「上方鄉學，鄭寬中、張禹朝夕入説尚書、論語於金華殿中。」尚書：「王憑玉几。」〔振倫注〕「橘生湘水側」四句，亦見張茂先集，題作橘詩。〔補注〕杜預七規曰：「庶羞既異，五味代臻，糅以丹橘，雜以芳鱗。」古者以橘佐庶羞。禹貢：「揚州厥包橘柚錫貢。」汲冢周書曰：「秋食樝梨橘柚。」故曰「逢君金華宴，得在玉几前」。

〔四〕三川見詠史。曹植詩：「京洛多少年。」

〔五〕戰國策：「壁色不敝席，寵臣不敝軒。」漢書注：「翰，筆也。」

〔六〕毛詩：「采葑采菲，無以下體。」〔補注〕曹植橘賦曰：「體天然之素分，不遷徙於殊方。」收句蓋用斯義。〔增補〕宋本「還」作「遷」。

【集說】

陳胤倩曰：興意與比意，若離而合，大佳。

方植之曰：從屈子橘頌來。「三川」以下，言奪寵之多。收句自申，言覩我之翰，君當泫然。不特辭古，義尤古也。

昔與君別時，蠶妾初獻絲〔一〕，何言年月駛，寒衣已擣治〔二〕，絲繡多廢亂，篇帛久塵淄〔三〕。離心壯爲劇，飛念如懸旗〔四〕，石席我不爽，德音君勿欺〔五〕。

〔一〕左傳：「謀於桑下，蠶妾在其上。」〔補注〕禮記月令：「季春蠶事既登。」獻絲，蓋三月時也。

〔二〕何言，猶不意也。文選謝惠連擣衣詩注：「婦人擣帛裁衣。」〔補注〕古詩：「涼風率已厲，遊子寒無衣。」「年月駛」二句意本之。

〔三〕廣韻：「絲，編絲繩。」說文：「繡，五采備也。」說文徐曰：「篇，連也。」〔補注〕易林：「饑蠶作室，緒多亂纏，端不可得。」陸機爲顧彦先贈婦詩：「京洛多風塵，素衣化爲緇。」〔增補〕宋本「淄」作「緇」。

〔四〕說文：「壯，大也。」玉篇：「劇，甚也。」戰國策：「心摇摇如懸旌而無所終薄。」〔增補〕沈德潛古詩源：「易旌爲旗，古人亦有此種强押。」

〔五〕毛詩：「我心匪石，不可轉也。我心匪席，不可卷也。」又：「德音弗忘。」〔補注〕古詩：「一心抱區區，懼君不察識。」收二句意本之。

【集説】

方植之曰：言勿以離而相忘。詞句清警。

瑟瑟涼海風，竦竦寒山木，紛紛羈思盈，慊慊夜絃促〔一〕。訪言山海録，千里歌别鵠〔二〕。絃絶空咨嗟，形音誰賞録〔三〕？辛苦異人狀，美貌改如玉〔四〕。徒畜巧言鳥，不解款心曲〔五〕。

〔一〕集韻：「慊，音謙，意不足也。」〔補注〕瑟瑟，涼貌。竦竦，寒貌。紛紛，盈貌。慊慊，促貌。毛詩衛風碩人：洋洋狀水，活活狀流，濊濊狀施罛之聲，發發狀鱣鮪之尾，揭揭狀葭菼之長，孽孽狀庶姜之盛。此詩首四句句法字法所從出。

〔二〕〔振倫注〕嵇康琴賦：「王昭、楚妃，千里别鵠。」〔補注〕説文：「訪，汎謀也。」言，云也，語詞。詩小雅大東：「睠言顧之。」荀子宥坐篇引作「眷焉」。後漢書劉陶傳作「睠然」。焉與然皆語詞，則言亦語詞。按：嵇康琴賦「千里别鶴」，李善、五臣注皆不作「鵠」。惟鶴、鵠古通。樂府瑟調曲艷歌何嘗行，一作飛鵠行。古辭：「飛來雙白鵠，乃從西北來。十十五五，羅列成行，妻卒被病，行不能相隨。五里一反顧，六里一徘徊。吾欲銜汝去，口噤不能開，吾欲負汝去，毛羽何摧頽。樂哉新相知，憂來生別離，躇躊顧羣侶，淚下不自知。」〔增補〕宋本「録」作「路」。

〔三〕吕氏春秋：「鍾子期死，伯牙擗琴絶絃，終身不復鼓琴，以爲世無足鼓琴者也。」〔補注〕本集別鶴操：「遠矣絶音儀。」

〔四〕山海經：「帝俊生黑齒。」注：「殊類異狀之人。」毛詩：「彼其之子，美如玉。」〔補注〕「辛苦」二句，謂形。

〔五〕禮記：「鸚鵡能言，不離飛鳥。」〔補注〕「巧言」二句，謂音。〔增補〕宋本「款心」作「心款」。

【補集説】

方植之曰：此篇止收句清警。

孤鴻散江嶼，連翩遵渚飛〔一〕，含嘶衡桂浦，馳顧河朔畿〔二〕。攢攢勁秋木，昭昭净冬暉〔三〕。牕前滌歡爵，帳裏縫舞衣〔四〕。芳歲猶自可，日夜望君歸〔五〕。

〔一〕文賦：「浮藻聯翩。」毛詩：「鴻飛遵渚。」

〔二〕漢書注：「嘶，聲破也。」陸氏曰：「衡州，春秋楚地，漢分屬桂陽。」曹植書：「孔璋鷹揚於河朔。」

〔三〕漢咄唶歌：「棗下何攢攢。」陸機詩：「昭昭清漢輝。」

〔四〕淮南子：「滌盃而飲，洗爵而食。」

〔五〕〔補注〕此篇所擬，蓋如楚辭「駕龍北征，邅道洞庭」、「乘鄂渚而反顧，款秋冬之緒風」、「奠桂酒兮椒漿」、「靈偃蹇兮姣服」、「留靈脩兮憺忘歸，歲既晏兮孰華予」意，雜擬不倫，更出以換字之法。謂秋冬已過，殷勤歡爵舞衣，以待芳歲君歸也。

憑楹翫夜月，迴眺出谷雲〔一〕，還山路已迷，往海不及羣〔二〕，徘徊清淮汭，顧慕廣江濆〔三〕。物情乖喜歇，守操古難聞〔四〕，三越豐少姿，容態傾動君〔五〕。

〔一〕〔增補〕宋本「迴」作「迴」。

〔二〕〔增補〕宋本「迷」作「遠」。

〔三〕書：「釐降二女于嬀汭。」傳：「汭，水之内也。」濆，見還都道中。〔補注〕水隈曲曰汭。左傳：「蔡侯、吴子、唐侯伐楚，舍舟于淮汭。」

〔四〕〔補注〕傅玄詩：「常恐物微易歇，一朝見棄遺忘。」廣雅：「歡，喜也。」喜歇，猶歡歇。顔延之詩：「豫往誠歡歇。」

〔五〕阮籍爲鄭沖勸晉王牋：「名懾三越。」注：「漢書有三越，謂吴越及南越、閩越也。」〔補注〕廣韻：「豐，多也。」少姿，謂少女之姿。江在淮之南，三越又在江之南。曹植雜詩：「南國有佳人，容華若桃李，朝遊江北岸，夕宿瀟湘沚。」三越，猶言南國也。

開黛覩容顏，臨鏡訪遥塗〔一〕，君子事河源，彌祀闕還書〔二〕。春風掃地起，飛塵生綺疏〔三〕，文袿爲誰設？羅帳空卷舒〔四〕。不怨身孤寂，但念星隱隅〔五〕。

〔一〕「容」，一作「朝」。釋名：「黛，代也，滅眉毛去之，以此畫代其處也。」按：訪遥塗，猶云所思在遠道。〔補注〕訪，問也。拾遺記：「周靈王有韓房者，自渠胥國來，獻火齊鏡，廣三尺，闇中視物如晝。向鏡語，則鏡中影應聲而答。」王建鏡詞曰：「重重摩挲嫁時鏡，夫婿遠行憑鏡聽。」亦斯意也。

〔二〕漢書張騫傳：「漢使窮河源。」釋名：「殷曰祀。祀，巳也。新氣升，故氣巳也。」〔補注〕後漢書戴良傳：「再辟司空府，彌年不到。」彌祀，猶彌年也。

〔三〕綺疏，見白紵舞歌。〔補注〕李善古詩注曰：「説文：『綺，文繒也。』」薛綜西京賦注曰：「疏，刻穿之也。」

〔四〕楊修賦：「纖縠文袿，順風揄揚。」釋名：「婦人上服曰袿。」無名氏秋歌：「羅帳起飄揚。」

〔五〕毛詩：「三星在隅。」〔補注〕詩唐風：「三星在隅。」傳謂「隅，東南隅也」。昏見之星至此，則夜久矣。謂孤寂不怨，但別久可思耳。此情之正也。

【集説】

方植之曰：星隱隅，因夜久而感流年也。筆勢一氣振舉，不似康樂滯塞。

【補集說】

吴摯父曰：「春風」句，接法斗峻。

暖歲節物早，萬萌競春達〔一〕，春風夜㛹娟，春霧朝晻靄〔二〕，軟蘭葉可采，柔桑條易捋〔三〕。怨咽對風景，悶瞀守閨闥〔四〕，天賦愁民命，含生但契闊〔五〕，憂來無行伍，歷亂如覃葛〔六〕。

〔一〕陸機詩：「踟蹰感節物。」禮記：「句者畢出，萌者盡達。」

〔二〕集韻：「㛹娟，美貌。」說文：「晻，不明也。」韻會：「靄，氛也。」

〔三〕詩詁：「捋，以指歷取也。」

〔四〕集韻：「咽，聲塞也。」楚辭：「中悶瞀之忳忳。」景福殿賦：「青瑣銀鋪，是爲閨闥。」

〔五〕樂府：「賦命有窮通。」按：含生，猶有生也。毛詩：「死生契闊。」〔補注〕詩邶風：「死生契闊，與子成說。執子之手，與子偕老。」從役者念其室家之詩。此則婦人念從役者。曰含生契闊，而無一言及死，能不失其情矣。〔增補〕宋本「賦」作「傳」。詩毛傳：「契闊，勤苦也。」按：契，合；闊，離；聚散之意。後通以契闊稱久別。後漢書范冉傳：「行路倉卒，非陳契闊之所；可共前亭宿息，以叙分隔。」此謂久別之情。照詩意亦謂久別。

〔六〕西京賦：「結部曲，整行伍。」按：此借用。樂府：「新花歷亂開。」毛詩：「葛之覃兮。」〔補

注〕葛覃爲后妃之詩，此詩用之，以其合於婦人。且葛覃首章乃叙初夏之景，從上春字遞落，有理致。覃，延也。

【集説】

方植之曰：字字清新，而通篇造語生辣。此用契闊，與詩異意，言有生常是離別也。此詩開孟東野。

學古〔一〕

北風十二月，雪下如亂巾〔二〕，實是愁苦節，惆悵憶情親〔三〕。會得兩少妾，同是洛陽人〔四〕，嬛緜好眉目，閑麗美腰身〔五〕，凝膚皎若雪，明淨色如神〔六〕，驕愛生盼矚，聲媚起朱脣〔七〕，衿服雜緹繢，首飾亂瓊珍〔八〕，調絃俱起舞，爲我唱梁塵〔九〕。人生貴得意，懷願待君申，幸值嚴冬暮，幽夜方未晨，齊衾久兩設，角枕已雙陳〔一〇〕。願君早休息，留歌待三春〔一一〕。

〔一〕〔增補〕宋本注：「一作『北風雪』。」

〔二〕〔補注〕説文：「巾，佩巾也。」方言：「幏，巾也。」注：「巾主覆者，故名幏。」詩言雪下如巾之覆也。

〔三〕「憶」，一作「别」。〔補注〕廣雅：「惆悵，痛也。」

〔四〕東觀漢記：「建武元年，車駕入洛陽，遂定都焉。」〔補注〕蔡邕獨斷：「卿大夫一妻二妾。」

〔五〕宋玉登徒子好色賦：「玉爲人，體貌閒麗。」

〔六〕莊子：「藐姑射之山，有神人居焉，肌膚若冰雪，綽約若處子。」

〔七〕宋玉神女賦：「目若微盼。」又：「朱脣的其若丹。」廣韻：「矚，視也。」

〔八〕説文：「緹，帛丹黄色。」「繢，織餘也。」又：「瓊，赤玉也。」曹植洛神賦：「戴金翠之首飾。」

〔九〕陸機擬古詩注：「七略曰：『漢興，魯人虞公善雅歌，發聲盡動梁上塵。』」

〔一〇〕詩：「角枕粲兮，錦衾爛兮。」楚辭招魂：「翡翠珠被，爛齊光些。」〔補注〕説文：「齌，緶也。緶，緁衣也。」又曰：「緁，或从習作縎。」後漢書應劭奏漢儀曰：「緹縎十重。」注引楚辭「襲英衣兮緹縎」，謂鮮明之衣。縎，緁也，緶也，齌也。釋名：「齌，齊也。」齊衾，謂鮮明之衾也。

〔一一〕班固終南山賦：「三春之季，孟夏之初。」

古辭

容華不待年，何爲客遊梁〔一〕？九月寒陰合，悲風斷君腸〔二〕。歎息空房婦，幽思坐自傷〔三〕，勞心結遠路，惆悵獨未央。

〔一〕曹植美女篇：「容華曜朝日。」漢書司馬相如傳：「梁孝王來朝，從游説之士齊人鄒陽、淮陰枚乘、吴嚴忌夫子之徒，相如見而説之，因客遊梁，得與諸侯遊士居。」

〔二〕魏文帝雜詩：「向風長歎息，斷絶我中腸。」

〔三〕班婕妤擣素賦：「還空房而掩咽。」

【集説】

王船山曰：純合浄暢。參軍短章，固有此不失古道者。

擬青青陵上柏〔一〕

涓涓亂江泉，綿綿横海煙〔二〕。浮生旅昭世，空事歎華年〔三〕。書翰幸閒暇，我酌子縈絃〔四〕。飛鑣出荆路，鶩服指秦川〔五〕。渭濵富皇居，鱗館帀河山〔六〕，輿童唱秉椒，櫂女歌采蓮〔七〕，孚愉鸞閣上，窈窕鳳楹前〔八〕。娱生信非謬，安用求多賢。

〔一〕句見古詩十九首。

〔二〕陶潛歸去來辭：「泉涓涓而始流。」

〔三〕王褒九懷有昭世。張協詩：「繾綣在華年。」

〔四〕縈絃，見九里埭。

〔五〕説文：「鑣，馬銜也。」又：「服，車右騎。」蜀志諸葛亮傳：「將軍身率益州之衆，以出秦川。」

〔增補〕宋本「指」作「入」。

〔六〕渭濱，見河清頌「洪河」注。〔補注〕何晏景福殿賦：「備皇居之制度。」張衡西京賦：「迺有昆明靈沼，黑水玄阯，豫章珍館，揭焉中峙。其中則有黿鼉巨鼈，鱣鯉鱮鮦，鮪鯢鱨魦，脩額短項，大口折鼻，詭類殊種。」鱗館，謂衆鱗所萃之館也。又司馬相如上林賦曰：「登龍臺。」注：「張揖曰：觀名也，在豐水西北，近渭。」龍臺作鱗館，或用代字法。此詩上句用渭濱，下句用鱗館，必有實地，非如韓愈詩所云「候館同魚鱗」也。

〔七〕詩：「貽我握椒。」班固西都賦：「櫂女謳，鼓吹震。」相和曲：「江南可采蓮，蓮葉何田田。」

〔八〕集韻：「孚，玉采也。」爾雅：「小閨謂之閤。」詩：「窈窕淑女。」〔補注〕孚愉，怤愉也。孚、怤，並芳無切，音敷。方言：「怤愉，悦也。」郭璞注云：「怤愉，猶呴喻也。」孚愉、窈窕，皆疊韻。字或作敷愉，古樂府：「顔色正敷愉。」轉爲欨愉，嵇康琴賦：「欨愉歡釋。」並同。

〔增補〕宋本「閤」作「閣」。

學劉公幹體五首〔一〕

欲宦乏王事，結主遠恩私。爲身不爲名，散書徒滿帷〔二〕。連冰上冬月，披雪拾園葵〔三〕。聖靈燭區外，小臣良見遺〔四〕。

〔一〕其三録李善注。魏志王粲傳：「東平劉楨，字公幹，被太祖辟爲丞相掾屬，著文賦數十篇。」

〔二〕史記儒林傳：「董仲舒，孝景時爲博士，下帷講誦。」〔補注〕公幹雜詩：「職事相填委，文墨紛消散。」

〔三〕園葵，見園葵賦。〔補注〕公幹贈從弟詩：「豈無園中葵，懿此出深澤。」

〔四〕潘岳藉田賦：「洪鐘越乎區外。」〔補注〕公幹贈五官中郎將詩：「小臣信頑鹵，僶俛安能追？」

曀曀寒野霧，蒼蒼陰山柏〔一〕，樹迴霧縈集，山寒野風急。歲物盡淪傷，孤貞爲誰立？賴樹自能貞，不計迹幽澀〔二〕。

〔一〕詩：「曀曀其陰。」漢書匈奴傳：「侯應曰：『臣聞北邊塞至遼東，外有陰山，東西千餘里。』」

〔二〕〔補注〕公幹贈從弟詩：「亭亭山上松，瑟瑟谷中風。風聲一何盛？松枝一何勁？冰霜正慘悽，終歲常端正。豈不罹凝寒，松柏有本性。」明遠此篇蓋學之。

胡風吹朔雪，千里度龍山〔一〕。集君瑶臺上，飛舞兩楹前〔二〕。茲晨自爲美，當避艶陽天〔三〕。艶陽桃李節，皎潔不成妍〔四〕。

〔一〕范曄後漢書：「蔡琰詩曰：『處所多霜雪，胡風春夏起。』」楚辭曰：「增冰峨峨，飛雪千里。」又曰：「北有寒山，逴龍赩然。」王逸曰：「逴龍，山名。」

〔二〕「上」，善作「裹」。楚辭曰：「望瑶臺之偃蹇兮。」鄭玄禮記注曰：「兩楹之間，人君聽治正坐之處。」

〔三〕「晨」，善作「辰」。「天」，善作「年」。神農本草曰：「春夏爲陽。」

〔四〕吕氏春秋曰：「仲春之月，桃李華。」〔補注〕公幹贈從弟詩：「鳳皇集南嶽，徘徊孤竹根，於心有不厭，奮翅凌紫氛，豈不常勤苦，羞與黄雀羣。何時當來儀？將須聖明君。」明遠此篇取喻及其結體，蓋學之。

【集説】

劉坦之曰：此明遠被間見疏而作，乃借朔雪爲喻。詞雖簡短，而託意微婉。蓋其審時處順，雖怨而益謙。然所謂艷陽與皎潔者，自當有别。

方虚谷曰：「兹辰自爲美」一句，佳。雪之爲物，當寒之時，則爲其美。當桃李之時，則無所容其皎潔矣。物固各有一時之美也。

吴伯其曰：此詩舊説以雪比小人，桃李比君子，非也。有一輩小人，自有一輩小人行事。前人之術巧矣，後人更有巧者，前人必爲後人所傾。故小人猖獗肆志，亦各有其時也。

【補集説】

王船山曰：光響殊不似劉。劉俊，鮑本自俊，故鮑喜學之。然起二語思路遠遺，句有神韻，固已夐絶。

方植之曰：前四句叙題。後四句兩轉，峭促緊健，此皆孟郊所祖法。梁鍾記室評公幹云：「仗氣愛奇，動多振絶。但氣過於辭，雕潤恨少。」明遠在鍾前，而詩體仗氣極似公幹，特雕潤過公幹矣。

王壬秋曰：亦是律起，與陸詩「驅馬涉陰山」同調。

荷生渌泉中，碧葉齊如規〔一〕，迴風蕩流霧，珠水逐條垂〔二〕。彪炳此金塘，藻耀君玉池〔三〕，不愁世賞絶，但畏盛明移〔四〕。

〔一〕〔補注〕漢閔鴻芙蓉賦：「建緑葉之規圓。」

〔二〕〔補注〕曹植芙蓉賦：「絲條垂珠。」

〔三〕注詳芙蓉賦。張衡南都賦：「於其陂澤，則有鉗盧玉池。」〔補注〕本集芙蓉賦：「彪炳以蒨藻。」

〔四〕此首藝文類聚作張華。〔補注〕漢書禮樂志：「朱明盛長，旉與萬物。」公幹公讌詩：「芙蓉散其華，菡萏溢金塘。」此篇蓋申其意。

白日正中時，天下共明光。北園有細草，當晝正含霜〔一〕。乖榮頓如此，何用獨芬芳，抽琴爲爾歌，絃斷不成章〔二〕。

〔一〕詩：「遊于北園。」淮南子：「鄒衍盡忠於燕惠王，王信譖而繫之。鄒子仰天而哭，正夏而天爲之降霜。」

〔二〕抽琴，見蕪城賦。絃斷，見紹古辭。〔補注〕公幹贈徐幹詩：「步出北寺門，遥望西苑園，細柳夾道生，方塘含清源。輕葉隨風轉，飛鳥何翻翻，乖人易感動，涕下與衿連，仰視白日光，皦皦高且懸，秉燭八紘内，物類無頗偏。我獨抱深感，不得與比焉。」明遠此篇，隱括其意。

擬阮公夜中不能寐〔一〕

漏分不能卧，酌酒亂繁憂。惠氣憑夜清，素景緣隟流〔二〕。鳴鶴時一聞，千里絶無儔〔三〕。佇立爲誰久？寂寞空自愁〔四〕。

〔一〕見阮籍詠懷詩。〔補注〕阮籍詠懷詩：「夜中不能寐，起坐彈鳴琴。薄帷鑒明月，清風吹我襟。孤鴻號外野，翔鳥鳴北林。徘徊將何見？憂思獨傷心。」

〔二〕楚辭天問：「伯强何處？惠氣安在？」拾遺記：「昭帝始元元年，穿淋池。歌云：『秋素景兮泛洪波。』」〔補注〕王逸天問注：「惠氣，和氣也。」周拱辰天問别注曰：「惠氣，風也。」此句擬「清風吹我襟」，是亦周注之所本。陸雲喜霽賦：「素景衍乎中闈。」素景，月也。

〔三〕〔補注〕易：「鳴鶴在陰，其子和之。」

〔四〕〔補注〕詩：「瞻望弗及，佇立以泣。」

學陶彭澤體〔一〕

長憂非生意，短願不須多〔二〕。但使尊酒滿，朋舊數相過〔三〕。秋風七八月，清露潤綺羅，提瑟當户坐，歎息望天河〔四〕。保此無傾動，寧復滯風波〔五〕。

〔一〕奉和王義興。晉書陶潛傳：「爲彭澤令。」宋書王僧達傳：「元嘉二十八年，索虜寇迫，都邑危懼，僧達求入衛京師，見許。賊退，又除宣城太守。頃之，徙任義興。」〔增補〕本集送别王宣城詩吴摯父注：「僧達再莅宣城，在元嘉二十八年，去任在二十九年。」則僧達爲義興，當自二十九年始，至次年二月，元凶劭弑逆，世祖入討時，奔世祖止。此詩有「秋風七八月」語，是二十九年作。

〔二〕晉書殷仲文傳：「此樹婆娑，無復生意。」〔補注〕陶淵明九日閒居詩：「世短意長多，斯人樂久生。」

〔三〕後漢書孔融傳：「融嘗曰：『座上客常滿，樽中酒不空，吾無憂矣。』」〔補注〕陶淵明移居詩：「過門更相呼，有酒斟酌之。」

〔四〕禮記：「當户而坐。」〔補注〕陶淵明擬古：「佳人美清夜，達曙酣且歌，歌竟長歎息，持此感人多。」明遠此篇，當是雜擬而成。〔增補〕宋本「瑟」作「琴」。

〔五〕家語：「孔子曰：不觀巨海，何以知風波之患也？」

數詩〔一〕

一身仕關西，家族滿山東〔二〕。二年從車駕，齋祭甘泉宫〔三〕。三朝國慶畢，休沐還舊邦〔四〕。四牡曜長路，輕蓋若飛鴻〔五〕。五侯相餞送，高會集新豐〔六〕。六樂陳廣坐，組帳揚春風〔七〕。七盤起長袖，庭下列歌鍾〔八〕。八珍盈彫俎，綺肴紛錯重〔九〕。九族共瞻遲，賓友仰徽容〔一〇〕。十載學無就，善宦一朝通〔一一〕。

〔一〕録李善注。

〔二〕家語：「孔子曰：『恭敬忠信，四者可以正國，豈特一身。』」漢書：「王衛尉曰：『蕭何守關中，摇足則關西非陛下所有。』」又曰：「高帝問羣臣，羣臣皆山東人也。」

〔三〕漢書曰：「元延二年，行幸甘泉。」賦曰：「正月從上甘泉。」蔡邕獨斷曰：「不敢指斥天子，故但言車駕。」漢書曰：「武帝作甘泉宫，中爲臺，置祭具，以致天神也。」〔增補〕梁章鉅文選旁證：「注『行幸甘泉賦曰』，『甘泉』二字當重，各本皆脱。」

〔四〕漢書：「谷永上書曰：『食於三朝之會。』」周禮曰：「國有福事，即慶賀之。」漢書曰：「張安世休沐未嘗出。」王粲贈蔡子篤詩曰：「言戾舊邦。」〔補注〕文選六臣注：「吕向曰：三朝，謂正朝也，歲之朝，月之朝，日之朝是也。」〔增補〕梁章鉅文選旁證：「注『即慶賀之』，今周禮小行人作『則令慶賀之』。」

〔五〕毛詩曰：「駕彼四牡。」石崇還京詩曰：「迅風翼華蓋，飄颻若鴻飛。」

〔六〕漢書曰：「成帝悉封舅王譚、王立、王根、王逢、王商時爲列侯。五人同日封，故世謂之五侯。」又曰：「漢王置酒高會。」三輔舊事曰：「太上皇思慕鄉里，高祖徙豐、沛商人，立爲新豐也。」

〔七〕周禮曰：「凡六樂者，文之以五聲。」鄭玄曰：「此固所以存六代之樂。」史記：「侯嬴曰：『公子自迎嬴羣衆廣坐之中。』」嵇康贈秀才詩曰：「組帳高褰。」〔增補〕宋本「組」作「祖」。

〔八〕張衡舞賦曰：「歷七盤而屣躡。」韓子曰：「長袖善舞。」國語曰：「鄭伯納女樂二八，歌鍾二肆。公錫魏絳女樂一八，歌鍾一肆。」

〔九〕應璩與公琰書曰：「繁俎綺錯，羽爵飛騰。」〔增補〕宋本「彫」作「雕」。周禮：「珍用八物。」鄭玄注：「珍，謂淳熬、淳母、炮豚、炮牂、擣珍、漬、熬、肝膋也。」

〔一〇〕尚書曰：「敦叙九族。」孔安國云：「九族，高祖玄孫之親也。」張載送鍾參軍詩曰：「善建理不拔，闡道播徽容。」

〔一一〕漢書曰：「張釋之事文帝，十年不得調。」又曰：「司馬安巧善宦，四至九卿。」〔補注〕吕向曰：「學十年曰大成。言無就者，謙也。」

【集説】

方虚谷曰：此遊戲翰墨。如金石絲竹八音，建除滿平十二辰，角亢氐房二十八宿，皆以作難得巧爲工，非詩之自然者也。數者，自一至十。始云「一身仕關西，家族滿山東」，末云「十載學無就，善宦一朝通」，意全在此。謂寒士之學，十載不成，巧宦之人，一朝通顯，如前九韻所云耳。

【補集説】

范晞文對牀夜話曰：卦名、人名及建除等體，世多有之。獨無以此爲戲者。

建除詩〔一〕

建旗出燉煌，西討屬國羌〔二〕。除去徒與騎，戰車羅萬箱〔三〕。滿山又填谷，投鞍合營牆〔四〕。平原亘千里，旗鼓轉相望。定舍後未休，候騎敕前裝〔五〕。執戈無暫頓，彎弧不解張〔六〕。破滅西零國，生虜郅支王〔七〕。危亂悉平蕩，萬里置關梁〔八〕。成軍入玉門，士女獻壺漿〔九〕。收功在一時，歷世荷餘光〔一〇〕。開壤襲朱紱，左右佩金章〔一一〕。閉帷草太玄，兹事殆愚狂〔一二〕。

〔一〕日知録：「建除之名，自斗而起，始見於太公六韜云：『開牙門常背建向破。』越絶書：『黄帝之元，執辰破巳。霸王之氣，見於地户。』淮南子天文訓：『寅爲建，卯爲除，辰爲滿，巳爲平，午爲定，未爲執，申爲破，酉爲危，戌爲成，亥爲收，子爲開，丑爲閉。』漢書王莽傳：『十一月壬子直建，戊辰值定。』蓋是戰國後語。史記日者傳有建除家。」

〔二〕史記淮陰侯傳：「信建大將之旗鼓。」漢書地理志：「敦煌郡，武帝後元年分酒泉置。」又趙充國傳：「是時光禄大夫義渠安國使行諸羌。先零豪言：願時渡湟水北。是後羌人旁緣前言，抵冒渡湟水。神爵元年，時充國年七十餘，上使問誰可將者？對曰：『亡踰於老臣者矣。』充國引兵至先零在所，虜久屯聚解弛，望見大軍，棄車重欲渡湟水，道阸狹，充國徐行驅之，虜赴水溺死者數百，降及斬首五百餘人。」

〔三〕左傳：「敗鄭徒兵。」禮記：「前有車騎。」箱，見翻車峴。

〔四〕漢書五行志：「秦始皇務欲廣地，塹山填谷。」又韓安國傳：「高帝圍於平城，匈奴至者投鞍高如城者數所。」汲冢周書：「成周之會，周公旦主東方。所之青馬黑鬣，謂之母兒。其守營牆者，衣青，操弓執矛。」

〔五〕史記匈奴傳：「候騎至雍甘泉。」注：「候，邏騎。」〔增補〕「候騎」，宋本作「後驛」。

〔六〕禮記：「能執干戈以衛社稷。」左傳：「甲兵不頓。」注：「頓，壞也。」班固幽通賦：「管彎弧欲斃讐兮。」〔增補〕宋本「戈」作「戟」，「頓」作「傾」。

〔七〕西零，見上。漢書陳湯傳：「匈奴呼韓邪單于已稱北藩，唯郅支單于叛逆，未伏厥辜。臣延壽臣湯，將義兵，行天誅，斬郅支首及名王以下，宜縣首稾街蠻夷邸間。」〔補注〕史岑出師頌：「西零不順。」李善注：「西零，即先零也。」史記趙世家正義：「西、先聲相近。」慎子：「毛嬙、先施。」「西」，亦作「先」。

〔八〕史記孝文帝紀：「孝文皇帝臨天下，通關梁，不異遠方。」

〔九〕左傳：「火中成軍。」後漢書班超傳：「超自以久在絶域，年老思土，上疏曰：『臣不敢望到酒泉郡，但願生入玉門關。』」

〔一〇〕漢書揚雄傳：「藺生收功於章臺。」

〔一一〕朱紱，見征北表。孔稚圭北山移文注：「金章，銅印也。」

〔一二〕漢書揚雄傳：「時丁傅、董賢用事，諸附離之者，或起家至二千石。時雄方草太玄，有以自守，泊如也。」

白雲

探靈喜解骨，測化善騰天〔一〕，情高不戀俗，厭世樂尋仙〔二〕。鍊金宿明館，屑玉止瑶淵〔三〕，鳳歌出林闕，龍駕戾蓬山〔四〕，淩崖采三露，攀鴻戲五煙〔五〕。昭昭景臨霞，湯湯風媚泉〔六〕，命娥雙月際，要媛兩星間〔七〕。飛虹眺卷河，汎霧弄輕絃〔八〕。笛聲謝廣賓，神道不復傳〔九〕，一逐白雲去，千齡猶未旋。

〔一〕史記封禪書：「宋毋忌、正伯僑、充尚、羨門子高爲方仙道，形解銷化，依於鬼神之事。」注：「尸解也。」顧覬之定命論：「聖人聰明深懿，履道測化。」〔補注〕易曰：「雲從龍。」解骨騰天，謂龍也。拾遺記：「方丈之山，東有龍場，有龍皮骨如山阜，布散百頃。遇其蜕骨之時，如生龍。」説文：「龍春分而登天，秋分而入川。」

〔二〕莊子：「華封人曰：『千歲厭世，去而上仙。乘彼白雲，至於帝鄉。』」

〔三〕魏書釋老志：「至於化金銷玉，行符勑水，奇方妙術，萬等千條。」郭憲洞冥記：「明莖草亦名洞冥草，帝令剉此草爲泥，以塗雲明之館。夜坐此館，不加燈燭。」瑶淵，見望石門。

〔四〕鳳歌，見淮南王。孫綽遊天台山賦：「朱闕玲瓏於林間。」楚辭九歌：「龍駕兮帝服。」蓬山，見芙蓉賦。〔增補〕宋本「戾」作「渡」。

〔五〕郭憲洞冥記：「武帝問東方朔曰：『五色露可得否？』朔乃東走，至夕而還，得玄黄青露，盛之玩器，以授帝。徧賜羣臣，老者嘗之皆少。」宋書符瑞志：「雲有五色，太平之應也，曰慶雲。若雲非雲，若煙非煙，五色紛緼，謂之慶雲。」餘見京洛篇。

〔六〕昭昭，見紹古辭。書：「湯湯洪水方割。」傳：「湯湯，流貌。」

〔七〕淮南子：「羿請不死之藥於西王母，嫦娥竊而奔月。」説文：「媛，美女也。」焦林大斗記：「天河之西，有星煌煌，與參俱出，謂之牽牛。天河之東，有星微微，在氐之下，謂之織女。世謂之雙星。」〔補注〕洞冥記：「影娥池中有遊月船、觸月船。」要媛，見採菱歌補注。

〔八〕楚辭：「乘虹驂蜺。」漢武内傳：「東方朔乘雲飛去，仰望，大霧覆之，不知所在。」〔補注〕詩大雅卷阿毛傳：「卷，曲也。」

〔九〕劉向列仙傳：「王子喬，周靈王太子晉也。好吹笙，作鳳皇鳴。遊伊、洛之間，道士浮丘公接以上嵩高山。三十餘年後，求之於山上，見桓良曰：『告我家，七月七日待我於緱氏山巔。』至時果乘白鶴駐山頭，望之不得到，舉手謝時人，數日而去。」

臨川王服竟還田里〔一〕

送舊禮有終，事君尠懦薄〔二〕，税駕罷朝衣，歸志願巢壑〔三〕。尋思邈無報，退命愧天爵，捨耨將十龄，還得守場藿〔四〕。道經盈竹笥，農書滿塵閣〔五〕。愴愴秋風生，戚戚寒緯作〔六〕，豐霧粲草華，高月麗雲崿〔七〕。屏跡勤躬稼，衰疾倚芝藥〔八〕，顧此謝人羣，豈直止商洛〔九〕。

〔一〕宋書臨川烈武王道規傳：「義慶在廣陵有疾，而白虹貫城，野麕入府，心甚惡之，固陳求還。太祖許解州，以本號還朝。元嘉二十一年，薨於京邑，時年四十二。追贈侍中司空，謚曰康王。」餘詳野鵝賦。儀禮疏：「衰裳齊牡麻絰無緌者，爲舊君。傳曰：『爲舊君者，孰謂也？仕焉而已者也。何以服齊衰？三月也，言與民同也。』」〔補注〕吴摯父曰：「義慶元嘉二十一年死，服竟在二十三年。自十七年鎮江州，至此始八年。詩云『捨耨將十年』，豈鮑隨臨川王不自江州始邪？抑未遇義慶，已離田里，詩併數之邪？」〔增補〕詩言「捨耨將十齡」，乃舉成數，不必泥，蓋將字本未滿之意也。吴摯父以此爲元嘉二十三年作，蓋以爲爲舊君宜服三年喪也。按儀禮喪服，爲舊君服齊衰三月。宋書禮志：「魏世或爲舊君服三年者。至晉泰始四年，尚書何楨奏：『故辟舉綱紀吏，不計違適，皆反服舊君齊衰三月。』於是詔書下其奏，所適無貴賤，悉同依古典。」則自晉泰始以後，即依古典行三月喪，宋世當仍其制。故臨川王卒，照服三月之喪，服竟還鄉。據宋書文帝紀，臨川王義慶卒于元嘉二十一年正月，此詩應作於元嘉二十一年。

〔二〕有終，見傷逝賦注。〔補注〕孟子：「聞伯夷之風者，懦夫有立志。聞柳下惠之風者，薄夫敦。」〔增補〕宋本「舊」作「往」。

〔三〕稅駕，見驃騎表。

〔四〕詩：「皎皎白駒，食我場藿。」

〔五〕漢書藝文志：「道家者流，蓋出於史官。」又：「農家者流，蓋出農稷之官。」説文：「笥，飯及衣之器也。」〔增補〕宋本「閣」作「閤」。

〔六〕寒緯，見示休上人。

〔七〕崿，見礪山注。

〔八〕〔補注〕史記封禪書：「復遣方士求神怪采芝藥以千數。」

〔九〕漢書張良傳注：「園公、綺里季、夏黄公、甪里先生，所謂商山四皓也。」班固西都賦：「商雒緣其隈。」注：「商雒，山名。」

行藥至城東橋〔一〕

雞鳴關吏起，伐鼓早通晨〔二〕。嚴車臨迥陌，延瞰歷城闉〔三〕。蔓草緣高隅，脩楊夾廣津〔四〕，迅風首旦發，平路塞飛塵〔五〕。擾擾遊宦子，營營市井人〔六〕，懷金近從利，撫劍遠辭親〔七〕，争先萬里塗，各事百年身〔八〕，開芳及稚節，合綵吝驚春〔九〕。尊賢永照灼，孤賤長隱淪〔一〇〕，容華坐消歇，端爲誰苦辛〔一一〕。

〔一〕録李善注。〔補注〕北史邢巒傳：「孝文因行藥，至司空府南，見巒宅。」是行藥當如五臣注劉良所云：「因服藥，行而宣導之。」梁茝林曰：「潘安仁藥以宣勞，蓋即此意。」杜詩「行藥頭涔涔」，當亦本此。劉坦之以爲行樂，則誤矣。〔增補〕宋本「藥」作「樂」。

〔二〕史記曰：「關法，雞鳴出客。」

〔三〕楚辭曰：「嚴車駕兮戲遊。」神女賦曰：「望余帷而延視。」廣雅曰：「瞰，視也。」毛萇詩傳曰：「闉，城曲也。」

〔四〕隅，城隅也。

〔五〕楚辭曰：「軼迅風於清涼。」又曰：「爲余先乎平路。」〔補注〕旦發，猶明發。詩：「明發不寐。」疏：「至旦而明，則地開發。」

〔六〕枚乘七發曰：「擾擾若三軍之騰裝。」漢書：「薄昭與淮南王書曰：『遊宦事人。』」列子：「林類曰：『吾又安知營營而求生之非惑乎？』」莊子：「仲尼曰：『商賈且於市井以求其贏。』」司馬彪曰：「九夫爲井，井有市。」〔增補〕梁章鉅文選旁證：「注『莊子云云』，今莊子無此語，惟徐無鬼篇有『商賈無市井之事』語。」

〔七〕范曄後漢書：「耿弇曰：『懷金玉者，至不生歸。』」抱朴子曰：「夫程鄭、王孫、羅裒之徒，乘肥衣輕，懷金挾玉者爲之倒屣。」説文曰：「懷，藏也。」左氏傳曰：「子朱怒，撫劍從之。」列女傳：「秋胡子妻謂秋胡曰：子辭親往仕。」

〔八〕王羲之答許詢詩曰：「争先非吾事，静照在忘求。」養生經：「黄帝曰：上壽百年。」

〔九〕「合綵」，善作「含采」。以草喻人也。草之開芳，宜及少節。既以含彩，理惜驚春。夫草之驚春，花葉必盛，盛必有衰，固所當惜也。陸機桑賦曰：「亹稚節以夙茂，蒙勁風而後凋。」曹毗冶城賦曰：「含彩可以寶珍。」孔安國尚書傳曰：「吝，惜也。」〔補注〕易繫辭：「悔吝者，憂虞之象也。」〔增補〕宋本「合」作「含」。

〔一〇〕説苑曰：「子賤至單父，請耆老尊賢，與之共治。」范曄後漢書：「黄香上疏曰：『江、淮孤賤，愚矇小生。』」隱淪，謂幽隱沈淪也。

〔一一〕陸機長歌行曰：「容華宿夜零，無故自消歇。」古詩曰：「轗軻長苦辛。」

【集説】

劉坦之曰：此明遠有感而作。言侵晨將出遊，眺遠郊，至城東門，方且延覽景物，而行者之塵，已飛塞於路矣。觀夫遊宦從利之徒，擾擾營營，争先萬里，莫不各爲百年之身所累。不知百年無幾，惟當及此少壯之時，開布芳榮，何乃徒自含章，驚盛年之失也。且尊貴而有德者，雖不免於形役，猶得以揚名後世。若孤賤無聞之人，乃亦奔走其間，坐見衰老，不知端爲誰而辛苦耶？蓋亦勉人及時自樹也。

方虚谷曰：文選注「吝」字，殊費力。豈以上文有「各事百年身」，故於此句避「各」字以爲

「吝」字乎？以愚見決之，當作「開芳及稚節，含綵各驚春」。此蓋有感於行藥之際，見夫開芳含綵之藥物，及乎未老之時，而皆有驚春之色。以譬夫仕宦撫劍市井懷金之徒。然當時之所謂尊而賢者，永久光顯，吾曹之孤而賤者，則終於隱淪，坐成衰老，爲誰而空辛苦也？故曰此不得志之詩。

吴伯其曰：「雞鳴」云云，是蚤起，「擾擾」云云，更有蚤起者。然我之雞鳴而起，臨陌歷闉，只爲行藥，初不爲利。彼擾擾營營之徒，盡是孳孳爲利者。「蔓草」四句，不是寫景，正寫人，高隅人行不到，故生蔓草耳。若修楊夾道，正是人所行之通津，塞路飛塵，正是擾擾營營之人所蹴起也。「開芳」二句，舊注謂人當韜光，於上文義不通。余觀參軍詠史詩，有「繁華及春媚」五字，忽得此二句之解。此詩「及」字「春」字，即詠史之「及」字「春」字也。「稚節」亦春也。「開芳」即「繁華」。人若得志而據要津，在少年之際，何等繁華。他人見此繁華，未有不驚者。若韜斂其光彩者，則鮮不以爲悔吝矣。故曰「吝驚春」也。

陳胤倩曰：行藥閒身，於莊馗見人奔走，自顧何爲者？未忘富貴人，安能不歎？

【補集説】

李榕村曰：開芳當及稚節，過此則蹉跎矣，此世人所以驚春也。惟含采者則吝而不肯驚春，其亦唐人所謂「心自有所待，甘爲物華誤」者歟？末四句即申此意。而以自道不羨其照灼者，而甘其隱淪者。至於容華銷歇，而所辛苦者，不知誰爲？所謂「含采吝驚春」者此也。

王壬秋曰：「『懷金』四句，正以俳句爲宕。後人傚古，先戒對偶。由俗説早有六朝駢儷之禁，使人錮聰明，廢筆墨。悲夫！」

園中秋散〔一〕

負疾固無豫，晨衿悵已單〔二〕。氣交蓬門疏，風數園草殘〔三〕。荒墟半晚色，幽庭憐夕寒〔四〕。既悲月户清，復切夏蟲酸〔五〕。流枕商聲苦，騷殺年志闌〔六〕。臨歌不知調，發興誰與歡〔七〕？儻結絃上情，豈孤林下彈〔八〕。

〔一〕録聞人倓注。説文：「散，分離也。」按：分離其愁思也。〔增補〕宋本目録此題下注：「一作『園中散』。」

〔二〕負疾，猶抱疾也。尚書：「王有疾不豫。」通志六書略：「衿，與襟同。」廣韻：「襟，袍襦前袂也。」〔補注〕方植之曰：「晨衿，猶云初心、宿心耳。」植之之説，以爲詩中既言晚色、夕寒、月户、夜蟲，何故首言晨衿，因以初心、宿心解之。誤也。此詩所述，由晨至夜，亦猶謝康樂石壁精舍還湖中作，叙一日之景，自早而夕耳。況晨衿已單，始覺秋寒，尤切負疾情態，與下「流枕」句亦相應。

〔三〕謝莊詩：「宿草塵蓬門。」説文：「疏，通也。」廣韻：「數，頻數也。」〔補注〕説文：「氣，候也。」周禮地官大司徒曰：「四時之所交也。」疏：「四時之所交者，言夏與春交，秋與夏交，冬與秋交，春與冬交也。」

〔四〕荒墟之地，景色尤易覺其晚，故云半也。

〔五〕月色在户，故曰月户。干寶晉紀總論：「如夜蟲之赴火。」〔補注〕莊子：「夏蟲不可以語冰者，篤於時也。」〔增補〕宋本「夏」作「夜」。

〔六〕公羊傳：「聞商聲則使人方正而好義。」東京賦：「飛流蘇之騷殺。」按：騷殺，不翹起也。左傳：「亡二十九年，守志彌篤。」增韻：「闌，衰也。」

〔七〕廣韻：「韻，調也。」增韻：「音調，樂律也。」

〔八〕〔補注〕曹植求通親親表：「結情紫闥。」〔增補〕宋本「絃」作「延」，「情」作「清」，皆誤。

【補集説】

王船山曰：用韻使字，俱趨新僻，早已開松陵、西崑一派。其寄託俯仰，具有深致，固自古度未衰。

方植之曰：起二句先寫愁思，爲散字伏根，甚佳。「氣交」四句，寫園中之景。「月户」二句，逼取散字。「流枕」四句，正寫散字，散之而不能散也。收結言能得賞音，我豈不能彈古調乎？則思散矣。此直書胸臆即目，而情景交融，字句清警，真孟郊之所祖也。但郊才小，時見迫窘之形，明遠意象才調自流暢也。

觀園人藝植〔一〕

善賈笑蠶漁，巧宦賤農牧〔二〕，遠養徧關市，深利窮海陸〔三〕，乘軺實金羈，當壚信珠服〔四〕。居無逸身伎，安得坐粱肉〔五〕。徒承屬生幸，政緩吏平睦〔六〕，春畦及耘藝，秋場早芟築〔七〕。澤閱既繁高，山營又登熟〔八〕，抱鍤壠上餐，結茅野中宿〔九〕。空識己尚醇，寧知俗翻覆〔一〇〕。

〔一〕録聞人倓注。〔增補〕宋本「園」作「圃」。

〔二〕史記：「長袖善舞，多財善賈。」晉書潘岳傳：「題以巧宦之目。」

〔三〕公羊傳：「廝役扈養。」周禮：「九賦，七曰關市之賦。」李尤賦：「涯浦零中，以窮海陸。」〔補注〕尚書酒誥：「肇牽車牛遠服賈，用孝養厥父母。」史記貨殖列傳：「計然曰：『平糶齊物，關市不乏，治國之道也。』范蠡乘扁舟遊於江湖，之陶爲朱公。以爲陶，天下之中，諸侯四通，貨物所交易也，乃治産積居，遂至巨萬。」

〔四〕史記：「朱家乘軺車至洛陽。」曹植詩：「聯翩飾金羈。」漢書：「司馬相如之臨邛，盡賣車騎，買酒舍。乃令文君當盧，相如身自著犢鼻褌，與庸保雜作，滌器於市中。」吴都賦：「矜其宴居，則珠服玉饌。」〔補注〕史記：「子貢廢著鬻財於曹、魯之間，結駟連騎，束帛之幣以聘亨諸侯。」又：「蜀卓氏即鐵山鼓鑄，運籌策，傾滇、蜀之民，富至僮千人。」「遠養」四句，蓋用計然、范蠡、子貢、卓氏，言皆不重蠶漁農牧，而别以術致利者。當壚珠服，且用古辭羽林郎：「胡姬年十五，春日獨當壚。長裾連理帶，廣袖合歡襦。頭上藍田玉，耳後大秦珠。」借用文君事叙卓氏，意不在司馬相如也。

〔五〕戰國策：「富不與粱肉期而粱肉至。」按：言無安居獲利之術，何能坐致粱肉也？

〔六〕左傳注：「屬，適也。」生幸，言我生多幸也。平睦，猶和平也。

〔七〕説文：「田五十畝曰畦。」毛詩：「九月築場圃。」

〔八〕風俗通：「水草交厝，名之爲澤。」説文：「閲，察也。」越絶書：「禾稼登熟。」〔補注〕周禮太宰：「九職，一曰三農，生九穀。」注：「山農、澤農、平地農也。」

〔九〕鹽鐵論：「秉耒抱鍤。」拾遺記：「編茅爲庵。」〔補注〕釋名：「鍤，插也，插地起土也。」

〔一〇〕尚，崇也，貴也。〔補注〕己，自謂也。老子：「其政悶悶，其民醇醇。」〔增補〕宋本「醇」作「淳」。

【集説】

方植之曰：此詩章法平正，可謂文從字順言有序。然後人學之，則又爲順衍板實。康樂於此，必爲之離合斷續。杜、韓皆是文法高妙。此是微言，數百年無人解悟。要之鮑詩筆勢疏邁，亦似康樂，不能有其俊。

遇銅山掘黃精〔一〕

土肪閟中經，水芝韜内策〔二〕，寶餌緩童年，命藥駐衰曆〔三〕，矧蓄終古情，重拾煙霧迹〔四〕。羊角棲斷雲，榼口流隘石〔五〕，銅溪晝深沈，乳竇夜涓滴〔六〕，既類風門磴，復像天井壁〔七〕。蹀蹀寒葉離，灇灇秋水積〔八〕，松色隨野深，月露依草白。空守江海思，豈懷梁鄭客〔九〕。得仁古無怨，順道今何惜〔一〇〕。

〔一〕録聞人倓注。庾仲雍江圖：「姑孰至直瀆十里，東通丹陽湖，南有銅山，一名九井山。」博物志：「太陽之草名黃精，食之可以長生。」〔補注〕漢書地理志：「丹陽故鄣郡，元封二年更名，有銅官。」桓寬鹽鐵論：「丹章有金銅之山。」即丹陽銅山也。方植之曰：「大小銅山，在揚州府揚子縣。」〔增補〕宋本「遇」作「過」。

〔二〕一作「籍」。説文：「肪，肥也。」凡隱而不發曰閟。隋書經籍志：「魏祕書郎鄭默始制中經。祕書監荀勗又因中經更著新簿，分爲四簿，總括羣書。」羊公服黃精法云：「黃精，芝草之精也。」廣韻：「韜，藏也。」儀禮注：「策，簡也。」〔補注〕方植之曰：「中經必用山海經中山經。東漢以七緯爲内學。此服黃精，或出緯書，故曰内策。」

〔三〕玉篇：「餌，食也。」童年，猶弱年也。皇甫謐帝王世紀：「神農氏嘗百草，始有醫藥。」命藥，續命之藥。衰曆，猶衰年也。

〔四〕謂求不死而採黄精也。

〔五〕王褒九懷：「登羊角兮扶輿。」王逸注：「陟彼高山，徐顧眄也。」淮南子：「雷水足以盈壺榼。」榼口，喻潤之淺也。又：羊角峯高，雲欲斷而冀見其棲，榼口水小，石當隘而願通其流，以喻年命不長，庶得大藥，或可以慰終古之情也。

〔六〕「深」，一作「森」。選注：「森，盛貌。」風俗通：「沈，莽也。莽莽無涯際也。」乳竇，見香爐峯。增韻：「涓滴，水點，又瀝下也。」〔增補〕宋本「深沈」作「沈森」。

〔七〕武陵記：「風門之山，有石門，去地百餘丈。將欲風起，隱隱有黑氣上，須臾竟天。」陸機詩：「卧觀天井懸。」〔補注〕方植之曰：「風門磴，注家引武陵記。」按廣東通志：「韶州府乳源縣，北行出風門，度梯上下諸嶺，磴道嶮巇，尺寸陡絶。」漢書成帝紀：「陽朔二年詔：『秋關東大水，流民欲入函谷、天井、壺口、五阮關者，勿苛留。』」注：「應劭曰：天井在上黨高都。」

〔八〕楚辭注：「蹀，行貌。」按：蹀蹀，動貌。謝靈運詩：「仰聆大壑灇。」

〔九〕列子，鄭人。鄭，戰國梁地。〔振倫注〕莊子，蒙人，蒙爲梁地，即並指莊、列亦可。然語終迂晦。史記張儀傳：「從鄭至梁，二百餘里。」疑此爲明遠自述行蹤，説詳下篇。〔增補〕宋本「懷」作「愧」。

〔一〇〕魏志鍾繇傳注：「順道者昌，逆德者亡。」〔補注〕論語：「求仁得仁，又何怨？」

【補集説】沈確士曰：清而幽。謝公詩中無此一種，此唐人先聲也。方植之曰：起六句從黄精起，逆入掘字。「羊角」六句，寫銅山。「蹀蹀」四句，寫掘時之景，甚妙。「空守」四句，自述作意，晦而未亮。王壬秋曰：積字賦水甚細。

見賣玉器者　并序

見賣玉器者，或人欲買，疑其是珉，不肯成市〔一〕。聊作此詩，以戲買者。

涇渭不可雜，珉玉當早分〔二〕。子實舊楚客，蒙俗謬前聞〔三〕，安知理孚采，豈識質明温〔四〕。我方歷上國，從洛入函轅〔五〕，揚芳十貴室，馳譽四豪門〔六〕。奇聲振朝邑，高價服鄉村〔七〕。寧能與爾曹，瑜瑕稍辨論〔八〕？

〔一〕禮記：「敢問君子貴玉而賤碈者，何也？」注：「碈，石似玉。」

〔二〕詩：「涇以渭濁。」

〔三〕琴操：「卞和得玉璞，以獻懷王，王使樂正子占之，言玉石，以爲欺謾，斬其一足。懷王死，子平王立，和復獻之，又以爲欺，斬其一足。平王死，子立爲荆王，欲獻之，恐復見害，乃抱玉而哭，涕盡繼之以血。荆王使剖之，中果有玉，乃封和爲陵陽侯，辭不受。」禮記：「我未之前聞也。」

〔四〕禮記：「孚尹旁達。」注：「孚，讀爲浮。尹，讀如竹箭之筠。浮筠，謂玉采色也。」

〔五〕左傳：「是以始大，通吴于上國。」水經注：「洛水又東出關，惠水右注之，世謂之八關水。靈帝中平元年，置函谷關、廣城、伊闕、大谷、轘轅、旋門、平津、孟津等八關，都尉官治此。」按：前臨川王服竟還田里詩：「顧此謝人羣，豈直止商洛。」遇銅山掘黄精詩：「空守江海思，豈懷梁鄭客。」合之此詩所云，是明遠實有遊洛之迹。考宋書衡陽文王義季傳，元嘉二十一年，爲都督南兖、徐、兖、青、冀、幽六州諸軍事、征北大將軍、開府儀同三司、南兖州刺史。二十二年，進督豫州之梁郡，遷徐州刺史。二十四年，薨於彭城。豈義慶既薨，明遠即依義季，故前有征北世子誕育上表，既從之梁，旋從之徐，故復有從過舊宫之詩，及河清作頌，始仕王朝耶？惜史無專傳，未能詳其仕履耳。

〔六〕潘岳西征賦：「窺七貴於漢庭。」注：「漢庭七貴，吕、霍、上官、丁、趙、傅、王，並后族也。」十貴，未詳。漢書游俠傳：「列國公子，魏有信陵，趙有平原，齊有孟嘗，楚有春申，皆藉王公之埶，競爲游俠。」〔補注〕史記孝景本紀：「中五年，立皇子舜爲常山王，封十侯。」十貴疑指此。〔增補〕宋本「芳」作「光」。

〔七〕後漢書邊讓傳：「若復隨輩而進，非所以章瓌偉之高價，昭知人之絶明也。」

〔八〕禮記：「瑕不揜瑜，瑜不揜瑕。」

懷遠人

哀樂生有端，離會起無因，去事難重念，恍惚似如神〔一〕，屬期眇起遠，後遇邈無辰〔二〕。馳風掃遥路，輕羅含夕塵〔三〕。思君成首疾，欲息眉不伸〔四〕。

〔一〕老子：「惟恍惟惚。」

〔二〕〔補注〕張衡東京賦：「眇天末以遠期。」〔增補〕宋本「起」作「已」。

〔三〕劉向九歎：「摇翹奮羽，馳風騁雨，遊無窮兮。」〔增補〕宋本「羅」作「蘿」。

〔四〕詩：「甘心首疾。」司馬遷報任少卿書：「乃欲仰首伸眉。」

夢還鄉〔一〕

銜淚出郭門，撫劍無人逵〔二〕，沙風暗空起，離心眷鄉畿〔三〕。夜分就孤枕，夢想暫言歸〔四〕，孀婦當户歎，繅絲復鳴機〔五〕，慊款論久别，相將還綺闈〔六〕。歷歷簷下涼，朧朧帳裏暉〔七〕，刈蘭争芬芳，採菊競葳蕤〔八〕，開奩奪香蘇，探袖解纓徽〔九〕。夢中長路近，覺後大江違〔一〇〕，驚起空歎息，恍惚神魂飛〔一一〕。白水漫浩浩，高山壯巍巍〔一二〕，波瀾異往復，風霜改榮衰〔一三〕。此土非吾土，慷慨當告誰〔一四〕。

〔一〕玉臺新詠作夢還詩。 録吴兆宜注。 〔增補〕宋本「還」作「歸」。

〔二〕劉鑠壽陽樂：「銜淚出傷門。」古詩：「出郭門直視。」左傳：「子朱怒，撫劍從之。」説文：「逵，九達道也。」

〔三〕玉臺「空」作「塞」。

〔四〕後漢光武紀：「講論經理，夜分乃寐。」

〔五〕「歎」，玉臺作「笑」。「繰絲」，一作「搔首」。 春秋繁露：「繭待繰而爲絲。」〔補注〕廣韻：「孀，寡婦。」古詩言婦人，不必夫死而後稱寡。 陳琳飲馬長城窟行：「邊城多健少，内舍多寡婦。 作書與内舍，便嫁莫留住。」則是獨居亦稱寡婦。 此詩孀婦，是夢中指其妻之言。

〔增補〕宋本「繰」作「搔」。

〔六〕玉臺作「帷」。 一作「幃」。 曹植仲雍哀辭：「羅幬綺帳。」説文：「在房曰帷，在上曰幕。」廣雅：「帷，幕帳也。」 〔補注〕陳琳飲馬長城窟行：「結髮行事君，慊慊心意間。」繁欽定情詩：「中情既款款，然後剋密期。」慊，誠意自足也。 款，亦誠也。

〔七〕「歷歷」，玉臺作「靡靡」。「帳」，玉臺作「窗」。「暉」，玉臺作「煇」。〔增補〕宋本「暉」作「輝」。

〔八〕左傳：「刈蘭而卒。」陶潛雜詩：「采菊東籬下。」王粲公讌詩：「百卉挺葳蕤。」

〔九〕「奪」，玉臺作「集」。方言：「蘇、芬、莽，草也。江、淮南楚之間曰蘇，自關而西曰草。」嵇康琴賦：「新衣翠粲，纓徽流芳。」束晳玄居釋：「背纓緌而長逸。」枚乘七發：「秋黃之蘇。」〔補注〕嵇康琴賦李善注：「爾雅曰：『婦人之徽謂之縭。』郭璞曰：『今之香纓也。』」爾雅作褘，不作徽。徽，疑謂琴徽。纓，系也。「開奩奪香蘇，探袖解纓徽」，用秦嘉贈婦詩「芳香去垢穢，素琴有清聲」意。

〔一〇〕玉臺「夢」作「寐」。楚辭：「橫大江兮揚靈。」〔振倫注〕韓非子：「六國時，張敏與高惠二人爲友，每相思不能相見，便於夢中往尋。但行至半塗，即迷不知路，遂回，如是者再三。」〔補注〕古詩：「獨宿累長夜，夢想見容輝。」樂府古辭：「遠道不可思，夙昔夢見之。夢見在我傍，忽覺在他鄉。」皆述夢中情況，此詩所本。〔增補〕宋本「夢」作「寐」。

〔一一〕司馬相如上林賦：「芒芒恍忽。」傅玄朝時篇：「魂神馳萬里。」

〔一二〕〔振倫注〕列女傳：「甯戚欲見桓公，宿齊東門之外，擊牛角而商歌，甚悲。桓公異之，使管仲迎之。甯戚稱曰：『浩浩乎白水。』管仲不知所謂。其妾笑曰：『古有白水之詩。詩不云乎？浩浩白水，儵儵之魚。君來召我，我將安居？國家未定，從我焉如？此甯戚之欲得仕國家也。』」〔補注〕「白水漫浩浩，高山壯巍巍」，亦用秦嘉贈婦詩「河廣無舟梁，浮雲起高山」意。

〔一三〕「瀾」，玉臺作「潮」。郭璞江賦：「自然往復，或夕或朝。」抱朴子：「朝者，據朝來也。言夕者，據夕至也。」漢書：「韓安國曰：『夫盛之有衰，猶朝之必暮。』」〔增補〕宋本「霜」作「雲」。

〔一四〕「告」，玉臺作「訴」。王粲登樓賦：「雖信美而非吾土兮。」

【補集説】

王壬秋曰：「探袖」句近褻，以補叙太詳也。古人但云「既來不須臾」，未肯如此瑣瑣。

春羈〔一〕

征人歎道遐，去鄉惕路邇〔二〕，佳期每無從，淮陽非尺咫〔三〕。春日起游心，勞情出徙倚〔四〕，岫遠雲煙綿，谷屈泉靡迤〔五〕，風起花四散，露濃條□□，暄妍正在兹，摧抑多嗟思，嘶聲名邊堅，豈我箱中紙〔六〕。染翰餉君琴，新聲憶解子〔七〕。

〔一〕〔補注〕春秋僖二十四年左傳杜注：「羈，馬羈。」

〔二〕爾雅：「愒，貪也。」張華情詩：「居歡愒夜促，在戚怨宵長。」

〔三〕楚辭九歌：「與佳期兮夕張。」説文：「周制寸尺咫尋，皆以人之體爲法。中婦人手長八寸，謂之咫，周尺也。」淮陽，見王宣城。〔補注〕宋淮陽郡徐州，今江蘇淮安府清河縣東南。明遠東海人。東海今江蘇淮安府安東縣北。曰「淮陽非尺咫」，思鄉也。

〔四〕楚辭遠遊：「步徙倚而遥思。」

〔五〕張衡西京賦：「澶漫靡迤，作鎮于近。」

〔六〕〔補注〕玉篇：「嘶，馬鳴也。」嘶聲，見代門有車馬客行。史記律書：「願且堅邊設候，結和通使，休寧北陲。」晉書愍懷太子傳：「賈后將廢太子，使黄門侍郎潘岳作書草，若禱神之文，令小婢承福以紙筆及書草使太子書之。太子之廢也，至許，遺妃書曰：『有一小婢持封箱來云，詔使寫此文書。鄙便驚起，視之，有一白紙，一青紙。催促云：陛下停待。又小婢承福持筆研墨黄紙來使寫，急疾不容復視，實不覺紙上語輕重。』」按明遠此詩，殆傷彭城王義康之廢也。詩託興於馬，證之晉書愍懷太子傳，先是有童謡曰：「東宫馬子莫聾空，前至臘月纏汝鬉。」或亦詩意之所取。謂春正暄妍，而馬多摧抑，其嘶聲可召堅邊，我獨傷之，不爲潘岳書草，作箱中之紙也。〔增補〕宋本「名」作「召」。

〔七〕潘岳秋興賦：「聊染翰以寄懷。」國語：「平公説新聲。」〔補注〕宋書衡陽王義季傳：「自彭城王義康廢後，遂爲長夜之飲，略少醒日。」則義康之廢，衡陽已傷之。錢注既疑明遠曾依衡陽，節證之宋書戴顒傳，衡陽王義季鎮京口，顒爲義季鼓琴，並新聲變曲，則本詩收句

「君」字「子」字，當指顒言，益可爲明遠依衡陽之證。〔增補〕按義季鎮京口之日，義康尚未廢也，收句豈得謂指戴顒？黄説非是。

歲暮悲

霜露迭濡潤，草木互榮落，日夜改運周，今悲復如昨。晝色苦沈陰，白雪夜迴薄〔一〕，皦潔冒霜雁，飄揚出風鶴〔二〕。天寒多顏苦，妍容逐丹壑〔三〕。絲罥千里心，獨宿乏然諾〔四〕。歲暮美人還，寒壺與誰酌？

〔一〕鶡冠子：「精神迴薄，震蕩相轉。」

〔二〕班婕妤怨歌行：「皎潔如霜雪。」左思吴都賦：「冒霜停雪。」宋子侯董嬌嬈：「花落何飄颻。」

〔三〕孫綽太平山銘：「下籠丹壑。」〔補注〕陸機歎逝賦：「毒娱情而寡方，怨感目之多顏。諒多顏之感目，神何適而獲怡？」李善注：「多顏，謂非一狀也。」丹壑，日没處也。

〔四〕罥，見蕪城賦。史記游俠傳：「布衣之徒，設取予然諾，千里誦義。」〔補注〕玉篇：「罥，挂也。」〔增補〕宋本「絲罥」作「係冒」。

在江陵歎年傷老〔一〕

五難未易夷，三命戒淵抱〔二〕。方瞳起松髓，頳髮疑桂腦〔三〕。役生良自休，大患安足保〔四〕。開簾窺景夕，備矚雲物好〔五〕，翾翾燕弄風，嫋嫋柳垂道〔六〕，池瀆亂蘋萍，園楥美花草〔七〕。節如驚灰異，零落就衰老〔八〕。

〔一〕宋書州郡志：「荆州刺史，治江陵。」按：明遠生年無考。臨海王子頊係大明五年出鎮荆州。此詩以歎年傷老爲題，約以五十稱老計之，似當生於晉末宋初。至子頊事敗，在泰始四年，上距大明五年凡六年，似年當幾及六十，惟不能定其確數耳。〔增補〕據宋書孝武帝紀，臨海王子頊爲荆州刺史是大明六年七月，非五年，此詩所寫者乃春景，其寫作時間不能早於大明七年春。子頊事敗，照死于亂兵，乃泰始二年，非四年。以大明七年照年五十推算，死年才五十三耳，去六十尚遠也。

〔二〕五難，見賜藥啓。孝經援神契：「命有三科，有受命以保慶，有遭命以謫暴，有隨命以督行。」

〔三〕抱朴子：「若令吾眼有方瞳，耳出長頂，亦將控飛龍而駕慶雲，淩流電而造倒景。」博物志：「松柏脂入地，千年化爲茯苓。」嵇康答難養生論：「赤斧以錬丹頳髮，涓子以朮精久延。」十洲記：「滄海島在北海中，俱大山積石。石腦、石桂英、流丹、黄子、石膽，皆生於島。」

〔四〕老子：「吾所大患，爲吾有身。」

〔五〕雲物，見舊宫。

〔六〕説文：「翾，小飛也。」嫋嫋，見採桑歌。〔補注〕韓詩外傳：「翾翾十步之雀。」楚辭九歌：「嫋嫋兮秋風。」王逸注：「嫋嫋，風摇木貌。」

〔七〕爾雅注：「澮曰瀆。」又：「萍，蓱，其大者蘋。」「楥」，疑當作「援」。謝靈運有田南樹園激流植援一首。〔增補〕宋本「楥」作「援」。釋名：「垣，援也，人所依阻以爲援衛也。」按：晉書桑虞傳：「園援多荆棘。」梁書何允傳：「即林成援。」御覽四百七十二引幽明録：「散錢飛至觸籬援。」皆从手。至集韻、類篇，誤从木旁作楥，云籬也。

〔八〕續漢書律曆志：「候氣之法，爲室三重，密布緹縵，以木爲案，每律各一，内庳外高，從其方位，加律其上，以葭莩灰抑其内端，案律而候之，氣至者灰去。」

夜聽妓二首

夜來坐幾時？銀漢傾露落〔一〕。澄滄入閨景，葳蕤被園藿〔二〕。絲管感暮情，哀音繞梁作〔三〕，芳盛不可恒，及歲共爲樂〔四〕。天明坐當散，琴酒駛絃酌〔五〕。

〔一〕白帖：「天河謂之銀漢，亦曰銀河。」

〔二〕說文：「滄，寒也。」葳蕤，見夢還鄉。園藿，見傷逝賦。〔增補〕宋本「滄」作「愴」。

〔三〕晉書王羲之傳：「謝安謂羲之曰：『中年以來，傷於哀樂。與親友別，輒作數日惡。』羲之曰：『年在桑榆，自然至此。頃至賴絲竹陶寫，恒恐兒輩覺，損其樂懽之趣。』」列子：「韓娥過雍門，鬻歌假食，既去，而餘音繞梁欐，三日不絕。」

〔四〕〔補注〕古詩：「爲樂當及時，何能待來茲？」

〔五〕〔補注〕說文：「駛，疾也。」

蘭膏消耗夜轉多，亂筵雜坐更絃歌〔一〕。傾情逐節寧不苦，特爲盛年惜容華〔二〕。

〔一〕蘭膏，見白紵舞歌。楚辭招魂：「士女雜坐，亂而不分些。」

〔二〕〔補注〕蘇武答李陵詩：「低頭還自憐，盛年行已衰。」

翫月城西門廨中〔一〕

始出西南樓，纖纖如玉鉤〔二〕。末映東北墀，娟娟似娥眉〔三〕。娥眉蔽珠櫳，玉鉤隔瑣窻〔四〕，三五二八時，千里與君同〔五〕。夜移衡漢落，徘徊帷戶中〔六〕，歸華先委露，別葉早辭風〔七〕。客游厭苦辛，仕子倦飄塵〔八〕，休澣自公日，宴慰及私辰〔九〕。

蜀琴抽白雪，郢曲發陽春〔一〇〕，肴乾酒未闋，金壺啓夕淪〔一一〕。迴軒駐輕蓋，留酌待情人。

〔一〕文選李善注本「廨」作「解」。玉臺新詠無「廨中」二字。録李善注。參用五臣注、吴兆宜注。五臣注李周翰曰：「廨，公府也。時照爲秣陵令。」〔增補〕許巽行文選筆記：「解，公舍也。吴都賦：『解署棊布。』許嘉德案：公廨字古作解，今作廨。玉篇、廣韻：『廨，居賣切，公廨也。』集韻：『廨，公舍也。』玉篇又曰：『解，古隘切，署也。』是解與廨同。」

〔二〕「出」，善作「見」。西京雜記：「公孫乘月賦曰：『直圓巖而似鉤，蔽修堞如分鏡。』」王逸楚辭注曰：「曲瓊，玉鉤也。」〔增補〕宋本「出」作「見」。

〔三〕「娥」，善作「蛾」。下同。説文曰：「墀，塗地也。禮：『天子赤墀。』」上林賦曰：「長眉連娟。」毛詩曰：「螓首蛾眉。」〔補注〕吕向曰：「月出於西南，固宜映東北階也。」〔增補〕宋本「末」作「未」。梁章鉅文選旁證：「紀文達公云：蛾眉玉鉤四字，始見此詩，遂成典故。」

〔四〕玉臺「櫳」作「籠」，「瑣」作「綺」。珠櫳，以珠飾疏也。瑣窻，窻爲瑣文也。范曄後漢書曰：「梁冀第舍，窻牖皆有綺疏青瑣也。」

〔五〕二八，十六日也。釋名曰：「望滿之名，月大十六日，月小十五日。」淮南子曰：「道德之論，譬如日月，馳騖千里，不能改其處。」

〔六〕「户」，玉臺作「幌」。衡，斗中央也。漢，天漢也。漢書曰：「用昏見者杓，夜半見者衡。」大戴禮曰：「七月，漢案户。」曹植七哀詩曰：「明月照高樓，流光正徘徊。」〔增補〕宋本「帷」作「入」。

〔七〕言歸華先委，爲露所墮；别葉早辭，爲風所隕。華落向本，故曰歸華；葉下離枝，故云别葉。王逸楚辭注曰：「委，棄也。」翼氏風角曰：「木落歸本，水流歸末。」

〔八〕「苦辛」，玉臺作「辛苦」。陸機答張士然詩曰：「飄颻冒風塵。」

〔九〕玉臺「宴」作「晏」，「辰」作「晨」。禮記曰：「晏子澣衣以朝。」字林曰：「醧，私宴飲也。」方言曰：「慰，居也。」吴兆宜注：「初學記：『急、告、寧，皆休假名也。書記所稱曰督休，亦曰吉休、休澣、取急、請急，又有長假、併假。』」

〔一〇〕「抽」，一作「搊」。「發」，玉臺作「繞」。相如工琴而處蜀，故曰蜀琴。客歌郢中，故稱郢曲也。宋玉笛賦曰：「師曠將爲白雪之曲也。」又對問曰：「客有歌於郢中者，其爲陽春白雪，國中屬而和者，不過數人。」

〔一一〕「闋」，善作「缺」。「啓夕淪」，玉臺作「淪夕輪」。肴雖乾而酒未止；金壺之漏，已啓夕波。杜預左氏傳注曰：「肴乾而不食。」爾雅曰：「小波爲淪。」陸機漏賦曰：「伏陰蟲以承波，吞恒流其如挹。」〔補注〕廣雅：「啓，踞也。」詩小雅：「不遑啓居。」王念孫曰：「居、踞聲相近。説文：『居，蹲也。踞，蹲也。』居、踞一聲之轉，其義並相近。」張衡漏水制：「鑄金仙人，居左壺；爲金胥徒，居右壺。」「金壺啓夕淪」，謂所鑄之金人踞而承夕漏也。劉良注：「淪，猶盡也。」若從善注，則上既云「衡漢落」，夜已深矣，何又曰夕波始啓？〔增補〕胡克家文選考異：「袁本云善作『臺』。茶陵本作『臺』，云五臣作『壺』。案：二本所見非也，尤依注校，改正之矣。」

【集説】

吴伯其曰：首六句，乃追述未望以前初生之月，光猶未滿，不能照遠之意。及十五六夜，月滿矣，無處不照，故曰「千里與君同」。君指何人，即結語「情人」是也。

【補集説】

沈確士曰：少陵所云俊逸，應指此種。

王壬秋曰：新月初出，光景靈幻。此以實寫傳虚景，後人不能再著語。此首佳在首八句，而元積乃摘其「歸華」二句，以概晉後之詩，小人之不通如此。

喜雨〔一〕

營社達羣陰，屯雲擁積陽〔二〕，河井起龍蒸，日魄斂游光〔三〕。族雲飛泉室，震風沈羽鄉〔四〕，升雰浹地維，傾潤瀉天潢〔五〕，平灑周海嶽，曲潦溢川莊〔六〕，驚雷鳴桂渚，迴涓流玉堂〔七〕。珍木抽翠條，炎卉擢朱芳〔八〕，闤市欣九賦，京廩開萬箱〔九〕，無謝堯爲君，何用知柏皇〔一〇〕。

〔一〕奉敕作。

〔二〕「屯雲」，一作「連宫」。禮記：「天子大社，必受霜露風雨，以達天地之氣也。」左思魏都賦：「蓄爲屯雲，泄爲行雨。」淮南子：「積陽之熱氣生火，火之精者爲日。」

〔三〕唐類函：「辛氏三秦記曰：『河津一名龍門。大魚集龍門下數千，不得上，上者爲龍。』齊地記曰：『昌平城有井，與荆水通，有神龍出入焉，故曰龍城。』」春秋繁露：「陰之行不得于春夏，而月之魄常厭于日光。」

〔四〕莊子：「雲不待族而雨。」揚子：「震風淩雨，然後知夏屋之爲帡幪也。」泉室，見河清頌。羽鄉，見香爐峰注。

〔五〕玉篇：「雰，霧氣也。」地維、天潢，並見瓜步山文。〔補注〕史記天官書：「王良旁有八星絶漢，曰天潢。」

〔六〕莊，見蕪城賦注。〔補注〕蔡邕月令章句：「衆流注海曰川。」

〔七〕水經：「滙水出桂陽縣盧聚，東南過含洭縣，南出洭浦關，爲桂水。」説文：「涓，小流也。」玉堂，見蒜山。

〔八〕潘尼石榴賦：「朱芳赫奕。」〔增補〕宋本「擢」作「濯」。

〔九〕周禮：「太宰，以九賦斂財賄。」論衡：「京廩如丘，孰與委聚如坻。」詩：「乃求萬斯箱。」

〔一〇〕莊子：「昔容成氏、大庭氏、柏皇氏、軒轅氏、尊盧氏、伏羲氏，若此之時，則至治也。」〔增補〕宋本「皇」作「篁」。

苦雨〔一〕

連陰積澆灌，滂沱下霖亂〔二〕。沈雲日夕昏，驟雨淫朝旦〔三〕。蹊濘走獸稀，林寒鳥飛晏〔四〕。密霧冥下溪，聚雲屯高岸。野雀無所依，羣雞聚空館〔五〕。川梁日已廣，懷人邈渺漫〔六〕。徒酌相思酒，空急促明彈〔七〕。

〔一〕梁元帝纂要：「久雨曰苦雨，亦曰愁霖。」

〔二〕詩：「月離于畢，俾滂沱矣。」〔補注〕禮記：「天地積陰，温則爲雨。」廣雅：「澆灌，漬也。」

〔三〕梁元帝纂要：「疾雨曰驟雨。」爾雅：「久雨謂之淫，淫謂之霖。」〔增補〕宋本「淫」作「望」。

〔四〕左傳注：「濘，泥也。」玉篇：「晏，晚也。」

〔五〕潘岳懷舊賦：「空館闃其無人。」

〔六〕川梁，見翻車峴。左思吴都賦：「滇瀰淼漫。」

〔七〕京房易傳：「日月如彈丸，照處則明，不照處則闇。」

【補集説】

王壬秋曰：「羣雞」句，苦雨實景，非老筆不能寫。「促明」，猶達旦也。

詠白雪

白珪誠自白，不如雪光妍，工隨物動氣，能逐勢方圓〔一〕，無妨玉顔媚，不奪素繒鮮〔二〕。投心障苦節，隱迹避榮年〔三〕。蘭焚石既斷，何用恃芳堅〔四〕？

〔一〕〔補注〕「氣」，疑作「忥」。爾雅：「忥，静也。」與下句方圓對。謝惠連雪賦：「既因方而爲珪，亦遇圓而成璧。」

〔二〕宋玉神女賦：「苞温潤之玉顔。」急就篇：「齊國給獻素繒帛。」〔補注〕謝惠連雪賦曰：「皓鶴奪鮮，白鷴失素。紈袖慚冶，玉顔掩姱。」

〔三〕魏志毌丘儉傳：「欽亦感戴，投心無貳。」易：「苦節不可貞。」〔補注〕謝惠連雪賦曰：「縱心浩然，何慮何營？」投心，縱心也。又曰：「太陽曜不固其節。」釋名：「障，衛也。」

〔四〕晉書孔坦傳：「蘭艾同焚，賢愚所歎。」潘尼楊恭侯碑：「秉天然不渝之操，體蘭石芳堅之質。」

三日〔一〕

氣暄動思日，柳青起春懷〔二〕，時艷憐花藥，服浄俛登臺〔三〕，提觴野中飲，愛心煙未開〔四〕。露色染春草，泉源潔冰苔，泥泥濡露條，嫋嫋承風栽〔五〕，凫雛掇苦薺，黄鳥銜櫻梅〔六〕。解衿欣景預，臨流競覆杯〔七〕。美人竟何在？浮心空自摧〔八〕。

〔一〕見遊南苑。

〔二〕〔補注〕「日」，宋本作「心」。關尹子：「人之善琴者，有思心則聲遲遲然。」

〔三〕唐類函：「宋武帝三月三日登八公山劉安故臺，曰：『城郭如匹帛之繞叢花也。』」〔補注〕論語：「春服既成。」浄，潔也。續漢志：「是月上巳，官民皆絜於東流水上，曰洗濯祓除，去宿垢疢，爲大絜。」漢書注：「俛即俯。」

〔四〕〔補注〕禮記：「其愛心感者，其聲和以柔。」〔增補〕「愛心」，宋本作「心愛」。

〔五〕詩：「零露泥泥。」傳：「泥泥，濡也。」嫋嫋，見採菱歌。

〔六〕木華海賦：「凫雛離褷。」爾雅：「芍，凫茈。」本草：「一名烏芋，俗名勃薺。」説文：「鶯，即黄鸝，一名黄鳥。」禮記：「羞以含桃。」注：「含桃，櫻桃也。」呂覽高誘注：「以鸎所含，故曰含桃，又名鸎桃。」〔補注〕詩唐風：「采苦采苦，首陽之下。」毛傳：「苦，苦菜也。」邶風：

「誰謂荼苦？其甘如薺。」毛傳：「荼，苦菜也。」張衡南都賦：「乃有櫻梅山柿。」李善注引漢書音義曰：「櫻桃，含桃也。」引郭璞爾雅注曰：「梅似杏，實酸。」

〔七〕蘇彦七月七日詠織女詩：「解衿碧琳堂。」晉書束皙傳：「武帝嘗問三日曲水之義。皙曰：『昔周公成洛邑，因流水以泛酒。故逸詩云：羽觴隨波。又秦昭王以三日置酒河曲，見金人奉水心之劍曰：令君制有西夏，乃霸諸侯。因此立爲曲水。二漢相沿，皆爲盛集。』」

〔八〕〔補注〕詩小雅：「汎汎楊舟，載沈載浮。既見君子，我心則休。」毛傳：「載沈亦浮，載浮亦浮。沈浮猶重輕，重者舟亦浮，輕者舟亦浮。以言物不論重輕，舟無不載。喻才不論大小，君子無不用也。」美人，猶君子也。隱用詩義。

詠秋

秋蘭徒晚綠，流風漸不親〔一〕。飆我垂罳幕，驚此梁上塵〔二〕。沈陰安可久，豐景將逐淪〔三〕。何由忽靈化？暫見別離人〔四〕。

〔一〕〔補注〕楚辭九歌：「秋蘭兮麋蕪。」爾雅：「流，覃也。覃，延也。」楚辭招魂：「光風轉蕙，氾崇蘭些。」轉蕙氾蘭，風與蘭親也。

〔二〕漢書文帝紀注：「罘罳，謂連闕曲閣也。」廣雅：「罘罳，謂之屏。」幕，見夜坐吟。梁塵，見學古。〔補注〕說文：「飆，扶搖風也。」又作猋。爾雅：「扶搖謂之猋。」楚辭九歌：「猋遠舉兮雲中。」王逸注：「猋，去疾貌。」

〔三〕〔增補〕宋本「逐」作「遂」。

〔四〕夏侯湛雷賦：「信靈化之誕昭。」〔補注〕離騷：「余既不難夫離別兮，傷靈修之數化。」王逸注：「靈，謂神也，以喻君。化，變也。」靈化，謂君心之轉變也。別離人，自謂。

【補集說】

王壬秋曰：纖巧，寂然傷人。

秋夕

慮涕擁心用，夜默發思機〔一〕。幽閨溢涼吹，閒庭滿清暉。紫蘭花已歇，青梧葉方稀〔二〕。江上淒海戾，漢曲驚朔霏〔三〕。髮班悟壯晚，物謝知歲微〔四〕。臨宵嗟獨對，撫賞怨情違。躊躇空明月，惆悵徒深帷〔五〕。

〔一〕〔補注〕詩：「心之憂矣，涕既隕之。」慮涕，猶憂涕也。淮南子：「天有四時，人有四用。何謂四用？視而形之，莫明于目。聽而精之，莫聰于耳。重而閉之，莫固于口。含而藏之，莫深于心。」又：「其縱之也若委衣，其用之也若發機。」陰符經：「人心，機也。」思機，猶心機也。

〔二〕紫蘭，見代陽春登荆山行。

〔三〕漢曲，見黄鶴磯。説文：「霏，雰也。」〔補注〕海戾，海風也。張衡蜀都賦：「歌江上之飈厲。」厲、戾，古通。國策：「秦人遠迹不服，而齊爲虚戾。」注：「虚、墟同。居宅無人曰墟。死而無後爲厲。義本當從戾。」張衡西京賦：「度曲未終，雲起雪飛。初若飄飄，後遂霏霏。」薛綜注：「霏霏，雪下貌。」善曰：「班固漢書：『元帝自度曲。』」

〔四〕禮記：「班白者不提挈。」注：「雜色曰班。」〔補注〕顔延之詩：「物謝時既晏，年往志不偕。」

〔五〕〔補注〕古詩：「明月何皎皎，照我羅床幃。」

秋夜二首〔一〕

夜久膏既竭，啓明旦未央〔二〕，環情倦始復，空閨起晨裝〔三〕。幸承天光轉，曲影入幽堂〔四〕。徘徊集通隟，宛轉燭迴梁〔五〕。帷風自卷舒，簾露視成行。歲役急窮晏，生慮備温涼〔六〕，絲紈夙染濯，綿綿夜裁張〔七〕。冬雪旦夕至，公子乏衣裳，華心愛零落，非直惜容光〔八〕。願君翦衆念，且共覆前觴。

〔一〕其二録聞人倓注。

〔二〕詩：「東有啓明。」

〔三〕陶潛經曲阿作：「投策命晨裝。」〔補注〕傅玄詩：「情思如循環，憂來不可遏。」〔增補〕宋本「閨」作「闇」，注：「一作『閣』。」

〔四〕天光，見禁止表。張協七命：「幽堂晝密，明室夜朗。」〔補注〕張衡東京賦：「消啓明，掃朝霞，登天光於扶桑。」〔增補〕宋本「影」作「景」。

〔五〕〔補注〕韓非子：「木之折也必通蠹，牆之壞也必通隙。」

〔六〕謝靈運鄰里相送方山詩：「積痾謝生慮。」

〔七〕説文：「紈，素也。」〔補注〕應璩百一詩：「秋日苦作短，遥夜邈綿綿。」

〔八〕〔補注〕離騷：「惟草木之零落兮，恐美人之遲暮。」本集觀漏賦：「纓華思於奔月。」華心，猶華思也。

遁跡避紛喧，貨農棲寂寞〔一〕，荒徑馳野鼠，空庭聚山雀〔二〕，既遠人世歡，還賴泉卉樂〔三〕，折柳樊場圃，貞綆汲潭壑〔四〕。霽旦見雲峯，風夜聞海鶴，江介早寒來，白露先秋落〔五〕，麻壟方結葉，瓜田已掃籜〔六〕。傾暉忽西下，迴景思華幕〔七〕，攀蘿席中軒，臨觴不能酌〔八〕。終古自多恨，幽悲共淪鑠〔九〕。

〔一〕董仲舒賦：「卞隨、務光遁跡於深淵。」亢倉子：「農攻食，賈攻貨。」〔補注〕本集蕪城賦：

「孳貨鹽田。」此言貨農，謂生利於農也。方植之曰：「『貨』定是『貸』字之誤，用詩『代食』意。代、貸，古字通。注家引亢倉子『農攻食，賈攻貨』，非是。此下並無『攻貨』語意。」

〔增補〕宋本「貨」作「貿」。

〔二〕漢書：「蘇武掘野鼠，實草而食之。」蘇伯玉妻詩：「空倉雀，常苦饑。」〔補注〕方植之曰：「『荒徑』二句，撫陶『弱湍馳文魴』，全從陶出。康樂乃騫舉而去其滯晦，是爲善學耳。」

〔三〕說文：「卉，草之總名。」

〔四〕毛詩：「折柳樊圃。」莊子：「綆短不可以汲深。」說文：「綆，汲井綆。」〔補注〕毛詩傳：「樊，藩也。」周禮地官：「場人，掌國之場圃。」疏：「場圃連言，同地耳。春夏爲圃，秋冬爲場也。」易象傳：「貞，正也。」文言：「貞者，事之榦也。」爾雅：「楨，榦也。」費誓正義引舍人注云：「楨，正也。築牆所立兩木也。」此言貞綆，謂兩木衡駕，引綆以汲也。〔增補〕宋本「貞」作「負」。

〔五〕劉楨詩：「江介多悲風。」〔補注〕楚辭：「悲江介之遺風。」又：「白露既下降百草兮，奄離披此梧楸。」

〔六〕韻會：「壠，田中高處。」曹植詩：「瓜田不納履。」〔補注〕詩：「丘中有麻。」說文：「丘，壟也。」廣雅：「結，曲也。」此言結葉，謂葉之卷曲也。

〔七〕張華文：「華幕弗陳。」〔補注〕方植之曰：「孫興公遂初賦序曰：『少慕老、莊，仰其風流，乃經始東山，建五畝之宅。帶長阜，倚茂林，孰與坐華幕，擊鐘鼓者同年而語其樂哉。』『華幕』用此，意甚親切。注引張華，何與也？乃信讀古人詩不從其本事，則不能逆其志，豈淺學所及哉？」〔增補〕宋本「暉」作「揮」，誤。

〔八〕水經注：「攀蘿捫葛。」魏都賦：「周軒中天。」注：「長廊有窗而周迴者。」

〔九〕博雅：「淪，没也。」楚辭注：「鑠，化其渣滓也。」

【集説】

方植之曰：「『荒經』十二句，寫田園之景，直書即目，全得畫意；而興象華妙，詞氣寬博，非孟郊所及矣。『傾暉』六句，言情歸宿。華幕，言朝旭也，謂流光迅速不可常。『攀蘿』四句，另換一意，以寄懷抱。

和王護軍秋夕〔一〕

散漫秋雲遠，蕭蕭霜月寒，驚飆西北起，孤雁夜往還。開軒當户牖，取琴試一彈〔二〕，停歌不能和，終曲久辛酸。金氣方勁殺，隆陽微且單〔三〕，泉涸甘井竭，節徙芳歲殘〔四〕，生事各多少，誰共知易難〔五〕？投章心藴結，千里途輕紈〔六〕。願託孤老暇，觴思暫開餐〔七〕。

〔一〕宋書王僧達傳：「逢世祖於鵲頭，即命爲長史，加征虜將軍。上即位，以爲尚書右僕射，仍補護軍將軍。」

〔二〕陶潛擬古詩：「取琴爲我彈。」

〔三〕漢書禮樂志：「西顥沆碭，祕氣肅殺。」郭璞鹽池賦：「隆陽映而不焦。」

〔四〕莊子：「直木先伐，甘井先竭。」梁元帝纂要：「正月孟春，亦曰芳歲。」

〔五〕生事，見擬古。

〔六〕詩：「我心蘊結兮。」晉書嵇康傳：「呂安與康友，每一相思，輒千里命駕。」輕紈，言其薄也。

〔七〕〔補注〕周禮：「槀人，若饗耆老孤子，士庶子共其食。」「願託孤老暇」，謂願護軍於撫循耆老孤子之暇，臨觴加餐也。

和王義興七夕〔一〕

宵月向掩扉，夜霧方當白。寒機思孀婦，秋堂泣征客〔二〕。匹命無單年，偶影有雙夕〔三〕。暫交金石心，須臾雲雨隔〔四〕。

〔一〕王義興，見學陶彭澤體。按：僧達先爲義興太守，後爲護軍將軍。或編集時以題爲類，故前後倒置歟？〔增補〕按宋本編次，此首在前，和王護軍秋夕在後。此詩與學陶彭澤體，蓋同爲元嘉二十九年秋作。僧達七夕月下詩云：「遠山斂氛祲，廣庭揚月波。氣往風集隙，秋還露泫柯。節期既已孱，中宵振綺羅。來歡詎終夕，收淚泣分河。」

〔二〕孀婦，見行路難注。〔補注〕孀婦，見夢還鄉。

〔三〕謝惠連七月七日夜詠牛女詩注：「曹植九詠注曰：『牛女爲夫婦，七月七日得一會同也。』」

〔四〕漢書韓信傳：「項王使武涉往説信曰：『足下雖自以爲與漢王爲金石交，然終爲漢王所禽矣。』」宋玉高唐賦：「風止雨霽，雲無處所。」〔補注〕雲雨，見登雲陽九里埭。

【補集説】

王船山曰：役心極矣，而絶不汎瀾。引滿之餘，大有忍力。「宵月向掩扉」，苦于索景，杜陵每於此詣入。此等語洗露難，函蓋尤不易，此杜之所以終不及鮑也。

冬至

舟遷莊甚笑，水流孔急歎〔一〕。景移風度改，日至晷迴换〔二〕。眇眇負霜鶴，皎皎帶雲雁〔三〕。長河結瓓玕，層冰如玉岸〔四〕。哀哀古老容，慘顔愁歲晏〔五〕。催促時節過，逼迫聚離散〔六〕。美人還未央，鳴箏誰與彈〔七〕？

〔一〕莊子：「夫藏舟於壑，藏山於澤，謂之固矣。然而夜半有力者負之而走，昧者不知也。」〔補注〕史記孔子世家：「孔子臨河而歎曰：『美哉水，洋洋乎！』」司馬彪贈山濤詩：「感彼孔聖歎，哀此年命促。」〔增補〕宋本「歎」作「難」，誤。論語：「子在川上曰：『逝者如斯夫，不舍晝夜。』」

〔二〕史記天官書：「冬至短極，懸土炭。炭動，鹿角解，蘭根出，泉水躍，略以知日至要決晷景。」

〔三〕潘岳閒居賦：「白薤負霜。」〔增補〕宋本「霜」作「雪」，「雲」作「霜」。

〔四〕集韻：「瓓，玉采。」說文：「玕，琅玕也。」〔增補〕李賀詩「夜天如玉砌」，陸游詩「白雲如玉城」，皆摹鮑此語。

〔五〕楚辭九歌：「歲既晏兮孰華予？」

〔六〕古詩爲焦仲卿妻作：「同是被逼迫。」

〔七〕鳴箏，見少年時至衰老行注。

冬日

嚴風亂山起，白日欲還次〔一〕，曛霧蔽窮天，夕陰晦寒地〔二〕，煙霾有氛氲，精光無明異〔三〕。　風急野田空，飢禽稍相棄〔四〕，含生共通閉，懷賢孰爲利〔五〕？天窺苟平圓，寧得已偏媚〔六〕？　瀉海有歸潮，衰容不還稺〔七〕，君今且安歇，無念老方至〔八〕。

〔一〕梁元帝纂要：「冬曰三冬、九冬。風曰嚴風。」〔補注〕禮記月令：「季冬之月，日窮於次，月窮於紀。」鄭玄曰：「言日月星辰運行於此，皆周匝於故處也。次，舍也。」〔增補〕宋本「風」作「雲」。

〔二〕曛，見京口注。

〔三〕爾雅：「風而雨土爲霾。」楚辭注：「氛氳，盛貌。」

〔四〕野田，見空城雀注。

〔五〕曹植對酒行：「含生蒙澤。」按：「敦」，疑當作「孰」。〔增補〕「孰」，原作「敦」，據宋本改。

〔六〕周髀算經：「天圓如張蓋。」詩大雅思齊毛傳：「媚，愛也。」

〔七〕〔補注〕禮記：「天地不通，閉塞而成冬。」言人生天地間，無所逃於通閉之理。若在閉塞時，如饑禽之相棄，則是爲利而已。人非禽獸，孰爲如此？是以有懷古之賢者也。顧相棄之事，天亦難免。天苟平圓，何以偏愛於海，而使有歸潮？於人則不許其復穉？天窺，猶尚書所言「天視」。

〔八〕〔補注〕楚辭九歌：「疏緩節兮安歌。」王逸注：「徐歌也。」〔增補〕左傳昭公元年：「諺所謂老將至而耄及之者。」論語：「不知老之將至云爾。」〔增補〕宋本「歇」作「歌」。

望水

刷鬢垂秋日，登高觀水長〔一〕，千澗無別源，萬壑共一廣〔二〕。流駛巨石轉，湍迴急沫上〔三〕，苕苕嶺岸高，照照寒洲爽〔四〕。東歸難忖測，日逝誰與賞〔五〕？臨川憶古事，目孱千載想〔六〕。河伯自矜大，海若沈渺莽〔七〕。

〔一〕嵇康養生論：「勁刷理鬢。」

〔二〕萬壑，見與妹書注。〔補注〕詩毛傳：「廣，大也。」

〔三〕説文：「湍，疾也。」沫，見與妹書。

〔四〕張衡西京賦：「狀亭亭以苕苕。」薛綜注：「苕苕，高貌。」

〔五〕説文：「忖，度也。」

〔六〕史記張耳傳注：「冀州人謂懦弱爲孱。」〔增補〕臨川，見冬至。大戴禮曾子立事：「君子博學而孱守之。」盧辯注：「孱，小貌。」

〔七〕莊子：「秋水時至，百川灌河。河伯欣然自喜，以天下之美爲盡在己，順流而東行，至於北海。東面而視，不見水端。於是焉河伯始旋其面目，盳羊向若而歎。」

望孤石〔一〕

江南多暖谷，雜樹茂寒峯，朱華抱白雪，陽條熙朔風〔二〕。蚌節流綺藻，輝石亂煙虹〔三〕，泄雲去無極，馳波往不窮〔四〕。嘯歌清漏畢，徘徊朝景終，浮生會當幾？歡酌勿盈衷。

〔一〕〔補注〕水經注：「宫亭湖中有孤石，介立太湖中，矗然高峻，上生林木，而飛禽罕集。言其上有玉膏可採。」〔增補〕此當是元嘉十六年冬，照客江州時作。

〔二〕曹植公讌詩：「朱華冒緑池。」

〔三〕木華海賦：「綾羅被光於螺蚌之節。」輝石，見園山石室。

〔四〕左思蜀都賦：「窮岫泄雲。」馳波，見蒿里行。

山行見孤桐

桐生叢石裏，根孤地寒陰〔一〕，上倚崩岸勢，下帶洞阿深〔二〕。奔泉冬激射，霧雨夏霖霪〔三〕，未霜葉已肅，不風條自吟〔四〕。昏明積苦思，晝夜叫哀禽，棄妾望掩淚，逐臣對撫心〔五〕。雖以慰單危，悲涼不可任，幸願見雕斲，爲君堂上琴〔六〕。

〔一〕根孤，見辭閣疏注。

〔二〕玉篇：「阿，水岸也。」〔增補〕宋本「岸」作「峯」。

〔三〕玉篇：「霪，久雨也。」〔增補〕宋本「霪」作「淫」。

〔四〕詩：「九月肅霜。」西京雜記：「太平之世，則風不鳴條，開甲散萌而已。」

〔五〕禰衡鸚鵡賦：「放臣爲之屢歎，棄妻爲之歔欷。」

〔六〕初學記：「桓譚新論曰：『神農氏繼宓犧而王天下，於是削桐爲琴，繩絲爲絃。』」

【集說】

陳胤倩曰：憭慄多悲。「不風」句尤奇。鮑詩殆句句苦吟而成。思偶邃詣，輒臻奇致。古少是家。

詠雙燕二首〔一〕

雙燕戲雲崖，羽翰始差池〔二〕，出入南闈裏，經過北堂陲，意欲巢君幕，層楹不可窺〔三〕。沈吟芳歲晚，徘徊韶景移〔四〕，悲歌辭舊愛，銜淚覓新知〔五〕。

〔一〕其一錄吳兆宜注。

〔二〕「翰」，玉臺作「翮」。左思雜詩：「明月出雲崖。」〔補注〕詩邶風：「燕燕于飛，差池其羽。」

〔三〕〔振倫注〕古詩：「思爲雙飛燕，銜泥巢君屋。」

〔四〕梁元帝纂要：「正月孟春，亦曰芳歲。」又：「景曰韶景。」

〔五〕「淚」，玉臺作「泥」。

可憐雲中燕，且去暮來歸，自知羽翅弱，不與鵠争飛〔一〕。寄聲謝飛鵠，往事子毛衣〔二〕，瑣心誠貧薄，亘𠫤節榮衰〔三〕。陰山饒苦霧，危節多勁威〔四〕，豈但避霜雪，當儆野人機〔五〕。

〔一〕阮籍詠懷詩：「寧與燕雀翔，不隨黃鵠飛。」

〔二〕〔補注〕往事，謂往而從事也。子謂鵠，毛衣謂飛。

〔三〕説文：「亘，不可也。」廣韻：「吝，俗作𠫤。」〔補注〕爾雅釋訓：「瑣瑣，小也。」郭璞注：「才器細陋。」「瑣心」，燕之自謂不知大計也。「亘𠫤節榮衰」，則爲鵠進言，不可貽悔吝於榮衰之節也。易節：「初九，不出户庭，無咎。」象曰：「知通塞也。」榮衰，猶通塞。往而從事於高飛，則榮也。苦霧勁威，則衰之當儆也。

〔四〕陰山，見劉公幹體注。〔補注〕陸機演連珠：「勁陰殺節，不凋寒木之心。」危節，猶殺節也。

〔五〕戰國策：「黃鵠因是以遊乎江海，掩乎大沼，俯噣鱔鯉，仰齧蔆衡，奮其六翮，而淩清風，飄搖乎高翔，自以爲無患，與人無争也。不知夫射者方將修其碆盧，治其矰繳，將加己乎百仞之上，被劃磻，引微繳，折清風而抎矣。故晝遊乎江湖，夕調乎鼎鼐。」〔增補〕宋本「當」字下注：「一作『復』。」

【補集説】

王壬秋曰：杜子美賦物律詩全學此。此正可爲律祖，不足爲古祖。

酒後

晨節無兩淹，年意不俱處〔一〕。自非羽酌飲，何用慰愁旅〔二〕。

〔一〕〔補注〕魏文帝孟津詩：「良辰啓初節。」辰、晨通。陶潛雜詩：「求我盛年歡，一毫無復意。」處，止也。

〔二〕羽酌，見三日注。〔補注〕用，以也。〔增補〕宋本「飲」作「歡」。

講易

雲澤翔羽姬，横蓋招益人〔一〕。賁園無金尚，履道易書紳〔二〕。

〔一〕宋玉神女賦：「楚襄王與宋玉遊於雲夢之浦，使玉賦高唐之事。其夜王寢，夢與神女遇。」家語：「孔子之郯，遭程子於塗，傾蓋而語終日。」抱朴子：「鋭乃心於精義，吝寸陰以進德者，益人也。」〔補注〕易説卦：「兑爲澤，爲少女。」「雲澤」句，疑言兑象。干寶周易注「漸其羽，可用爲儀」曰：「婦德既終，母教又明，有德而可愛，有儀而可象，故曰『其羽可用爲儀』。」「羽姬」或取此義。易損六三：「一人行則得其友。」「横蓋」句疑言損象。〔增補〕宋本「益」作「逸」。

〔二〕易：「賁于丘園。」又：「履道坦坦。」〔補注〕易：「賁于丘園，束帛戔戔。」干寶周易注「鼎黄耳全鉉」曰：「凡舉鼎者，鉉也。尚三公者，王也。金喻可貴中之美也。」按：「賁園無金尚」，謂延山林之人，采素士之言，不以鼎之尚金待之，蓋優遇過乎三公也。論語：「子張書諸紳。」

可愛

風帷閃珠帶，月幌垂霧羅〔一〕。魏粲縫秋裳，趙豔習春歌〔二〕。

〔一〕帷、幌，見白紵曲。司馬相如子虚賦：「雜纖羅，垂霧縠。」〔增補〕宋本「閃」作「闞」。

〔二〕詩魏風：「摻摻女手，可以縫裳。」趙豔，見少年時至衰老行。〔補注〕詩唐風：「今夕何夕？見此粲者。」毛傳：「三女爲粲。」案：晉獻公滅魏，魏入於唐，故稱魏粲。

夜聽聲

辭鄉不覺遠，歡寡憂自縈〔一〕。何用慰秋望？清燭視夜翻〔二〕。

〔一〕〔增補〕宋本「縈」作「繁」。

〔二〕〔補注〕夜翻，謂夜盡而翻白也。陸機淩霄賦：「日月翻其代序。」

詠老〔一〕

軟顔收紅蘂，玄鬢生素華。冉冉逝將老，咄咄奈老何〔二〕！

〔一〕此下二首，亦見陸士衡集。〔增補〕宋本無。

〔二〕楚辭離騷：「老冉冉其將至兮。」晉書殷浩傳：「但書空作咄咄怪事四字而已。」漢武帝秋風辭：「少壯幾時兮奈老何！」

春詠〔一〕

節運同可悲，莫若春光甚〔二〕。和風未及燠，遺涼清且凜〔三〕。

〔一〕〔增補〕宋本無。

〔二〕〔補注〕陳琳遊覽詩：「節運時氣舒，秋風涼且清。」

〔三〕説文：「燠，熱在中也。」又：「凜，寒也。」

字謎三首〔一〕

二形一體，四支八頭〔二〕，四八一八，飛泉仰流〔三〕。

〔一〕〔補注〕漢書藝文志：「隱書十八篇。」師古曰：「劉向別録云：『隱書者，疑其言以相問，對者以慮思之，可以無不諭。』」説文：「謎，隱語也。」

〔二〕〔增補〕宋本「二」作「三」。

〔三〕井字。按：四八一八，合則五八，五八，四十也。四十爲井字。

頭如刀，尾如鈎，中央横廣，四角六抽，右面負兩刃，左邊雙屬牛〔一〕。

〔一〕龜字。

乾之一九，隻立無偶，坤之二六，宛然雙宿〔一〕。

〔一〕土字。按：乾陽坤陰。上二句謂陽文，陽爻即一字也。下二句謂陰文，二陰爻☷，則中爲十字也。合成土字。

贈顧墨曹〔一〕

昏明易遠，離會難揆，雲轍泉分，西艫東軌〔二〕。

〔一〕宋書百官志：「宋高祖爲諮議參軍無定員，今諸曹則有録事、記室、户曹、倉曹、中直兵、外兵、騎兵、長流賊曹、刑獄賊曹、城局賊曹、法曹、田曹、水曹、鎧曹、車曹、士曹、集、右户、墨曹，凡十八曹參軍。」〔增補〕宋本無。

〔二〕説文：「轍，跡也。」又：「軌，車轍也。」艫，見與妹書。〔補注〕車有兩轍。泉分，謂兩轍之不並也。

聯句

在荊州與張使君李居士聯句〔一〕

橋磴支吾轍，篁路拂輕鞍〔二〕。三尹無喜色，一適或垂竿〔三〕。

〔一〕荆州，見歎年傷老。〔增補〕宋本「使」作「史」。趙翼陔餘叢考：「聯句當以漢武柏梁爲始。」

〔二〕史記項羽紀：「莫敢枝梧。」注：「小柱爲枝，斜柱爲梧。」正字通：「支吾，與枝梧通。」篁，見採桑。〔增補〕宋本「吾」作「古」。

〔三〕莊子：「莊子釣於濮水。楚王使大夫二先往焉。曰：願以境内累子。莊子持竿不顧。」〔補注〕論語：「令尹子文三仕爲令尹，無喜色。三已之，無愠色。」

與謝尚書莊三連句〔一〕

霞暉兮澗朗，日静兮川澄。風輕桃欲開，露重蘭未勝。水光溢兮松霧動，山煙疊兮石露凝。掩映晨物綵，連綿夕羽興。

〔一〕宋書謝莊傳：「字希逸，陳郡陽夏人。孝建元年拜吏部尚書。三年，坐辭疾多，免官。大明三年，起爲都官尚書。」〔增補〕類説引樂府解題：「連句起自漢武帝柏梁宴作，人作一句，連以成文。」趙翼甌北詩話：「聯句詩，六朝以前謂之連句，見梁書及南史。」

月下登樓連句

髴髣蘿月光，繽紛篁霧陰，樂來亂憂念，酒至歇憂心〔一〕。露入覺牖高，螢蜚測苑深，清氣澄永夜，流吹不可臨〔二〕。密峯集浮碧，疎瀾道瀛尋，嗽玉延幽性，攀桂藉知音〔三〕。辰意事淪晦，良歡戒勿祲，昭、景有遺駟，疏、賈無留金〔四〕。

〔一〕鮑博士　髣髴，見觀漏賦。楚辭注：「繽紛，盛貌。」按：明遠之爲博士，本傳不載。宋書百官志：「博士秦官。魏及晉西朝，置十九人。江左初，減爲九人。皆不知掌何經。元帝末，增儀禮、春秋公羊博士各一人，合爲十一人。後又增爲十六人。不復分掌五經，而謂之太學博士也。秩六百石。」又：「國子博士二人，第六品。」〔增補〕宋本「蘿」作「拂」。虞炎鮑照集序：「孝武初，除海虞令，遷太學博士，兼中書舍人。」

〔二〕王延秀　〔補注〕顔延年三月三日曲水詩序：「摇玉鸞，發流吹。」〔增補〕宋本「螢蜚」作「芳深」。

〔三〕荀原之　「尋」，疑當作「潯」。「瀛潯」如天潯、江潯之類。陸機招隱詩：「飛泉漱鳴玉。」攀桂，見馬子喬。〔增補〕宋本「尋」作「潯」。

〔四〕荀中書萬秋　昭、景，謂燕昭王、齊景公。戰國策：「郭隗謂燕昭王曰：『古之人君，遣使者齎千金市千里馬於他國，未至，馬已死。買其骨五百金以歸。天下知君之好也，於是期年而千里之馬至者三焉。』」漢書疏廣傳：「廣既歸鄉里，日令家共具設酒食，請族人故舊賓客與相娛樂。數問其家金餘尚有幾所，趣賣以供具。」又陸賈傳：「出所使越橐中裝，賣千金，分其子二百金，令爲生産。」宋書荀伯子傳：「伯子族弟昶，昶子萬秋，字元寶，亦用才學自顯。」〔補注〕左傳杜預注：「日照晝，月照夜，星運行于天，昏明遞匝，民得取其時節，故三者皆爲辰也。」辰意，謂三辰所示之意。證諸人事，則甚淪晦，惟當月下良歡，戒勿示氛祲耳。左傳昭十五年：「見赤黑之祲。」杜預注：「祲，妖氛也。」〔增補〕遺駟，見擬古第四首補注。荀萬秋，見日落望江贈荀丞增補注。

附鮑令暉詩〔一〕

擬青青河畔草〔二〕

褭褭臨窗竹，藹藹垂門桐〔三〕，灼灼青軒女，泠泠高臺中〔四〕。明志逸秋霜，玉顔艷春紅〔五〕。人生誰不別，恨君早從戎。鳴絃慙夜月，紺黛羞春風〔六〕。

〔一〕從玉臺新詠録出，並録吴兆宜注。小名録：「鮑照，字明遠。妹字令暉，有才思，亞于明遠，著香茗賦集行于世。」樂苑：「詩品曰：『齊鮑令暉歌詩，往往嶄絶清巧，擬古尤勝，唯百願淫矣。照常答孝武云：臣妹才自亞于左芬，臣才不及太沖爾。』」〔增補〕令暉先明遠卒。請假啓云：「天倫同氣，實惟一妹，存没永訣。不獲計見，封瘞泉壤臨送。私懷感恨，情痛兼深。」鍾伯敬名媛詩歸，以玉臺近代西曲歌而下一十八章，並列爲令暉所作，鍾蓋有誤。

〔二〕此擬枚乘雜詩，非擬蔡邕作也。

〔三〕謝靈運擬古：「白楊信裹裹。」善曰：「裊裊，風摇木貌。」〔補注〕詩大雅卷阿：「藹藹王多吉士。」又：「梧桐生矣，于彼朝陽。」爾雅：「藹藹，臣盡力也。」郭注：「梧桐茂賢士。」又曰：「賢士盛多之容止。」

〔四〕「臺」，一作「堂」。宋顔測山石榴賦：「環青軒而燧列。」宋玉風賦：「清清泠泠。」〔補注〕詩周南桃夭：「桃之夭夭，灼灼其華。」毛傳：「灼灼，華之盛也。」孔穎達曰：「桃少故華盛，以喻女少而色盛也。」又陸機擬青青河畔草詩：「灼灼美顔色。」

〔五〕「艷」，一作「掩」。〔振倫注〕宋玉神女賦：「苞温潤之玉顔。」〔補注〕顔延之秋胡行：「峻節貫秋霜。」

〔六〕陶潛閒情賦：「願在眉而爲黛。」釋名：「紺，含也，謂青而含丹色也。」〔補注〕「鳴絃慙夜月」，爲夜月之圓也。「紺黛羞春風」，爲春風之妍也。

擬客從遠方來〔一〕

客從遠方來，贈我漆鳴琴，木有相思文，絃有別離音〔二〕。終身執此調，歲寒不改心，願作陽春曲，宫商長相尋〔三〕。

〔一〕相和歌詞瑟調曲。鮑照亦有一首。〔振倫注〕本集未見。

〔二〕吳都賦：「楠榴之木，相思之樹。」注：「相思，大樹也。」述異記：「昔戰國時，魏國苦秦之難，有以民從征戍秦，久不返，妻思而卒。既葬，冢上生大木，枝葉皆向夫所在而傾，因謂之相思木。今秦、趙間有相思草，如石竹，而節節相續，一名續腸草，一名愁婦草。」〔振倫注〕梁元帝纂要：「琴操曰：『古琴曲有十二操，九曰別鶴操。』琴歷曰：『琴曲有雙鳳、離鸞、雙燕離。』」

〔三〕〔振倫注〕陽春，見採桑。〔補注〕琴歷有陽春弄。蔡邕琴賦：「韻宮商兮動角羽。」

題書後寄行人〔一〕

自君之出矣，臨軒不解顏〔二〕，砧杵夜不發，高門晝常關〔三〕。帳中流熠燿，庭前華紫蘭〔四〕，物枯識節異，鴻來知客寒〔五〕。遊用暮冬盡，除春待君還〔六〕。

〔一〕一作寄行人。樂府作自君之出矣，雜曲歌詞。〔補注〕郭茂倩樂府詩集曰：「漢徐幹有室思詩五章，其第三章曰：『自君之出矣，明鏡暗不治。思君如流水，無有窮已時。』自君之出矣蓋起於此。」

〔二〕列子：「列子師老商氏，五年之後，夫子始一解顏而笑也。」

〔三〕陶潛歸去來辭：「門雖設而常關。」〔振倫注〕班婕妤擣衣賦：「于是投香杵，叩玟砧。」

〔增補〕樂府詩集「常」作「恒」。

〔四〕毛萇詩傳：「熠燿，燐也。燐，螢火也。」楚辭：「秋蘭兮青青，緑葉兮紫莖。」

〔五〕「物」，一作「楊」。「識」，一作「謝」。逸周書：「白露之日，鴻雁來。」〔增補〕樂府詩集「來」作「歸」。

〔六〕上句一作「遊暮冬盡月」。〔補注〕一切經音義引蒼頡篇曰：「用，以也。」除，易也，猶除夕之除，謂冬春之交也。〔增補〕玉臺「用」作「月」。樂府詩集作「遊取暮春盡，餘思待君還」。

【集説】

王船山曰：不復及情。此媛猶有風規，不入流俗。

【補集説】

沈確士曰：「楊枯」十字作意。

古意贈今人〔一〕

寒鄉無異服，衣氈代文練〔二〕。月月望君歸，年年不解綖〔三〕。荆揚春早和，幽冀猶霜霰。北寒妾已知，南心君不見〔四〕。誰爲道辛苦？寄情雙飛燕〔五〕。形迫杼煎絲，顔落風催電〔六〕。容華一朝盡，惟餘心不變〔七〕。

〔一〕〔增補〕此詩乃女子寄夫望歸之辭。一作吴邁遠詩。

〔二〕「衣氈」，一作「氈褐」。劉琨與丞相箋：「焦求雖出寒鄉，有文武膽幹。」〔振倫注〕戰國策：「燕必致氈裘狗馬之地。」急就篇注：「練者，煮縑而熟之也。」〔增補〕文練，有花紋之熟絲織品。

〔三〕〔振倫注〕集韻：「綖，私箭切，音線。綫，或從延。」〔增補〕吕氏春秋勿躬：「而莫敢愉綖。」高誘注：「愉，解；綖，緩。」按：此句謂望夫之心無解緩之期。

〔四〕〔增補〕南心，在南方望夫之心。

〔五〕〔振倫注〕禮記：「仲春之月，玄鳥至。」又：「仲秋之月，玄鳥歸。」

〔六〕「煎」，一作「前」。〔振倫注〕説文：「杼，機之持緯者。」〔補注〕方言：「煎，盡也。」漢書趙充國傳注：「師古曰：煎讀曰翦。」春秋成二年左傳杜注：「翦，盡也。」「杼煎絲」煎字，當讀作翦。〔增補〕上句謂忙迫不得休息，指夫；下句謂容顔老醜之迅速，自指。

〔七〕「盡」，一作「改」。陸機擬古詩：「容華一何冶？」

代葛沙門妻郭小玉詩二首〔一〕

明月何皎皎，垂櫎照羅茵〔二〕，若共相思夜，知同憂怨晨。芳華豈矜貌，霜露不憐人。君非青雲逝，飄迹事咸秦〔三〕。妾持一生淚，經秋復度春。

〔一〕「詩」，一本改「作」字。〔補注〕瑞應經：「太子出北城門，天帝復化作沙門。太子曰：『何謂沙門？』對曰：『沙門之爲道，舍妻子，捐棄愛欲也。』」僧肇維摩經注：「沙門，秦言，義訓勤行趨涅槃也。」葛沙門蓋棄妻而爲僧者。

〔二〕「幰」，一作「幌」。說文：「幰，帷屏屬。幰與幌，音義同。」又：「茵，車重席也。」〔振倫注〕古詩：「明月何皎皎，照我羅牀幃。」

〔三〕琴操：「許由曰：『吾志在青雲，何乃劣劣爲九州伍長乎？』」〔振倫注〕咸秦，見出自薊北門行。

君子將遥役，遺我雙題錦〔一〕，臨當欲去時，復留相思枕〔二〕。題用常著心，枕以憶同寢。行行日已遠，轉覺心彌甚〔三〕。

〔一〕「遥」，一作「徭」。蔡邕京兆尹樊德雲銘：「徭役永息，道路孔夷。」子夜歌：「緑攬迮題錦。」〔補注〕謝惠連擣衣詩：「微芳起兩袖，輕汗染雙題。」說文曰：「題，額也。」續漢書輿服志：「古者有冠無幘，至秦乃加其武將首飾爲絳袙，以表貴賤。其後稍稍作顏題。」王引之曰：「所以飾額者，亦謂之顏題。」

〔二〕洛神賦注：「魏東阿王漢末求甄逸女，既不遂，太祖回與五官中郎將，植殊不平，晝思夜想，廢寢與食。黃初中，入朝，帝示植甄后玉鏤金帶枕，植見之，不覺泣。時已爲郭后讒死，帝意亦尋悟，因令太子留飲，仍以枕賚植。」

〔三〕「心」，一作「思」。潘岳寡婦賦：「情惻惻而彌甚。」〔振倫注〕魏武帝苦寒行：「行行日已遠，人馬同時飢。」

【集説】

陳胤倩曰：亦是子夜之流，頗有雋致。

寄行人

桂吐兩三枝，蘭開四五葉〔一〕。是時君不歸，春風徒笑妾〔二〕。

〔一〕「開」，一作「闇」。

〔二〕〔補注〕楚辭：「王孫遊兮不歸，春草生兮萋萋。」

【集説】

王船山曰：小詩本色，不嫌迫促。「松下問童子」等篇，蓋從此出。

附録

宋書本傳〔一〕

鮑照字明遠，文辭贍逸，嘗爲古樂府，文甚遒麗。元嘉中，河、濟俱清，當時以爲美瑞，照爲河清頌，其序甚工。其辭曰：

臣聞善談天者，必徵象於人；工言古者，先考績於今。鴻、犧以降，遐哉邈乎，鏤山岳，彫篆素，昭德策勳，可謂多矣。而史編唐堯之功，載「格于上下」；樂登文王之操，稱「於昭于天」。素狐玄玉，聿彰符命，朴牛大螾，爰定祥曆，魚鳥動色，禾雉興讓，皆物不盈眥，而美溢金石，詩人於是不作，頌聲爲之而寢，庸非惑歟。

自我皇宋之承天命也，仰應龍木之精，俯協河龜之靈，君圖帝寶，粲爛瑰英。固業光曩代，事華前德矣。聖上天飛踐極，迄兹二十四載。道化周流，玄澤汪濊。地平天成，上下含熙；文同軌通，表裏禔福。燿德中區，黎庶知讓；觀英遐表，夷貊懷惠。卹勤秩禮，罷露臺之金；舒國振民，傾鉅橋之粟。約違迫脅，奢去泰甚。燕無留飲，畋不盤樂。物色異人，優游據正，顯不失心，幽無怨氣。精炤日月，事洞天情。故不勞杖斧之臣，號令不嚴而自肅；無辱鳳舉之使，靈怪不召而自彰。萬里神行，飆塵不起。農商野廬，邊城偃柝。冀馬南金，填委內府；馴象西爵，充羅外囿。阿紈綦組之饒，衣覆宗國；漁鹽杞梓之利，傍贍荒遐。士民殷富，五陵既有慚德；宮宇宏麗，三川莫之能比。閭閈有盈，歌吹無絶。朱輪疊轍，華冕重肩。豈徒世無窮人，民獲休息，朝呼韓、罷酤鐵而已哉！是以嘉祥累仍，福應尤盛。青丘之狐，丹穴之鳥，栖阿閣，遊禁園；金芝九莖，木禾六刃，秀銅池，發膏畝。宜以協調律吕，謁薦郊廟，煙霏霧集，不可勝紀。然而聖上猶昧旦夙興，若有望而未至；閎規遠圖，如有追而莫及，神明之貺，推而弗居也。是以琬碑鏐檢，盛典蕪而不治；朝神省方，大化抑而未許。崇文協律之士，蘊儛頌於外；坐朝陪宴之臣，懷揄揚於內。三靈佇眷，九壤注心，既有日矣。

歲宮乾維，月躔蒼陸，長河巨濟，異源同清。澄波萬壑，潔瀾千里。斯誠曠世偉觀，昭啓皇明者也。語曰：「影從表，瑞從德。」此其効焉。宣尼稱「鳳鳥不至，河不出圖」，傳曰：「俟河之清，人壽幾何！」皆傷不可見也。然則古人所不見者，今殫見之矣。孟軻曰：「千載一聖，是旦暮也。」豈不大哉！夫四皇六帝，樹聲長世，大寶也；澤浸羣生，國富刑清，鴻德也；制禮裁樂，惇風遷俗，文教也；誅箠逋羯，束顙絳闕，武功也；鳴鳥躍魚，滌穢河渠，至祥也。大寶鴻德，文教武功，其崇如此；幽明協贊，民祇與能，厥應如彼。唯天爲大，堯實則之。皇哉唐哉，疇與爲讓。抑又聞之：勢之所覃者淺，則美之所傳者近；道之所感者深，則慶之所流者遠。是以豐功韙命，潤色縢策；盛德形容，藻被歌頌。察之上代，則奚斯、吉甫之徒鳴玉鸞於前；視之中古，則相如、王褒之屬施金羈於後。絶景揚光，清埃繼路。班固稱漢成之世，奏御者千有餘篇，文章之盛，與三代同風。由是言之，斯迺臣子舊職，國家通義，不可輟也。臣雖不敏，寧不勉乎？

世祖以照爲中書舍人。上好爲文章，自謂物莫能及。照悟其旨，爲文多鄙言累句。當時咸謂照才盡，實不然也。臨海王子頊爲荆州，照爲前軍參軍，掌書記之任。子頊敗，爲亂兵所殺。

〔一〕附臨川烈武王道規傳後。

南史本傳〔一〕

鮑照字明遠，東海人。文辭贍逸，嘗爲古樂府，文甚遒麗。元嘉中，河、濟俱清，當時以爲美瑞，照爲河清頌，其序甚工。照始嘗謁義慶，未見知，欲貢詩言志，人止之曰：「卿位尚卑，不可輕忤大王。」照勃然曰：「千載上有英才異士沈没而不聞者，安可數哉！大丈夫豈可遂蘊智能，使蘭艾不辨，終日碌碌，與燕雀相隨乎？」於是奏詩。義慶奇之，賜帛二十匹。尋擢爲國侍郎，甚見知賞。遷秣陵令。文帝以爲中書舍人。上好爲文章，自謂人莫能及，照悟其旨，爲文章多鄙言累句。咸謂照才盡，實不然也。臨海王子頊爲荆州，照爲前軍参軍，掌書記之任。子頊敗，爲亂兵所殺。

〔一〕附宋臨川烈武王道規傳後。

鮑照年表

鮑照〔一〕字明遠，本上黨人，〔二〕遷東海，因爲东海人。〔三〕出身寒族。〔四〕

晉安帝義熙十年甲寅（公元四一四年）	一歲〔五〕			
宋武帝永初元年庚申（公元四二〇年）	七歲	六月，劉裕即皇帝位。		
宋文帝元嘉四年丁卯（公元四二四年）	十四歲	陶淵明卒。		
文帝元嘉十年癸酉（公元四三三年）	二十歲	謝靈運卒。		擬行路難〔六〕
文帝元嘉十六年己卯（公元四三九年）	二十六歲	四月，臨川王義慶爲衛軍將軍江州刺史。〔七〕	照獻詩臨川王，王擢爲國侍郎。〔八〕秋，照赴江州。〔九〕	解褐謝侍郎表〔一〇〕 登大雷岸與妹書 遊思賦〔一一〕 凌煙樓銘 佛影頌 野鵝賦 登廬山 登廬山望石門 從登香爐峯 望孤石

（續表）

文帝元嘉十七年庚辰（公元四四〇年）	二十七歲	十月，臨川王義慶爲南兗州刺史。〔二〕	照從臨川王東還京都，省家。道出京口，〔三〕赴廣陵。〔四〕	潯陽還都道中〔三〕　還都道中　還都至三山望石頭城〔三〕　還都口號〔三〕　發後渚〔三〕　行京口至竹里〔三〕
文帝元嘉二十一年甲申（公元四四四年）	三十一歲	正月，臨川王義慶卒。〔五〕	照上書臨川王世子，自解侍郎。〔六〕四月，服滿。秋還田里。〔七〕	通世子自解啓　重與世子啓〔六〕　臨川王服竟還田里〔七〕
文帝元嘉二十二年乙酉（公元四四五年）	三十二歲	衡陽王義季督豫州之梁郡，遷徐州刺史。〔八〕	照從衡陽王辟，之梁郡，旋從之徐州。〔九〕	見賣玉器者　從過舊宮
文帝元嘉二十三年丙戌（公元四四六年）	三十三歲			代苦熱行〔一〇〕

（續表）

文帝元嘉二十四年丁亥（公元四四七年）	三十四歲	衡陽王義季卒。〔二一〕始興王濬時爲揚州刺史。〔二二〕	始興王濬引照爲國侍郎。〔二三〕	拜侍郎上疏　河清頌　和王丞〔二三〕
文帝元嘉二十六年己丑（公元四四九年）	三十六歲	十月，征北將軍始興王濬爲南徐兗二州刺史，出鎮京口。〔二四〕	照隨始興王往京口。	征北世子誕育上表　奉始興王白紵舞曲〔二五〕　蒜山被始興王命作
文帝元嘉二十七年庚寅（公元四五〇年）	三十七歲	冬十二月，北魏太武帝南侵，兵至瓜步。		送別王宣城
文帝元嘉二十八年辛卯（公元四五一年）	三十八歲	正月，魏兵退，始興王率衆城瓜步。三月，解南兗州任。〔二六〕	照隨始興王往江北，侍郎報滿辭任，未即南返。〔二七〕	侍郎報滿辭閤疏〔二七〕
文帝元嘉二十九年壬辰（公元四五二年）	三十九歲		照自南兗州返建業。〔二八〕	瓜步山楬文　和王義興學陶彭澤體　和王義興七夕
文帝元嘉三十年癸巳（公元四五三年）	四十歲	始興王從太子劭逆，五月伏誅。〔二九〕		侍宴覆舟山

（續表）

孝武帝孝建元年甲午（公元四五四年）	四十一歲		除海虞令。〔三〇〕	
孝武帝孝建三年丙申（公元四五六年）	四十三歲	顏延之卒。〔三一〕	遷太學博士，兼中書舍人，出爲秣陵令。〔三二〕	爲柳令作謝驃騎表　謝秣陵令表　代放歌行〔三三〕　月下登樓連句〔三四〕　翫月城西門廨中〔三五〕
孝武帝大明二年戊戌（公元四五八年）	四十五歲		轉永嘉令。〔三六〕	
孝武帝大明三年己亥（公元四五九年）	四十六歲	竟陵王誕起兵廣陵。七月，沈慶之討平之，殺城中士民三千餘口。	照客江北。〔三七〕	蕪城賦　日落望江贈荀丞
孝武帝大明六年壬寅（公元四六二年）	四十九歲	秋七月，臨海王子頊爲荆州刺史。〔三八〕		登翻車峴　從臨海王上荆發新渚　登黄鶴磯〔三九〕　岐陽守風
孝武帝大明七年癸卯（公元四六三年）	五十歲		照在荆州。	石帆銘　代陽春登荆山行　在江陵歎年傷老　與伍侍郎别　在荆州與張使君李居士聯句

（續表）

孝武帝大明八年甲辰（公元四六四年）	五十一歲	閏五月，孝武帝殂，前廢帝立。臨海王子頊由征虜將軍進號前將軍，以本號都督荊湘雍益梁寧南北秦八州諸軍事，刺史如故。〔四〇〕	照爲臨海王前軍參軍，掌知内命，尋還前軍刑獄參軍事。〔四一〕	
明帝泰始元年乙巳（公元四六五年）	五十二歲	十一月，前廢帝被弑，明帝立。十二月，臨海王解督雍州，被命爲鎮軍將軍徐州刺史。〔四二〕		代挽歌　代蒿里行　代門有車馬客行
明帝泰始二年丙午（公元四六六年）	五十三歲	正月，江州刺史晉安王子勛稱帝，臨海王尚留荊州刺史本任，舉兵應之。八月，子勛敗，臨海王賜死。〔四三〕	八月，荊州治中宋景、土人姚儉等勒兵入城，照與典籤阮道豫、劉道憲同遇害。〔四四〕	代東門行〔四五〕

〔一〕宋子京筆記曰：「今人多誤『鮑照』爲『鮑昭』。李商隱詩云：『濃烹鮑昭葵。』金陵有人得地中石刻，作『鮑照』字。」潘子真詩話曰：「景文殊不知武后時諱照，唐人因以昭名之，事具昭祠堂記。」

〔二〕據虞炎鮑照集序。此上黨乃指南朝僑置者，宋書州郡志：「徐州淮陽郡上黨令，本流寓郡，併省來配。」今江蘇宿遷縣地。本集卷一拜侍郎上疏云：「臣北州衰淪。」

〔三〕據南史臨川烈武王傳附照傳。此東海指南朝僑置之郡，郡治今江蘇漣水縣北。

〔四〕虞炎鮑照集序云：「家世貧賤。」本集卷一拜侍郎上疏云：「身地孤賤。」謝秣陵令表云：「臣負鍤下農，執羈末皂。」卷二謝永安令解禁止啓云：「臣田茅下第，質非謝品。」卷一侍郎報滿辭閣疏云：「臣嚚杌窮賤，情嗜踳昧，身弱涓甃，地幽井谷。本應守業，墾畷剿芿，牧雞圈豕，以給征賦。」據此，照蓋出身寒族，而曾從事農耕者。

〔五〕照生年史失載。吴丕績鮑照年譜據陳沆詩比興箋以爲照擬行路難第八首爲傷廬陵王義真之作，其年爲元嘉元年，行路難末首有「余當二十弱冠辰」之句，則元嘉元年照年應爲二十歲，以此上推，定照生年爲義熙元年，下推至泰始二年在荆州爲亂兵所殺，得年六十二歲，而以虞炎序「年五十餘」爲六十餘之誤。按：虞炎去照年代不遠，其記載當有所據。行路難十八首，並非一時之作。第六首自稱「棄置罷官去」，照在元嘉十六年始出仕臨川王國，豈有在前此十六年已有罷官之事？何況行路難第八首陳沆以爲傷義真之死者，其説穿鑿不可通，（詳本集卷四擬行路難第八首按語）原不足爲根據乎。本集卷六在江陵歎年傷老詩振倫注曰：「明遠生年無考。臨海王子頊係大明五年出鎮荆州，此詩以『歎年傷老』爲題，約以五十稱老計之，似當生於晉末宋初。」聯按宋書孝武本紀，大明六年秋七月庚辰，臨海王子頊爲荆州刺史，（虞序云「大明五年」，誤。）在江陵歎年傷老詩中所叙，是春日節物，寫作時間不能早於大明七年春。今以大明七年照年爲五十計之，則當生於晉安帝義熙十年，下推至宋明帝泰始二年，得年五十三，與虞序所云「年五十餘」者相合。至三續疑年録謂照年四十餘者，其誤尤不待辨。

〔六〕擬行路難末首云：「余當二十弱冠辰。」但十八首並非一時之作，詳卷四擬行路難題注增補。

〔七〕據宋書文帝紀。

〔八〕南史臨川烈武王傳附照傳。

〔九〕本集卷二登大雷岸與妹書，當是始往江州時道中作。有「吾自發寒雨，全行日少。加秋潦浩汗，山溪猥至」之語，是往江州已在秋季矣。

〔一〇〕見本集卷一。題云「解褐」，知其爲初出仕，應是爲臨川王國侍郎，而非始興王國侍郎也。

〔一一〕見本集卷一。玩索文義，蓋與登大雷岸與妹書同時作。

〔一二〕據宋書文帝紀。

〔一三〕見本集卷五還都道中題注。

〔一四〕照隨臨川王往南兗州，是時州治在廣陵。

〔一五〕據宋書文帝紀。按臨川王本傳，王在廣陵，因病還朝，薨於京邑。照亦必與之俱還也。

〔一六〕見本集卷二通世子自解啓題注。

〔一七〕詩見卷六，詳題注。照爲臨川王服喪三月，詩有「秋風生」語，還里已在秋季。是時照家即在建業，見卷五還都至三山望石頭城注。

〔一八〕據宋書文帝紀及衡陽文王義季傳。

〔一九〕本集卷二論國制啓，振倫注以爲照必曾爲衡陽王義季僚屬。卷六見賣玉器者，振倫注以爲義慶既薨，明遠即依義季。按：元嘉二十一年臨川王薨，照還田里已是秋季，未必即出。其從衡陽王辟，當在二十二年矣。梁郡徐州之行，見卷六見賣玉器者、卷五從過舊宮注。

〔二〇〕見本集卷三題注引朱秬堂樂府正義説。

〔二一〕據宋書衡陽文王義季傳。

〔二二〕通鑑胡三省注云：「元嘉十八年，濬爲揚州刺史，出鎮京口，史逸其事始。」按宋書文帝紀，元嘉十七年，揚州刺史殷景仁卒。胡氏蓋據此推知始興王爲揚州刺史始於元嘉十八年耳。至於出鎮京口，則在始興王爲南徐兖二州刺史時，胡説非是。

〔二三〕虞炎鮑照集序云：「臨川王薨，始興王濬又引爲侍郎。」按臨川王薨後，照先從衡陽王，出爲始興王國侍郎，當在二十四年衡陽王義季薨後。考本集卷五有和王丞詩，王丞爲王僧綽。宋書僧綽傳：僧綽初爲始興王祕書丞、司徒左長史、太子中庶子，以元嘉二十六年徙尚書吏部侍郎，則其爲丞蓋在二十五年以前。照出仕始興王國後，始得與王丞爲同僚相唱和，則照之爲始興侍郎，不得早於二十四年，遲不得過二十五年也。

〔二四〕據宋書文帝紀及始興王濬傳。

〔二五〕見本集卷四。前有啓，見本集卷二。

〔二六〕據宋書。

〔二七〕文見卷一，説詳題注及卷二瓜步山楬文題注。

〔二八〕説詳本集卷二瓜步山楬文題注。

〔二九〕據宋書文帝紀、孝武帝紀。

〔三〇〕虞炎鮑照集序云：「孝武初，除海虞令。」

〔三一〕南史顔延之傳：「延之嘗問鮑照己與靈運優劣，照曰：『謝五言如發芙蓉，自然可愛；君詩若鋪錦列繡，亦雕繪滿眼。』延之終身病之。」

〔三二〕據虞炎集序，約在本年。按宋書臨川烈武王傳附照傳亦云：「世祖以照爲中書舍人。上好爲文章，自謂物莫能及。照悟其旨，爲文多鄙言累句，當時咸謂照才盡，實不然也。」南齊書幸臣傳云：「晉令舍人位居九品，江左置通事郎，管司詔誥，其後郎還爲侍郎，而舍人亦稱通事。……孝武以來，士庶雜選，如東海鮑照，世以才學知名。」與宋書合。而南史臨川烈武王傳附照傳則云「文帝以爲中書舍人」，恐誤。

〔三三〕見本集卷三本篇補集説引吴汝綸説。

〔三四〕見本集卷六，鮑博士詩句注。

〔三五〕見本集卷六，文選五臣注云：「時照爲秣陵令。」

〔三六〕虞炎集序云：「出爲秣陵令，轉永嘉令。」事當在客江北前，姑繫本年。按本集有謝永安令解禁止啓一篇，未知虞序所云永嘉者，是永安之誤否，抑照又嘗爲永安令耶？

〔三七〕詳卷一蕪城賦及卷五日落望江贈荀丞題注。按照之爲永嘉令或永安令，疑不久即得罪去職，旋解禁止。故卷一有謝永安令解禁止啓，卷四擬行路難有「棄置罷官去」之語。本年流浪江北，當在去官之後。

〔三八〕據宋書孝武帝紀。

〔三九〕見本集卷五。詩有「適郢無東轅，還夏有西浮」句，當是赴荆途中作。

〔四〇〕據宋書孝武帝紀及臨海王子頊傳。

〔四一〕據丁福林鮑照任前軍參軍的時間之考訂。

〔四二〕據宋書明帝紀，明帝以子頊爲徐州刺史在十二月庚午（二十九日），至次年正月辛巳（十一日），即命其留荆州刺史本任，是子頊實未往徐州也。

〔四三〕據宋書明帝紀。

〔四四〕據虞序及宋書。

〔四五〕見本集卷三本詩集説引吳摯父説。

諸家評論

鍾嶸詩品

次有輕薄之徒，笑曹、劉爲古拙，謂鮑照羲皇上人，謝朓今古獨步。而師鮑照終不及「日中市朝滿」，學謝朓劣得「黄鳥度青枝」，徒自棄於高明，無涉於文流矣。

陳思贈弟，仲宣七哀，公幹思友，阮籍詠懷，子卿雙鳧，叔夜雙鸞，茂先寒夕，平叔衣單，安仁倦暑，景陽苦雨，靈運鄴中，士衡擬古，越石感亂，景純詠仙，王微風月，謝客山泉，叔源離宴，鮑照戍邊，太沖詠史，顔延入洛，陶公詠貧之製，惠連擣衣之什，斯皆五言之警策者也。所以謂篇章之珠澤，文彩之鄧林。

宋參軍鮑照，其源出於二張，善製形狀寫物之詞。得景陽之諔詭，含茂先之靡嫚。骨節强於謝混，驅邁疾於顔延。總四家而擅美，跨兩代而孤出。嗟其才秀人微，故取湮當代。然貴尚巧似，不避危仄，頗傷清雅之調。故言險俗者多以附照。

蕭子顯南齊書文學傳論

江左風味，盛道家之言，郭璞舉其靈變，許詢極其名理。仲文玄氣，猶不盡除。謝混清新，得名未盛。顏、謝並起，乃各擅奇。休、鮑後出，咸亦標世。朱藍共妍，不相祖述。

今之文章，作者雖衆，總而爲論，略有三體。一則啓心閑繹，託辭華曠，雖存巧綺，終致迂回。宜登公宴，本非准的。而疎慢闡緩，膏肓之病。典正可採，酷不入情。此體之源，出靈運而成也。次則緝事比類，非對不發，博物可嘉，職成拘制。或全借古語，用申今情，崎嶇牽引，直爲偶説。唯覩事例，頓失精采。此則傅咸五經，應璩指事，雖不全似，可以類從。次則發唱驚挺，操調險急，雕藻淫艷，傾炫心魂。亦猶五色之有紅紫，八音之有鄭衛。斯鮑照之遺烈也。

王通中説事君篇

鮑照、江淹，古之狷者也，其文急以怨。

劉知幾史通人物篇

至如鮑照，文宗學府，馳名海内，方之漢代，褒、朔之流。

釋皎然詩式

越俗　其道如黄鶴臨風，貌逸神王，杳不可覊。郭景純游仙詩：「左挹浮丘袂，右拍洪厓肩。」鮑明遠擬行路難：「舉頭四顧望，但見松柏園，荆棘鬱蹲蹲。中有一鳥名杜鵑，言是古時蜀帝魂。聲音哀苦鳴不息，羽毛顦顇似人髡。飛走樹間啄蟲蟻，豈憶往時（一作「日」）天子尊。念兹死生變化非常理，中心惻愴不能言。」

陳師道 後山詩話

鮑照之詩，華而不弱。

朱熹 朱子語類

鮑明遠才健，其詩乃選之變體，李太白專學之。如「腰鐮刈葵藿，倚仗牧雞豚」，分明説出個倔强不肯甘心之意；如「疾風衝塞起，沙礫自飄揚。馬毛縮如蝟，角弓不可張」，分明説出邊塞之狀，語又峻健。

敖陶孫 詩評

鮑明遠如飢鷹獨出，奇矯無前。

張戒歲寒堂詩話

世徒見子美詩多麤俗，不知麤俗語在詩中最難。非麤俗，乃高古之極也。自曹、劉死至今一千年，惟子美一人能之。中間鮑照雖有此作，然反稱俊快，未至高古。

嚴羽滄浪詩話

元嘉體，宋年號，鮑、顏、謝諸公之詩。

顏不如鮑，鮑不如謝，文中子獨取顏，非也。

陳繹曾詩譜

六朝文氣衰緩，唯劉越石、鮑明遠有西漢氣骨，李、杜筋取此。

陸時雍詩鏡總論

鮑照材力標舉，淩厲當年，如五丁鑿山，開人世之所未有。當其得意時，直前揮霍，目無堅壁矣。駿馬輕貂，雕弓短劍，秋風落日，馳騁平岡，可以想此君意氣所在。

王夫之薑齋詩話

古詩及歌行，換韻者必須韻意不雙轉，自三百篇以至庾、鮑七言，皆不待鈎鎖，自然蟬連不絶。

王夫之船山古詩評選

明遠樂府，自是七言至極，顧於五言歌行，亦以七言手筆行之，句疏氣迫，未免失五言風軌。但其謀篇不雜，若門有車馬、東武、結客諸作，一氣内含，自踞此體腸要，當從大段着眼，乃知其體度。若徒以光俊求之，則且去吴均不遠矣。元嘉之末，雅俗沿革之際，未可以悦耳妄相推許也。

杜陵以「俊逸」題鮑，爲樂府言爾。鮑五言恒得之深秀而失之重澀，初不欲以俊逸自居。……五言自著俊字不得。

陳祚明采菽堂古詩選

鮑參軍既懷雄渾之姿，復挾沈摯之性。其性沉摯，故即景命詞，必鈎深索異，不欲猶人。其姿雄渾，故抗音吐懷，每獨成亮節，自得於己。樂府則弘響者多，古詩則幽尋者衆。然弘響之中，或多拙率；幽尋之内，生澀病焉。二弊交呈，每傷氣格。要須觀過知仁，即瑕見美；則以雖拙率而不近，雖生澀而不凡，音節定遒，句調必健。少陵所詣，深悟於兹，固超俗之上篇，軼羣之貴術也。所微嫌者，識解未深，寄託亦淺。感歲華之奄謝，悼遭逢之岑寂，惟此二柄，布在諸篇。縱古人託興，率亦同然；而百首等情，烏覩殊解？無煩詮釋，莫足躭思。夫詩惟情與辭，情辭合而成聲。鮑之雄渾在聲，沈摯在辭，而於情反傷淺近；不及子山，乃以是故。然當其會心得意，含咀宫商，高揖機、雲，遠符操、植，則又非子山所能競爽也。要之，自宋以後，此兩家洵稱人傑。鮑境異於庾，故情遜之；庾時後於鮑，故聲遜之；不究此二家之藴，即不知少陵取法何自。古今作者，沿泝有因，至於格調之殊，易地則合，固不可强加軒輊耳。

王士禛漁洋詩話

鍾嶸詩品，余少時深喜之，今始知其踳謬不少。中品之劉琨、郭璞、陶潛、鮑照、謝脁、江淹，下品之魏武，宜在上品。至以陶潛出於應璩，郭璞出於潘岳，鮑照出於二張，尤陋矣，又不足深辨也。

何焯義門讀書記

明遠天才贍麗，尤長於夸飾，故光燄騰於楮墨之表。

詩至明遠，發露無餘。李、杜、韓、白，皆出此也。

葉燮原詩

六朝詩家惟陶潛、謝靈運、謝朓三人最傑出，可以鼎立，左思、鮑昭次之。思與昭亦各自開生面，餘子不能望其肩項。

六朝諸名家，各有一長，俱非全璧。鮑昭、庾信之詩，杜甫以清新俊逸歸之，似能出乎類者，究之拘方以内，畫於習氣而不能變通。然漸闢唐人之户牖，而啓其手眼，不可謂庾不爲之先也。

沈德潛說詩晬語

鮑明遠樂府，抗音吐懷，每成亮節，代東門行、代放歌行等篇，直欲前無古人。

大風、柏梁，七言權輿也。自時厥後，如魏文燕歌行、陳琳飲馬長城窟、鮑照行路難，皆稱傑構。

沈德潛古詩源

五言古雕琢與謝公相似，自然處不及。

張惠言七十家賦鈔序

以情爲裏，以物爲襮，鑱彫雲風，琢削支鄂，其懷永而不可忘也。坌乎其氣，煊乎其華，則謝莊、鮑照之爲也。江淹爲最賢，其源出於屈平九歌，其掩抑沈怨，泠泠輕輕，其縱脱浮宕而歸於大常。鮑照、江淹，其體則非也，其意則是也。

劉熙載藝概

明遠長句，慷慨任氣，磊落使才，在當時不可無一，不能有二。杜少陵簡薛華醉歌云：「近來海内爲長句，汝與山東李白好。何、劉、沈、謝力未工，才兼鮑照愁絶倒。」此雖意重推薛，然亦見鮑之長句，何、劉、沈、謝均莫及也。

「孤蓬自振，驚沙坐飛。」此鮑明遠賦句也，若移以評明遠詩，頗復相似。

張景陽詩開鮑明遠，明遠驚遒絶人。

方東樹昭昧詹言

古人不經意字句，似出己意，便文白道，而實有典，此一大法門，惟謝、鮑兩家，尤深嚴於此。

後人淺陋，無復知此，但率語耳。

太鍊則傷氣，謝、鮑兩家，若不善學，則恐不免峭促不舒之病，不如三百篇漢魏阮公以及杜、韓混淪浩然一氣也。

謝、鮑元氣渾淪，流注於篇内，但不怒張馳驟呈露於外耳，非無氣也，乃故凝之固之抑遏之，如匣劍光，柙虎兕。

謝、鮑、杜、韓造語皆極奇險深曲，卻皆出以穩老，不傷巧。小才傚之，即不穩，或傷巧而輕，或晦不解。

玩謝、鮑、元暉，所讀書亦不甚多，但能精熟浹洽，故用來穩切，異於後人之撏撦餖飣也。

李、杜皆推服明遠，稱曰「俊逸」，蓋取其有氣，以洗茂先、休奕、二陸、三張之靡弱，今以士衡所擬樂府古詩與明遠相比可見。

姚薑塢先生云：「音響峭促，孟郊以下似之。」

鮑詩全在字句講求，而行之以逸氣，故無駁蹇、緩弱、平鈍、死句、懈筆。他人輕率滑易則不留人，客氣假象則無真味動人。韓、杜常師其句格，衣被百世，豈徒然哉。

明遠雖以俊逸有氣爲獨妙，而字字鍊，步步留，以澀爲厚，無一步滑。凡太鍊澀則傷氣，明遠獨俊逸，又時出奇警，所以獨步千秋。

讀鮑詩，於去陳言之法尤嚴，只是一熟字不用。然使但易之以生而不典，則空疏杜撰亦能之；徒用典而不切，無真境真味，則又如嚼蠟、吃糙米飯。既取真境，又加奇警，所以爲至。鮑不及漢魏阮公之渾浩流轉，然故約之鍊之，如制馬駒，使就羈勒，一步不肯放縱，故成此體。故謝、鮑兩家，皆能作祖。若杜、韓則是就漢、魏極力開拓，而又能包有鮑、謝，極古今之正變，不可以尋常詩家相例。

杜、韓皆常取鮑句格，是其才力能兼之。孟東野、曾南豐專息駕於此，豈曰非工，然門徑狹矣。

姜白石冥心獨造，擺落一切，直書即目，誠爲獨造。然終是宋體文體，後人學之，恐有流病。不典而淺易，則空疏人弄筆便能之。故不如明遠字字典，字字鍊，步步留，境象深固奥澀，語重法密，氣往勢留，響沈句峭，可爲楷式。

謝、鮑兩家起句多千錘百鍊，秀絶寰區。山谷常學之，而恒不逮。

細繹鮑詩，其交代章法，已遠不逮謝公之明確，往往一片不分，無頓束離合斷續向背之法。乃知習之之所謂文法，甚難匪易。後惟韓最精細不苟，愈看愈分明。

鮑每於一字上見生熟，此一大公案。

作詩本領是一事，氣格體勢文法是一事，句法字法是一事。薑塢先生曰：「昭明所選鮑樂府八首，阮亭只取三首，放歌行亦不録，蒙所未喻。」愚謂放歌行或尚可去，若不取白頭吟，真是不知子都之姣矣。

欲學明遠，須自廬山四詩入，且辨清門徑面目，引入作澀一路，專事鍊字鍊句鍊意，驚創奇警生奥，無一筆涉習熟常境。杜、韓於此亦所取法。然非三反静對，不知其味，濬發心思，益人神智。鮑、謝兩雄並峙，難分優劣。謝之本領，名理境界，肅穆沈重，似稍勝之，然俊逸活潑亦不逮明遠。作詩文者，能尋求作者未盡之長，引而伸之，以益吾短，於鮑、謝兩家尤宜，觀之杜公可見。又明遠詩似有不亮之句及冗剩語，康樂無之。

小謝情優於鮑，令人如或遇之。而明遠有氣體，較又高於小謝。

魏源 詩比興箋序

嗣後阮籍、傅玄、鮑明遠、陶淵明、江文通、陳子昂、李太白、韓昌黎，皆以比興爲樂府琴操，上規正始；視中唐以下，純乎賦體者，固古今升降之殊哉！

錢振倫 江鮑二家文鈔序

原夫南朝作手，江、鮑並稱。大率參軍集如萬仞峭厓，獨絶人蹤；醴陵集如上界琪花，別成奇采。上方漢、魏，則渾灝不及，而塗轍易明；下比陳、隋，則繁縟未開，而風格較峻。子莫執中，若斯而已。

王闓運八代詩選

明遠詩氣急色濃，務追奇險，其品度卑矣，然自成格調，亦無流騁無歸。無識者乃以爲風韻獨出顔、謝之上，是不知翰林之鷙，而以爲丹山之鳳也。鮑詩只是多琢句，精選詞，工布景，故格不得高，其勁氣纔足除冗弱耳。

吴汝綸鮑參軍集選

明遠樂府最高，他詩多規摹大謝，不爲絶詣。昭明多録樂府，慎取他體，鑒裁自精。鮑詩有生峭一種，下開東野、山谷。

李詳與孫隘堪書

太沖三都之後，士衡、安仁，漸趨今軌。明遠、文通，起而振之，藻耀高翔，足稱勍敵。

夏敬觀八代詩評

宋以後樂府，音調漸變，用七言雜言尤甚。鮑照擬行路難，其機軸出自陳琳飲馬長城窟，至其變句句協韻爲隔句協韻，非復柏梁體也。謝莊懷園引、山夜憂，沈約八詠等詩，尤注重音節，開初唐四傑之派。唐人七言古詩，又變其音節。而隔句協韻，實始於鮑照。吴均、費昶之行路難，蕭子顯之燕歌行，則又排偶而换韻矣。是時文辭，受此影響頗甚。其爲樂府，能稍存漢、魏之骨者，惟鮑照一人矣。

甌北集	[清]趙翼著　李學穎、曹光甫校點
惜抱軒詩文集	[清]姚鼐著　劉季高標校
兩當軒集	[清]黄景仁著　李國章校點
惲敬集	[清]惲敬著　萬陸、謝珊珊、林振岳標校　林振岳集評
茗柯文編	[清]張惠言著　黄立新校點
瓶水齋詩集	[清]舒位著　曹光甫點校
龔自珍全集	[清]龔自珍著　王佩諍校點
龔自珍詩集編年校注	[清]龔自珍著　劉逸生、周錫䪖校注
水雲樓詩詞箋注	[清]蔣春霖著　劉勇剛箋注
人境廬詩草箋注	[清]黄遵憲著　錢仲聯箋注
嶺雲海日樓詩鈔	[清]丘逢甲著　丘鑄昌標點

牧齋初學集詩注彙校	[清]錢謙益著　[清]錢曾箋注 卿朝暉輯校
李玉戲曲集	[清]李玉著 陳古虞、陳多、馬聖貴點校
吴梅村全集	[清]吴偉業著　李學穎集評標校
歸莊集	[清]歸莊著
顧亭林詩集彙注	[清]顧炎武著　王蘧常輯注 吴丕績標校
安雅堂全集	[清]宋琬著　馬祖熙標校
吴嘉紀詩箋校	[清]吴嘉紀著　楊積慶箋校
陳維崧集	[清]陳維崧著　陳振鵬標點 李學穎校補
屈大均詩詞編年校箋	[清]屈大均著　陳永正等校箋
秋笳集	[清]吴兆騫撰　麻守中校點
漁洋精華録集釋	[清]王士禛著 李毓芙、牟通、李茂肅整理
聊齋志異會校會注會評本	[清]蒲松齡著　張友鶴輯校
敬業堂詩集	[清]查慎行著　周劭標點
納蘭詞箋注	[清]納蘭性德著　張草紉箋注
方苞集	[清]方苞著　劉季高校點
樊榭山房集	[清]厲鶚著　[清]董兆熊注 陳九思標校
劉大櫆集	[清]劉大櫆著　吴孟復標點
儒林外史彙校彙評	[清]吴敬梓著　李漢秋輯校
小倉山房詩文集	[清]袁枚著　周本淳標校
忠雅堂集校箋	[清]蔣士銓著　邵海清校 李夢生箋

揭傒斯全集	[元]揭傒斯著　李夢生標校
高青丘集	[明]高啓著　[清]金檀注 徐澄宇、沈北宗校點
唐寅集	[明]唐寅著　周道振、張月尊輯校
文徵明集(增訂本)	[明]文徵明著　周道振輯校
震川先生集	[明]歸有光著　周本淳校點
海浮山堂詞稿	[明]馮惟敏著 凌景埏、謝伯陽標校
滄溟先生集	[明]李攀龍著　包敬第標校
梁辰魚集	[明]梁辰魚著　吴書蔭編集校點
沈璟集	[明]沈璟著　徐朔方輯校
湯顯祖詩文集	[明]湯顯祖著　徐朔方箋校
湯顯祖戲曲集	[明]湯顯祖著　錢南揚校點
白蘇齋類集	[明]袁宗道著　錢伯城校點
袁宏道集箋校	[明]袁宏道著　錢伯城箋校
珂雪齋集	[明]袁中道著　錢伯城點校
隱秀軒集	[明]鍾惺著　李先耕、崔重慶標校
譚元春集	[明]譚元春著　陳杏珍標校
張岱詩文集(增訂本)	[明]張岱著　夏咸淳輯校
陳子龍詩集	[明]陳子龍著 施蟄存、馬祖熙標校
夏完淳集箋校(修訂本)	[明]夏完淳著　白堅箋校
牧齋初學集	[清]錢謙益著　[清]錢曾箋注 錢仲聯標校
牧齋有學集	[清]錢謙益著　[清]錢曾箋注 錢仲聯標校
牧齋雜著	[清]錢謙益著　[清]錢曾箋注 錢仲聯標校

東坡樂府箋	[宋]蘇軾著　[清]朱孝臧編年 龍榆生校箋
東坡詞傅幹注校證	[宋]蘇軾著　[宋]傅幹注 劉尚榮校證
欒城集	[宋]蘇轍著　曾棗莊、馬德富校點
山谷詩集注	[宋]黄庭堅著　[宋]任淵、史容、 史季温注　黄寶華點校
山谷詩注續補	[宋]黄庭堅著　陳永正、何澤棠注
山谷詞校注	[宋]黄庭堅著　馬興榮、祝振玉校注
淮海集箋注	[宋]秦觀撰　徐培均箋注
淮海居士長短句箋注	[宋]秦觀著　徐培均箋注
清真集箋注	[宋]周邦彦著　羅忼烈箋注
石林詞箋注	[宋]葉夢得著　蔣哲倫箋注
樵歌校注	[宋]朱敦儒著　鄧子勉校注
李清照集箋注(修訂本)	[宋]李清照著　徐培均箋注
陳與義集校箋	[宋]陳與義著　白敦仁校箋
蘆川詞箋注	[宋]張元幹著　曹濟平箋注
劍南詩稿校注	[宋]陸游著　錢仲聯校注
放翁詞編年箋注(增訂本)	[宋]陸游著　夏承燾、吴熊和箋注 陶然訂補
范石湖集	[宋]范成大撰　富壽蓀標校
于湖居士文集	[宋]張孝祥著　徐鵬校點
稼軒詞編年箋注(定本)	[宋]辛棄疾撰　鄧廣銘箋注
辛棄疾詞校箋	[宋]辛棄疾著　吴企明校箋
姜白石詞編年箋校	[宋]姜夔著　夏承燾箋校
後村詞箋注	[宋]劉克莊著　錢仲聯箋注
雁門集	[元]薩都拉著 殷孟倫、朱廣祁校點

長江集新校	[唐]賈島著　李嘉言新校
張祜詩集校注	[唐]張祜著　尹占華校注
三家評注李長吉歌詩	[唐]李賀著　[清]王琦等評注
樊川文集	[唐]杜牧著　陳允吉校點
樊川詩集注	[唐]杜牧著　[清]馮集梧注
温飛卿詩集箋注	[唐]温庭筠著　[清]曾益等箋注
玉谿生詩集箋注	[唐]李商隱著　[清]馮浩箋注 蔣凡校點
樊南文集	[唐]李商隱著　[清]馮浩詳注 錢振倫、錢振常箋注
皮子文藪	[唐]皮日休著　蕭滌非、鄭慶篤整理
鄭谷詩集箋注	[唐]鄭谷著 嚴壽澂、黄明、趙昌平箋注
韋莊集箋注	[五代]韋莊著　聶安福箋注
李璟李煜詞校注	[南唐]李璟、李煜著　詹安泰校注
張先集編年校注	[宋]張先著　吴熊和、沈松勤校注
二晏詞箋注	[宋]晏殊、晏幾道著　張草紉箋注
乐章集校箋	[宋]柳永著　陶然、姚逸超校箋
梅堯臣集編年校注	[宋]梅堯臣著　朱東潤編年校注
歐陽修詩文集校箋	[宋]歐陽修著　洪本健校箋
歐陽修詞校注	[宋]歐陽修著　胡可先、徐邁校注
蘇舜欽集	[宋]蘇舜欽著　沈文倬校點
嘉祐集箋注	[宋]蘇洵著　曾棗莊、金成禮箋注
王荆文公詩箋注	[宋]王安石著　[宋]李壁箋注 高克勤點校
王令集	[宋]王令著　沈文倬校點
蘇軾詩集合注	[宋]蘇軾著　[清]馮應榴注 黄任軻、朱懷春校點

玉臺新咏彙校	吴冠文、談蓓芳、章培恒彙校
王梵志詩集校注(增訂本)	[唐]王梵志著　項楚校注
盧照鄰集箋注	[唐]盧照鄰著　祝尚書箋注
駱臨海集箋注	[唐]駱賓王著　[清]陳熙晉箋注
王子安集注	[唐]王勃著　[清]蔣清翊注
陳子昂集(修訂本)	[唐]陳子昂撰　徐鵬校點
孟浩然詩集箋注(增訂本)	[唐]孟浩然著　佟培基箋注
王右丞集箋注	[唐]王維著　[清]趙殿成箋注
李白集校注	[唐]李白著　瞿蜕園、朱金城校注
高適集校注(修訂本)	[唐]高適著　孫欽善校注
杜詩趙次公先後解輯校	[唐]杜甫著　[宋]趙次公注 林繼中輯校
杜詩鏡銓	[唐]杜甫著　[清]楊倫箋注
錢注杜詩	[唐]杜甫著　[清]錢謙益箋注
杜甫集校注	[唐]杜甫著　謝思煒校注
岑參集校注	[唐]岑參著　陳鐵民、侯忠義校注
戴叔倫詩集校注	[唐]戴叔倫著　蔣寅校注
韋應物集校注(增訂本)	[唐]韋應物著　陶敏、王友勝校注
權德輿詩文集	[唐]權德輿撰　郭廣偉校點
王建詩集校注	[唐]王建著　尹占華校注
韓昌黎詩繫年集釋	[唐]韓愈著　錢仲聯集釋
韓昌黎文集校注	[唐]韓愈著　馬其昶校注 馬茂元整理
劉禹錫集箋證	[唐]劉禹錫著　瞿蜕園箋證
白居易集箋校	[唐]白居易著　朱金城箋校
柳宗元詩箋釋	[唐]柳宗元著　王國安箋釋
柳河東集	[唐]柳宗元著　[宋]廖瑩中輯注
元稹集校注	[唐]元稹著　周相録校注

《中國古典文學叢書》已出書目

詩經今注	高亨注
楚辭今注	湯炳正、李大明、李誠、熊良智注
司馬相如集校注	[漢]司馬相如著　金國永校注
揚雄集校注	[漢]揚雄著　張震澤校注
張衡詩文集校注	[漢]張衡著　張震澤校注
阮籍集	[魏]阮籍著　李志鈞等校點
陸機集校箋	[晉]陸機著　楊明校箋
陶淵明集校箋(修訂本)	[晉]陶潛著　龔斌校箋
世説新語箋疏(修訂本)	[南朝宋]劉義慶撰　余嘉錫箋疏　周祖謨等整理
世説新語校釋(增訂本)	[南朝宋]劉義慶撰　[南朝梁]劉孝標注　龔斌校釋
鮑參軍集注	[南朝宋]鮑照著　錢仲聯增補集説校
謝宣城集校注	[南朝齊]謝朓著　曹融南校注集説
江文通集校注	[南朝梁]江淹著　丁福林、楊勝朋校注
文心雕龍義證	[南朝梁]劉勰著　詹鍈義證
詩品集注(增訂本)	[梁]鍾嶸著　曹旭集注
文選	[梁]蕭統編　[唐]李善注
蕭繹集校注	[南朝梁]蕭繹著　陳志平、熊清元校注